JA

スワロウテイル／初夜の果実を接ぐもの

籐真千歳

ja

早川書房

7213

Which are You, “Black” or “White”?

目次

One “Bad Apple” corrupts all those Apples that lie near it.

たったひとつ腐った果実があったなら、
それはすべての果実を腐らせることになるだろう。

スワロウテイル／初夜の果実を接ぐもの

プロローグ　百人の町

百人の町がありました。

百人のうち九十人は平民で、五人が賢者で、五人が貴族です。

平民のうち八十人は平和を望む平和主義者のふりをした自己中心主義者で、となりの村で大火事があったときは身の回りのいらない時間やお金や物を贈って満足し、またとなりの町が戦争に巻き込まれたときは「なんと馬鹿な人ばかりの町なのだろう」と蔑《さげす》みながら儚《はかな》み、哀れむばかりで、自分たちの子供にはとなりの町の人たちのような愚かな大人になってはいけないと繰り返し教えていました。

平民のうち十人は理不尽を憎む人道主義者のふりをしたトラブルメーカーで、飢饉の起きた村へ行って勝手に自分たちの町の倉庫の麦の半分をあげる約束をしたり、喧嘩の起きた町へ行って争うことの愚かさを説いては小さな火種を大惨事に変えたり、漁民の村へ行って「鱗のない魚を食べてはいけないと神様もおっしゃっている」と正論を述べて村人たちをまとめて貧しい難民にしたりすることが大好きでした。

五人の賢者は賢者のふりをした選民主義者で、彼らは町から外へは滅多に出ようとはしませんでしたが、となりの町の貧しさをさしおいてその清さを訴えて私たちも見習おうと皆を煽《あお》り、となりの町の治安の悪さをさしおいてその豊かさを語って私たちも見習おうと皆を嗾《けしか》けるなど、町が平和だとせっかく賢者なのにしゃべることがなくて暇を持てあますので、小さな問題をなんとか大問題に盛り上げようと日々怠らず励んでいました。

五人の貴族は清貧な者もいれば贅沢三昧《ざんまい》な者もいて、横暴な者もいれば虫も殺せないほど臆病な者もいて様々でしたが、平民たちの顔色を窺《うかが》っているのは誰もが同じで、何度も何度も会議をしても自分の土地の平民たちの意見を主張するばかりで何一つ決められませんでした。

それでも町の人たちは平和を祈り、明日の無事を願い、隣人を愛し、それなりに清く正しく、それなりに豊かに穏やかに暮らしていました。

そんな善く正しい町に、都から新しい王女様がいらっしゃいました。

王女様は貴族たちに問いました。なぜこの町はこんなにも平和なのですか？

貴族たちは声を揃えて答えます。善く正しい人々ばかりだからです。

王女様は次に賢者たちに問いました。なぜこの町の人は善く正しいのですか？

賢者たちは異口同音に答えます。人々が善く正しくあろうと日々怠らないからです。

王女様はそれから、平民たちに順番に尋ねました。善く正しいこととはなんですか？

平民たちの答えはそれぞれでした。

翌日、一人目の王女様は慌ただしく町を出て都へ帰ってしまいました。

この町がなぜ平和なのかよくわかりました。私にはそれがとても怖いのです。

貴族たちは何度も引き留めようとしましたが、王女様はそう言い残して去って行きました。

それから間もなく、二人目の王女様が町にいらっしゃいました。

二人目の新しい王女様は、すぐに町で一番高い鐘つき塔の上に昇って、町を見下ろしてその有り様に驚き、悩ましさのあまりその夜は眠れないほどでした。

翌日、二人目の王女様は貴族も、賢者も、平民も、誰の声も聞き入れず、町を取り囲む堀と塀を建設するように全員に命じました。

誰もが王女様の正気を疑いました。なにせ、この町ではここ数百年といったもの、悪く醜い大きな諍《いさか》いや戦争など一度も起きたことはなく、他のどこの町も村もこの町を脅《おびや》かそうとしたことなど一度もなかったからです。

それなのになぜ、町を守るための塀と堀など、日々の清く正しい暮らしを差し置いて造る必要があるのだろう。きっと今度の王女様は狂っておられるのだ。頭がおかしくなられたのだ。

誰もがそう陰口を呟《つぶや》き、王女様に協力しようとしなかったので、塀も堀もいつまでたっても造られませんでした。

そうしているうちに、心労のあまり王女様は病に身体を冒され、やむなく都へ帰っていきました。

それから何年か後、ようやく三人目の新しい王女様が町にいらっしゃいました。

三人目の王女様は、町についてすぐに全員の前で約束しました。

なにがあっても、私はこの町から出て行きません。たとえこの町から一人も人がいなくなっても、私はここに残ります。

貴族も、賢者も、平民も、みんな半信半疑でした。前の前の王女様のように帰るのなら帰ってもらって困らないし、前の王女様のように訳のわからない無茶を申しつけられるくらいなら、いなくてもいい。そんな風に思っていましたから、今度の王女様はどんな無茶を始めるのだろうと恐れ怯えていました。

ところが、今度の王女様はいつまでたってもなにも言いませんし、なにも尋ねませんし、なにも命じようとはしませんでした。迎賓館の中に閉じこもって外に出ず、昼も夜も鎧戸を下ろして、町の人に顔を見せることすらしようとしませんでした。

心配になった貴族の一人と賢者の一人が、迎賓館の王女様のところへお見舞いにやってきました。そして、なぜこの豊かで平和な町の人々に心を許してくださらないのか、みんながあなたのことを心配しているのに、と伝えました。

すると、沈痛の面持ちの王女様は、小さな声で心の内をようやく話し出しました。

私は一人目の王女からこう教えられてきました。この町は平和で豊かだが、豊かだから平和なのであって、平和だから豊かなのではない。

また二人目の王女からはこう教えられてきました。この町の人たちは自分の町がなぜ他の町より豊かで平和なのか気づいていないし、きっと誰一人として考えたこともない。

そして最後に、父王からこう下命されてこの町を治めに来ました。

この町の人たちは、たとえ町を治める私の国がなくなっても何の不自由もなく、何の災いもなく、清らかに正しく、豊かに生きていけるだろう。先の二人の王女はそのような町を見守り続けることに耐えられなかった。だからお前は相応に深く覚悟をし、この町に嫁いでいくほどの決意で赴《おもむ》きなさい。そしてもし、お前までもがこの町の有り様を見るに堪えないのだとしたら、そのときは目を塞ぎ、耳を塞ぎ、鼻を摘まんで屋敷の中に閉じこもっていなさい。

王様までもがこの町のことをそんな風に仰っていたことに、貴族も賢者も酷く驚きました。この町はとても平和で、とても豊かで、善く正しい人ばかりが住んでいるのに。

理由を尋ねた二人に、王女様はいっそう深く痛々しい表情をされてから、逆に尋ね返しました。

先の二人の王女は、なぜすぐに都へ帰ってしまったのだと思っていますか？

貴族も賢者も、心当たりがありません。困惑する二人に、三人目の王女様はついに打ち明けました。

一人目の王女は、あなた方の善き正しさがとても多大な犠牲の上に成り立っていることを、みなの話を聞いているうちに悟ってしまったのです。

二人目の王女は、一人目の王女からそれを聞いていたので、これ以上この町のせいで生まれる犠牲を増やさないよう、町の周囲を高い壁で取り囲んでしまおうとしましたが、町の人たちはこれを町を守るための壁と勘違いして、王女の必死の呼びかけに誰一人として応えようとしませんでした。

三人目の私は、もう打つ手はないと諦めた父王から、せめてこの町の最期を看取るよう、厳しく命じられて参ったのです。

貴族も賢者も、唖然となりました。犠牲とはなんのことか、この町は余所《よそ》を侵さず、誰にも迷惑をかけず、人々はただ清く正しく毎日を生きているだけだというのに。そして王の仰る打つ手がないとはなんのことか。清く正しい町の人々は、王をいつも尊び、王女たちも精一杯おもてなししてきたというのに。

重ねて、王女様は二人に尋ねます。

あなたがたは、一番近いお隣の町まで行くのに、どれくらい日時が必要か知っていますか？

町から出たことのない賢者にはわかりません。若い貴族が答えます。

私の曾祖父のころは馬で半日だったそうです。私の祖父のころは馬で三日と半でした。私の父の代になると、馬で一週間かかりました。今の私は、隣町まで赴くのに往復でひと月以上はかかります。

その答えを聞いて、王女様は目眩《めまい》を振り払うように首を傾《かし》げ、花の露のような涙を流しながら、言いました。

なんということでしょう。あなたがたはそれでもなお、知らないのですね。「この国がもう死んだ」ことも、この町を中心とした地方一帯が、遠く余所の人々からどのような名で呼ばれているのかすらも。

背を正し、耳を傾けなさい。

清く正しいというこの町の人が一人、たったひと月、清く正しく生きていくために、外の土地では四人の犠牲が必要だったのです。この町で四人が清く正しくひと月を生きていくために、外の土地では十六人の犠牲が必要でした。この町で十六人が清く正しく生きていくためには、一年間に外の土地では七百六十八人の犠牲が必要だったのです。

あなたがたの清く正しい日々の暮らしは、外の土地の無数の人々の人生と運命の犠牲の上に成り立っている。そして、周囲の土地に住む人々を近くから順に犠牲にし、ついにはこの国のすべての土地に住む人が、あなたがたの清く正しい暮らしのための生《い》け贄《にえ》となりはてた。

私の父の国は、あなたがたたった百人の町のために、たったひと坪の田畑まで残らず犠牲となって、今やなくなりました。私は亡き国の最後の王女として、この町に落ち逃げてきたのです。

外の土地の人々が、この町の周辺一帯をなんと呼んでいるか、あなたたちにお教えしましょう。

ノーマンズ・ランド——無人の荒野。

私の言葉を疑うのなら、今すぐその鎧戸を開けて、町の外をご覧なさい。どこまでも続く荒れ野のどれほど向こうまで、人一人いなくなってしまったのか、その目で確かめてご覧なさい。

それが、それらすべてが、清く正しく日々を過ごすこの町の人々の、深き業の爪痕《つめあと》です。今もどこまでも広がり続ける、あなたがた清く正しい人々の食い散らした痕《あと》なのです。

あなたがたは、ついに私の父の国の民と田畑のすべてを喰らい尽くした。そしてこれからも、亡き国の境《さかい》を超えて、あなたがたの清く正しい暮らしのための犠牲は延々と広がり続けるのでしょう。

いつか、神のつくりしこの世界の果てまで、人ひとり住めぬ荒れ野と化したとき、あなたがたはようやく気づくことになる。善きこと、正しきこと。そうあなたがたが讃《たた》え、湛《たた》え、捧げ、誇ってきたものの正体に……。

貴族も賢者も、王女の話を聞いて恐れおののき、迎賓館から逃げ帰りました。

賢者はそれ以来、きつく口を閉ざし、隠者となってしまいました。

若い貴族は他の四人の貴族に王女の話を伝えましたが、全員が恐れわななき、平民たちには隠し通すことに決めました。

それから数年と待たないうちに、この町を外から訪れる人はほとんどいなくなりました。人々は綱渡り師やチェロ弾きがやってこなくなったことに少々退屈はしましたが、なんら不自由もなく、清く正しい暮らしを続けていました。

しかし、なおも年を追うごとに少しずつ、清く正しく暮らしていくことが難しくなっていきました。隣町まで行こうとすれば、もはや半生をかけた大旅行。外の人を犠牲にして清く正しく暮らしていくには、「外」があまりにも遠くになりすぎていたのです。

清く正しく生きていくことをやめてこの町に留まるか、それともこの町にいられなくなっても清く正しく生きていくべきか。町の人たちは、一人ひとり悩み始めていました。

やがて一人、そしてまた一人と、この町を去る人々が現れました。

やがて、町の人が最後の十人だけとなり、彼らももう今日にも町を出て行こうとしていたとき、その先頭に立っていた隠者が、無人の町にただ一人残る王女様に尋ねました。

最後の王女様、もうこの町は亡くなります。あなたはいつまでここにおられるおつもりですか？

　王女様は答えます。

　私は、墓標となる覚悟でこの町に参りました。清く正しい人々よ、私は最後まであなたがたが清く正しくあった証《あかし》として、この無人の町に残ります。どんなに犠牲を払っていたのだとしても、どんなに多くの人の人生を生け贄に捧げたのだとしても、あなたがた一人ひとりが、天に照らしてなお善く、清く、正しく生きてきたことを、私はここでこの身が朽ちるまで証し続けましょう。これから数十、数百年の後、この町のありようを罪深きことだと誰かが言おうものなら、その悪と罪と罰のすべては、私ひとりが負いましょう。この町の人は清く正しく暮らしていただけで何も悪くなかった、ただ町を治めていた王女たった一人が悪かったのだと、後の世の人々はそう語り継いでくれるでしょう。

　そして王女様は、流浪へ旅立つ十人の頬に一人ひとり、祝福の口づけを授け、行く末の幸を祈りました。

　百一人目の私は、そうして清く正しい町が、清く正しいまま消えて亡くなっていくのを、ずっと見ていました。

第一部

蝶と約束と三つの遣わされしもの

Aber es ist mit dem Menschen wie mit dem Baume.
Je mehr er hinauf in die Höhe und Helle will,
um so stärker streben seine Wurzeln erdwärts, adwärts,
ins Dunkle, Tiefe - ins Böse.

人間は木と同じようなものだ。
高く明るい方へ、伸びて行けば行くほど、
その根はますます力強く、地のなかへ、下の方へ、
暗黒のなかへ、深みのなかへ、
悪のなかへとのびて行く。

Friedrich Wilhelm Nietzsche
（ツァラトゥストラはかく語りき 第一部「山上の木」より）

C－1

海の中に、海があった。

半世紀前、地表付近の環境に適応した一部の古細菌類《アーキア》の急速な浸食により、関東平野は海抜下まで沈降し、二十世紀から二十一世紀にかけて豊かさを謳歌した東京都市圏は、関東湾という新しい海の底へ沈んだ。

古細菌類《アーキア》によるさらなる汚染の拡大を防ぐため、関東湾が巨大な堰《せき》によって封鎖されてから既に半世紀、一方で古細菌類《アーキア》を人工的に培養し微細機械《マイクロマシン》として利用することで、人類は更なる繁栄を得ると同時に、〈種のアポトーシス〉と呼ばれる人類史上に類を見ないほどの危機を抱え込むことになった。

その栄華と危機の中心にある関東湾の海は、不純物を分解する微細機械が満ち、世界で最も蒼い海と言われる。

関東湾の中心にそびえる海上都市、東京人工島に初めて訪れた海外使節団は、まず最初にこの海のあまりの青さに目と心を奪われ、溜め息をつかずにはおれないのだという。

しかし、それは死の青だ。人の目には見えない数マイクロメートル未満の微細機械が高濃度で充ち満ちたこの海の中では、一立方メートルあたり一ミリグラムの不純物があっても一分間ほどで分解されてしまう。

そのために浮遊生物《プランクトン》は生息し得ず、それを食物連鎖の底辺とした一般の海洋の生態系は、この陸と堰に囲われた関東湾内においては完全に崩壊している。

魚の一匹も生息し得ない、命のない水なのだ。

その海の水面を、一匹の蝶が滑るように舞っている。

雲母《マイカ》の薄欠片《きら》のように薄い四枚の羽は、しかし青い空とそれよりも蒼い海の狭間に開いた穴のように黒く、透き通ったシルクのように軽く翻《ひるがえ》りながら、そこだけ命の母たる太陽の恵みの光雨から見捨てられてしまったように暗く、それでいながら微かに蒼く閃《ひらめ》いている。

それは物質が本来持つ色ではありえない。表面の微細な構造が日の光を干渉させて初めて生まれる、回折格子構造色《ストラクチュアル・カラー》という奇跡の色である。

構造色を持つ蝶の羽は、本来なら微かに羽が翻るだけでその色合いが千変万化し、人間の網膜の色覚限界をゆうに飛び越えて複雑に輝く。しかし、日光から取り出されうるあらゆる色彩を表現できるであろう、それほどまでに高度で緻密な構造を持ってして、なにゆえ今、水面を舞っているその蝶の羽は黒なのか。赤、黄、緑、その他、無数の色を纏《まと》った蝶は他にたくさんいるのに。

　この世界の誰か、なんの動物が、どんな生き物が、その蝶に黒く閃くことを望んだのだろう。世界のあらゆる色を絹布より薄いその羽の中に閉じ込めておきながら、この世の創造主はなぜその蝶には「黒くあれ」と契ったのだろうか。闇夜を舞う蛾たちですら朽ちた樹木のような趣《おもむき》深い色を与えられているというのに。

　やがて――漆黒の羽の蝶は、青空と、それよりも青い海面の境界で羽を休めて止まる。すると、命の住まわない死の水を、花の蜜の代わりに啜《すす》っているかのように見えたその傍らに、不意に人の姿が現れた。

　もはや今の時代となっては、それを「人」と呼ぶことに違和感を覚える者のほうが少ないであろう。「人間」ではない、しかし「人」と呼ばれ、人のように扱われ、人のように笑い、人のように泣き、人のように人を慈しみ慈しまれる、人の姿をした人工物。

　人工妖精《フィギュア》――人間は、彼女たちのことを自分たちとは区別してそう呼ぶ。

　あるいは人工の新しい生命体であるという。あるいは生身の機械にすぎないという。あるいは人間と同じような魂を持つ、人間以外の種であるという。

　全身の細胞が微細機械《マイクロマシン》で構成され、生殖機能を持たない以外は人間となんら区別のつかない肉体を持つ彼女たちの、唯一明らかに人間と異なる器官が、その背中の翅《はね》である。

　文明社会の一員として彼女たち人造にして人型の新種族を迎え入れるにあたり、人類は彼女たちに蝶のそれと見まごうがごとき、美しい二対の羽を与えた。

蝶が海の上を舞っているように、そして水面に止まったように見えたのは、背中の羽を広げながら海の上を走っていた彼女が、不意に足を止めたからだ。

人工妖精の羽は、あくまで人工の知的有機体として要求される機能と耐久性を実現するための、生体工学的な必要性に則った付属物であり、黎明期においては羽を持たない、あるいは蝶の羽とは異なる放熱器官を持って生み出された試作体もあった。しかしながら、そうした検証段階の個体は短命に終わることが多く、すでに全世界で数十万体を数えるほどに普及した彼、彼女たちのほぼすべてが、色やデザインは様々であれども蝶のそれを模した羽を背中に備えている。

やがて、必然的に背中の羽は彼女たち人工妖精を象徴する器官となり、人工妖精の造り手たる〝精神原型師《アーキタイプ・エンジニア》〟たちは、新たな人工妖精を生み出すたびに、顔形と同じかあるいはそれ以上に背中の羽の美しさに磨きをかけるようになった。

そんな時代にあって、彼女の微かに碧《あお》く煌めくだけの漆黒の羽を見れば、誰しもが首を傾《かし》げてしまうはずだ。なぜそんな地味な色の羽を与えて彼女を生み出したのだろう、彼女の親――造り手は何を思って、彼女の背にそんな色を背負わせる冷淡で酷薄なことをしたのだろう、と。

しかし、そんな同情の念を言葉にして彼女に伝えたところで、彼女のほうこそ首を傾げてしまうばかりだろう。なぜなら、彼女は自分以外の人工妖精の羽など、数えるほどしか目にしたことがないからだ。

漆黒の羽の少女型人工妖精は、立ち止まったその場に屈んで、下の方を覗き込むような仕草をしている。まるで海の真ん中にぽっかりと深い穴が空いているのを見つけてしまったかのようである。

実際、希《まれ》なことではあるがこの関東湾を行く船の上から彼女の姿を見つけたならそのように見えてしまっても仕方がない。黒い羽の少女はガレリアの奇跡のように海上に佇《たたず》んでいるし、確かにそこには「穴」があるのだ。

だが、「穴」という表現は正しくあるが、彼女のいる場所を表しおおせてはいない。

穴はある。天然のものなら〝Blue Hole〟と呼ばれる、そこだけ周囲より急激に底が深くなった海底の洞窟の入り口である。

直径およそ四百メートルのほぼ円形で、あまりの水深ゆえに、穴の上の海面は周囲よりもさらに濃く碧く見える。

関東湾にはこうした人工、半人工のブルー・ホールが幾箇所もある。一説には、この海がかつて関東平野と呼ばれる陸地であった頃、高度経済成長期に無数に掘られた地下鉄道やトンネルが、海底に沈んだ後に浸食され、陥没したためにできたのだとされている。

黒い羽の少女が立っているのは、そのブルー・ホールの縁である。より正確には、海面より二十メートルほど水位が低いブルー・ホールを、ぐるりと取り囲むように存在する海抜下の〝村〟を、縁から見下ろしているのだ。

ブルー・ホールはこの関東湾では貴重な天然の水資源――微細機械の濃度が極めて低い自

然の水が溢れ出す場所であるため、まだ新しく幼いこの「国」のひとまずの首都である東京がまだ「自治区」と呼ばれていた頃から、行政局による調査と研究のための施設が備えられていた。海面に合わせて上下する堤防によって外海から隔離し、そこに本来の自然の生態系を再現しようとしていたのである。

死の青に染まった海を無人の砂漠とするのなら、ブルー・ホールの周辺はそこだけ命の溢れるオアシスと言えるだろう。

東京自治区の成立からはや半世紀、そして独立から二十年を数える現在、少しずつではあるが、そんな飛び地にも一般の人々が住まい始めている。

関東湾にはこうしたブルー・ホールを取り囲む堤防内に設営された居住区域が、他にもいくつもある。

堤防によって外海と切り離された結果、ブルー・ホールの水面は沈下した。人々は、はじめに堤防の内側に水上家屋を建て、それが増えるに従って水上にいくつも橋が架けられるようになり、それはやがて大きな通りになってブルーホールをぐるりと取り囲んだ。

そうした村をもし空から見下ろしたなら、堤防とその内側の水上村落によって、ブルーホールが二重の真円に囲まれているように見えるだろう。人々はそこでささやかながら社会生《コミュニ》活《ティ》を営んでいるのだ。

そして、男・女の別離が未だ免れぬ以上、人間の傍らには常に人工妖精たちの姿がある。

黒い羽をした人工妖精の少女も、そうした村の住民の一人である。

とはいえ、海抜下に住まう村の住民たちが海面より上に姿を現すことは滅多にない。そも、わざわざ海抜下の窮屈な水上に人が住んでいるのは、東京の独立を認める条件として無闇に海上施設を増やさないことを海外列強の国々が強いたからである。当時、ただ一人の総督であった椛《もみじ》閣下は、東京の影響力拡大を恐れる海外列強からそのような無茶な要求が突きつけられることを見越していて、彼らの敵意をせせら笑うように受け流してしまった。

椛総督は、東京の独立が果たされるやいなやブルー・ホールの持続的な保護の名目で次々と海抜下の居住区域を整備し、常駐・非常駐の職員の最低限の生活圏の確保という論拠を元にして見る見るうちに人と物のインフラを整備し、首都・東京を中心として点在していた無数のブルー・ホールを繋ぎ合わせ、各国列強が抗議の声を上げ始めた頃には、関東湾の広大な海面積の半分以上を占める極東有数の巨大な経済圏をとっくに構築してしまっていた。

今はまだ点と点を結んでようやく線としただけの蜘蛛の巣のように心許《こころもと》ない都市圏だが、人口が少ないだけに元より一人あたりの国民総生産《GNP》額は突出していて、その経済規模は斜陽であった元の日本国に匹敵するまでになってしまっている。遅かれ早かれ、首都と村々で囲まれた広大な海域にまで東京人工島の実効的な支配が及ぶようになるのは火を見るより明らかであった。

そのような背景があるため、村内の水上建造物はそのすべてが干潮時の海水面より低くなるように制限されている。だから、もし遠く海上にいる船の上から村の方角を眺めても、村の建物を見ることはできないのである。

旧体制然とした各国は、陸上の国土を持たず、かつ男女別離と微細機械文明の二本を柱にした過去にない新しい形態と生存空間を創造しつつある新国家の足を掬《すく》わんと、いつでも手《て》薬煉《ぐすね》引いて待っている。あくまで海面下の居住施設という名目でそこに住まっている以上、住人が海上に姿を現すことは、いくつかの些末な例外を除いて厳格に戒《いまし》められていた。

当然、黒い羽の少女も、村と外海を隔てる堤防の上に立つことが許されぬ行為であることは理解しているのだが、彼女の側にも「些末な例外」に属さないとはいえ見過ごせぬ事情があって、村の底から見上げれば高さ二十メートルにも達する堤防の上にわざわざ登ったのだ。

その事情なるものは、真っ白なサマー・セーターの袖から露わになった両手に握られている。

ロープと言うには細い、荷造りにつから紐である。それが彼女の手から、淡い水色のプリーツ・スカートに包まれた脚よりも、レザー・ベルトのサンダルよりも下の方へと伸びている。彼女は、その先に吊るされたものを慎重に引き上げようとしていた。

不意の強い海風を受けて腰まである長い黒髪が翻り、彼女の身体が微かによろめく。

足場の堤防の幅はわずかに一メートルほど。万が一、足を踏み外せば、外側なら滅多に船も行き来しない外海へ放り出されてしまうし、内側なら最大で二十メートルも下の村へ垂直落下である。どちらにしても危険極まりない。

「大丈夫かね！　揚羽《あげは》ちゃん、無理はせんと！」

足下の村の方から、老齢の男性の気遣う声がする。

「いえ！　ただ、髪が目に入ったからびっくりしちゃって……やっぱり髪はしばってから登ればよかった！」

気丈にも、というより幼さと裏腹の怖いもの知らずゆえに、彼女ははにかみながら、海風の唸《うな》る音にも負けないくらいの大きな声で下にいる男女へ応えた。

とはいえ、ヒールのついたサンダルではさすがに足下が心許なく、黒い羽の少女——揚羽は紐を器用に左右の手で持ち替えながら、両足のサンダルのバックルを外してそれを脇に脱ぎ捨てる。素足になると初夏の日差しに照らされて温まったコンクリートの熱が直に伝わってきて、足の裏から仄かに焦がされていくような気がした。

ついでに額を伝っていた汗を手の甲で拭《ぬぐ》ってから、再び紐を引き上げ始める。

決して重くはない。むしろ軽すぎて難しいのだ。揚羽がほんの少し手を滑らせてしまった途端、紐の先に吊るされたものはコンクリートの堤防に打ち付けられて、無惨に砕け散ってしまうだろう。

そうはならないよう、揚羽は指先に神経を集中し、慎重に両手を交互に前後させて、少しずつ、ゆっくりと紐を引き上げていった。

そうして手で引き上げ続けること十数回、紐の先に吊るされたものがようやく揚羽の膝の高さまで上がってきた。

それは、小さな燕《つばめ》の巣だ。まだ目も開いていない、赤い肌に産毛《うぶげ》だけの幼い雛鳥《ひなどり》ばかりが五羽、巣の中でか細い声を上げて親鳥を呼んでいた。

笛の音のような声に釣られて上を見上げれば、二羽の親ツバメが弧を描いて飛び回っている。そして時には揚羽の手が届きそうなところを飛びすぎていく。

——私たち夫婦の大事な雛たちを取って食おうとでも言うのか。

そんな必死の抗議の声が耳に聞こえてくるようだった。

「ごめんなさい、怒らないで！　もうすぐ安全な場所に戻してあげるからね！」

雛鳥たちが身を寄せ合って震えている巣を大事に胸に抱え——抱えようとして、人の匂いがあまり強くつくと親鳥たちが巣に戻らなくなってしまうと教えられたのを思い出し、ラウンド・ケーキを運ぶときのように両手で丁寧に支えた。

そして一度下の方を覗き込んでから、コンクリートの上にうつぶせに身体を横たえ、燕の巣を持った両手を下の方へ伸ばす。

顔半分、下の村の方へ突き出した格好になるが、ほぼ垂直に切り立つ崖のような堤防の壁面はほとんど見えない。代わりに揚羽の身を案じて眉をひそめている老齢男性の姿が見えた。

「もうちょっと下！　そう、下！　それから少しだけ左！」

男性がいるのは、堤防に寄り添うように建っている家の三階のベランダだ。揚羽のいる堤防上からは十メートル以上離れている。波や海風の音が大きくて、声を張り上げなければ互いの声は届かなかった。

「このあたりですか!?　もうすこし右!?」

這いつくばったまま、揚羽はツバメの巣を掴んだ両手を必死に伸ばし、収まるべき場所を探す。

　揚羽のいるすぐ下に、非常時のための排水路の穴が空いているはずなのだ。大きさは人の頭より一回り大きいくらいである。下から見れば一目瞭然なのだが、いかんせん堤防の壁面がほぼ垂直に切り立っているため、肩から上を乗り出したぐらいでは揚羽の位置からは見えない。

「そう！　ほんの少しだけ右より！」

「ここですね！」

「ああ！　そこで大丈夫だ！」

なので、下で見守ってくれている男性の声だけが頼りだ。

　小枝と糸くずでできたツバメの巣はショコラ・ケーキのように華奢《きゃしゃ》で、少し力を入れて掴むだけで潰れてしまいそうである。もし穴の場所の見当を間違えてコンクリートの固い壁に押しつけてしまったなら、それこそ乾いたマカロンのように脆《もろ》くも崩れて、中の雛鳥たちは地面へ真っ逆さまだ。

　もっと腕を伸ばそうとすると、バランスをとっていた左足が外海の波に触れて揚羽の足の指を浚《さら》った。その温度よりもなお冷たい汁が、揚羽の襟足から耳の下を伝い、顎の先まで流れてから地面へ落ちていく。

「よし！　入れます！」

意を決し、揚羽はツバメの巣を壁の中へと押し入れる。

微かな抵抗を指先に感じたときには胸の中のものが大きく跳ねたが、巣から飛び出た小枝が引っかかっただけだったようだ。パキッと小さな音がしただけで、鳴き声を聞く限り中の雛鳥たちは無事のようだった。

慎重に、丁寧に、慎重に、丁寧に――。

そう何度も自分に言い聞かせながら、揚羽はツバメの巣を見えない排水路の穴の中へゆっくりと差し入れた――


――のが、今から十分ほど前のことである……らしい。

「結局、親鳥が巣に戻ってきてくれるまでは待っていられなかったのですけれども。なにせ、二羽とも凄い剣幕で、今にも私の顔に突っ込んできそうな様子でしたから。サンダルだけ拾って一目散に逃げてきたと、そういう顛末でして」

まだ水が滴り落ちているレザーベルトのサンダルを両手に摑んだまま、濡れた素足を膝丈のプリーツ・スカートの裾からあられもなく晒した黒い羽の少女は、無邪気にはにかんで言った。

「それで、ツバメの親子の代わりにお前が水浸しになった、ってことか？」

「えぇまあ、そゆことです。海に落ちたりはしなかったんですけれども、こういう村の堤防って海面に合わせて上下する仕組みだから、いつも海面スレスレじゃないですか。横になっていたときちょっと大きな波が寄せてきて」

少々舌っ足らずな口調で、少女は答える。

迎えに来るのは知っていたが、列車を降りた途端に水浸しの少女と出くわせば、さしもの陽平《ようへい》も目を疑わざるをえなかった。

今二人がいるのは村の唯一の駅で、円形をした村の堤防の外側にあるプラットホーム上である。いったん堤防の上に登ってしまったのなら、そのまま堤防の上を走ってきた方がたしかに近道だが、あまりに危なっかしすぎる。

簡素な造りの駅のホームはコンクリートが剝き出しで、初夏の強い日の光に照らされて一面が白む中、少女のまわりと足跡だけが湿って黒く滲んでいる。

ひとつだけ備えられた四人がけほどのベンチに、今は二人で並んで座っている。申し訳程度の庇《ひさし》はちょうどベンチの真ん中から影を作って陽平だけを日差しから守っていた。

「しかし……低い場所って言ったって、ツバメが最初に巣を造ったのはその家の一階の軒下だったんだろ？　そんな高さまで水が上がってくることなんて滅多にないだろうに。わざわざ一番高い排水路まで動かしてやる必要なんてあったのか？」

「とんでもない！　陽平さんは都会に住んでらっしゃるから、ここみたいなドがつく田舎ならではの苦労をご存じないんですよ！」

すごい剣幕、というわけではない。子供が親の知らなかったことを自慢げに話すのと同じだ。なにやら得意げに身を乗り出し、顔を近づけてくる。

「去年、台風が関東湾を直撃したときは本当に凄かったんですから！　堤防がいっぱいまで上がっているのに波が乗り越えてきて、どこのお家も一階はすっかり浸水してしまって、一番下の排水装置はオーバー・ヒートして逆流を始めるし、みんな二階まで逃げて大騒ぎだったんですよ」

本土——もうあの大八洲《おおやしま》は日本国ではないが、陽平のような古い世代に言わせればやはりそう呼ぶのが似つかわしい——の東北地方の山間部では、真冬になると人の背丈よりも雪が降り積もるので、玄関が一階と二階に別々にあるらしいなどという、冗談とも真実とも計りかねる話を、自警団《イエロー》の捜査官時代に同僚から聞かされた覚えがある。

陽平は今でこそ悠々自適に旅をしているが、微細機械文明の先進海上都市、首都・東京で生まれ育ち、そこで数十年を過ごした身である。そんな根っからの都会者には想像の及ばぬ苦労が、田舎にはままあるということだろうか。

「台風が通り過ぎてからも、下の排水装置が復旧するまでは完全には水が引かなくて、道ではみんな膝下まで水につかりながら歩いているし、お買い物に行くのだって大変だったんですから！」

「わかった、よくわかった。大変だったんだな」

互いの鼻が触れあいそうになるほど顔が近づくに至って、すでに四十五度以上まで深く身を乗り出してきていた揚羽の両の肩を、陽平は摑んで押し戻してやった。

ほうっておいたらベンチに二人して倒れるまで押し寄せてきそうな勢いだったから、というのが理由の半分。残りの半分は、揚羽が前屈み気味になったとき、純白のサマー・セーターのVネックの隙間から、胸の膨らみの淡い桃色をした先端が見えてしまったからだ。どうやら、あのモノグサ極まる童顔の保護者は、女親として最低限の責務すらも放棄しているようだ。

上の下着の習慣についてなど男の陽平がおいそれと口にできるようなことではないが、何かの機会にそれとなく教えてやらなければ、薄着の季節になるたびに目のやり場に困ることになりかねないし、まだ幼いこの娘の将来にもよくない。

「しまいにはお涼《りょう》さんがどこかからゴム・ボートを引っ張り出してきて！」

お涼さん、というのは、たしかこの村で唯一の雑貨屋の看板娘だ。たしか本名は「涼法《りょうぶ》」といい、正式な薬剤師の資格も持っているらしい。口を開けるたびに「ここはあくまで薬局だからね、なんでもあると思わないで。そりゃ大抵のものはあるけどさ」と、煙草を求めてきた陽平に口酸っぱく繰り返していたのを覚えている。

しかし、なにせこの村には他に商店のたぐいは存在しない。自給自足できるものと物々交換のような原始的なやり取りでまかなえるもの以外は、すべて村の外から仕入れてくるしかない。となれば、唯一の商い口である彼女の薬局が日用品から家具にはじまり、保険契約や投資信託の窓口、ついでにご禁制の煙草まで扱う総合雑貨店となってしまうのは必然であった。

「お店まで来られない人たちのためにボートで村の中を注文を取って、宅配して回っていたんですよ！　私も途中から手伝って、ボートに乗って村をもう何周も、何周も！　陽平さん想像できます!?」

　背筋がまっすぐに戻ってからも、揚羽はなにやら自慢げに語る。

　ああ、自分にもこんな顔をしていた時分がある。確か四、五歳の頃に、大人たちから絶対に近づいてはいけないと厳しく言いつけられていた高圧線の鉄塔に、子分がわりのガキどもを引き連れて登ったときだ、と陽平は昔を思い返す。

　頂上近くまで着いてから、鉄塔の周囲にたくさんの大人たちが集まって大騒ぎになっていることにようやく気づき、間もなく無理矢理引きずり下ろされてしまったのだが、あのときの陽平は頑固な親父のゲンコツへの恐さよりも、何に向けてともしれぬ誇らしい気持ちで胸がいっぱいになっていた。

　若気の至り、という奴かもしれないが、とにかく忘れ去ってしまいたい過去である。誰しも幼い頃には、大人にはできないことを誇らしく思えてしまう時期があるのだ。

　今の揚羽も身体こそ十代前半だが、その中に宿る心はまだ生まれてようやく四歳の子供である。いくら語っても語り尽くせないほどの冒険譚が、日々蓄積されている最中なのだろう。

「それでですね！　それで――！」

　……まことに、文字通り、語り尽くせぬようである。

「続きはお前の家で聞かせてもらおう。もう駅《ここ》が海に沈む時間だ」

　揚羽は小さく口を「へ」の字に曲げていたが、陽平が足下の旅行鞄を摑もうとすると、慌てて手を伸ばしてきた。

「お荷物ぐらい持ちますよ」

「お前には重いぞ」

「陽平さんは東京からの長旅でお疲れでしょう？」

そういって取っ手を引き上げようとするが、思いがけぬ鞄の重さにびくともせず、ついには両手で必死に持ち上げるも、足下がおぼつかない。

「ほら見ろ、言わないことはない」

陽平が背中から支えてやると、細い背筋が陽平の胸板に重なる。途端、まるで空焚《からだ》きした鍋に触れてしまったかのように、揚羽が跳びはねて離れる。

触れてくれるな、ということだろうか……やおら傷つく、陽平の男心である。

「……悪かったな。もうお前には触らないようにする」

「い、いえ！　違うんです！　そうじゃなくて、そういうんじゃなくって……」

声はだんだんと小さく、重い鞄に引っ張られた肩はモジモジとますますすぼんでいく。

とくに陽平だから、ということではなく、不意に男に触れられてしまったことに驚いたのだろうか。

——思春期みたいなものか。人工妖精の思春期なんぞ、あまり聞いたことがないが。

まあ人工妖精は人間の多種多様な要望に沿って様々に造られるし、ことこの娘に限るならその中でも例外中の例外だ。人間の十代前半のような発達過程を現在進行形で経験しているのだとしても、ありえないことではない。

「鞄はいい。お前にはこっちを任せる」

言いつつ、陽平は揚羽の両手から片手で軽々と鞄を奪い取り、代わりに自分の被っていた中折れ帽を揚羽の頭に置いてやった。

それで納得したわけでもあるまいが、自分の頭より一回り大きな帽子にいったん目の下まで覆い隠されて、その鍔《つば》を細い指で引き上げたときには、すっかり楽しげな顔つきになっていた。

大きすぎる帽子を頭の上で回したり、鍔を握ったり離したりと、新しい玩具を与えられた子供のように弄《もてあそ》んでいる。

「陽平さんて、お洋服のセンスがいいですよね」

褒め言葉のつもりなのだろうが、東京を出る前に取りあえずと思って適当に無難な一揃いを新調してきただけの陽平としては、ただ苦笑するしかない。

ありきたりな無地の開襟シャツ、ありふれたチェックのスラックス、それにどの映画にも一度は出てきそうなシンプルな中折れ帽である。都会の服装を見慣れていないから、きっと物珍しく感じているのだろう。

二人が駅のプラット・ホームから無人の改札を出て、堤防の上に降り立ったとき、ホームの方で黄色い警告灯が回り始め、ちいさな駅は線路や改札ごとゆっくりと外海の中へ沈んでいった。

「何度見ても見慣れないな、この光景だけは」

庇の先端まですっかり沈んでしまい、海面を透かして見える水中の駅を見下ろして、陽平は呟《つぶや》く。

「そうですか？　どこの村でもおんなじでしょう」

帽子の庇の陰から、揚羽が不思議そうな上目遣いをして言う。

揚羽の言うとおりではある。「海上施設は建てない」という約束のもと、あくまで「海面下の施設」として「村」々がある以上、村の玄関口である駅や駅舎、それに鉄道路とて海上に設置することはできない。

一方で、三大技術流派のひとつである水淵《みずふち》家が東京やその周辺の村々に提供する強力な鉄道技術は、海抜ゼロ・メートル以下では運用が困難という変わった制約がある。地下鉄には向かないし、海中にチューブを置いてその中を走らせるわけにもいかない。

それら二つの矛盾する条件をすりあわせた結果が、この浮き沈みする駅であった。普段は海面下に没している駅は、列車が来るときだけ一時的に海上へせり上がってその姿を露わにする。駅が沈んでしまえば、海上に残るのは線路だけである。

あくまで海面下の設備だが、状況に応じて海上まで上昇可能な構造、というのが建前だ。実際問題として、海中にある間はなんの役にも立っていないのだが、これも海外勢力と東京の総督府が互いの主張に折り合いをつけた結果である。

「行くか」

こうした〝遷都宣言〟以降の新しい常識に違和感を覚えるのも、陽平がそれなりに歳を取ってしまったという証左《しょうさ》なのかもしれない。

駅は円形をした堤防の外海側に隣接しているので、村に立ち入るには堤防から内側の村まで、階段で降りていかなくてはならない。

陽平が鞄を肩に担いで村へと続く階段を降り始めると、ひと足、ふた足ほど遅れて揚羽もついてきた。

「はい！　鏡子《きようこ》さんも灰を長くして待ってますし！」

長くするのは普通「首」ではないのか、と思ったが、あの怠惰かつ傲岸不遜な幼女もどきが陽平の来訪を歓迎するはずもない。確かに、面倒くさそうに煙草を吸い散らかして〝灰を増やしている〟のが関の山だろう。言い得て妙だ。

なるほど、背丈と容姿こそ変わらないものの、確かに日を空けて会うたびに、揚羽の語彙はぐんぐんと広がっているようだ。

帽子の鍔の下で、揚羽がしたり顔で小さく舌を出し、陽平を見上げている。褒めてくれ、とその顔にはっきりと書かれている。

「うまいことを言えるようになったな」

陽平が帽子越しに頭を撫でてやると、揚羽は両手で帽子の鍔を握ったまま無邪気に笑って、一段飛ばしに階段を降りていく。

「さ、早く！　陽平さん、早く！」

初夏の日差しを受けてその姿がいっそう眩しく見えて、陽平は微かに目を細めた。

胸にちくりと刺した痛みを、無垢な少女には悟られぬようにしながら。

——貴方の事も　私のことも
——全ての事も　まだ知らないの……

A－1

かの五輪書《ごりんのしょ》に新免武蔵《しんめんむさし》曰《いわ》く、

——武士の兵法《へいほう》をおこなふ道は、何事におゐ《い》てもにすぐるゝ《る》所を本とし、或《あるい》は一身《いっしん》の切合《きりあい》にかち、或《あるい》は数人の戦《たたかい》に勝《かち》、主君《しゅくん》の爲《ため》、我身《わがみ》の爲《ため》、名をあげて身をたてんと思ふ。是《これ》、兵法の徳《とく》をもつてなり。

また、禁書・葉隠《はがくれ》に山本神右衛門常朝《やまもとじんえもんつねとも》曰く、

——常に、武勇《ぶゆう》の人に乗越《のりこ》えんと心懸《こころが》け、何某《なにがし》に劣るまじきと思ひて、勇氣を修すべきなり。


『小さな兵隊さんが十人《Ten little soldier boys》、ご飯を食べにいったら《went out to dine》一人がのどをつまらせて《One choked his little self》、残りは九人《and then there were nine》♪』

士道を説くかの二大書をして、「モノノフ」とは何者にあっても武勇に劣らざるべしと、通じて諭される。

この二つの書物が記されたのは、武士たちが覇を競った戦国時代より過ぎること半世紀以上の後のことで、世が太平に落ち着きを取り戻した頃に、あらためて戦人《いくさびと》たる武人の心得が洗い直され、まとめ上げられた書である。

二つの書の根底にある価値観は対照的であり、あくまでいついかなるときも戦の心構えを怠るべからずと説く新免——宮本武蔵の五輪書に対し、葉隠は乱の治まった徳川の世に相応《ふさわ》しい武士の有るべき姿を語っている。

『小さな兵隊さんが九人《Nine little soldier boys》、夜ふかしした《sat up very late》ら一人が寝ぼうして《One overslept himself》、残りは八人《and then there were eight》♪』

それでありながら、二書はこと武士の武勇に関してはここだけ示し合わせたかのように「ただひたすら劣らざるべし」と示す。

特に五輪書においては、「或は数人の」と強調されていることから、無数の敵味方が入り乱れる戦場における武勇をも念頭に置いていることがはっきりとわかる。

その超人的に卓越した心身の強靱さを前提に起こされた武蔵の二天一流を、後の世に継承しえた者は多くはないものの、彼が晩年になって示そうとした〝志《こころざし》〟そのものは、およそ「武」と名のつくものを修めようとする多くの人々の胸の内に強く刻まれ続けている。

即《すなわち》、勝《かつための》、理《ことわり》、である。

『小さな兵隊さんが八人《Eight little soldier boys》、デヴォンを旅したら《travelling in Devon》一人がそこに住むって言って《One said he'd stay there》、残りは七人《and then there were seven》♪』

誇りを、名誉を、あるいは仕える主君や思想、主義や志を守るため自らの身・命を賭すのであれば、「勝」つための「武」を予断なく、合「理」的に究め尽くすべし。ならばあらゆる武術とは、人・対・人の闘争のための知恵と知識と技術を、徹底した合理性によって突き詰め、磨き上げた末の、至宝のごとき諸体系ということになる。
そして後々の世にまで、多くの武術・武道は合理性を突き詰めた果てに極めてシンプルな技術の集合体として現在まで伝わるに至っている。
『小さな兵隊さんが七人、まき割りしたら一人が自分を真っ二つに割って、残りは六人♪』《Seven little soldier boys chopping up sticks One chopped himself in halves and ther there were six》
例を挙げるならば、剣道とは「面」「小手」「胴」「突」というたった四つの技に集約され、手さばき、構え、足さばきに至るまで、その四つの技を最大限に活用するためだけに磨き抜かれて完成している。
映画や劇画に多く見られるような無用な動きは、現実の剣道にはない。無駄に飛び跳ねはせず、無駄に刀を振り回して火花を散らすこともせず、無用に奇策に拠ることもせず。ただ刹那の一刀のもとに斬り伏せる瞬間を、鍛え抜かれた心身と数百年にわたる研鑽の末の技術をもって自ら招き寄せること。剣道は言うに及ばず、剣術の多くはそうして傍目には地味で、単純で、それでいて奥深く気を競り合うという、ある種の極みに到達している。
『小さな兵隊さんが六人、ハチの巣をいたずらしたら一人がハチに刺されて、残りは五人♪』《Six little soldier boys playing with a hive A bumble-bee stung one and then there were five》
総合格闘技と称されるものはこの世界に多数存在するが、そうした体系の枠をも跨《また》いだ異種格闘技戦なるものが定着しないのは、それぞれの体系がもつ歴史ある名誉を守るためという保守的な理由がある一方、なにより継続的な興行として成立しえないからである。

たとえば、ボクサーであれば拳でのやり取りをひたすら極めつくしている。かたやレスリングの修得者であれば、ボクサーを相手にパンチの応酬に持ち込まれることなどもってのほかで、とかく一瞬の隙を突いて、巧みに寝技に持ち込むチャンスを窺《うかが》うことになる。

『小さな兵隊さんが五人《Five little soldier boys》、法律を志したら《going for law》一人が大法官府に入って《One got in Chancery》、残りは四人《and then there were four》♪』

一言で斬ってしまうならば、合理性を極め単純化を尽くしたそれぞれの武芸は、無知な者が一瞥しただけでは、退屈で無駄に様式化されて見えてしまうものである。しかしそうした対決にこそ、全身全霊を込めた一刀、一撃入魂の一手が生まれうるのであり、それを目にすることに多くの人は惹かれ、焦がれる。

これがひとたび様式という枠を取り払ってしまったが最後、それはただの奇策・奇襲の卑しい応酬へと貶《おとし》められてしまい、まれに観戦すれば目新しさこそあるものの、もはや持続的な感動や情熱はそうそう生まれ得ない。

『小さな兵隊さんが四人《Four little soldier boys》、海に出かけたら《going out to sea》一人がくん製のニシンにのまれて《A red herring swallowed one》、残りは三人《and then there were three》♪』

現代の剣、柔《やわら》、弓、他の多くの武芸ごとが、素人目には地味で単純に見えてしまう形として完成しているのは、そうした理由による。

しかしながら一方で、こうした大道的な武芸体系とはまったくもって対照的に、ひたすら複雑化、乱生化し究めてしまった特異な武術というものも、この世界には未だ少なからず実在する。

映画のように派手な立ち回り、劇画のように奇を衒《てら》う攻め、曲芸のような鮮やかな身のこなし。これらを単なる思いつきやその場凌《しの》ぎの奇襲と奇策に貶めるのではなく、それらをこそ体系化し、磨き上げ、高度な戦闘技術にまで押し上げてしまうという、非・合理性の塊のような「殺法」。

『小さな兵隊さんが三人《Three little solcier boys》、動物園を歩いたら《walking in the Zoo》一人が大きなクマにだきしめられて《A big bear hugged one》、残りは二人《and then there were two》♪』

古くは様々な暗殺術、あるいは忍術の名で広く知られるような、合理化とは逆の道を突き進んだ武術体系。これらが「武道」や「スポーツ」に進化しえなかったのは、近代的な社会正義には受け入れられがたい陰湿性以上に、おのが心身をも滅ぼすことを前提にした価値観の落差によるところが大きい。

五輪書に明らかなように、こと前者の「武」とは一人を打ち倒してそこで終わるものではありえない。戦場ならば目の前の敵の後ろには次の敵が控えているし、たとえ一身対一身の決闘であろうとも、それを勝ち仰せて後に主君や祖国などのために働けない肉体になってしまうのでは意味がない。武は戦してなお健全たらねばならないという、大前提が根底にある。

『小さな兵隊さんが二人《Two little soldier boys》、ひなたに座ったら《sitting in the sun》一人が焼けこげになって《One got frizzled up》、残りは一人《and ther there was one》♪』

しかし後者の「殺法」は、なんらかの一瞬の目的の達成をこそ至上とし、それ以後の心身の健全性は二の次、三の次に置かれ、外法の薬物によって直接的に自分の心身をすり減らすことすら禁じない。

ゆえに、全身に過剰な負担のかかる曲芸じみた身のこなしや、奇策としか覚えられない異様な攻守の技を行使する。いずれも「武」の根本原理とは完全に相容れえないのだ。

『小さな兵隊さんが一人、あとに残されたら《One little soldier boy left all alone》自分で首をくくって、《He went out and hanged himself》そして《and ...》♪』

そして今、その合理性を磨き抜いた結晶と、対となる非合理性の歪《ゆが》んだ結実が、互いの命を賭して相対していた。

場所は、東京人工島の女性側、その西の端から海上数十メートルの高さにせり出した人工の「半島」上である。元は赤色機関《Anti-Cyan》の基地移転先の候補地として新たに建設される予定だった施設だったが、その後男・女双方の側の行政局の政権交代などが繰り返されて有耶無耶になった挙げ句、ほぼ鉄骨だけで構築された中途半端な状態で建設が中止され、そのまま十余年放置されていた。

大人が大人の都合と事情で大人のために造った、巨人のジャングル・ジムである。

ひとつの枠あたり縦三メートル、横八メートルに達するその巨大なジャングル・ジムの底、ほぼ中央に、ひとりの婦人が立っている。

質実剛健な袴《はかま》姿、細い腰には漆塗りの赤い鞘《さや》を差し、足は裸足だ。少し離れた場所に、脱ぎ捨てられた草履《ぞうり》が二つ、転がっていた。

額には黒い鉢金《はちがね》を締め、セミロングの黒髪は、今は束ねられて背中に下がっている。

両手には美しく弧を描く細身の日本刀が握られ、婦人はそれを青眼に構えて正面を見据えつつ、油断なく前後左右、そして上方に至るまで、全方位にわたって相手の気配を探っていた。

　時刻は夜も深まり、満月が天頂近くに至る頃である。街の中ならその羽の燐光で辺りを照らす蝶の群れも、自治区の端のここでは数が少なく、明かりとしてあまり頼りにならない。

　このような場所では、どんなに夜目が利いたところで限度がある。だから、彼女は何よりも耳と、次に鼻――相手が全身に浴びているはずの返り血の匂い――だけを頼りに、見失ってしまった相手の居場所を探していた。

　右上腕、左前腕、左脇腹後ろ、右脇手前、右脚の付け根近く、左脚脛《すね》。目につくだけでその六箇所が、服ごと肌の深くまで無惨に切り裂かれ、止まらない出血は左手小指の先と両の踵《かかと》から滴って、赤い染みを床に増やし続けている。

　満身創痍のその姿が、この瞬間までの激闘の凄まじさを物語っていた。

　彼女は、仲間内では右の「親指」と呼ばれていた。「指」とは、この東京人工島、東京自治区を治める総督閣下「椛」に直参し、土気質《トパーズ》の人工妖精《フィギュア》だけで密かに構成された実戦部隊の構成員を指す。

　その名の表す通り、女性側自治区と男性側自治区のそれぞれに十人ずつ。その中でも右の「親指」とされるのは、特に武芸に秀でて他の九人を統括するリーダーである。

　この闘争という闘争が退化し消え果てた自治区の中で、時代錯誤に古風な武術をあえて極めた十人の人工妖精。その頭目《とうもく》たる右の親指は、まさに自治区最強であらねばならない。

　その彼女をして、ここまで苦戦せしめる相手とは、いったいいかほどの怪物、怪人であるのか。

ほんの十数分ほど前、親指の後ろには二人の仲間がいた。

その日までにすでに十人の指のうち七人が「彼女」に立ち向かい、七人全員が返り討ちにされて翌朝の街路で無惨な遺骸を晒すこととなっていた。ゆえに、今夜こそ雌雄を決するべく、残る三人全員でこの場所に赴《おもむ》いたのであるが、わずか十分足らずのうちに親指は最後の一人と成り果てていた。

親指が今、相対しているのは、彼女にとって極めて歪《いびつ》で、理不尽で、不条理で、非合理性を具現化させたような、たった一人の少女である。

そう、「少女」と言って差し支えあるまい。外見は十代半《なか》ばの姿で造られているし、いくつかの話を総合するなら、まだ実年齢すら十にも満たない、若い人工妖精であるはずだから。

そんな幼い相手に、総督の誇る十指のうち九人までが敗れ去ったのである。総督直下「十指」の誇りは地に墜ちたと言っていい。

しかし――それも宜《むべ》なるかな。

敵として切り結んでから初めて、憐れなモノノフはその圧倒的な脅威を全身に牢記《ろうき》させられることになる。すでに二度も立ち合っていた親指も、当然それはわかっていた。

わかっていてなお、この有り様だった。手も足も出ないなどという、文字の上でしかないようないい加減な比喩ではとても事足りない。手を出し足を出し、手を出され足をだされてその度に、親指は自分が半生をかけて一心に研鑽を積み上げてきた合理的な「武」のすべてを、理不尽にも不条理にも非合理的に、片っ端から全否定されつつあるのだ。

あらゆる「技」には、必ず「返し技」がある。完全無欠の必殺技など、現実にはあろうはずもない。そんな技がたとえ一時に存在したとしても、数百年、あるいは千年以上にわたる「武」の歴史は、次の時代には必ず「返し技」を編み出してきた。その攻防の一進一退が繰り返された結果、合理的に無駄を削ぎ落として完成されたのが近代以降の武道と武術であるのだから。

だから「技」を「返し技」で破られるのであるなら、親指にとってはなんの理不尽もない。もしそれで己の命が果てるのだとしても、それは自分が技を使いこなせていなかったというだけのことに過ぎず、自分の志した武の道になんら無念を残すところはない。たとえ、五百メートル離れた場所から銃で狙撃され射殺されたとしても、である。

しかし、今このときにこの身に降りかかっている不条理は、一体何だというのか。

親指とのここまでの攻防で、相手の少女は「返し技」なるものを一度も使っていないし、親指の「返し技」はすべて不発に終わっている。筆舌に尽くしがたき理不尽、語るに狂わざるをえないほどの不条理の連続だった。

合理的に完成され、心身に研鑽の日々をひたすら刻み重ね続けてきた親指の半生を嘲笑うかのように、少女は曲芸師のごとく跳ね回り、鳶職人《とびしょくにん》のように自在に高低を行き来し、それでありながら猛禽類のごとく鋭い連撃を繰り出してくる。合理的に考えるならその動きのすべてが無駄であり、勝つための理にそぐわない。

もしそれらが、武の道に不心得な惚け者のナマクラであったなら、親指ほどの達人ともなれば、たとえ一度や二度まで幻惑されようとも、数度の見切りのうちに切って捨てることができただろう。

それができないまま、一方的に親指の方ばかりが次々と深手を負わされているという現実は、たったひとつの可能性を明らかに指し示している。

つまり、親指が合理性を極めた「武」の達人であるとするなら、相手はそれに対してひたすら非合理性を極め尽くした「殺法」の天賦を授かってこの世に生まれ落ちた、殺傷の天才なのだろう。

ならば二人の戦い方が噛み合うはずなどない。二人はまったく異なる地盤から発達した異種の巨木である。互いの枝を絡み合わせようとするほどにすれ違い、どちらか一方が心・身ともに無惨に磨り減って朽ち枯れていくのみだ。

『——そして、誰もいなくなった《And there were None》♪』

闇の向こうで、無邪気にマザーグースの童謡を朗々と歌っていた声が止んだとき、それは落下してきた。

方向は頭上十数メートル、わずかに右斜め後方。そこからまっすぐ下へ垂直落下してくる。大気を引き裂いて重力加速度と空気抵抗がせめぎ合い、人体サイズの物体が落下してくる微かな音すらも、親指ほどの達人の耳を持ってすれば内燃機関の騒音にも等しい。

切っ先を最高速へ加速するための「溜め」は瞬きの間すらなく完了する。微かに膝を落とし、手首を返し、腰を捻った。

本来は自分より背の高い敵の首を切り捨てるための、下段からの切り上げ。それにさらに背後の敵を迎え撃つための回転斬りの速度と重さを上乗せする、合成技。

序・破・急。心身で学び技を修めながら、その全てを一旦否定し、後にそのさらに上にまで昇り詰める。武術に限らず、伝統によって磨き上げられたあらゆる技術の継承理念である。

親指はすでにそれを会得している。彼女の手にかかれば、ありふれた下段から上段への切り返し技も、振り向きざまに切って捨てるという大道芸的な非実用的な技も、二つが巧みに組み合わされて、一撃必殺の奥義にまで昇華する。

「――――っ！」

気合いの声は奇声、さもなくば獣声に近い。それは爆風のような殺気を伴って半径数十メートルに響き渡り、生物・無生物に関わらず恐怖に震え上がらせるかと思わせるほどであった。

そして、親指の振るった刀の切っ先十数センチは、彼女の後頭部に向けて自由落下してきた人体の右脇腹から左肋骨の三本を寸断し、さらに右脇にかけてを確かに切り裂いた。

で、ありながら、無音。

刀身が太く反りの浅い戦太刀を使う男性側《むこう》自治区の親指の剣術を「剛」の剣とするなら、細身で剃刀《かみそり》のように鋭く反りの深い刀を素早く振るう女性側《こちら》の親指の剣技は、江戸時代中期以降に発展した「柔」の剣。総督からそう評されたこともある。

男性側に比べれば希《まれ》なことであるが、女性側自治区に女性の海外特使が訪れたときには、周囲に並べられた五本の蠟燭の火を、抜き打ちのたった一振りで切って消してしまうという芸を親指が披露するのが慣例になっていた。親指自身にとってはこうした曲芸じみた非実戦的な宴術の類《たぐい》を見せるのはあまり本意ではないが、大変好評で総督の外交の一助となっているのなら断るべくもない。

そのとき、彼女の剣技の冴えを評し、海外特使たちが感嘆を込めて決まって口にするのが「消音剣《サイレンサー》」、あるいは「音すら切り捨てる《サウンド・イレイサー》」という二つ名である。

実際、親指が集中して刀を振るったときには風切り音すらしないのだ。極限まで薄く、鋭く鍛え研ぎ澄まされた名刀と、日に数千回という弛まぬ鍛錬の技が組み合わさって初めてこの世に具現化する、究極の達人技のひとつである。

相手は頭上から奇襲をかけたつもりだったのかもしれないが、人体ほど大きな的の自由落下など、親指からすればまったく脅威たりえなかった。音すらも切るその刀は、蠟燭の火よりもたやすくその命の火を切って消した――はずだった。

「これは……！」

切り捨てた人体は、親指に腹から胸まで深く切り裂かれ、広い傷口から臓物を溢れ出させたまま、宙に浮いている。まるで画鋲や釘で、その空間に縫い止められてしまったかのように。

否、首である。首にかけられた縄で、遥か高みから吊り下げられていた。

頭部は目、口、耳に小さい手術刀《メス》が無数に突き立てられ、まるで半端に剝かれた毬栗《いがぐり》のような無惨な有り様になっている。落下してくる前に既に絶命していたのは明らかだ。

右の人差し指。それが残酷な仕打ちを受けて遺体となり、果てには姉貴分であった親指によって、死んだ後も臓腑まで抉《えぐ》られ切り裂かれてしまった、憐れな人工妖精の仲間内の呼び名だった。

親指があまりの惨状に我を失いそうになったその刹那、さらにいくつもの何かが頭上から大粒の雨のように降り注いでくる。

一瞬の感傷だけで武人に立ち戻った親指の刀は、次々と降ってくるそれがなんであるかを見て取るよりも早く、そのすべてを次々と真っ二つに切り捨てていく。

そして計四十個の破片に分断されて床の上に転がったそれらが、元は一人の人間の両手足二十本の指であったことを、親指は間もなく知ることになった。

全ての指が失われ、代わりだとでも言わんとするかのように両手足に手術刀《メス》の突き立てられた遺体が、先の人差し指と同様に縄で首を吊られて落ちてきたからである。

「……中指！」

反射的に切ろうとしてかろうじて寸前で刃を止めたが、こちらも既に絶命している。

戦慄する親指をせせら笑う声が、嘲笑う声が、子供のように無邪気に、猛禽類のように獰猛に響き渡る。

声の元を追い、親指の目は漆黒の闇の中を彷徨《さまよ》う。

上、やや右、左斜め後ろ、右上方——。

人間離れした身のこなしで、仲間を惨《むご》く殺し果たした宿敵は、親指の殺意の視線を翻弄《ほんろう》している。ただ、少しずつ距離が遠ざかっていることだけは、はっきりとわかった。

（逃がしたか……）

あえて、縦横無尽で予測不能な殺法を駆使する敵に利するこの場に誘い出し、代わりに万全の心構えと残る全戦力で挑んだのだが、結果は想像を絶する惨敗だった。

十人がそろって以来二十年間以上、この敵に会うまで一人として欠けたことのなかった十人の「指」は、今や親指ひとりきりとなってしまったのである。

いや、仲間ならあと一人だけ、残っている——が。

不意に背後から近寄ってくる気配を覚え、親指は疾風のごとく振り向いて、その喉へ白刃の切っ先を突きつけた。

「わ、私です！　揚羽《あげは》です！」

不用意に親指の背中に歩み寄ろうとした黒衣の少女——十代半ばの姿をした人工妖精は、無抵抗の意思を全身で示そうと両手を上げ、喉の直前数センチで止まった刃を心底恐ろしそうに見つめている。

親指はこれ見よがしの大きな溜め息をつきながら、素早く刃についた血糊を振り払って鞘に収めた。

「……今まで、何をしていた？」

親指が冷たい視線で見やる中、揚羽と名乗った黒衣の少女は、ほうっと胸を撫で下ろしていた。

「それが、その……深追いしているうちに、みなさんとはぐれてしまって……」

またひとつ、溜め息が漏れてしまうわけだが、おそらくは全員が同じだったろう。それぞれに敵の気配を追ううち、たくみに分断され、一人ひとり襲撃されたのだ。如何な強敵といえど、「指」がその場に二人以上そろっていたなら、たった一人を相手にそうそう後れを取るとは考えづらい。結局は、昨日までの七人と同じ手腕でしてやられてしまったわけだ。

――それにしても、と思わずにはいられない。

それほどまでの苦戦で、最後まで生き残ったのが他の誰でもなく、まだ幼さの残るこの少女だけとは、なんたる皮肉か。

フリルが大胆にあしらわれた漆黒のドレスは、とても命がけの戦に赴く装束とは思えないし、黒のレースの袖から伸びた細い腕も、その先の繊細な指もそうだ。三段フリルの膝上のスカートに包まれた脚に至っては、親指のそれと比べたら青竹と笹ほども違う。どう見ても命のやり取りをする戦場向きの体軀ではない。

なにより、触れただけで折れてしまいそうな首の上についた顔に至っては、微かに濡れて見える長い髪といい、まだ大人の痛みを知らない生娘のようにあどけない目といい、花弁のような口元といい、そして鼻といい耳といい輪郭といい、挙げ句に実年齢を察するにあまりある若々しい仕草といい、なにからなにまで親指の癇《かん》に障《さわ》る人畜無害ぶりで、血を血で洗う殺し合いなどより、白い看護服に着替えて病院で介護でもしている方がよっぽど似合うだろう。

曰く、黒の五等級《フィフス》。曰く、青色機関《BRUE》の生き残り。曰く、漆黒の魔女《アクアノート》――。

同じ姿の彼女を指す二つ名の数々は、実際に目にした印象とことごとく矛盾する。

男性側の自治区にいた頃は、今はなき青色機関《BRUE》の一人として十人近くもの異常を来した人工妖精《フィギュア》を葬《ほうむ》り、果ては日本本国が誇る地上最悪の対人兵器である〇六式八脚対人装甲車《トビグモ》とまでも互角に渡り合ったという話だが、親指にはとても信じられない。

「奴は去った。この場にあっても無益だ、引き上げるぞ」

「あの……このお二人は……？」

遺体をこのままにしておくのですか、という言葉を濁らせる、その偽善ぶった態度もいちいち癪《しゃく》に障《さわ》る。

「中指の方はお前が」

腰に差した刀の鯉口を切りつつ、言うが早いか、親指は振り向きざまに一閃《いっせん》し、返す刀でさらに宙をもう一閃する。二刀目は無防備に立ち尽くしていた黒衣の少女の頭上わずか数センチ上を通過したので、少女は思わず聴くに堪えない悲鳴を上げていた。

糸一本分だけ残して親指の刀に寸断された二本のロープは、それから数瞬遅れて重力に負けて切れ、二つの無惨な遺体を再び自由落下に晒す。

落ちてきた人差し指の遺体を、親指の両腕が受け止める。中指の方も、危なっかしいながら辛うじて黒衣の少女が支えた。

本来、人工妖精の肉体は、死ぬとすぐに無数の蝶――蝶の形をした微細機械群体《マイクロマシン・セル》に分解していく。しかしこの度の敵は、禍々《まがまが》しいことに葬った相手の遺体にわざわざ保存薬を振りかけて後に残していく。まるで先史時代の未開の民族が、打ち倒した敵の首を自らの身体に飾り付けて誇るがごとき、卑劣で邪悪な凶行だった。

二つの遺体を床に寝かせると、黒衣の少女は何かに祈るように手を合わせた。

何に祈るというのだ、自分たち人工妖精を造ったのも、生かしているのも、そして使い潰して死なせるのも、神や仏ではなく言葉と行動によってしか意思の伝わらない人間だというのに。

――白々しい。

その様を見るに堪えず、親指は腰に佩《は》いていた愛刀を、鞘に収めたまま無造作に揚羽の方へ放り投げた。

「あとの始末は官吏に任せる」

慌てて取り落としそうになりながら、なんとか両手で刀を受け取った黒衣の少女は、なにか異存ありげにしていたが、有無を言わさぬ親指の口調に気圧《けお》されたのか、無言で頷《うなず》いていた。

「今回もまた、お前は雛鳥の産毛《うぶげ》ほども役に立たなかった。せめて小姓がわりに刀持ちの役割を与えてやる」

「……はい」

意気消沈した返事が、少しの間の後に返ってくる。

揚羽に背を向け、二歩、三歩したところで親指は重い溜め息をつきながら、天頂の満ちた月を仰いだ。

(この辺りなら不足はあるまい)

もし、あれが本当に噂や総督閣下の推薦を裏切らない実力の持ち主であるのなら。

「——忌々しいほどに……いい月夜だな」

心中の呟《つぶや》きの代わりに口にしたのは、そんな感慨に浸ったような言葉だった。

「ええ、本当に——」

少し離れた背後から、黒衣の少女の同意の言葉が聞こえてきた。

——さて。もし今後ろを振り返ったとき、黒衣の少女は自分がしているように夜空を見上げているのだろうか。さもなければ——

そうでなければ、勝利を確信し、愉悦の笑みを浮かべながらそう呟いたのだろうか。

果たして——

白刃を剝き出しにする鞘鳴りの音がしても、親指は黒衣の少女の方へあえて振り返ろうとはしなかった。

「本当に、誰かを惨めに虐め殺すにはいい月夜です。だって——」

風が唸《うな》る。それは親指の刀からは本来は発せられない、乱暴で力任せの、素人らしい刀の風切り音だった。

「――血肉が蒼く照らされて、まるで南洋の珊瑚礁みたいに綺麗ですものね」

その月の光に照らされた白刃は、本来の持ち主たる親指の胸を背後から一瞬で串刺しにした。

じわりと、親指の白い胴着に赤い染みが広がっていく。その様がよほど恍惚を催したのだろうか。背後で刀の柄を握る黒衣の少女は、愉悦に酔い狂った高笑いを辺りに響かせながら、マザーグースの唄の最後の一節を改変して唄い上げる。

「そして～誰もいなくなる～《and then will be there none》のか♪」

黒衣の少女は己の勝利を確信したことだろう。その禍々しい凶念が溢れ出さんばかりに詰まった頭の中では、この後に虫の息の親指をどう拷《ごう》じて痛め、虐めいたぶり殺すか、そんな喜ばしい算段が繰り広げられていたのかもしれない。

「騙し討ちで勝ったことが、そんなに……嬉しいか？」

「ええもちろん。このままあなたの左胸を心臓まで切り裂いてひと思いに殺してしまうこともできるけれども、そんなのとんでもない。できたてのパンケーキにはたっぷりのシロップとバターを、一流のステーキには最高のデミグラス・ソースを。あなたのお刺身には、きっと生き血のお醤油、山葵《わさび》代わりに生肉の擂《す》り身を添えて、新鮮《いきた》なまま極上のおつくりをこしらえなければもったいないですもの」

痛みを堪えて問う親指に対して、黒衣の少女は背中の向こうで喜びに打ち震えているのが瞼《まぶた》の裏に浮かぶほど狂おしく語る。

その狂気にこうして肉を介して触れてみて、今さら親指の心中に訪れているものは恐怖でも後悔でも、まして空しさでもない。

「雀も籠《かご》が落ちるまでは知らずして候。憐れなものだ、お前は今――」

愉悦だ、それも背中の向こうの黒衣の少女以上の歓喜である。九人の仲間の仇討ちを、今こそ果たせるという勝利の確信である。

「そうとは知らずに、後戻りのできぬ死線を、不用意に踏み越えてしまったのだというのに」

苦しむでも悔やむでもない、淡々とした親指の語る声にただならぬ気配を覚えたのか、訝《いぶか》しんで指先が緊張する様が、わざわざ振り向かずとも己が身を裂く刃を通して伝わってくる。

その逡巡が命取りだ。

「――っ!?」

自分の十本の指が、まるで接着されたように刀の柄からほどけなくなっていることにようやく気がついたのだろうか。息を呑む音が聞こえた。

遅い、あまりにも遅かった。黒衣の少女が長々と悪趣味な講談に浸っている間に、親指の方は十分以上の気力を練り上げていた。もう気づいたところで遅すぎる。

刹那、たった一瞬で、親指の左胸を串刺しにしているように見えた刀は、下を向いていた刃がぐるりと一回転する。当然、その柄を握ったまま動けなくなっていた背後の少女の指はただではすまない。

間違いなく両手の十指、その全ての関節を粉々に砕いた。骨の砕けるおぞましい音と刃を伝ってくる感触が、親指にそう告げている。

「驚くほどの……ことではあるまい。私はお前の半生の何倍もの歳月……ひたすら、剣技を極めることにだけ……執心してきたのだ……ぞ」

遅れて響き渡った悲鳴を上書きするように、自身も苦痛に膝をつき、絶え絶えの息の合間を縫って、親指は言う。

多くの剣術流派で、奥義の中の奥義とされる「無刀取《むとうどり》」――いわゆる真剣白刃取りである。

長い剣術の歴史の中で、その究極の頂、達人の象徴ともされてきた技だ。

しかしながら、それを実戦で、しかも目に見えぬ背後からの突きに対し、振り向きもせず、脇と両手で決めて取るなどという絶技を果たしえた達人が過去にあっただろうか。

そして無刀取りとは、一般には誤解されがちであるが、相手の持つ刀を掴んで終わりの技ではない。

こちらは徒手、相手は刀。白刃を掴んでようやく五分五分なのである。ならば言うに及ばず、流派によって違いこそあれ、この技には刃を取った後の続きが必ずある。

そのひとつがたった今、親指が見せた「縛指《しばりゆび》」と「叉手割《さしゅわり》」だ。

多くの剣術流派には、禁じ手と呼ばれる「使ってはならない」とされる技がある。教え伝えられながら使うなとは、余人には計りかねるところであるが、体得してからようやくその意味に気がつくことになる。

禁じ手とは、何も卑怯な行いや曲芸的な奇妙な技のことではない。長い歴史の中でそういった禁じ手の数々が「卑怯」の代名詞となってしまったのは事実であるが、本来それらの技が実用を禁じられたのは、何よりも「武」の本懐にそぐわぬからに他ならない。

すなわち「勝ってなおも健全たるべし」という、あらゆる武術の共通理念から外れた技だからこそ、禁忌《タブー》とされたのである。

それはつまり、「己が身を磨り減らし、やがては滅ぼす」ことが前提の技、ということだ。使ったならばあるいは関節に過剰な負担を掛け、あるいは足腰を弱らせ、あるいは心身に不調を来す。そしていつかは、老いとは関係なく刀を握れない身体になる。

たとえば、人体の複雑な構造ゆえに刀を放せなくなる持ち手の絶妙な角度、それでも無理に刀を振るえば指や手首を再起不能にまで至らしめてしまう、禁断の妙技。

黒衣の少女の両手の全ての指を一瞬で砕き壊した「縛指《しばりゆび》」と「叉手割《さしゅわり》」は、本来はこの角度、この構え、この握りで剣を振るってはならないという禁じ手を、相手に「使わせる」かのように、逆に受け手から仕掛ける技である。

無刀取りから先の技の展開は、そもそも無刀取りからして徒手で刀に立ち向かわねばならないときのための最後の奥の手であるゆえ、現存するあらゆる流派で門外不出の秘中の秘とされ、その有名ぶりとは対照的に決して衆人の目に晒されることはないが、その多くはこうした禁じ手の逆利用、応用での反撃で完了する。

「まさか……と、その目で見、その身で受けてなお信じられない心地だろうが……それは私も同じ……だ。よもや、絶命ほど近い……このときになって……究めることになろうとは……」

胴着を広げて左胸を貫いたと見せかけるフェイント、そこからの背面白刃取り、さらに禁じ手を相手に否応もなく使わせて刀を放させず、そのまま指を破壊するという、超人的な妙技の連続、神がかり的な奥義の連携技だった。

黒衣の少女を縛指《ばくりゆび》にまで陥れたときに、親指の胸中へ去来した歓喜は、なにも仲間の仇討ち、それに勝利を成し遂げたという確信によるものだけではない。あらゆる技を身につけ、心身ともに万全に備え、剣術を磨き抜いた成果が、初めてこの極限の状況で結実したことに、親指自身が興奮を抑えきれなかったのである。

とはいえ、抜き身の真剣を脇で挟んで白刃取りをしたまま、強引に刃を回転させれば当然、自身の胸を深く抉られることになる。刃傷は肺まで達し、致命傷は免れなかった。

喉からこみ上がってきた血潮が、咳き込むたびに血反吐となって、周囲の床に赤い斑文を増やしていく。視覚は鈍く混濁し、聴覚も嗅覚もナマクラと化しつつあった。肺に血が溢れるまでもう間もない。

その残されたわずかな胸の中の空気をすべて使い果たすように、親指は絶叫する。天に向かって、夜空に向かって、青い月に向かって、狼が遠吠えするように。

「今だ！　揚羽殿！」

もし背後の黒衣の少女が、その叫びの先にある姿を見つけたとしても、もう時は遅い。骨が粉々に砕けた指は刀の柄に絡みついてすぐにはほどけないし、刀を引き抜こうとしようとしても、鍛え抜かれた親指の両手、左脇、そして胸の筋肉が、しっかりと刃を摑んでいる。

そして――丸く満ちた月を背にして、青みがかった漆黒の翅がひるがえる。一瞬の好機を待ってひたすら蓄積しかつ研ぎ澄まされた殺意を、逆手に握られた三本の手術刀《メス》に籠《こ》め、本物、漆黒の魔女《アクアノート》は欺瞞《ぎまん》を纏《まと》った自分の偽物に、空から降る雷のごとく、槍のごとく、はるか三階の高さから一直線に飛び降りて襲いかかった。

――ああ、まるで水面の月を割るがごとき。

月の光を青い後光にして、漆黒の翅を惜しげもなく広げ、まっすぐ細い手術刀《メス》を突き降ろすその姿は、達人たる親指をして、もし肺にまだ息が残っていれば嘆息せずにはいられなかったであろうほどに凄惨で、非情で、それでいて美しかった。

肩越しに振り返ってみたものの、もう網膜の映す視野はぐにゃぐにゃに歪んでいて、すぐそばの黒衣の少女の姿すらまともに像を結ばなかった。しかし、その少女の頭に降り注いだ青い雷光、本物の揚羽の一刀は、これ以上ないほどの確かな直線となって偽物の左顔面に突き刺さったように見えた。

しかし、手術刀《メス》では重さが軽すぎたのだ。その薄い刃は頭蓋骨にぶつかって、頭皮を削りながらその表面を滑り、左の眼球を抉り潰してから、頰の肉を顎の下まで鋭利に切り裂くまでに終わってしまった。

揚羽としては、狙いは最初から固い頭部ではなく、その下の肺と心臓だったのかもしれない。しかし、そうはならなかった。

両手の指を砕かれ、なおも縛指《しばりゆび》で刀に手を絡め取られたままの黒衣の少女は、その無惨な両手でなおも強引に刀を引き抜こうとしていた。そして揚羽の刃が彼女の頭を裂いたその瞬間ついに、自分の肘《ひじ》や肩まで砕けるのも介せずに、意識が遠のきつつあった親指の白刃取りから刀を奪い返し、揚羽の手術刀《メス》が胸に達する直前に刀でそれを受け流したのである。

とはいえ頭部から左顔面にかけて深い裂傷、左眼球損壊、両手の全ての指の複雑骨折、そしてその後の無理な動作でおそらく肘と肩にも小さからぬ骨折と筋肉の断裂。

普通の人工妖精ならとっくに意識を失っているか、あるいはすでに致命傷。いかに総督直下の十指すべてを惨殺しえた殺法の天才とは言え、すでにろくな戦闘継続の能力は残っていまい。

「麝香《ジャコウ》！」

「アァゲェエハァァァッ！」

揚羽と偽物——二人の黒衣の少女が、互いの名を絶叫しながら激突する。

その声ももう、親指の耳には酷く遠く聞こえる。視界は黒く暗転し、周囲の音も匂いも、まるで深い井戸の底へ落ちていくように遠ざかる。咳き込み、血反吐を吐いた感覚すら、自分のものではないような気がした。

やがて――。

冷たい床と自分の体温の区別がつかなくなった頃、誰かに上体を抱き起こされたことに気がついた。

暗い視界の真ん中で、黒ずくめの少女が、そのあどけなさの残る相貌をくしゃくしゃに歪めて泣きじゃくっていた。

これは本物の揚羽だ。たとえ同じ顔をしていて、同じ服を纏って、その仕草まで真似ようとも、あの麝香にこんな憐憫を催す泣き方は一生涯できないだろう。

「じゃ……こう……は……？」

虫の息とは不便なものだと、他人事のように思った。

「……ええ……ええ、確かに、私の手で殺しました」

わずかな逡巡の後、揚羽は答える。そのほんの一瞬、嗚咽《おえつ》に染まった息を止めた刹那の間が、真実の決着を彼女自身の口の端よりもずっと雄弁に親指に伝えてしまった。

「……そう……か」

無念が残らないと言えば、嘘になる。麝香という、たった一人の狂った人工妖精によって行政局の閣僚が半数も暗殺され、その護衛の役割を総督から仰せつかっていた親指たち「十指」までもが為す術もなく、全滅に追い込まれてしまったのである。このまま麝香の凶行が見過ごされようものなら、東京の男女双方の自治が根底から揺らぎかねない。

しかし、それでも親指の胸に去来するものの多くは、清々とした快晴の青空を仰いだときのような圧倒的な解放感と、自分の信じた道を踏破したという絶対的な達成感だった。

「武士道と……いうは……死ぬ事と……見付けたり……別に……仔細《しさい》なし…………胸据わって進む……也………毎朝毎夕……改めては死に……常住死身なりて……」

そこまで詠んで血を吐き、自分に残された言の葉が残り少ないことを、あらためて自覚させられた。

「か……閣下に……お伝えして欲しい……」

親指の咳《せき》に混じった血を顔に浴びながら、泣きはらした揚羽が頷く。

「私は……人工妖精にして……おそらくは、世界で初めて……真の武の……頂《いただ》きに、確かに……到達した……と」

五原則によって自殺を禁じられた人工妖精が、究極には「死ぬ事」と定められた武士道を全うすることなど、常識的に考える限りありえない。しかし、親指は人類に課されたその限界を、今日この夜、自分の意思の力のみを頼りに確かに突破した。

剣術と殺法。どこまでも技の噛み合わぬ相手にあえて刀を与え、剣術の領域に誘い込むことで一矢報いたのである。死なないためには勝つしかなく、勝つには命を賭した奥義に勝機を見いだすしかなかった。

それによって「死んではならない」という五原則を守ったまま、自らの意思で「死」を掴み取りえたのである。

たとえ余人には犬死にに見えようとも、この卑小な身、人工妖精でありながら人類の武道を究めた戦士が命を代償に踏み出した一歩は、その史上において掛け替えのない大きな一歩となったはずだと、親指は信じている。

「後は……君だけが……頼りだ……。閣下の……宿願を果たすべく……力を寄せて差し上げて欲しい……」

嗚咽に溶けて返事はよく聞こえなかったが、その小さな顎が、武人や戦士として相応しくないと常日頃から思っていた細い首が、力強く頷くのを見て、親指は強靭な意志の力で繋ぎ止めていた己が命の残滓を、ついに手放した。

「……天よ、地よ、皆よ……聞け…………極みの頂きは……ここにあったぞ……」

精神の抜けた身体が、末端から徐々に無数の蝶の群れへ変わって消えていく。

蝶たち以外にその最後の言葉を聞き届けた者は、黒の五等級、漆黒の魔女《アクアノート》と畏怖され、ついには存在を抹消された一人の、まだ幼い少女だけだった。

――悲しむなんて　疲れるだけよ
――何も感じず　過ごせばいいの

B－1

いた、ということに驚いた。

極めて不謹慎なことである。たった一人きりの家の家長であり、その家のあるビルのオーナーであり、自分の保護者《かりおや》であり、養育者であり、そしてこの工房兼販売処の代表で今は自分の雇用主でもある。

その本人が、本来あるべき自分の部屋の自分の机の自分の椅子に腰掛けて、忙しそうにして黙々と働きながらそこにいる、という事実に「驚く」というのは、やはり酷く不謹慎なことではなかろうか。少なくとも揚羽は自分自身でそう思う。

しかし、不謹慎と自分の感情を戒《いまし》めるにも限度がある。揚羽とてまだ八歳の若い人工妖精《フィギュア》であって、即身仏になったり霞を食べて飢えを凌《しの》ぐにはほど遠いのであるから。

年々、順調にフロアを無数の書籍と印刷物で埋め尽くし、人畜立ち入り不能の紙の缶詰と化して、その度に上の階へ住み替えることを繰り返し、今年の春にはついに最上階二つ手前の九階にまでたどり着いてしまった。

その九階も、机という机の上には紙束や書籍がうずたかく乱雑に積み上げられていて、わずか三ヶ月で早くも元・学舎の教室という様相が一掃され、その面影をかろうじて残すのは前後の黒板とシックな壁掛け時計だけ、というありさまである。

そんな状態であるから床とて無事で済むわけはなく、こぼれ落ちるに留まらず、毎日のように倒壊する紙の塔、崩落する書籍の山々が、床をパルプの積雪で白く塗り替えようとしてしまう。

もし揚羽がたった一週間でも整理と掃除を怠ったなら、浸食・運搬・堆積の自然法則に習い、この部屋は平らな紙の平野となってしまうことだろう。そして、南側の窓際には、地下ならぬ印刷機《プリンタ》から延々と新たな堆積物を噴出する活火山が形成されることになる。火山灰のかわりに煙草《マルボロ》の紫煙を吹き続ける、活ける火山だ。

言うまでもなく、それは鏡子の机である。そして今も、その火山は延々と新たなゴミ――もとい書類を吐き出している。

煙草を右手の指に挟み、左手は印刷されたばかりの書類を摑んでは放す、ということを、詩藤《しとう》鏡子は延々と繰り返している。

その動作は決して俊敏でも機敏でもない。むしろ椅子に深くふんぞり返って、組んだ両足を机の上に投げ出している姿は、のんびりと朝のコーヒーを嗜《たしな》みながら新聞を広げる、どこぞの経営者か資産家のようでもある。

百歩譲って、その服装には目をつむろう。昔、まだ今よりもう少し背が高かった頃に着ていたという白いブラウス、それ一枚を纏《まと》うのみ。なにせ服を着替えるのが面倒と言って下着姿に退化、あるいは進化し、しばらくはそれでも一端《いっぱし》の技士らしく白衣で誤魔化していたものの、ついにはその白衣すら羽織るのが面倒になって本当に下着だけになり、果てに最近行き着いたのがこのブラウス姿である。

何度となく、そしてそれとなく、コーヒーを机に置くときなどに上から覗き込んで確認してみたのだが、どうやら上の下着は着けていない。下着姿だけの頃もスリップくらいは纏っていたのに、今やそれもないのである。だとすると、恐るべきことであるが、たぶん下の方も身につけていない。

そんなあられもない装いで机の上に足を投げ出しているのだから、細くて白い足は付け根近くまで露わになってしまっているのだが、たとえ人間の男性がこの有り様を目の当たりにすることがあっても、扇情的だとか色情的などと思われてしまうことはありえないのが救いといえば救いである。

鏡子の容姿は、揚羽には数え得ない実年齢からかけ離れて、ありえないほど幼いのだ。どこをどう見ても〝Teenager〟にすら見えない。せいぜいが十二歳かそこらで、中等部の中で一番童顔の生徒を連れてきたならようやく同い年に見えなくもないだろう。つい先日も駅のショッピング・モールの酒類販売店の前を彷徨《うろつ》いていたというだけで自警団《おまわりさん》に補導され、揚羽が交番まで身柄を引き取りに駆けつけたばかりである。

しかし、その幼い見た目から鏡子のことを侮《あなど》ろうものなら、その男性《にんげん》は今、目の前で彼女の繰り広げている事態を見て呆然となることだろう。鏡子は三台のプリンタを自分のまわりに配置し、それらすべてに一斉に印刷をかけて、はき出されてきた書類を片っ端から読みあさっているのである。

メーカーが匙を投げるまで使い倒した挙げ句にせっかく去年末に買い換えたばかりの新型

の高速プリンタが、まったく形無しである。二種の書類を同時並列印刷できるのが売りとのことだったのだが、そのプリンタ三台がかりでも鏡子の読了速度に追いつかない。

今の鏡子は計六種の書類を同時に読んでいるのだ。それも毎分数十枚の並列プリンタ三台フル稼働で、である。

当然のことであるが、出力するプリンタは機械だから用紙切れが起きるまで不満を漏らすようなことはないし、読み手の鏡子はそれでも遅いと待ちきれず踵《かかと》で貧乏揺すりをしているほどであるから、問題は読み終えた書類の行き先である。

床しかない。机の上に置いたところで、煙草の灰よりも軽々しく追い払われて床に落ち着く。こうして今日も今日とて、揚羽の堆積物整理の仕事は溜まりに溜まっていく。思わず重い吐息が零れてしまうのも宜《むべ》なるかなである。

とりあえず紙火山の裾野から適当に無惨な紙束を拾い上げてみると、一面に見慣れない欧文文字がびっしりと印字されていた。アルファベットの一種なのだろうが、たまに「¨」やら「^」のような記号がへばりついている。別な書類を見ると、今度はアルファベットを左右逆に書いたような文字が並んでいて、また別な一枚は見たこともない奇妙な書体の漢字ばかりで平仮名がひとつもなかった。さらには横に線を引いてその上に魔術の呪文のようなものを綴ったものまであり、ここまでくると揚羽にはもはや左から読むのか右から読むのかどころか、書類の上下の方向すらわからない。

だから分類すらままならず、とりあえず手近な机の上の書類を奥の方へ押しのけてそこに重ねていくのだが、だからといってもう使われることはないのかといえば、実はそうはいかないのだ。あとで突然「どこそこにあるから取ってこい」と言われるからである。

とにもかくにも、今の揚羽には鏡子のやることに口を挟む隙がない。

同居人兼介助人として生活態度などなどを多少口酸っぱく窘《たしな》める程度の権利はあるのだろう。しかし前の自分は今の自分よりずっと、詩藤鏡子という、この地上有数の怠惰人間を、奇妙奇天烈極まりないことに相当敬愛していたようであるから、きっとまだ今の自分の知らない美点や尊敬に値する何かが、重箱の隅をつつくように探せばどこかにあるのだろうと信じて、ずっと差し控え気味に振る舞ってきた。

そして、たぶん本当に根っから怠惰で傲慢で自己中心的なだけなのだろう、という限りなく正解に近い結論に至りつつあるこの頃であったわけだが、先月辺りからその暫定評価を著《いちじる》しく覆さざるをえなくなった。

何をしているのかわからない。さっぱりなのである。

鏡子の本職は、世界有数の一流の精神原型師《アーキタイプ・エンジニア》である。だからこうして自宅と兼用で自分専用の工房を構えている。二級以下の資格しか持たない、世の九割九分の精神原型師なら誰しも生涯夢見るであろう第一級の資格を持ち、フリーランスの技師として大手の工房から世界を股にかけた仕事の依頼を気ままに請け負い、莫大な外貨収入を得ている。

自身さえその気になれば、一人で新たな精神原型を造り上げ、それを発表してさらなる収入と計り知れぬ名誉や地位を手に入れることとて夢や幻ではない。

なのに、人工妖精の病院とも言える工房の診療業務は鏡子の気分次第なので常に開店休業中で、仕事といえば外注で回ってきた余所の新しい人工妖精の最終調整を請け負うぐらい。それとて、大半は第一級の精神原型師のお墨付きという判子が欲しいだけという、楽で割の良い仕事ばかり選り好みしている。

この世界がいかに広しといえども、この地球上の人類がいかに百億ありといえども、西暦から数えるだけで二千年以上にも及ぶ悠久の時の流れがいかに長しといえども、これほどまでに超一流の貴重な資格と権利と才能がただ漏れになっている人類最悪の水漏れ箇所が、他の場所、他の民族、他の時代にも存在した可能性など、揚羽の小さな頭にはとてもではないが想像できない。

そして、そんな怠慢極まる女性が、傍《はた》から声もかけづらいほどに忙しそうにしている様など、彼女の水漏れ的存在と同じくらい、揚羽には想像しえなかったのである——つい、先月までは。

先月、つまり五月の末頃から、鏡子はまるで人が変わったように慌ただしく振る舞うようになった。

初めは、ちょうど今そうしているように、やたらとどこかから取り寄せた大量の書類を読みあさっているだけだったのだが、やがて何やら返信を試みるようになり、それがやっぱり面倒だったのかどこかへ直接、自発的に電話をする機会が増えていった。

そして、恐るべき事に、家——この部屋を留守にすることがだんだん多くなっていった。

あの極度の出不精で、ひとたび自分の机の椅子に腰掛けようものなら、用を足す以外にたとえ餓死の危機に瀕しようとも決して動こうとしないほど横着で、自治区の比類なきヒキコモリを臆面もなく自称する、かの詩藤鏡子が、よりにもよって外出、ときに外泊である。

天の岩戸に匹敵する、神話的な奇跡であろう。果たして吉兆か、凶兆か。千年も前なら、ほうき星の訪れと同じくらい世界中を騒がせてしまうに違いない、とまで揚羽は思う。

そんな状態であるので、揚羽としてはいったいいつ鏡子に声をかけたらよいのかわからない。「口を挟む隙がない」というのは、そういうことだ。なにをしているのか、と一言たずねるのも、タイミングを計りかねてしまうのである。

他の女性なら色恋沙汰の可能性も考えてしまうところであるが、鏡子に限っていえばまずありえないし、戻ればまた酷く忙しそうに書類を読みあさっていることからも、私事に煩わされているというわけではなさそうだ。

鏡子が戻らない夜は日に日に増えていき、今月の半ば頃には二、三日連絡が取れなくなることも珍しくなくなっていた。そしてついに先週末、「一週間ほど留守にする」と短い書き置きを残していなくなってしまったのである。

そんなわけで今週になって今日までの四日間、寝るのも食べるのも面倒くさくなった果てにどこかで行き倒れたりしていないか、迷子になって救急車や消防車をタクシー代わりに使っていないか、傲慢な態度の人工妖精に間違われてまた赤色機関の基地に拘留されたりしていないかとハラハラしてばかりで、自分の携帯端末はもちろんのこと、事務所の電話からすら片時も目を離せずに、神経を摩耗する日々を過ごしていた。

　こんな調子であと三日間も事務所ビルで帰りを待ち続けていたら、神経どころか骨まで磨り減り始めそうだと思うようになり、鳴らない電話を待つのもサボりがちになり、ついには今朝、もう昼過ぎの二時であるが、今までにはありえないほどの大寝坊をしでかした今日に限って、慌てて身支度を調えて事務所フロアに来てみれば――いたのである。

　もちろん、鏡子が。

　普段なら居るはず、というか超人的な才能を無用に駆使して頑《かたく》なにヒキコモリをして「居っぱなし」の人が突然、夜遊びに興じる思春期の男の子のように半分所在不明なほど外出しがちになるだけでも、十分にローマの暴君も裸足で逃げ出す豹変ぶりであるが、それが予告より三日も早く戻ってこられてしまうと、もはや一周と半も回って呆れてしまう。

　そんなわけで、揚羽は事務所のドアノブを押した姿で驚きのあまり茫然自失となってしまい、無言のままふらふらと鏡子の机に歩み寄ってしまったのである。

（とりあえず……どうしよう？）

　順当に「おかえりなさい」と声をかけるのが正しそうであるが、自分は普段ならありえないひどい寝坊をしでかしている。

　いや、今の自分が直面しているのはそんな軽薄な問題ではない。そもそも、声をかけていいものなのか、いけないものなのか。

　鏡子の機嫌は、表情を見る限り普段通りのようである。つまり、極めて悪そうである。いつも機嫌が悪そうにしているので、今日だけが特別悪いようには見えない。本当に機嫌が悪いときにはさらに最大で二段階ほど表情が固くなるし、殺気というか敵意というか、なんとなく気配でわかるが、そういった感じはない。

むしろ、どこか覇気のようなものが欠けているような気がする。疲労が滲んでいるのか、あるいは焦燥だろうか。

肉体的に疲弊した鏡子もなかなかお目にかかれるものではないが、もし焦燥を覚えているのだとしたら恐るべきことだ。鏡子は以前、従業員三千人規模にもなる海外の巨大な人工妖精工房の生産ラインを、たった一人自分だけの一存で停止させたことがある。つまり、三千人の人間の命運が片側にかかった程度では、鏡子の頭の中の天秤は微動だにしないのだ。それほどまでに、彼女という人間を「焦《あせ》ら」せたり「迷わ」せたりということは難しい。

だから、もし今の鏡子が焦燥に駆られているのだとしたら、揚羽などには想像を絶する、よほどの一大事であると考えるほかない。

そこまで思い及んで揚羽はふと我に返り、釘やパチンコ玉が詰まった手製爆弾に振動感知式の信管が突き刺さったまま目の前に放置されているのだと思いこむぐらいの覚悟で、ゆっくりと足音を忍ばせて、とりあえず鏡子の机の正面から離れようとした、のだが。

「真白《ましろ》」

ひとまずさりげなく書類を拾って、いつものように整理するふりをしようと身をかがめた瞬間、背中から名前を呼ばれてしまった。

「コーヒー。甘めで」

「は……はい！」

もしや仕事に忙殺されて、寝坊をしでかした揚羽が入ってきたことにも気づいていないのではないか、などというただ甘く淡い期待も心中少なくなかったわけで、心臓が喉から飛び出すような気分というものを、揚羽は生まれて初めてその心身で味わう羽目になった。

ともかく、声からするとやはり特に虫の居所が悪いわけではないようだ。

拾ってしまった書類は適当に近くの山の上に置き、ロッカーの上のコーヒー・メーカーに向かう。豆は鏡子の好きなモカ。それを適量放り込んでボタンを押せば、自動で豆が挽かれて一分も待たずにコーヒーがカップに落ちてくる。

問題は「甘め」という追加オーダーの方で、普段はあまり甘いものを口にしようとしない鏡子があえてそう注文するのは、よほど疲れているときである。

身体的な疲労は、椅子から動かない普段の鏡子にはなかなかない。なので、いつもなら「甘め」と頼まれたときには、粗挽きコーヒーを少し濃いめに落としてあらかじめ角砂糖を二個落とし、さらにソーサーにもティー・スプーンと一緒に二個添えて出している。

しかし、今日の鏡子は外帰りして間もないはずだ。心身双方にそれなりの疲労が蓄積しているはず、と揚羽は踏んだ。

万が一のときにはカップごとコーヒーを放り返される覚悟を決めて、揚羽は普段は食器棚の奥にしまっている小さなカップにかえ、慣れない手つきで細引きと圧力抽出のボタンを押した。

コーヒー・メーカーが動き出し、豆が砕けて放たれる芳醇な香りと、普段より濃い湯気が混じりあって室内に満ちていく。

「……どうぞ」

やがて、揚羽が差し出してきた普段より一回り小さなカップを、鏡子は一瞥すらせず、添えられた角砂糖を無造作に放り込みスプーンで攪拌《かくはん》し、右手に摑んで口に運ぶ。

果たして、カップが普段のものより一回り小さいものであることに唇で触れて気づいたのが先だったのか、それとも実際に味わってみて舌と鼻でコーヒーの苦みと酸味がいつもより倍以上も凝縮されていることにようやく気づいたのか。

いずれにせよ、一口だけコーヒーを味わってすぐに、鏡子はそのカップを唇から少し離してまじまじと眺め、

「ほう……」

と、小さく溜め息をついていた。

「どういう風の吹き回しだ？　真白」

それから背格好に似合わない猛禽類のような眼光で揚羽を流し見て、もう一度、今度はゆっくりと味を確かめるようにコーヒーカップを傾けてから、まるで面接の試験官が詰問するような口調で言う。

それだけで、揚羽の小さな肝は極地方の最低気温並みにまで冷えてしまうのだが、おそる

おそる、相手の顔色を俯《うつむ》きがちに窺《うかが》いながら答える。

「えっと、その、だいぶお疲れのようでしたので、エスプレッソにしてみました、ダブルで……。やっぱり、お口に合いませんでしたか？」

「いや。ただ――」

一言ひと言のたびに溜飲が上下する揚羽の胸中を知ってか知らずか、鏡子は否定の接続詞の後に、なにやら意味深な言葉を繋ぐ。

「ただ、少し懐かしい味だ、と思ってな」

そう言ったきりしばらくの間、鏡子は黙って揚羽渾身のエスプレッソ・コーヒーを静かに啜《すす》っていた。

「……教わったのか？　いや、そうだな……誰かから」

カップの中身が半分になった頃、不意に意図の摑みづらい質問を鏡子は寄越してきた。

「いえ、このコーヒー・メーカーに圧力抽出する機能があって、エスプレッソやカフェ・マキアートが作れることなら以前から知っていましたけれども……特に誰かから教えてもらったわけでは」

しどろもどろに揚羽が答えると、鏡子は「そうか」と呟《つぶや》いたきり、また視線を前に戻して黙々とカップを傾けていた。

その間、揚羽はそれこそ蛇に睨《にら》まれた蛙か、猫に追い詰められた窮鼠の心境で鏡子の脇に立ちすくんでいたのであるが、やがてカップの中身が空になると、鏡子は左手に握っていた書類を机の上に放り出して代わりに片肘《かたひじ》をつきながらカップを揚羽の方に突き返してきた。

「もう一杯、同じのを頼む」

「あ……はい。ダブルで？」

「いや、トリプルだ」

短いやり取りの間も鏡子は疲れた目の間を労《いたわ》るようにもみほぐしているだけで、相変わらず揚羽の方へは振り向こうとすらしなかったのだが、返事はコーヒーの味がそれなりにお気に召したことをはっきりと表していた。

揚羽は思わず大きく胸を撫で下ろしてしまう。

どうやら、特別に機嫌が悪いというわけではなさそうだ。そのような印象を覚えたのは、やはり「忙しそうな鏡子」という絶滅危惧種級《レッドデータブック》に珍しい光景を目の当たりにすることに揚羽がまだ慣れきれずにいることと、他人や周囲の物事に対して無関心な鏡子が仕事に忙殺されることで、ますます近寄りがたい空気がこの屋内に醸成されてしまっていたからのようだった。

「もうあれから四年になるのか……」

「まだ三年と半分ぐらいですよ？」

ほっとしたために揚羽に油断があったのだろうか、鏡子の独り言についい余計な訂正を加えてしまった。

「いや——なんでもない。お前は気にしなくていい」

鏡子は机上のカレンダー・クロックを横目で確認してから、ぞんざいに答えた。

鏡子はよく、年月の数え方を間違う。年号すら間違えることもあるが、一番多いのはやはり一年数え忘れてしまうことである。

だから、てっきり揚羽がここで鏡子と暮らすようになってからの年月のことを言おうとして、一年分数え間違えたのだと思って「三年半」と修正したのだが、どうも揚羽の勘は外れていたようで、鏡子はいつものように指摘されてふて腐れることはなく、頬杖をつき膝を組んだ不遜な姿勢で、どこか遠くを見つめたままだった。

鏡子の工房は男性側自治区の東の端にあり、ビルの各部屋の窓は海に、反対の廊下は市街地に面している。その市街は南北に横たわる巨大な回転式蓄電施設《フライホイール》で縦断されていて、それより西側には女性のための女性側自治区がある。

鏡子の意識はそれらのどこまで羽を伸ばしていたのだろう。市街地か、総督府か、それとも――。

鏡子の視線に釣られるままに揚羽も廊下の方を見やったとき、コポコポとコーヒー・メーカーが音を立てて、新しいエスプレッソを淹れ終えたことを知らせた。

その間、三台のプリンタはあいかわらず同時並行で六種の書類を印刷《はきだ》し続けていたが、鏡子はまるで発条《ぜんまい》が切れてしまった絡繰《からく》りのように、もう新たな書類を手に取ろうとはしなかった。

「文字通り、ちょっと一休み《コーヒー・ブレイク》ですか？」

二杯目のエスプレッソを鏡子の前に置きながら問うと、鏡了はうんざりというより、むしろ退屈したような気だるさを露わにして横に首を振った。

「一枚ごとに次を待つのが面倒になった。せめて二、三百枚は溜まるのを待ってから読み出さなければ、またすぐに待たされる羽目になる。あと二台ぐらいはあってもいいかもしれん。やはり、前の業務用印刷機二台の方が幾分ましだったな」

「でも、みんなが大抵のデータを電子化して読んでいる時代に、今どき業務用のページ・プリンタなんて世界中を探してもどこのメーカーも作ってませんよ」

「けったいなことだ。文明がいくら進歩しても、便利になったのだか不便になったのだかわからなくなる」

現代科学の最先端に立つ第一級の精神原型師である鏡子の口からそんな愚痴が零れるようでは、揚羽のような一般人は地球人類の行く末が心配になってしまうので、無闇に言うのはやめてほしいものである。

そもそも、頑なにモニタやディスプレイ、電子ペーパーで何かを読むことを拒み続け、こうして紙資源を使い潰している鏡子の方こそ、今の時代に適応して印刷機に依存するのをやめればいいのに、とはさすがに言葉にこそしないが、常々揚羽が不思議に思っていることである。

「まったく、暇つぶしを挟《はさ》まなければやってられん。真白、そこでサボっているアンプを蹴り起こして、なんでもいいから唄わせろ」

机の上に足を投げ出し、さらに器用に頬杖までついて、これ以上ないほど横着にエスプレッソを啜りながら、鏡子は揚羽のことを古い方の名前で呼び立てて傲慢に命じる。

揚羽のことをそう呼ぶのは、今は鏡子だけだ。友人たちは詳しい事情を知らないようであるし、煙草屋の屋嘉比《やかひ》をはじめその名前を知っている連中は幾人かいるが、鏡子以外の誰かが自分のことを古い方の名前で呼ぶことを、揚羽は誰であろうと一切許していない。

鏡子については――諦めている。

「なんでもって……どんなです？」

机の上にリモコンはあるのに、揚羽がいるときはリモコンより手間がかからない、とでも思っているのかもしれない。

「モーツァルト、バッハ親子、ショパン、ベートーヴェン、ヘンデル、ドヴォルザーク、チャイコフスキー、シューベルト、ヴィヴァルディ、ホルスト、シベリウス、グリーグ、ドビュッシー、メンデルスゾーン、ハイドン、サン＝サーンス――」

「ああ、つまり本当にどれでも――」

「――以外ならなんでもいい」

「……駄目なんですね」

黒板脇の棚に置かれたオーディオ・セットの方へ歩み寄りながら、思わず目眩《めまい》を感じてよろけてしまう揚羽である。

「そんなことを言われても……鏡子さんが仰ったお名前の三分の一ぐらいしかボクは存じま

せんが、たぶん今のひと言で世界中のクラシック・ライブラリの九割ぐらい全否定しましたよね？」

「そう思うのはお前が無知で無能で軽薄だからだ」

「……今の、無知と軽薄《ミーハー》はわかりますが、『無能』まで必要でしたか？」

鏡子が挙げたような超がつく高名な作曲家以外にも、埋もれた宝石のような素晴らしい才能がたくさんいたのであろうことはわかるが、有名作曲家の名前すら覚えきれない揚羽にとっては四つ葉のクローバー探しよりも困難である。

取りあえず、立体映像で無数の円盤の形状をしたライブラリをオーディオ・プレイヤーの上に表示させて、人差し指でその縁をなぞる。するとやたらと長ったらしい、様式美に染まった名前が次々と入れ替わりに表示されていく。

インターフェースが無数の円盤の形をしている理由については、以前に鏡子から教えてもらったことがある。昔は本当に物理的な円盤の上に螺旋状の溝を彫って、そこにデジタルやアナログで音楽を保存する方法が一般的で、その名残なのだそうだ。

揚羽のような現代っ子からすると、なぜ場所を取る上に扱いの面倒な円盤などに、しかも物理的な溝の形状でデータを書き込む必要があったのかさっぱり理解できないし、そもそも音楽や映像のライブラリなど、なにも鏡子のように自分の部屋のデータ・バンクに溜め込む必要などまったくないのにと思ってしまうのであるが、今でもこのような無駄の多いインターフェースがメーカーに採用されているからには、それなりに文化的な意味がまだまだ色濃く残っているということだろう。もちろん、半分ぐらいは鏡子の趣味なのであろうが。

「なんでも……なんでも、ですねぇ……」

それこそ適当にランダム・シャッフルをかけて流してしまえばよかった。今の気分に合わない曲だったなら、鏡子は否が応でもリモコンを使って気に入った曲が流れるまで勝手に曲送りをする。いつもはそうしているのだ。

だが今の揚羽は、先のエスプレッソが思いもかけず鏡子を満悦させたことで、少し自惚《うぬぼ》れてしまっていた。まったくの素人である選曲においても、少しでも鏡子を喜ばせてみたいという欲が、無意識のうちに働いてしまっていたのだ。

（さっき仰った名前を省くとすると、ピアノとか独奏？　ラフマニノフとか……クライスラーの『愛の喜び』とか『ロマンス』とか……でも、そういうテーマがストレートな曲は鏡子さんってあまり聴きたがらないし、オーケストラはどうしても有名どころになってしまうし、となると形式より時代で探した方が……）

仮想ディスクを年代順に並べ替え《ソート》し、古い方から順に指先で浚っていく。十七世紀、十八世紀――J・S・バッハから始まるこの辺りはほぼ鏡子が口にした有名どころで埋まってしまっている。かといって二十世紀中盤以降のクラシックも、ホルストが駄目となると気分ではないのだろう。

残るは十九世紀の近辺となるのだが、かつチャイコフスキーやドヴォルザーク以外ということは、欧州でロマン主義運動が終わりを告げた後で、なおも音楽界にロマン派の影響がまだ色濃く残っていた中盤までの時代になる。その頃に作られた曲だろう。

十九世紀のライブラリからチャイコフスキーやドヴォルザークより前を探すと、ワーグナーやムソルグスキーといったそうそうたる面々の名曲が居並ぶ。

サン＝サーンスはさっきの駄目出しリストに入っていたような気がするので真っ先に省くとすると、やはりワーグナーの交響詩などが目立つのだが、いつにもまして気だるそうな鏡子が、荘厳さや壮大さ、何かが群れになって押し寄せて来るような力強さを想起させるワーグナーを聴きたがっているような気はどうしてもしない。言うまでもない、と念を押されたような感すらある。

（他に……何か、他に……）

指を滑らせるにつれて表示される無数の作品名をつらつらと声にせず暗唱していると、ふと見覚えのある名前を見つけて、ほんの刹那ではあるが、驚きのあまり指が止まってしまった。

「――待て、真白」

何事もなかったふりをしてすぐにまた次の曲へ指を動かしたのだが、鏡子にはそれでも直感的な疑惑を抱かせるに十分なほど、不自然な動作に見えたようだった。自分の肌に冷や汗が滲むのを覚える揚羽の背後から、鏡子の冷淡な指示が飛んでくる。

「その少し前……もう二つほど前だ……行きすぎだ、戻れ」

鏡子に言われるままにしていると、揚羽の指は着実に問題の楽曲への距離を詰めていった。

「違う、次……今、またわざと行きすぎたな、一つ前だ」

「あの、鏡子さん。別にボクは――」

「御託《ごたく》はいいから、今お前が指さしている曲を流してみろ」

すぐにでもこの場から走って逃げたい気持ちを必死にこらえた。肩から爪先まで緊張のあまりガチガチに固まってしまっている。震える指先で、恐る恐る〝再生開始〟の操作《ジェスチャー》をプレイヤーに送る。

曲の出だしは、アンプがウーハーを除いて〝消音《ミュート》〟になっているのかと疑ってしまうほどに静かだったのだが、すぐに金管楽器が遠くから響き渡り、それは弦楽器や打楽器と絡み合って徐々に、段々と雄大に高まり続け、わずか一分半ほどのうちに厳《おごそ》かで荘厳な最高潮《クライマックス》へ一気に昇り詰める。

無謀な登山者が死力を尽くしてようやく山の裾野から一合目まで辿り着いたときに、未だあまりにも遠い頂上を見上げてしまったときの気分を、叙情的に表しているかのようだった。

一合目にして早くも、その山が自分などの身の丈にはまったくあわないほどに高く、偉大で、厳しく、高潔であることを思い知らされ、畏怖して屈すると同時に、感動に打ち震えて、ただただ膝をついてその高みに目を奪われる。

きっと、遠い聖地を目指す巡礼者のような敬虔さを持ち、そうでありながら野蛮なまでに自分の敗北を認めようとしない頑なさが入り交じって、初めてこの世に生まれ出る調べ。聴く者に嘆息を催させずにはおかないほどの根深い矛盾を織り交ぜた、不思議な響きだった。

「やはり、リヒャルト・シュトラウスか……」

スピーカーから流れ出る調べに気づかぬうちに心を奪われていた揚羽であったが、その曲よりもなお厳格な背中の向こうの声で我に返り、自分があわや絶体絶命の窮地にあることを思い出した。

「ええっと……この曲が、何か？」

足首、膝、腰、胸、肩、首が、まるで別々のパーツとアクチュエーターで構成されたロボットのようなぎくしゃくした動きで振り向き、油が切れた歯車の軋《きし》む音が聞こえてきそうなぎこちなさで首を傾《かし》げ、我ながら情けないほどに不審極まりない諸動作で〝すっ惚《とぼ》けて〟シラを切り通そうとしたものの、そんな見え見えの欺瞞《ぎまん》はむしろ鏡子の疑念を確信に近づけるばかりであったようだ。

「真白、携帯端末を出してみろ。ロックを外してだ」

「ああ……えっと、あー、今日は自室のベッド脇に置きっ放しで――」

言い逃れを述べ終えるまでもなく、揚羽の黒いフリル・スカートのポケットで携帯端末が着信音を響かせる。

顔一杯に作り笑いをへばりつかせた揚羽の視線の先には、揚羽に電話をかけた自分の携帯端末を掲げて見せている鏡子の冷淡酷薄な顔があった。

「……はい、どうぞ」

もはや観念せざるをえなかった。

他者操作防止のロック機能を解除してから、揚羽は自分の携帯端末を恭《うやうや》しく、まるで献上物をエホバに捧げるカインのような丁重さでもって、両手で差し出す。

鏡子はそれこそアベルの贈り物だけを悦《よろこ》んだエホバもかくやの傲慢さで、揚羽の手から端末をかっ掠《さら》い、さっさと電子読書の画面を開く。

当然、そこには揚羽が読みかけの本の題名が表示されるわけで、揚羽は顔を下に向けて両手を差し出した姿勢のまま、無防備に晒した頭の髪の渦巻きの辺りで、鏡子の極低温化した視線の直撃をまともに受けることになった。

「――真白、どこへ行く」

全面降伏の姿勢のまま、膝から下だけで少しずつ後ずさりしていた揚羽は、その一声で再び石のように固まらざるをえなかった。脂汗が頬を伝って滴り落ちる。

「か、可能なら、地の果てまで……」

「地球の反対側か、難儀なことだな。あいにくと関東湾の海には、ガリラヤ湖のような水上歩行マジックのトリック仕掛けはない。海底でも歩くのか、後ろ向きのままで？」

鏡子は、呆れ果てたといわんばかりの大きな溜め息をつく。

「そうだな、旧約聖書《The Old Testament》の創世記にもこうある。主曰く『されば汝は詛われて此地を離るべし。《Nunc igitur maledictus eris procul ab agro,》此地其口を啓きて汝の弟の地を汝の手より受けたればなり。《qui aperuit os suum et suscepits anguinem fratris tui de manu tui de manu tua!》汝、地を耕すとも地は再其力を《Cum operatus fueris eum amplius no dabit tibi》汝に效さじ。《fructus suos;》汝は地に吟行ふ流離子となるべし《vagus et profugus eris super terram》』と。ようするに『目障りだからとっとと俺の目の前からいなくなれこの能なし野郎』と主はカインに言い放ったわけだ。

しかし跪《ひざまず》いて讃《たた》え、感涙に溺れるがいい。貴様にとって幸運なことに、ソドムとゴモラを容赦なく一瞬で滅ぼし塩の柱に変えた狭量で偏屈で冷酷なエホバとは違い、私は寛大で寛容でお前に優しい」

鏡子は右手で無造作に新しい煙草の火をつけながら、左手で椅子の隣になぜか常備されているT字ホウキを掴んで引き寄せる。

「こっちに来い——もっと近く、近くにだ」

「ど、どうしてですか？」

「ぶつから」

今まで何か失敗を犯すたびに幾度となく受けてきた体罰、頭の芯まで響く面打ちである。

「い、嫌ですよ！　痛くされるのがわかっててなんで自分から進み出るんですか！」

「痛いのなら、それでいいじゃないか」

「どうしてですか!?」

「死んだら痛みも覚えないだろう。痛いですむ、ということは死なんということだ」

「どうして死ぬ話になるんですか!?」

「それは、もしお前がここから走って逃げたりしようものなら、間違いなくそうなるからだ」

「ど、どうしてですか!?」

「お前がたとえアリューシャン列島やインドシナ半島やフォークランド諸島まで逃げようと、

私は地の果てまでも追いかけてお前を殺すからだ」

衝撃的な、揚羽の命と引き替えにした脱・ヒキコモリ宣言、兼、世界一周死刑旅行予告であった。

「さあ、痛いか死ぬか、好きに選べ」

好きも隙も自由意思もあったものではない。

揚羽は両手を黒いブラウスの胸の前で組み、恐るべき罪の告解に向かう信徒のような面持ちで、半歩、また半歩と、鏡子の方へ歩み出た。

そして鏡子のT字ホウキの間合いにほんの足半分ほど踏み入った途端、鏡子の左手が翻《ひるがえ》り、ヒノキの鈍器が容赦なく頭上から振り下ろされる。

それに対し、揚羽は素早く両手をかざして頭をかばった。

一方、揚羽の情けない防御姿勢を見て取った鏡子は、T字ホウキの先端をいったん手元へ引き寄せる。

「このっ――」

――オデコに突きが来る！

叩かれそうになって頭をかばうたびに喰らわされてきた、鏡子の得意技である。

だが、揚羽とてこの三年半、ただ漫然と頭頂部と額に打撲傷を負い続けてきたわけではない。左片手面打ちから額突きへの変化は想定の範囲内だ。

揚羽は頭の上に固めていた手を素早く解いて、代わりに額をかばった。しかし、指の隙間から垣間見えたT字ホウキの先端は、思っていたよりずっと下の方へ狙いをつけている。

「大《おお》っ――」

――まさか！　鳩尾《みぞおち》ねらい!?

慌てて腰をかがめて腹部を後ろへ引き、せめてクリーン・ヒットを避けようとしたのだが、その姿勢は当然、無防備に頭頂部を前へ差し出すことになる。そして、鏡子の狙いは最初から頭頂部のみであったようだった。

「馬鹿野郎！」

「っみゃう！」

次の刹那には、人工妖精とはいえおおよそ人の声帯から発せられたとは思えない惨めな悲鳴を上げながら、揚羽は痛打された頭を抱えて蹲《うずくま》ることになった。

たかがホウキによる打撃体罰に二重のフェイントを織り交ぜて、最大の弱点を自ら無防備にさせるように仕向けるという、高度な技巧戦を見事に制した鏡子は、そんな痛恨の体《てい》の揚羽を見下ろしながら、余裕の面持ちで煙草を吹かしていた。

そして煙草を一本、すべて灰と煙に変え終わると、大きく息を吸い込んでから、

「思想書と哲学書にだけは手を出すなとあれほど言っておいただろうが！」

鬼の形相で追い打ちの一喝を揚羽に浴びせた。

「しかも、よりにもよってニーチェだと？　この底抜け馬鹿野郎が！」

「ご、ごめんなさい！　普段は読んでないです！　本当です！」

元より、今の揚羽はあまり積極的に読書をする方ではない。前の揚羽が主にエンターテインメント系の書物を好んで読んでいたようなので、その読書履歴のうちの一割ほどにようやく手をつけた程度で、まだ読書という趣味が習慣化しているとは言いがたい。

それでも最近は、少しずつではあるが映像や劇画ではなく、文字の読書ならではの楽しみというものがなんとなく感じられるようになってきたので、とりあえずジャンルを選ばずあれこれと手を出してみることを始めたばかりである。

だから、このニーチェ著『ツァラトゥストラはかく語りき』以外に、鏡子から禁じられている哲学書や思想書の類《たぐい》に触れていないというのは、その場しのぎの言い逃れではなく、本当のことだ。

「なおさら最悪だ！　この三重底馬鹿野郎！」

もはや何を、なぜ怒られているのかわからなくなり始めてしまう揚羽である。

頭を下げたまま当惑しきりの揚羽を睥睨《へいげい》しながら何を思ったのかしれないが、鏡子は深く——諦念や怒り疲れたのではなく、なにか痛恨の極みを覚えたような、苦々しさの滲んだ、大きな溜め息をついていた。

「……どこまで読んだ？」

怒りが収まったわけではないのだろうが、静かな声で鏡子が尋ねてくる。

「ま、まだ第一部の三分の一ぐらい……です」

どこまで読書中であるのかは、端末の栞《ブックマーク》機能を見れば一目瞭然のはずなのだが、鏡子はあえて口頭で確認してきた。

『山上の木』か。まだ次の『死の説教者』から後には読み進んでいないな？　それとも順不同で読み散らかしているのか？」

「いえ、前の方から順番に読んでいます……」

「そうか――もういい、これ以上は殴らんから顔を上げろ」

おずおずと元の姿勢に戻ってみると、揚羽の端末を机の上に放り出したまま、鏡子は足を組んでそっぽを向いていた。

「なぜ、数ある哲学書の中から、ニーチェを選んだ？」

「あの……じ、実は哲学書だから読み始めたのではなくて……その本の題名を見たとき、二つ、気になってしまったことがあって……それで……」

「ほう。その『気になった』事情とやらのひとつ目はなんだ？」

相変わらず頬杖をついたまま、鏡子はぶっきらぼうに詰問を続ける。

「それは……鏡子さんの音楽ライブラリの中に、たしか同じ名前の作品があったので、題名を見たとき、なんで音楽の名前の本があるんだろうって、不思議に思って……」

先ほど、オーディオ・プレイヤーを操作していたときに思わず手を止めてしまったのは、その問題の楽曲である、R・シュトラウスの『ツァラトゥストラはかく語りき』に行き当たってしまったからだ。

「なるほど、な。では、もうひとつは？」

「そ、それで……目次をめくっていたら、なんとかの国という章が——」

「第二部の『教養の国』か？」

「はい、たしかそんな名前だったかと……。なので、それを読んだら『国』ってなんなのかって、わかるかなと思いまして……」

揚羽と鏡子がいる東京自治区は、名前の通り正しくはあくまで本国「日本国」の自治領ということになっている。なので「自治権はあるが国家主権は存在しない」とか、「諸外国と対等に外交関係を結ぶことはできない」などと言われるのである。

しかし、そうして揚羽にはわからない大人の事情がどうだこうだと言われても、現に自治区内の市場には日本以外の国の生産品がたくさん流通しているし、総督閣下は頻繁に海外の特使や公使代理を迎え入れて歓迎している。行政局の下にも「経済交流部」という事実上の海外交渉部署が常設されていて、本国の外務省のようにとはいかないまでも、わずかながら本国を通さない海外折衝が行われている。

ここ数十年というもの、一国二制度の歪《いびつ》な状況が続き、今や自治区で人工子宮から生まれた第二、第三世代の子供たちがそのまま成人になり、社会に出て活躍する時代になった。ゆえに、自治区と国家の違いとは何か、自分たちは果たして日本人なのか、それとも東京自治区人という別な何かなのか、という疑念とわだかまりが、多くの自治区民の周囲を取り巻いている。あまりに多くの自治区民の中で共有されて、目には見えない霧や靄のようにそこかしこに吹き溜まりを作っているのだ。

一方、物心ない赤ん坊から大人になる人間とは違い、成人と同等の知能をもって生み出される人工妖精で、かつまだ十歳にも満たない揚羽の目からは、そうした大人の人間や成熟した年長の人工妖精たちの、なにか「それ以上は考えるだけ無駄であるから黙って受け入れろ」という空気が、どうしても気になってしまう。

だから『教養の国』という、いかにも賢い人間たちが集まって作った理想の国を語ろうとするような章のタイトルに、強く惹かれてしまったのだ。本来の国とは、国民とは、あるいはその土地に住まって互いに結びつきを深めるということが、本当はどういうことなのか、教えてくれそうな気がしたのである。

「そこまではよしとしてやろう。だが、なぜお前が今になって急に『国家』なんぞに興味を持つようになったのかがわからん」

「それは、その……『ついに日本という国家が終焉を迎えた』って、どの新聞も報じているじゃないですか。それで……」

「そんなの今に始まったことじゃないだろう」

そう、今さらのことであるし、自治区民なら飽き飽きするほど見慣れた煽《あお》り文句である。

日本国という国家は、この百年ほどの間にとっくに骨抜きになっている。

日本銀行の解体、通貨『円』の他通貨による隷属化、挙げ句に低迷した経済のてこ入れのために行われた海外投資家への極端な優遇政策、外国籍所有者への他国に類を見ない超款待措置の無期限延長、事実上の属国化である国会議員の海外著名人枠、地域行政を崩壊させた国籍ごとの自治行政法の施行、事実上の自国民に対する棄民政策、各地自衛軍基地の近隣国軍への条件付き指揮下編入、外国籍を次々と売買するブローカーの横行とその放置、それらに続く無数の他諸々——本国の国家としての屋台骨がついに崩壊したという度重なる各種報道は、自治区発足以来のこの半世紀の間だけでも枚挙に暇《いとま》がない。いったい、国家なるものには何十本の屋台骨があるのか、と揚羽でも嫌味を言いたくなるほどである。

だから、先月の末に「ついに本土の日本国民がゼロになった」というニュースを目にしても、揚羽は特段の感情はわかなかった。せいぜい「またか」程度で、それは他の大半の自治区民も同じだったはずだ。

以前から、日本で暮らしていくにあたって日本国籍のままでいると極端に不平等を被《こうむ》り、不都合なことが多くなっていた。だから、国内人口は微増のままなのに、国民人口は年々急激に減少を続けていた。それは無理もないことだと、揚羽は思う。日本人でいることが苦痛であり、他国の国籍がブローカーを通していつでも売買できるのなら、無理して日本人のままでいる理由はなくなってしまうのではないのだろうか。

大切な我が子の将来を思えばこそ、母は競って外国の国籍を買い漁り、大事な家族の暮らしを守るため、父は自ら外国籍となる。こんな時代に、働くにも取引するにも、日本国籍だとわかると相手は当惑する。日本人のままでは日々の営みすらままならないのだ。

あとはいつゼロになるかを待つだけのことで、それが先月末に起きた、というだけのことである。起こるとわかっていた対岸の火事、それに住民たちは望んで外国籍へ自主避難済み、というのであれば、関東湾の海を隔てた自治区の人々にとってはもはや心配も懸念も同情も湧いてくるはずがない。

そうして、日本本国に在住するすべての日本系住民は、「在日日系外国人」という奇妙卦《け》体《たい》な呼称の在住者となった。それだけのことだ。

ただ、揚羽自身の中に思うことがなくとも、他の自治区民たちからは何か――無感動の中にどこかしら、隠しきれない深い失望感のようなものが感じられた。

もし日本本国が真の芯まで他国の傀儡国家と化しても、自治区の人々の暮らしにはなんら影響がないと誰もが思っている。むしろ、電池船の取引や外交・貿易の制限、国債の買い支えを始め、日本本国の存在は自治区にとって煩わしいだけの重荷である。その名前や書き割りのような薄っぺらい形など、なくなるのならさっさと消えてもらって構わない。ただ、東京自治区が建前上は日本国の下の自治領である以上は、日本国という名前だけ名乗り続けてくれていれば、それでいいのである。

なのに、日本本国がまた一つ屋台骨を崩された、という報道がなされるたびに、自治区の人たちの間に漂う不満や憤り――その正体が、揚羽にはわからなくて、不思議でしかたがなかった。

もしかすると人間たちには、ただ衣・食・住、安全、医療、外交、防衛、経済、その他様々な暮らしにおける必要性以外にも、目には見えない「国家」という概念への、何らかの「拘《こだわ》り」のようなものがあるのではないか。

つまり、本国領土からこの狭い人工島に追い込まれ、否応もなくこの豊かながら狭い街で暮らしている人々だからこそ、自分たちに何もしてくれない本国「国家」というものに対する存在価値を、独特の価値観で認めていて、それが無意識の不満や失望に繋がっているのではないか。

国家からあらゆる有益性が取り除かれたとき、それでもなんらかの価値が残るのだとしたらそれは何か——。「国家」というものがなんであるのかと明らかに答えうる誰かや、書物がもしあるのなら、いつか目にしてみたいと、揚羽は常々思っていた。

そんなときに、ニーチェという耳慣れぬ哲学者の記したこの『ツァラトゥストラ』という書物に出会ったのだ。

「……答えられんのか？」

俯いて黙り込んでしまった揚羽に、鏡子が重ねて尋ねてくる。

答えたい思いはある。しかし、どう言葉にしたらいいのかが、鏡子とは比較にならない揚羽の脳程度には、とても難しかった。何を言っても誤解されそうな気がするし、なにから語っても齟齬を呼びそうな気がする。なにより「わからない」ことを論理的に伝えるという方法を、揚羽はまだ知らなかった。

「『わたしたちはあまりに多くを知っているから、お互いに語り合わない——。わたしたちはおたがいに沈黙を交換し、わたしたちの知識を、微笑みでつたえる』……か」

突然、詩を唄うように語った声に釣られて顔を上げると、鏡子はいつのまにか居住まいを正して机の上で手を組み、揚羽の方をじっと見つめていた。

「お前がご執心の『ツァラトゥストラはかく語りき』、その第三部にある『日の出前』という章にある言葉だ。まだ第一部の途中までしか読んでいないというのは、お前のその反応を見る限り、どうやら本当のようだな」

今の鏡子は、普段の横柄で怠惰な鏡子とはまるで別人のように見える。まるで大事な教えがちゃんと生徒に伝わっているか、生徒の瞳の奥まで覗き込んで確かめんとする、真摯で誠実な教師のような雰囲気を纏っていた。

意味深な言葉の真意は、揚羽にはとうてい計りかねない。しかし、鏡子がいつもなら考えられないくらいの包容力で、今の揚羽を認めて受け止めようとしてくれていることはわかる。

「鏡子さんが……」

「ん？」

ぽつりと呟いた言葉であったが、鏡子は焦れることなく、ゆっくりと先をうながしてくれた。

「その、先月の末から突然、鏡子さんがお忙しそうになって、たびたびここを留守になさるようになって、考えたんです。一人になって、ボクは、やっぱり一人なんだなって……」

言いたいことの十分の一も言葉にはならない。出てきた言葉も、十分な文体を持っていない。でも、伝えたいことはたしかにあって、今の鏡子ならそれを感じ取ってくれるのではないかと思った。

「鏡子さんが初めて夜をお留守にされたのは、ちょうど『日本本土の国民がゼロになった』というニュースが、自治区中を駆け巡った日でした。だから、もしかすると、日本本国のこととと何か関係のあることで、鏡子さんが困っているのではないかって……そう思って、どうしたらその気持ちがボクにもわかるかなって……ずっと考えていて……」

鏡子は一瞬も顔を背けることなく揚羽の拙《つたな》い言葉に耳を傾け、それが途切れたとき、「そうか」とだけ呟いて静かに両の瞼《まぶた》を閉じた。

それから一息、二息ほど間を置いてから、鏡子はゆっくりと瞼を開き、その強い色の瞳で揚羽を正面から見据えて口を開く。

「真白、大事なことだが、一度しか言わん。だからよく覚えておけ」

「は、はい」

持って回った言い回しに、揚羽は思わず姿勢を正して耳を傾けた。

「私はな、困らん」

「…………は？」

端的すぎて、意味がさっぱりわからなかった。

「たとえ今日、巨大な隕石群が地球に次々と降り注いで地球が宇宙の藻屑《もくず》と化しても、明日太陽が突然燃えるのをやめてしまっても、新種の狂犬病がパンデミックを起こしそれに冒された全人類が互いに言葉も通じ合えないほど泡を噴いてもだえ苦しんでも、あるいは今ここに計り知れぬほど巧みで強力な殺し屋が現れて、私とお前を狂気のままに犯しいたぶろうとも、なにやらしらぬ醜聞が出回って明日から全自治区民と世界中の人間が私を嬲《なぶ》り殺そうとしても――」

「ちょ、ちょっと！　鏡子さん⁉」

ありえない仮定の連続は、ひたすら揚羽を混乱の渦へ追い込んでいくばかりだ。

「私にとってはな、そんな程度のことなど端《はな》からすべて想定済みなんだ。私を困らせる未来なるものを誰かがもし隠し持っているのだとしたら、むしろそいつをここへ招いて好きにやらせてみたいぐらいだ」

口調はたしかに別人のように穏やかだが、語られた言葉の裏付けになっているのは、いつもの鏡子となんら変わらない、傲岸不遜なまでの自信と、誰も比肩しえないほどの強力な自負心だった。それは、「覚悟」と言い換えてもいいのかもしれないと、揚羽はそのとき初めて思った。

「昔、パスカルが『正義は議論の種になる。力ははっきりしていて、議論無用である。そのため人は正義に力を与えることができなかった』と言い放ったが、そんな程度の最底辺を彷徨《さまよ》うやり取りなど議題に挙げたところで、大脳新皮質に腐れカビの生えたクズが泡を噴いて叫ぶ妄言の応酬にしかならん」

鏡子は言いながら、短くなった煙草を灰皿の縁にこすりつけてもみ消す。

「なぜだと思う？」

そして、一呼吸置いてから再び揚羽の方へ視線を戻して尋ねてきた。

「その、ボクには、その人たちの言っていることはよくわかりません……が、善意で何かを行うのに、暴力的な力が必要なときも、この世界にはあるのではないかと思います」

「そうだな。お前は今、正解に限りなく近いことを言った」

新しい煙草を咥《くわ》え、愛用のオイル・ライターで火をつけて、それを軽く吹かしてから山盛りの灰皿に置いて、鏡子は再び口を開く。

「日本語が哲学や倫理学に適さない理由はいくつもあるが、中でも特に問題なのは『正義』と『善』の区別があいまいなことだ。英語において『正義』は〝Justice〟で、『善』は〝Good〟となる。当然、指し示す概念も大きく異なるが、日本語で『正義』と『善』に置き換えた途端、二つの概念の区別は途端に曖昧になる。これは様々な宗派対立があったとはいえ二千年にわたって一神教の文化様式が根付いている欧米や中東に対して、同じくらいの時間を多神教や自然崇拝が入りまじった東の果てで過ごしてきた日本人、双方の間に生まれざるをえない、必然的な『言語の峡谷』だ。日本や東洋文化に浸って生まれ育った連中にとって、それを埋めるのは容易なことではない。

だから哲学書に携わる多くの翻訳者は、この二つの訳語の使い分けに長年苦労し続けている。そのまま訳して本にしたところで、読み手には著者の本来の意図が伝わらん。

だが、文化的背景をあえて無視し、似通った単語であるという欺瞞を飲み込んだ上で、単に二つの語の間に深いニュアンスの違いがある、だけだと仮定し、それを日本人に感じ取らせるのに都合のよい方便なら、苔がむすほど昔からある」

話をいったん切った鏡子は、エスプレッソを一口飲んでから再び煙草を咥えて、揚羽の方を見つめる。

「正義と善は、一致しないこともあるということでしょうか？」

「ドラム缶とは言わないがせめて一斗缶程度にはと思っていたが、また想像以上のアルミの空き缶のように安っぽい答えだな……」

意見を求められたような気がしたのでがんばって考えてみたというのに、どうやらお気に召さなかったようで鏡子はやや不満げに溜め息をついているのであるが、八歳の揚羽からいったいどんな鋭い解答が返ってくることを期待していたのか、むしろ揚羽の方が知りたいぐらいである。

「あくまで頭の固い日本人を騙すための方便に過ぎないが、『正義《Justice》』とは〝行為《Act》〟であり、『善《Good》』とは〝価値《value》〟である、ということだ。つまり、どんなにしたいと思っても結果『行われなかったこと』は、決して『正義』とは呼ばれない。一方、『善』とは実際の行動の有無にかかわらず、その『個《individual》』または『群《colony》』の有り様そのものをときに定義し、ときには方向付ける——真白、頭はついてきているか？」

正直、既に離脱気味である。音速の飛行機を今日の夕飯の獲物と間違えて追いかけようとしてしまった憐れな鷲《ワシ》の気分だ。だが、まったく影も形も掴めないというわけでもない。

「つまり、『正義』とはその行為が行われた瞬間より後に決まることで、『善』は逆に何かが行われる以前にもう決められているもの、ということでしょうか……って、そんな露骨に呆れかえったような溜め息をつかないでください。ボクだって必死に考えてるんですから……」

「いや……方便や詭弁の許容範囲の限界ぎりぎりまで、よくもそう語弊の想像力を羽ばたかせることができるものだなと、感心させられただけだ。気にするな」

「今、それこそ詭弁を限界まで弄《ろう》して『馬鹿』のひと言をオブラートに包みましたよね？　無理に包んだオブラートの角が破けて中の悪意が丸見えなのですが」

「まあともかく、二つの訳語の間にニュアンス程度には違いがあると誤解できたのなら、それでいい」

あまりと言えばあまりな暫定評価に、さっき鏡子のことを「まるで真摯な教師に変貌したよう」と、心の中で評した気持ちを今から取り消したい気分にさせられてしまう揚羽である。

早くも誠実教師の仮面を脱ぎ捨てた当の本人は頬杖をつきながら煙草の灰を無闇に落としていたが、やがて煙草を灰皿において、もういちど机の上で手を組み直してこちらに向き直ったときには、油断した揚羽の瞳を射貫くほどに再び真剣な目つきに戻っていた。

「いずれにせよ、これで『正義が議論の種になる』という言葉自体が妄言の類だということがわかっただろう。正義は現在進行中の事態においてあらゆる議論のどんな議題にもあがることはありえない。あがるとすればそれは『正義』という『錦の御旗』を持論に背負わせて押し通したいときの、エゴの方便として用いられるに過ぎん。まあ、こんな腐臭のするわかりやすい欺瞞を持ち出さなければいけない時代と状況下にあった憐れなブレーズ・パスカルに一定の同情はするがな」

　なにをした人なのかは知らないが、揚羽でも名前を知っているような歴史上の偉人を指して「憐れだ、同情してやる」と言い放つ人の中に、本当に同情心なるものがあるのか疑わしいことこの上ない。

「えぇと、そう知っていながらあえて『正義』を議論に持ち出す人は、その議論が空回りしかねないことをわかっていて、それでも未熟な議論の参加者に一定の理解を与える必要性に迫られるから、やむを得ず議論の一部に組み込んでいる、ということになるのですか？」

「……お前のオブラートも酷い出来だぞ。だがまあ、好意的に理解してやるならそういうことになるな。正義とは今の時代までに『行われてきたこと』の一部を指すが、過去の経験に学ぶのならともかく、過去に成された行為の正義の有無を議論したところで、なんの実用性もない。あえていえば、行動心理学や集団心理学、社会学の死体標本《skeletal preparation》ぐらいにはなるかもしれんがな。だから、正義が議論の有益な種になることなどありえないし、ましてそれに力を与えるか否かなど、もはや事前に語らう意味は皆無だ」

　正義という言葉は何かを差し測る物差しには成りえず、ゆえにどんな意見のどんな立脚点にもならない、ということだろうか。

「一方で、『善』とは最初から『力』を必要としない。たとえ力が及ばないために他者によって惨めにいたぶられ、侵され、殺され、犯され、嬲られようとも、その被害者の『善』が否定されることにはならない。なぜなら『善』とは大抵の人間にとって非常に明白である一方、そこに一切の理論的な根拠はないからだ。『善』の存在を『神秘論』に頼らず、理論的に解き明かそうとした西洋哲学者たちの試みは、すべてあえなく失敗に終わっている。ゆえに『善』とは『神秘論』に依存する以外に根拠を持たない、架空の価値観であるといえる。

だから、一神論が西洋社会を支配していた時代は、聖書や教会の指図が『善』のすべてだった。キリスト教の支配力が衰えた後も、西洋社会では多くの『善の価値観』が未だに『神の実在』に拠って成り立っている。イスラム国家でもそれは同じだ。一方で、一神教に馴染みのない文化の国の人間は、『善』の根本的な由来である『全能神』を意識して育っていないから、『正義』と『善』の区別もろくにつかないまま成人してしまうことになる。

ゆえに『善』に力を持たせたいというオカルトな理想論を個々人が信じるのは勝手だが、文化圏の異なる人間にとってはひたすら傍迷惑《はためいわく》にしかならん。行いにかかわらず、ただその街、その村、その国、その地域に、ただあり続けるだけのものでしかないのだから。その土地ごとに微妙に異なる空気や水と同じようにな」

正義はそもそも議論の種にならないし、一方で善は議論になりこそすれ、そもそも人の力とは無縁に存在するので、力を与えるか否かという話にはなり得ない。だからパスカルの言葉には、たとえ『正義』を『善』に置き換えてみてもやはり何の意味もないと、鏡子はそう言いたいのだろう。むしろ、パスカルが『正義』という単語をこの言葉に用いざるをえなかった彼の周囲の環境と時代背景をこそ、鏡子は憐れんでいるようだ。

「そして、私の自分自身のこれまでの過去のすべての行いは正しい。つまり私のなしてきたことのすべては、善か悪かなどと無関係にただひたすら正義だ。だから、私には今後も『困る』ということがない。何をしても『正しい』のだからな」

「さすがにそれはちょっと……飛躍が過ぎませんか？」

唐突かつ極端な自己肯定が飛び出してきたので、揚羽は思わず冗談と受け取ってつい苦笑してしまった。だが、鏡子の方は相も変わらずまっすぐに揚羽の瞳だけを見つめ、神妙な面持ちのままである。

それで、揚羽も鏡子は決して冗談などで誤魔化そうとしているのではなく、真面目に揚羽を理解に導こうとしていることに気がつき、迂闊で不謹慎な反応をしてしまったことが急に恥ずかしくなってしまった。

「どうして、そこまで言い切れるのですか？」

だから、次に口にしたこの言葉は、今度こそ心からの疑問だ。

「私は過去の著名人の言葉を無闇に引用するような格別に頭の悪い、耳と鼻の穴から白い蛆虫がいつも代わる代わる顔を出しているような馬鹿が心底嫌いなのだがな……まあ、お前が遅かれ早かれ原典に触れるつもりがあるのなら、ここはあえて主義を曲げて哲学史上で重要な転換点となった言葉のひとつを引いてきてやろう。

――〝ich will〟日本語で言えば『我欲す』とか『私は意志する』になるか。すなわち、私のすべての行動は、私だけの私自身の意志と決断によってのみ成されるのだというある種の世界観、あるいは人生観を、端的に表した言葉だ。

お前が今読んでいる『ツァラトゥストラはかく語りき』の第一部、その頭の方に主題のひとつとして出てくる。そこまではもうとっくに読んだだろう？」

正直、難しい箇所は読み飛ばしていたので、あまりはっきりとは記憶にないのだが、前後の文脈はおぼろげながら頭に浮かんだ。

「たしか……人間は三段階に変化する、みたいなお話だったでしょうか。初めはラクダで、次がライオンで、最後は、えぇっと……赤ちゃん？」

「そうだ。お前にしては上出来だな。お前の言ったライオンの段階——人間が『獅子』に例えられるような状態に変化するのは、圧倒的な力を持つ『竜』と対峙するため、獅子のごとき強さを持つ必要に迫られるからだとニーチェは主張している。ここで『竜』とは、既存の常識や、社会で共有された良識や規範、倫理観、あるいは他人の評判や意見、その他、自分の意志を外から左右しようとするあらゆる外圧のすべてを指す比喩だ。ツァラトゥストラによれば、『竜』が全身に纏う鱗には一枚一枚『汝なすべし《du sollst》』と書かれていて、人間に対してことあるごとに『そうあれかし』と説きながらそれらを強要する。この『竜』が圧倒的な存在であるので、人間がそれに立ち向かおうとするならば『獅子』のような強さを持つほかない、ということだ。そのための獅子の牙、つまり自ら意志しているという強さ、自信の源となるのが『我欲す《ich will》』——すなわち、私のあらゆる行いとその結果のすべては、誰のためでも誰のせいでもなく、ただひたすら自分だけで決断した自分だけの意志の現れだという、超然たる完全な自己の人生肯定だ」

本日すでに十何本目かの煙草に火をつけた鏡子は、それこそ天敵という天敵を滅ぼし尽くした後のライオンのように、無防備かつ悠然と椅子の背もたれに身体を預けた。

「では、次の段階の『赤ん坊』というのは？」

「そっちには大した意味はない」

いや、ニーチェは人間が最後にその段階に至るべき、と主張していたわけで、意味がないどころか結論そのものではないのだろうか。

「ニーチェに限らんがな――中世から近代にかけての哲学者は、どんなに理論的な試行錯誤を突き詰めようとしても、その大半が最終的には『神』の実在を前提にした抽象論や神秘論、観念論に行き着いてしまっている。ニーチェはその中でも神を始め、あらゆる既存の価値観と全面対決しようとする立場、いわゆる虚無主義《ニヒリズム》を徹底して思考することに生涯をかけて挑んだが、結局その目的を達成することなく、心を病んでからこの世を去ってしまった。『ツァラトゥストラはかく語りき』の最後、第四部の『ましな人間たち』――このあたりは妹エリーザベトの恣意的な改竄を受けた可能性があるが――神や既存の良識や常識をすべて否定したにもかかわらず、それによってツァラトゥストラ本人、または愚鈍な驢馬《ろば》が神に代わる新しい信仰の対象となってしまうという矛盾を招くことが描かれているのだが、これはニーチェ自身がこの『赤ん坊』の状態、つまり『超人』に到達することの現実的な困難さに直面して苦悩した有り様がよくよく表れている。この後、ツァラトゥストラは――」

「ちょ、ちょっと待ってください！　それ以上は仰らないで！」

「……なんだ、突然」

話の腰を折られた鏡子は不愉快そうに紫煙を吹く。

「だって結末を知ってしまったら、読書の楽しみが半減してしまうじゃないですか！」

「馬鹿野郎。犯人をスポーツくじみたいな直感で当てること以外に楽しみのない、安っぽい三文エンターテインメント・ミステリー小説じゃあるまいに。仮にも哲学を記した書だぞ」

「それでもです！　主人公が最後にどうなるのかなって、ドキドキしたりワクワクするのも読書の大事な楽しみじゃないですか！」

「……あくまでそういうつもりであるなら、読了したときお前は大きく首を傾げるはめに陥ると予言しておこう。この『ツァラトゥストラはかく語りき』という書は、物語として見たとき完結しているとは言いがたいし、幾度にもわたって『永劫回帰』の思想と、『超人』という人類の目指すべき新しい頂きの存在を指し示しておきながら、では『超人』とはどういうものなのかということについてはほとんど言及されていない。つまり、物語的にも哲学思想としても未完結なんだ」

「ツァラトゥストラさんが、最後に『超人』になって終わるのではないのですか？」

「まあ……タイトルだけ見ればそう思うのかもしれんがな。さっきも言ったように、ツァラトゥストラが様々な困難に直面してそれを乗り越え、極めつきは永劫回帰すらひとまず克服するというのに、第四部ではそれでも自分自身がまだまだ『克服』されるべきものに過ぎない、とあらためて思い知って終わっている。つまり――」

「人々に対して今まで信じていたものは全部捨てろ、と暴言を吐いておきながら、ではこれからはどうするべきか、という疑問に答えないまま、後世の人たちに問題を丸投げしたと？」

「そういうことだ。とはいえ、心を病んでしまうほどに自分の哲学をひたすら思索し磨き続けて、ついには身体まで壊して死んでしまったのだから、ニーチェを責めるのは酷薄が過ぎるし、その思想が未完なのも無理はないことだがな。

しかし、人類が『動物と超人の間にかかる橋である』、言い換えればまだ人類には種として大きな進歩を遂げる余地があるのだ、という考え方は、遥か後の世にまで大きな影響を与え続けた。欧米社会では言うに及ばず、遠く離れた日本でもだ。『ニュータイプ』や『新人類』という言葉は、お前でも聞いたことがあるだろう。これらの言葉も提唱者の意図から離れて空回りしてしまっているが、架空の人物であるツァラトゥストラを通して『超人』へ至る道を説こうとして、説き続けることそのものが人類の『超人』へ近づく可能性の妨げになってしまうという矛盾に苦しんだニーチェと、まるで同じ構図だな」

ニュータイプという言葉ならどこかで耳にしたことがあるような気がする。

「ええっと、つまるところ……ニーチェさんの哲学の本は読む価値がない、ということでしょう……かっ！　ふぎゅ！」

「だからお前は阿呆だというのだ！」

鏡子のＴ字ホウキが放った目にもとまらぬ額突きと面打ちの連続技によって、揚羽の口は再び自分の声帯が発したとは思えない音をはき出す。

「いいか、その耳垢の堆積した石油と天然ガスが掘れそうな耳の穴をかっぽじってよく聞け！　中世から近代、いやそれ以降も、哲学者が生涯かけて導き出した最後の結論など、ほんの百年も経てば大抵は全否定されてしまう！　文明の進歩と文化の変遷によって、当時は特異であったモノの見方がとうに常識と化してしまっていたり、逆に世迷い言以下の妄言と断じられてしまうのは必然的な帰結だ！　だが、連中がそんな塵芥《ちりあくた》の結論を導くために編み出した数々の試行錯誤の賜物、血と汗の結晶たる思考過程と思考方法は、後々の世の人々の人生を一変させるほどの強力な存在感を放ち続けている人類史上の至宝だ！　哲学とは自己啓発でも宗教信仰でも人生の道標でもない！　逆に、そのままであればそれなりの幸福に包まれて終わるはずだった一人の人間の人生を、見る影もなく惨めに貶《おとし》め狂おしく惑わせてしまいかねないほどに扱いの危険な、諸刃の剣なんだ！　そんなこともわからずに、安易に哲学書と思想書に手を出して知識人ぶり、誰々によればああだの、彼の言っていたのはこうだと、薄っぺらい自分の存在に箔をつけるために、安易に過去の著名人の言葉を引用して周囲の人間を黙らせて悦に浸るド阿呆どものようにお前もなりたいのか！　この大馬鹿野郎！」

「……すいませんでした。ボクが全部間違っていました」

とりあえず、深く九十度以上まで頭を下げて平謝りするしかなかった。

正直なところ、なんで怒られたのかよくわからないのであるが、鏡子がひとたび激高して声を張り上げ始めたら、無力な五等級のいち人工妖精にすぎない揚羽には他に打つ手などない。

（えぇっと……結論のほうはあまり意味がないけれど……至宝なのは試行錯誤？　あれ？　でも血と汗の結晶のモノの見方が特異になって塵芥？　あれれ？）

普通の口調のときのスピードでも、鏡子の話についていくには脳のフル回転が必要とされるのに、感情が高ぶったときにはさらに言葉が早回しになるので、もはや異国語の領域である。

「ともかく、だ――」

そんな揚羽の様子を見て悟ったのか呆れ果てたのか、鏡子は左の肘掛けに寄りかかって、反対の肘掛けの上で膝を組むという、器用かつひどく横着な姿勢になって酷く疲れた溜め息を吐いていた。

『『赤ん坊』は眉唾物だとしても、強大な『竜』に対抗するために『獅子』と化して立ち向かう、それは『汝なすべし』という自己の外からのあらゆる圧力に対して『我欲す』という自己の意志を貫き通すということだが、この考え方には大いに刮目《かつもく》して見る価値がある。

流行、良識、常識、作法、行儀、あるいはそれらすべてと対をなす不良、悪徳、その他負の自己実現。これら既存の知識や正・負の価値観のすべてをいったん全否定し、何が正しいか、今この瞬間の自分が何をすべきかという判断を、すべて自分だけの自我と意志と責任だけで瞬間、瞬間ごとに決定し続けることができていれば、そいつの中に『後悔』や『責任転嫁』といった感情は永遠に生じることがない。これがニーチェのツァラトゥストラで説かれているルサンチマンの完全なる超克だ。

そして『正義』とは、議論の題材にはならん上に価値とは別個の概念である以上、個々の行為に対して個々人のその時々、瞬間、瞬間ごとに意志するところで決められるしかない。

この二つの合一——結びあうところが真白、お前にわかるか？」

口調のスピードが戻ったので、揚羽の頭もなんとか追いつき始めている。

自分で意志しつづけるのが『獅子』で、『正義』が自分の意志で決められるものであるとするならば、その二つはパズルの隣り合ったピース同士のようにぴたりとはまるような気がする。

「うんっと……どんなときも、後で他の人のせいにはできないくらいはっきりと自分の意志で行動している人のすることは、少なくともその人自身にとって全部『正義』ということになる……みたいな感じでしょうか？　でも、それって唯我独尊というか、自分勝手とか自分本位な生き方になってはしまわないでしょうか？」

「自分本位で何がいけない」

しれっと、さも当然のことのごとくとんでもないことを言われたので、揚羽は思わず口を開けたまま啞然となって、返す言葉を失ってしまった。

「人間に限らず、あらゆる生物は自分本位なものだ。一般に知的生命体の象徴的特徴などと持ち上げられがちな、いわゆる〝社会性〟など、蟻や蜂でも獲得している程度の、動物的本能の延長だ。社会性の必須条件となる〝利他性〟とは、そもそもその利他的な行動が個体にとって生存または繁殖に有利であるために、進化生物学的に獲得された種の性質に過ぎん」

「で、でも、世の中には他の人のために自分の心身をすすんで犠牲にするような、崇高な人もいらっしゃいます。そういう人の在り方は、利己性や生存と繁殖の原理だけでは説明できないのではありませんか？」

「だから、さっきから言っているだろうが、馬鹿野郎。それが『善《Good》』という『価値《Value》』だ」

今度は揚羽の揚げ足とりな発言に呆れたと言うよりも、鏡子にとって予定調和的なやりとりであったようで、空になったエスプレッソのカップを指先で振り回しながら気だるげに答える。

「人類は、知的能力に偏った進化と、動物本来の群《むれ》の単位を超越した巨大な集団性を獲得してしまったことで、無意識下に誕生前から存在している本能的な〝利他性〟だけでは、肥大化しすぎてしまった社会に適応できなくなった。つまり、人間は種として繁栄し、巨大なコミュニティを形成するようになったとき、動物が気の遠くなるような永い進化の歴史でようやく獲得してきた本能だけでは、そのコミュニティの中で満足に生存や繁殖をしていくことができなくなってしまったんだ。

そのために、人類は『善』という新しい『価値』観を生み出した。自然の食べ物をよりよく消化吸収するために〝火〟による〝調理〟を編み出したり、効率よく獲物を狩ったり捌いたりするために〝刃物〟という〝道具〟を創り出したりしたのと、まったく同じようにして、本能だけでは営みきれないほど増幅した集団における社会性と〝利他性〟を、架空の〝善〟という新しい〝道具〟で補うことを発明したんだ。

本能的には過剰で不要とされる極端な利他性すらも、あまりに巨大化、複雑化した集団の社会構造の中で、仲間たちと共存していくには必要とされる。だから〝善〟という新しい、人のあるべき行為、あるべき姿の理想像を集団内で共有し、世代を超えてその様式を知的に受け継ぐことを始めた。

さっき言ったように『善』というものの根源、立脚点や根拠を、人間という種の中に探し求めようとした西洋哲学者たちのあらゆる試みは、絶対神の存在に依存したり神秘論や観念論に陥ったりして、ひとつ残らず失敗に終わっているのだが、それは今さら言うまでもなく当然の帰結だ、わかるな」

「それは、『善』とは必要から生まれた〝道具〟に過ぎないから、最初から人間の本能に組み込まれているものではないし、根拠なんて最初からないから。ただ、必要だったから〝作った〟だけ……ということでしょうか？」

「そうだ。ようやくコンマ一パーセント程度は飲み込めてきたようだな」

……やっと道のり一厘だったのか。途方もない理解を求められているものである。

「なんの根拠もない〝善〟という指向性を維持しなければ、人間の社会集団は維持できずに滅び去る。結果、薄弱な〝善〟を何らかの詭弁で強固な規範に仕立て上げることができた文化と文明だけが後に残り、今日こんにちまで生きながらえている。

できる限り多くの人々を、可能な限り永い世代にわたって――共有と言えば聞こえはいいが、世代や身分を超えた強制だな――〝善〟で束縛して導くには、誰にも存在を確認できないが同時に誰も存在を否定できない、強力かつ曖昧模糊な後ろ盾が必要だったのだが――真白、エスプレッソをもう一杯。ダブルだ」

「は、はい」

さっきから無闇にカップを振り回していたのは、コーヒーの催促のつもりだったのかもしれない。

「それが『神』、ですか」

受け取ったカップをコーヒー・メーカーの上に置き、新しい豆を入れて豆挽きと圧力抽出のボタンを押すまでおよそ一分弱。そうしてようやく揚羽にも、鏡子があえて口に含んで沈めた言葉を察することができた。

呟いてみて振り返ったときには、鏡子は次の煙草に火をつけている最中だったが、なんとなく見えないところで頷《うなず》いてくれていたような気がした。

「元来〝善〟と〝神〟は別個に創られ、受け継がれてきた概念だったはずだ。その証拠に、古式豊かなアニミズムや日本神道には、理にかなった勧善懲悪ばかりではなく〝祟《たた》り〟や〝荒霊《アラミタマ》〟という理不尽際まりない、因果応報とは縁遠い、明らかな〝悪〟の面を持ち合わせた神々が山ほどいる。

しかし、お前の言うとおり〝善〟と〝神〟――とくに〝唯一神〟や〝絶対神〟は、相互補完的に極めて相性のいい概念だった。どちらも根拠は皆無だが、一方で社会集団に不可欠な〝善〟は強力な後ろ盾を必要としていて、一方で誰にも存在を否定できない万能なる〝神〟はその信仰の拡大、つまり信徒を増やすことを指向しながら、肥大する信徒集団の秩序を維持する必要に迫られていた。

ここに二つの概念の利害関係が一致し、別々だった〝善〟と〝神〟は互いの泣き所を嘗め合うように癒着した。〝善〟は〝神〟によって定められた絶対的な模範として信仰者たちに強制され、〝神〟は信徒の社会集団を〝善〟という過剰な利他性で維持し増大させ続けた。〝神〟の勧めることが〝善〟であり、〝善〟を行えば〝神〟から死後だか生前だかは別にしてなんらかの褒美がもらえる、ということになった。

どうだ？　必要があって創られる、というごくありきたりな原則に従って理論的に掘り下げていけば、どんな阿呆でも、半不死の人工知能にも、もちろんお前たち人工妖精にも、善と結びつけられた現在の〝神〟や〝霊〟の概念の成り立ちは、いとも簡単に理解できる」

言いながら、鏡子は揚羽から新しいエスプレッソのカップを受け取り、スプーンと一緒にソーサーに添えられていた二個の角砂糖を中へ放り込んだ。

「もしかして、ニーチェさんは、神によって〝善〟の濡れ衣を着せられ、変質して覆い隠されてしまった、人間が本来持つ本能的な利他性とか倫理性を丸裸に——いえ、えっと、引き出して見せようとしていたのでしょうか？」

「ほう……今日のお前はいつになく頭が回るな」

……ついさっき、底抜けだの三重底だのだから阿呆だのと、さんざん罵られた気がするのだが、あれは本当に目の前の同一童顔女性から発せられた言葉とT字ホウキだったのだろうか。

「まあ、ニーチェがそこまで思い至っていたかどうかは、ツァラトゥストラや他の遺作から読み取ろうとしても難しいところだがな。元より神学者ではないニーチェのキリスト教やユダヤ教に対する理解は齟齬も多く、奴の遺した数々の批判が適切だったとは必ずしも言いがたいが、宗教と現実が齟齬を見せ始めた時代にそれなりの才覚を持って生まれ育ってしまったのなら、根拠が神という妖しい後ろ盾しかない〝善〟に深い疑念を抱いたのだとしても不思議はないだろう。その辺りのニーチェの考えは、ツァラトゥストラの『背後世界を説く者』の章や『大いなる正午』という思想によく表れている。

これでよくわかっただろう。自分本位な生き方というものは、多くの地域、多くの民族の〝善〟に照らしたとき一見には〝悪〟とされがちだ。だが、現実において『自分の意志によってのみ行動する』ということは、既存の善・悪とはまったく別のベクトルで存在している。その行動を〝善〟と呼ぶか否かは周囲の人間が勝手に決めればいい。当の本人は――私は、常に自分の判断の結果を後で他人のせいにすることがないよう、すべて自分の意志で決めて行動している。たとえ、後でそのときの判断が望まぬ結果を招いたことがわかったとしても、私は他の誰かの責任にすることは一切できない。すべては私の、私だけの、私の意志による判断だからだ。その上で、私は過去のあらゆる自分の判断を肯定している。もっとよい判断や、明らかに望ましからぬ結果を招いた判断も含め、それらすべてがそのとき、その瞬間、の私にとっては最良であった、と断言する。

　ゆえに、誰がどんなに非難しようと、私にとって私は常に正義だ。ゆえに、私には後悔をすることがない。だから、私は『困る』ということがない。わかるか、真白」

　肘掛けと背もたれに悠然と体重を預けたまま、鏡子は横柄に机の上で脚を組んだ。その白く細い脚の周囲三方では、今も三台のプリンタがコンマ数秒で読み捨てられる紙を健気にせっせと吐き出し続けている。

「仰ることはわかりますが……こう申し上げてはなんですけれども、鏡子さんだってご機嫌のよろしくないときには辺りの物に八つ当たりしたりなさいますし、さっきだって『プリンタがあと二台あればよかった』っておっしゃったばかりじゃないですか。鏡子さんのご見識をお疑いするわけではありませんが、人間だって人工妖精だって、誰でもそういう風に過去の出来事に不満を言いたくなることはあるのではありませんか？　生まれつきハンデを背負っていたり、予想だにしない災厄に襲われた人に対して、鏡子さんの仰りようは、やや薄情すぎるようにボクは思います」

　やや突っ込んだ言い方をしたので、またT字ホウキが飛んでくることは覚悟の上で思い切って尋ねてみたのだが、鏡子の反応は予想に反して酷くうんざりとしていて、倦怠感が露骨に顔に出ていた。

「また、私に引用なんて下世話なことをさせようというのか。本当に面倒くさい奴だな、お前は」

　どうやらうんざりしたのは理解のついていかない真白の頭の悪さにではなく、大嫌いな「引用」という手段を自分の意志が最良と導きだしたからであったようだった。

「まず、自身の生き方を全人類に押しつけようなどとは、私は臍《へそ》のゴマほども思っていない。そこから勘違いするな馬鹿野郎。それをよく斟酌した上で今から言うことを聞け。さっき述べた『ツァラトゥストラはかく語りき』第三部の『日の出前』の章、その後半にこうある。『そして〈祝福することのできない者は、呪詛することを学ぶべきだ！〉――この明るい教えは、明るい空から、わたしに降ってきた。この星は、暗黒な夜々にも、私の空に輝いている』とな。つまり、思い通りにならなかったことがあったとき、人は憤りを覚えずにはいられないが、それをすぐに『我欲する』と受容できないのであれば、とりあえずは怒り散らして思いのままに憤慨すればいいということだ」

「でも、それではさっき仰ったルサンチマンの克服と矛盾しますし、自分がしてきたことがすべて正義だとする理屈が根底から揺らいでしまいませんか？」

「馬鹿野郎。だからニーチェが指し示した『超人』やら『赤ん坊』なんてものは、空想上の非現実的な、ニーチェだけの理想の産物でしかないとさっきも言っただろうが。加えてニーチェ自身もすべての人間が『超人』に至れるなどとは考えていなかった。奴は超人になれないような人間は自ら率先して没落せよ、それはいずれ現れる超人のためになる、と言っているのだからな。つまり、すべての人間が自分の人生の幸・不幸のすべてを『自分で欲した結果だ』と甘んじて受け入れられるわけはない、ということだ。

ならばせめて、世や他人への妬《ねた》みや誹《そし》り——ルサンチマンに溺れて自分の人生を儚《はかな》み恨み、矮小な『末人』に陥らぬためにどうすればいいか。そのときどきの感情を抑えつけて低俗、低劣なルサンチマンが芽生えてしまう前に、その場ですぐさま怒りのままに叫んで吐きだしてしまえとニーチェは言っている。

私に言わせればな、ニーチェなんぞはその抜きんでた才能とはあまりにアンバランスな人見知りで臆病で、そのくせ人一倍自意識が強く、満たしきれぬ自意識を既存社会への批判に全力で振り向けたために、酷く矮小でくだらない人生を送ることになった大馬鹿野郎だ。

しかし、奴が気が狂うまでに思索して編み出した『獅子』としての人間の在り方——人類全体が虚無主義の毒霧に覆われる前に救い出さんとして考え抜いた過程で、偶然生まれた『我欲する』という、その気になれば誰にでもできるはずであるのに大半の人間が一度もなろうとしないまま寿命を終えてしまう、極めて現実的かつ寛容な人の生き方だ——これを発見して言葉にし我々の前に指し示したことは、奴の人間としての欠点のすべてを帳消しにしてあまりあるほどの、人類史上の至宝のひとつだと、私は評価してやっている」

八歳の人工妖精でも知っているような偉人に対して「評価してやる」と傲慢に言い放つことができそうな人を、揚羽は鏡子の他に想像できない。

「ええっと、後悔や憤りが自分の中にあることを認めて発散してしまえば、ルサンチマンに陥ることにはならないし、自分の判断が常に正義であるとする鏡子さんの生き方になんら齟齬はない、と、いうことですね？」

こうして一つひとつ確認を取っていかないと、鏡子の階段を駆け上がるような理論展開についていけなくなってしまうので、たとえ馬鹿に見られても揚羽にとっては大事な様式であるのだが、鏡子はカップの残り三分の一程度になったエスプレッソを啜るだけで頷きもしなかった。

言うまでもない、ということだろうか。ならば、肯定の返事をもらったと受け止めておこう。

「だとすると、ちょっと思ったことがあるのですが、ニーチェさんの仰る『ルサンチマン』って、ただの恨みや妬みとは違って、心理学で言うところの抑圧される感情にあたる概念で、それを自覚しないまま無意識下に沈めて、感じなかったことにしようとすることがよくないのだと、そう仰りたかったのではないでしょうか？」

こめかみに指をあて、目を伏せて、頭の中で慎重に言葉を選びながらゆっくりと尋ねたのだが、いつまでも返事がないので不思議に思って瞼を開くと、思わず冷や汗を感じるほど辛辣にこちらを睨む鏡子の顔があった。

「あの、すいません、ボク、馬鹿だからまた間違って――」

「いや、違う。少々……まあ、本当にこのペーパー用紙の厚さの百分の一ほどだが、まあその程度には感心させられただけだ。お前とていつまでも子供ではないということだな」

どうやら鏡子には睨みをきかせたつもりはなく、軽く目を丸くしただけであったらしい。

それにしても、素直に「よくできた」と口にするのは、鏡子にとってそんなにも難儀なことなのか。

いずれにせよ、当たらずとも遠からず、それも鏡子が期待していた以上のことを言い当てたのは、間違いないようだ。

「ニーチェが『ツァラトゥストラはかく語りき』の前半である第一部と第二部を完成させたのが一八八三年、ユダヤ人のジークムント・フロイトがウィーンで〝無意識〟の存在を前提とした精神分析による治療を始めたのが一八八六年頃。

ルサンチマンというまだ新しいフランスの言葉に、ニーチェが怨恨に由来する感情の〝無意識下への抑圧〟という概念を含めていたとするとらえ方は、お前だけでなく二十世紀から今日までの研究でも何度か現れている。さすがに『抑圧』が起こす病理学的な状態にまで考え至っていたとは思えないが、ルサンチマンを単に『怨恨』や『弱者による心理的な復讐』と訳したときよりも、ツァラトゥストラなどで語られるニーチェの思想が理解しやすくなる部分はある」

「心の中で誤魔化して自分の人生に対する負の感情を無意識下に抑圧するのでは、自分の人生をすべて肯定することはできない。もちろん人生を肯定するための『獅子』の状態に人が至ることもできない、と」

「そういうことだ。つまり、私がお前にT字ホウキで八つ当たりすることも、横柄な取引先により横柄に怒鳴り散らすことも、みな私が正義であるために必要不可欠な止むにやまれぬ事情による。よって、お前は諦《あきら》めろ」

「……さらっと、ボクの将来設計を暗闇に突き落としましたよね、今」

「私の近くにいる限り、その理不尽な苦難から逃れることはできん。お前の側に諦めて受け入れるつもりがないなら、いつここを出て行っても私は一向に構わんぞ」

「そんなことは絶対にしません――」

　ここは前の揚羽が自分の人生を投げ出してでも守ろうとした場所で、目の前にいる傲岸不遜な女性は前の揚羽がこの世で最も愛した人間だ。いつか自分にもその理由がわかるようになるまで、そんな大事な預かり物を放り出すつもりは今の揚羽にはまったくない。

「――しませんが、全部自分の運命だと思って受け入れるべきだと考えてしまうと、それはちょっと辛いというか……重いですね」

　つもりはないのだが、ときに弱音ぐらいは零したくなる。

「お前に限ったことではなく『生きる』と言うことは誰にとってもそういうものだ。ニーチェはそうして人生の喜・怒・哀・楽のすべてが、ひとつ残らず今の自分を構成する必要不可欠な諸々《もろもろ》の要素であるととらえて、まとめて自分にとって有益なこととして愛することを『運命愛《amor fati》』と呼んだ。どうせ今日教えてやったことも一週間もすればお前は忘れてしまうのだろうが、この言葉《アモール・ファティ》ひとつだけでも今日の収穫として牢記《ろうき》しておくといい。そうすれば他の哲学書や思想書を読むときの理解にも大きく役立つだろう」

　次は揚羽の方が目を丸くする番だった。

「あの……それって、このまま『ツァラトゥストラ』を読み続けてもかまわない、ということですか？」

「読み始めてしまったのだから仕方なかろう。中途半端に読んで自分の知識の積層になったと誤解することが一番危険だ。今まで読んだ本の文字数やページ数を安っぽいプライドにするような奴は病的だが、哲学書の類はとくにその毒性が強い。中途半端な理解でも、周りの人間よりなにか賢くなったような気がしてしまうものだからな。それならばいっそのこと、最後まで読んで『身の丈に合わない書物に手を出してしまった』と後悔することを覚える方がいくらかましだ」

　酷い言われようではある。しかし、問答無用でT字ホウキの体罰を喰らわされた当初には想像もしなかった、寛大な承諾の返事だった。

「よかった……」

「ただし――」

　思わず手のひらを打ち合わせて感激してしまった揚羽の背筋が、否定の接続詞ひとつで再び凍結する。

「物事には必ず順序がある。ツァラトゥストラについては、読みかけの第一部だけは最後まで読み進めろ。次はそのまま第二部に行くのではなく、私がこれから指示する二つの書物を先に読んでからだ」

　言いながら、鏡子は慣れた手つきで机上のインターフェースをジェスチャーで操作し、自分の電子ライブラリからいくつかの書籍の開示権限を呼び出し、それを机の上に置きっぱなしになっていた揚羽の端末へ転送する。

「ほれ」

データの転送が終わった途端、鏡子は揚羽の携帯端末を撫んで無造作に投げ放ってきた。

その動作には無駄がなくて、まるで手首のスナップだけで書類をめくるのと同じように見えたので、揚羽の方は宙を舞った端末が自分の目の高さに落ちてくるまで、まったく反応できなかった。

「わっわわっ！」

ほぼ自由落下のままに床へ向かって加速していく端末を、揚羽は名遊撃手《ショート》のファイン・プレー並みの大げさな動作で、辛うじてキャッチする。

通話用途の端末が『携帯電話《フォン》』と呼ばれていた大昔とは違い、中に目に見える大きさの電子部品と配線が満載されているわけではないので、たとえ鋼材《スチール》の鉄骨に叩きつけたところでそうそう壊れるようなものではないが、それでもこうも乱暴に扱われてしまっては一瞬肝が冷える。

「まあ、嘆かわしいこと極まりないが――私なら三十分もあれば二度の茶を飲み休憩込みで読み終える程度の量に、あえてお前のために厳選してやった。感涙し噎《む》せて祈りを捧げて感謝するがいい」

「厳選……ですか。なんだか表示される未読文字数が、かつて見たことない量に爆発的増殖しているのですが。この文字量は、さすがに……えぇっと、じゅ、純粋……純粋理性？　それと、方法……」

「カントの『純粋理性批判』とデカルトの『方法序説』だ」

「ええ、その純粋ナントカの方ですが、ちょっと長すぎませんか？」

「ニーチェの批判は、少なからずカントを下敷きにした過去の西洋哲学に向けられている。カントの思想の一端でも摑んでおかんことには、『ツァラトゥストラ』が理解できるわけがないだろう。それに『純粋理性批判』は膨大なカントの著作のごく一部だぞ」

「では、もう一冊の方法ナントカは、なんのために？」

「お前のことを愛して止まない私の親心だと思って感謝しろ。いきなりカントでは馬鹿のお前には難度が高すぎるだろうと思って、今少し遡ったところでデカルトを引っ張ってきてやった」

「そのデカルトさんが冒頭でいきなり『この序説が長すぎて一気に読みとおせないようなら、これを六部にわけることができる』とかものすごいハードルの爆上げをなさっているのですが、本当にカントさんの方より読みやすいのですか？」

前書きを開くなり目眩を覚えてしまい、揚羽は恐る恐る鏡子に尋ねてみる。

「文字数はたいしたことなかろう。なにせ『序説』、つまり序文にすぎんからな」

「では、その後は本文の方も読まないといけないので？」

「そちらは時代遅れの科学だから、お前程度の馬鹿は生涯関わらなくていい」

墓の下の故デカルト氏が今夜、鏡子の枕元に化けて出ないことを願わずにはいられない揚羽である。まあ鏡子なら、幽霊相手でも相手の言語で対等に論戦を始めそうな気がするが。

「なにせ識字率の低かった当時、ラテン語のわからん馬鹿でも読めるようにと平易なフランス語で書かれた、まさに馬鹿あってこその馬鹿のための書だ。大馬鹿野郎のお前でも、死ぬ気で背伸びすればなんとか頭に入ってくるだろう」

　この短い前書きにこめられた筆者の入魂の思いを、ここまで開けっぴろげにあられもなく歪んだ解釈にしたてあげたのは、もしかすると人類史上で鏡子が初めてなのではなかろうか。

「主体的な自我の発見者で近代哲学の父とされ、有名な『我思う《コギト》、ゆえに《エルゴ》我あり《スム》』の言葉を遺した十六世紀のルネ・デカルトと、形而上学《メタフィジカ》を批判哲学によって再構築したイマヌエル・カント。最低でもこの二人の思想を頭の片隅に置いておかなければ、それらを踏まえて虚無《ニヒ》主義《リズム》で批判したニーチェが理解できるわけがない。本来なら紀元前の開祖ソクラテスから始めるところを近代哲学に限って大幅に短縮《ショートカット》してやっているんだぞ。ツァラトゥストラに手を出したからには、その程度の覚悟はしておけ馬鹿野郎」

　言っていることの半分も揚羽にはわからないのであるが、二年半前に付け焼き刃で慌てて読み漁った技師《かんごし》補佐資格の教本の山を思えば、確かにずっと現実的な文書量ではある。

「それにしても……」

「なんだ？」

　再び机の上で不遜に両足を組み直しつつ、揚羽の呟きを聞きとがめた鏡子が、今度は右の肘掛けに寄りかかりながら尋ねてくる。

「ちょっと意外でした。鏡子さんは『紙で読め』と仰るのではないかと思っていたので、電子書籍データで本を頂くなんて」

「私のことを『電子書籍は味気ない』などとほざく時代遅れの唐変木と同じだと思っていたのなら殺すぞ、馬鹿野郎。私が紙で文字を読むのは、単なる私の趣味だ。この私の工房《しろ》の中で私の時間に私の趣味に文句をつけられる謂《いわ》れはないが、逆に自分の趣味をお前も含めて違う奴に押しつけるつもりはさらさらない。お前が携帯端末で本を読むことに慣れているようであるから、それに合わせてやっただけのことだ。

ただし、網膜投影と自動音声読み上げで読むことだけはするな。あれは読書の意味と楽しみを半減させる。そんなことをして頭に叩き込むぐらいなら、まだ劇画の入門書でも読んだ方がいくらかましだ」

網膜投影と自動音声読み上げは、現代ではどちらも一般的な読書の仕方だ。網膜投影ならば、網膜に直接文章が投影されて見えるので、家事や仕事をしながらでも本を読み続けることができるし、音声読み上げならそれこそ耳を傾けてさえいればいいので、昨今はそのどちらかで読書をする人口が増えてきている。

「端末で読むのはいいのに、網膜投影や音声読み上げは駄目なのですか？」

今の揚羽とて、携帯端末に文字を表示させて読書をしているのは、前の揚羽にならってそうしているだけのことで、網膜投影や自動音声読み上げが特に間違った本の読み方であるかのように思ったことは一度もなかった。

「お前が読書という行為に対して、ただの知識の蓄積や、その逆に消耗品として一時の悦楽のみを求めるようなドのつく阿呆どもと同じであるなら別にかまわん。実際にそれらのみを目的に執筆された書籍は、毎日のように掃いて捨てるほど出版され続けている。しかし、もしお前が『本を読む』ことの本来の意味がそのどちらでもないと本当に思えるのなら、お前は紙でも画面上でもいいから手に触れられる文字を選ぶべきだ」

言い終えてから、鏡子は自身の言葉を噛みしめるように思案げに両目を伏せ、背もたれの上で身体を反らす。

「まあ……仮親の老婆心だと思って、胸の奥に留めておくだけでいい。深くは気にするな、私とて戯言《ざれごと》を呟きたくなるときはある」

直感に過ぎないが、なんとなく鏡子は自分の言葉に照れているのではないかという気がする。なぜ照れを覚えたのかは、揚羽には知るよしもないのであるが。

「わかりました。元よりそのつもりでしたが、端末でゆっくりと、大事に読ませてもらいます」

「そうか……それならばそれでいい」

瞼が微かに開かれて、一瞬だけ目が合ったような気がしたが、鏡子はまたすぐに目を閉じてしまった。

「……あと、そうだったな。『国家』については、確かに血筋や民族という概念に馴染みのないお前たち人工妖精には、少し縁遠い概念なのやもしれん。お前にはいつも教えていることだが、そういうときは身近な物事から意識して考え、思考を広げていけばいい」

「身近なこと、ですか？　国の身近な部分とおっしゃいますと、選挙とか――」

「結婚だ」

想像の斜め遙か上を行く答えに、揚羽は思わず目を瞬かせて首を傾げてしまう。

「『国』はかつては『邑』と書いた。『邑』とは集落であり『村』でもある。その『邑』は『家族』や『血族』を単位として構成される集まりで、『家族』も『血族』も『結婚』を持って結びつけられる。つまり、どんなに巨大で強豪な国家も、その全ては必ず『結婚』という極めて私的な人間関係単位を元に成り立っている。

だから、お前は婚姻という概念の意味と、その仕組みが人間の文明社会でどのような役割を果たしているかを考えてから、少しずつ視野を広げて解釈の拡大をしていけばいい。そうすればいずれ、国家の概念についても理解の手が届くようになるだろう」

言っている内容は容易なことではないが、それでも普段の鏡子にはあまりに似つかわしくないほどに、優しく諭されているような気がする。

「国家と結婚に共通するところがあるとすれば……『契約』みたいなことでしょうか？」

それまで瞼を閉じていた鏡子は、背を反らし顎を上げたまま揚羽の方を見やる。するとまるでとても高いところから見下ろされているように揚羽からは見えるのであるが、なぜかあまり嫌な感じはしなかった。

「着眼点だけなら、まあ及第点といったところだな。だが、そう一足飛びに直感で物事の全体像を見透かしてしまうのは真白、お前の数少ない長所でもある一方、使い方を間違えれば極めて危険な短所にもなりうる。今回ばかりはゆっくり考えてみることだ」

ようやく仕事を再開する気分になったのか、鏡子は机の上で足を組んだまま、左手でプリンタに溜まっていた書類の束を摑み取る。そして右手は空になったカップを摘まんで、揚羽の方へ差し出した。

「おかわりですね？　またエスプレッソになさいますか？」

「いや。普通のコーヒーでいい、さすがに胸焼けがしてきた。薄め《アメリカン》で、砂糖はいらん」

「了解です、少しお待ちくださいね」

揚羽がカップを受け取った途端、鏡子の右手は新しい煙草に伸びて、間もなくそれに火をつけていた。

鏡子によれば、前の揚羽は「一日に煙草は三箱と半まで」という約束を鏡子に厳しく守らせ、煙草の箱も揚羽が管理して隠していたらしいが、さしもの鏡子といえども一日に三箱も吸いきることはそうそうない。だから、なんのためにある約束なのか今の揚羽にはさっぱり理解できないのだが、鏡子が吸った本数は一応大ざっぱに数えるようにしている。

今日は、灰皿に元からあった分を含めてもようやく二十本ぐらい、つまりひと箱程度で、まだ約束の半分にも達していない。今日中にイエロー・カードを出す必要はなさそうだった。

「ここまでの話で大体わかったな？　お前は私の心配などする必要はないし、日本本国のことも、自治区の将来についても、お前が案じる事ではない。すべては――お前が半人前になるまでにはカタがついているだろう」

「はぁ……でも、さすがに四日間もお戻りにならないのでは、ボクだって不安になりますよ?」

「四日間?」

コーヒー・メーカーが新しい豆を挽く音が鳴り響く中、鏡子の訝《いぶか》しそうな声に、揚羽は「今こそ言わねば」との決意をして、腰に手を当てて振り返る。

「そうです、四日間も。しかも、お出かけになるときは一方的に一週間家を空けると言い放っておいて。それは、早くお帰りくださる分には嬉しいですけれども、ひと言電話でも頂ければ、ボクだってちゃんとお夕飯とお迎えの準備ぐらいしましたのに」

ここぞとばかり鏡子の弱みを突いて胸を張ってみせる揚羽に対し、鏡子は眉根を寄せていっそう訝しんだ後、今度は思案げに瞼を伏せて額を指でなぞっていた。

「……真白。私がいなかったのは、四日間だけなのだな?」

「はい?」

「いいから答えてみろ」

「ええ、四日ですよ、四日もです」

鏡子は窓の方へ視線を逸らし、右手の煙草で一服ついた後、再び揚羽の方へ目を戻した。

「お前、今日は何曜日だと思う?」

「水曜日ですよ。なんですか？　何かのテストですか？」

「私が出て行った日は、何曜日だった？」

「それはもちろん、水曜日……あれ？　今日が水曜日で、その四日前だから、ぇぇっと、火、月、日……あれれ？　十曜日でしたっけ？　でも、確か平日だったような……」

「いや、それ以上深く考えなくていい。というより、考えるな」

眉の間の皺を一段と深くして、鏡子はますます悩ましげにしている。

「やはり……向こうはなりふり構っていられない状況なのか。だとすれば、外戚の連中は、私に対して意図的に隠蔽しているな……」

「あの……鏡子さん？」

「真白、背中」

突然、鏡子が意味不明な独り言を呟き始めたので、不安になって声を掛けると、またいっそう脈絡のない体言止めが返ってきた。

「背中？　後ろがどうかしまして……って、あ」

背中を鏡子の方へ見せながら首を回したとき、自分の背中についているものを見つけて、揚羽は思わず頓狂な声を漏らしてしまった。

「蝶々……いつから？」

揚羽の背中には、一匹の蝶型微細機械群体《マイクロマシン・セル》が止まってのんびり羽休めをしていた。

一般に人工妖精向けの服は、背中から大きな羽を出したとき邪魔にならないように工夫されているのだが、蝶がとまっているのは普段は見えないように生地が折り重なって隠されている羽用のスリットの縁だった。揚羽は髪が腰まであるので自分からは見えづらいし、言われるまで気づかないのも無理はない。

そして「いつから」といえば、この建物《ビル》の内側は様々な蝶よけの電子線香やら信号装置などのお陰で、外から微細機械群体《マイクロマシン・セル》はほとんど侵入できないようにされている。それもこれも、第一に鏡子が無闇に増殖させる書類を蝶の漂白から守るために、前の揚羽が残していった工夫の成果だ。だから蝶が身体につくとすれば外出中か窓を開けたときしかありえず、揚羽が寝坊して慌てて部屋の空気を入れ換えたときにでも、たまたま背中にとまったのだろう。

街中の至る所を無数の蝶の群れが飛び交っているこの自治区では、身体に蝶が止まることなど特段珍しいことではないが、気づかないでいたのだとしたら、それは顔に米粒をつけたままでいることに次ぐくらいみっともないことではある。

「もしかして、前から気づいていらしたんですか？　もう！　それだったら早く言ってくださいよ！　恥ずかしいったら――っと、あら？　この子、なかなか離れない」

フリルの重なったワンピースの肩を引いて揺すったり、手の届く範囲で近くを叩いたり、挙げ句には両足跳びで全身ごと跳ねてみたりもしたのだが、蝶はまるで標本にでもされてしまったかのようにびくともしない。

きっと周囲を漂う蝶よけの電子線香の香りのせいで、迂闊に飛び立つこともできずに萎縮してしまっているのだろう。本来なら窓から自然に逃げていくはずであったのに、よほどノロマだったのか、それとも肝が据わっていたのか、その機会を逃がしてしまって、もう離れようにも離れられなくなってしまっているようだ。

「あ、やっと飛んでくれた」

最終的に、自分の長い髪を手で握ってホウキ代わりにし、それで背中を掃くという、とても身内以外には披露できないほどみっともない手段で、ようやく蝶を離れさせることができた。

ちなみに、そのとき鏡子はすでに例のT字ホウキを握っていたのであるが、もし揚羽がいつまでもノコノコしていたら、ホウキの毛の側と反対の柄の先、どちらを使うつもりだったのだろうか。今まで何を掃いてきたかしれぬホウキの毛で背中を叩くつもりだったのか、それとも揚羽の頭部を何度となく殴打、突打してきた柄の先で背中から揚羽を串刺しにするつもりだったのか。いずれにせよ、想像するだに恐ろしい。

「あ、待って――」

「ほっとけ、かまわん」

屋内を自由に飛び回り始めた蝶を揚羽が追いかけようとすると、鏡子はT字ホウキを放り出して気だるげに言った。

「そうはいきませんよ。放っておいたら書類を漂白して文字が消えてしまいますし」

「一匹程度ならせいぜい数行分程度か、がんばってもページ一枚といったところだろう」

「なくなったら困るのではないのですか？」

「さっきも言ったように、私は『困る』ということがない。それに、その程度ならもしなくなっても前後の文脈から簡単に思い出せる」

このビルの容積のすでに八割方を埋め尽くす膨大な紙の書類、その保管の意義を根底から揺るがしかねない驚愕証言である。

「……それはそれとして。このままではこの子、死んでしまいますし」

蝶型の微細機械《マイクロマシン》は、みな体内に充電された電力をエネルギー源にして活動している。そのため、日に一度「蝶の巣」と呼ばれる視肉《しにく》の露出した場所に戻って、そこで十分に充電してから再び市街地に戻ってくる。

逆に言えば、もし決められた時間までに蝶の巣へ戻ることができなければ、蝶はまず蛹の状態まで逆変態してサスペンド・モードで動作を停止する。それでもなお、何らかの形で電力を補給されないままでいたなら、最後には蝶や蛹の形状を保てずバラバラに崩れて、目には見えないサイズの微細機械にまで分解されてしまうのである。

「死ぬって……お前な、それはただの機械だぞ？」

「蝶々は蝶々ですよ。人工物でも、自然物でも、蝶々は蝶々です」

「……どうでもいい。それより真白、その場で止まれ」

「は？」

「いいから、追いかけるのをやめて足を止めろ」

言われるままに部屋のほぼ真ん中辺りで立ち止まり、首と目だけで蝶の姿を追う。

「よし、馬鹿野郎。そのまま――」

「その『よし』の後の余計な言葉は相変わらずどうしても不可欠なのですか？」

「いいからそのまま蝶だけを目で追っていろ。私がいいと言うまでだ」

「はぁ……」

意味は全くわからないが、鏡子は揚羽を無闇にからかうようなことは今まで一度もしたことがない。目的は知れずともなにがしかの意味があるのだろうと信じて、揚羽は言われるままにする。

「こういう手合いはあまり好まんのだが……アテにされたのではやむを得んか」

そんな独り言をまた呟いたきり、鏡子はまるでいなくなってしまったかのように口を結んでしまった。

揚羽の立った向きからは、鏡子のいる方向は見えない。

「あの……鏡子さん？」

不安になって、目は無邪気に飛び回る蝶を追いかけたまま、声で呼びかけてみたのだが、しばらく返事はなかった。

いったいどれくらいの間、そうしていただろう。ほんの十秒程度であったような気もするし、五分近くも放っておかれたような気もする。

「もういいぞ、真白。こちらへ向け」

不意に――思いがけず、いつの間に近寄ってきていたのか、背中のすぐ後ろから鏡子の声がして、揚羽は命じられるままにというより、ただ驚いて反射的に後ろへ振り返った。

途端、目の前で雷光が弾け、その爆音が両耳を貫いた——ような気がした。


実際には、胸が触れあうまで近づいていた鏡子が、振り返りざまの揚羽の目の前まで両腕を伸ばして、大きく柏手《かしわで》を打っただけだった。相撲で言えば猫だまし、ただの拍手である。だが、その瞬間から、揚羽の意識は深く微睡《まどろ》んでいた。目は水晶体を調整する毛様体筋が完全に弛緩してあらゆるものから焦点が外れ、耳はまるで三つの耳小骨がすべてなくなってしまったかのように音が遠くなって、元より自治区の中ではあまり用をなさない嗅覚までもより薄まってしまった。

人形のように生気なく立ち尽くす揚羽の前に立ち、鏡子はひとつ咳払いをした後、普段に増して厳かな声で、ゆっくりと呼びかける。

「担当技師・詩藤鏡子の名において命ずる。名前を言ってみろ」

「イエス、ドクター。ボクの名前は薄羽之西晒胡ヶ揚羽《うすばのにしさいこがあげは》です」

揚羽の口からは、まるで別人のような淡々とした声で言葉が紡がれていく。

「違う。お前の名前は『薄羽之西晒胡ヶ真白』だ」

「ノー、ドクター。それは今の私の名前ではありません。ボクの名前は薄羽之西晒胡ヶ揚羽です」

「まったく、まるまる一枚引っぺがしてもこれか、なんて強情な奴だ」

両手を腰に当て、鏡子は心底うんざりしたという溜め息をつく。

「まあいい。では揚羽、お前には先週の水曜日から今日までの一週間のうち、三日間分の記憶がまるごと欠落している。そうだな？」

「イエス、ドクター。そのように考えられます」

「よし、その理由については、以後、一切考える必要はない」

「イエス、ドクター」

「お前は記憶のない先週の木曜日、かつての学友である葛西之柑奈《かさいのかんな》の勤務している工房まで、昔のお前の見舞いへ行くふりをして出かけたが、結局は夜勤明けの柑奈と連れだってショッピング・モールを見て回って一日を終えたんだ。そうだな？」

「イエス、ドクター」

「次に、やはり記憶のない先週の金曜日、親友である遠藤之連理《えんどうのれんり》と一緒に、以前から約束していたとおりに六区のリゾート施設の屋内プールで、のんびりと夕暮れまで水遊びに興じていた。そうだな？」

「イエス、ドクター」

「あと一日分か……そうだな、では土曜日、午前中にこの部屋の掃除をしていたお前は、私の煙草のストックが少なくなっていることに気づき、煙草屋をしている技師の屋嘉比《やかひ》に慌てて電話をして追加で二十カートンの予約を取り付け、当面の分として三カートンを受け取りに出かけたが、結局は二カートンしか持って帰ってこられなかった、ということにしよう。

その日のことをお前は私に隠したいと思っている。なので、私との会話で話題にはしたくない。そうだな？」

「イエス、ドクター」

「よし、これで十分だろう、真白」

「ノー、ボクは揚羽です、ドクター」

「……わかった。揚羽、以上の三日分の記憶を、これからお前は必要に応じて創作し、可能な限り矛盾がないように思い起こす。いいな？」

「イエス、ドクター」

「よし、終わりだ馬鹿野郎。これから三つ数えたらお前は目を覚ます。いくぞ、三、二、一――」

ぱん、と再び鏡子は揚羽の目の前で柏手を打つ。

途端に揚羽の両目、両耳、そして鼻は感覚を取り戻し、意識が甦る。

「……あれ？　ボク、今、なにをして……？」

目の前には、自分より頭二つ分ほど低い背丈の鏡子が腰に手を当てて立っている。こちらが見下ろしているのに、相も変わらずなぜか見下《みくだ》されているような気がしてくるほど、傲慢で憮然とした顔をしていた。

「なんだ、頭を打って馬鹿が悪化したのか？」

「頭を？　ボクが？　今ですか？　どうして？」

「覚えていないのか、馬鹿野郎。お前は今、蝶を追っているうちにそこにある椅子に足を取られて背中からすっ転んだ。そのとき机の角に後頭部をぶつけたんだ。

感謝して崇め奉れ。私自ら三メートルも歩いてきて診察してやったが、脳に異常はないようだ。衝撃で一時的に意識が飛んだだけだろう、元より馬鹿なのだから気にしなくていい」

首を傾げて訝しがる揚羽を置き去りにして、鏡子はそう言いながら自分の席に憮然と戻っていき、また椅子に腰掛け、両足を投げ出して机の上で組んだ。

「言われてみると……そうだったような気が、なんとなくしてきました。そうでしたね、この蝶々を追っていて――」

揚羽は頭上を舞っている蝶を見上げて言う。

「それでいつの間にか……だったような」

「人間も人工妖精も同じだが、身体を固定したまま、動き回るものに意識を集中し、じっと見つめ続けていると、表層意識が一時的に無意識と合流して、普段では考えられないほど暗示にかかりやすい状態になる。そういうときに頭を強く打ったり、技師のような専門の手練《てだ》れの催眠術にかかると、いとも簡単に記憶を失ったり書き換えられてしまうこともある」

「そ、そうだったんですか……ボク、蝶々を捕まえることで頭がいっぱいになってたから……あれ？　でも、なんで立ち止まったんだっけ？」

「ともかく、お前も技師補佐《かんごし》の端くれなら、今回の経験を胸に止めて以後はよくよく気をつけることだ。悪意のある奴の手にかかったら、暗示を掛けられたまま高層ビルの屋上からダイブさせられることにもなりかねんぞ」

「はい……すみません。気をつけます」

しゅんとして頭を下げようとした揚羽に、鏡子は反省に沈む間も与えず自分の右手側を指さす。

「コーヒー」

「あっ、忘れてました！」

棚の上のコーヒー・メーカーはとっくに自分の仕事を終えて、セットされたカップからは香ばしい香りを纏った湯気が立ち上っていた。

「大変お待たせしました。砂糖無しのブラックでしたね」

揚羽が鏡子の机にカップを置くと、鏡子は目は書類に向けたまま鷹揚に「ん」とだけ返事をしてカップの取っ手を摑む。

「ところで真白。お前、先週の木曜日は何をしていた？」

微かに透き通る黒いコーヒーを一口飲んでから、鏡子は唐突に尋ねてきた。

そういえば、鏡子がいつ出ていつ帰ってきたか、という話をしていたのだっけと、揚羽はふと思い出す。

「えぇっと……木曜日は、鏡子さんがいなくて工房《ここ》が休業中でしたから、柑奈のいる区営工房《びょういん》へ行って、それから午後は一緒にショッピングをしてました。他には――」

「いや、いい。では金曜日は？」

　質問の意図が読めない。また何か、失敗をあぶり出そうとしているのだろうか、と揚羽は心中不安が収まらない。

「金曜日なら、以前から連理と遊びに行く約束をしていて、せっかくでしたので、六区の屋内プールで一日中のんびりしていました。鏡子さんがお忙しそうなのに申し訳ないと思いましたが、先月決めた約束でしたので、それで――」

「休みの過ごし方にまで口出しするつもりはない、かまわん。なら、土曜日は？」

　鏡子が再度質問を変えた途端、揚羽は全身から血の気が引くような後ろめたささを覚えて、思わず半歩、後ずさってしまった。

「あの！　ど、土曜日は、ですねっ……その、えっと、ちゃ、ちゃんとここでお留守番をしておりましたけれども、そのっ――」

　慌てふためく揚羽の様を、鏡子は生態観察でもするようにじっと見つめる、というより黙って眺めている。いつもなら、こうして揚羽が自分の失敗を不器用に取り繕おうとすると、鏡子は熟練のハンターのような鋭い直感でそれを見破って、ねちっこい執拗な事情聴取が始まるのだが、今回に限ってはなぜかそんな様子がまったくなかった。

「……すいません、実は煙草の――」

　その沈黙がかえって恐ろしく思われて、揚羽は怒鳴られる前に自ら失敗を告白する選択をしたのだが、鏡子の反応はそれでも淡々としたものだった。

「煙草のストックのことなら、気にしなくていい」

逆さに摑んでしまったオイル・ライター《Zippo》を、鏡子はまるで手品のような手つきで器用にひっくり返しながら、口に咥えた煙草に火をつけた。

「棚の奥から、二十カートンほど出てきた。当面は問題ない」

「そ、そうでしたか……よかった。ボク、慌てちゃって。もっとちゃんと探せばよかったですね」

揚羽は心底ほっと胸を撫で下ろす。

「さて——少々横道にそれたが、そろそろ話を戻すか。真白、私は何日間ここを留守にしていた？」

「えっと、四……いえ、火、月、日、土、金、木……っと、ちょうど一週間です」

「そうだな、上出来だ」

普段、滅多なことでは褒めてもらえないのに、日付を数えただけで賛辞を呈されても素直に喜べない。

「んっと、さっき……ボクはそのことで、なにか鏡子さんに怒っていたような？」

「だから、私が一週間もここを留守にしたことをお前は詰《なじ》っていたのだろう」

「そうです、そうでした！　一週間もお戻りにならないのであれば、ひと言お電話でも頂ければボクだって——！」

「だから、出かける前に『一週間出てくる』とちゃんとお前に言い残しただろう」

「あ……あれ？　そうですね……たしかにそうおっしゃっていたような気が……。あれ、あれれ？　じゃあ、ボクは何に怒っていたんです？」

「知るか、私に聞くな馬鹿野郎」

「うーん……なんか、大事なことを忘れているような、辻褄が合わないような、変な感じ……」

「馬鹿が無理に頭を使うな、そのうち羽がオーバーヒートして焦げだすぞ。お前は日程を勘違いして、私が予定を違《たが》えていつのまにか帰ってきていたと思いこんでいた。それだけのことだ。感涙して噎《むせ》び泣け。寛大にして憐れみ深い私は、無実の罪で私を叱責しようとしたお前のことを、情けを持って許してやろう」

「はぁ、ありがとう……ございます。なんか腑に落ちないなぁ」

揚羽が右へ、左へと首を傾げて悩んでいる様子を、鏡子は片手でライターを弄《もてあそ》びながらじっと見つめていた。

やがて。揚羽には想像を絶するほどに賢いであろう、その脳の中でどのような言いしれぬ化学変化が起きたのだろうか、ヒンジの具合を確かめるようにじりじりと、ゆっくり親指でライターの蓋を開けてから、鏡子は結局火をつけないままその蓋を閉じ、ジッポ・ライターに独特の金属音を辺りに響かせた。

「真白、私はこれから出かける」

ライターの音に不意を突かれ、思わず振り向いた揚羽に、それ以上の不意打ちを載せて鏡子は言い放ったのだった。

「え？　でも、ついさっき帰っていらしたばかりなのに」

「少々、事情が変わった――ようだ。いや、私に知らされぬまま、事態が進行させられていたのかも知れん。二、三日はもう少し敵の手の内に探りを入れてから本番に臨むつもりだったが、そうのんびりもしていられなくなった」

言いながら、鏡子は立ち上がってブラウスを脱ぎ、窓辺のハンガー・ポールに無造作に吊るされていたハーフ・パンツと藍色のフード付きパーカーに袖を通そうとしたので、揚羽が慌ててクローゼットから上下の下着を用意する。

渋々といった様子で、鏡子はそれを纏ってからハーフ・パンツとパーカーを羽織っていた。いずれも男児用だが、男性側自治区ではどうしても目立ってしまう鏡子の普段着である。

「敵、って……なんです？」

揚羽の問いに、鏡子はパーカーのファスナーを摑んだまま手を止め、首で振り向く。

「私はこれでも〝峨東《がとう》〟だ。そして、この極東の地で峨東に比肩しうる発言力を持つ連中が、他にいくつもあるものか」

「まさか、西晒胡《にしさいこ》家と水淵家、ですか？」

二十一世紀来、峨東と並んで三大技術流派と称され、今や国際社会においても巨大な発言力を振るうまでに影響力を高めてあらゆる最先端技術を独占し続ける、日本発の巨大技能者集団。

峨東にとって「敵」と言わしめるにたるものがあるとすれば、少なくとも日本と周辺の近隣諸国内において、その二家をおいて他にあろうはずもない。

「うちの筆頭親族の当主どもの指名でな。本音を言えば突き放したかったのだが、事が事だけに私個人にとっても対岸の火事ではない。やむを得ず、だ。峨東の代表代理として、私が水淵、西晒胡との会談の場に出向かなくてはならない」

鏡子はまるで面倒な親戚づきあいの愚痴をこぼすように淡々と語っているが、三大宗家のトップ会談など、もし公《おおやけ》になればそのニュースは数分のうちに地球上を駆け巡って一周してしまうほどの、超がつく一大事である。

「なんだか、ボクみたいないち凡人には到底及びもつかない壮大なスケールのお話のようですけれども……でも、それならやはり、予定の期日までここでゆっくりなさって、気力と体力の充実を図られてては――」

「期日など最初からない」

勢いよく裾を翻してパーカーを羽織りながら、鏡子は断言する。

「あくまで極秘の、陰の口裏合わせのようなものだ。だから公表されることはもちろん、決まった日時もない。私たち三宗家が顔を合わせるときは、国際社会へのアピールのような形だけの公開会談を除いては、いつもそんなものだ。三つの家のうちで、そのときその時期に最も立場の弱い家が会談を主催して、残る二家の代表を招くのが伝統的な習わしになっている。

つまり、『頼み事があるのなら貴様の方から頭を下げて乞い願え』ということだ。西晒胡も、水淵も、今は我々峨東の方から下手に出て会談の開催を申し出てくるのを、爪と牙を研ぎ、手薬煉《てぐすね》引きながら待っている。今までのすべての三頭会談が、みなそうであったように、な」

その小柄な痩身を男児向けのパーカーのファスナーですっかり覆い隠し、最後に残った女性らしい部分である長く美しいストレートの髪を無造作にかき上げる。

「真白、髪を結う。手伝ってくれ」

「は……はい！」

鏡子には極めて珍しい、命令ではない口調に少し面食らった揚羽だったが、すぐに駆け寄って鏡子の座る椅子の背中側にまわり、乱暴に摑んで差し出された髪の束を受け取る。

何度触れてみても、日頃の不摂生が嘘のようにしっとりとして、それでいながらそよ風のように軽くて、水のようにさらさらと流れ、貝細工のように艶を湛える見事な緑の黒髪だった。この髪に限っては、前の揚羽が鏡子に憧れて髪を伸ばすようになったのも無理はないと思わされる。

その繻子《しゅす》のような髪を傷めないよう、櫛で慎重に梳きながら丁寧に巻いていき、ゆっくりといつものシニヨン・ヘアを作っていく。

とにかく長い上にさらさらとしすぎているので、揚羽が鏡を見ながら自分の髪でやるときよりもずっと時間がかかる。くわえて今回は宿敵である他の宗家代表と会いに行くのであるから、普段手伝うときよりもずっと慎重に結い上げながら一箇所ずつ、丁寧にヘアピンで留めていき、最後にアクセントとして藍色の細いリボンで先を縛った。

「こんな感じで、いかがです？」

鏡子に手鏡を渡し、自分は大きめの鏡を胸の前で掲げながら揚羽が尋ねる。

「……いつもと少し、違うな」

「ちょっと大人っぽく、威厳がかって見えるように、普段より少し下の方に作ったのですが……お気に召しませんか？」

鏡子は思案げに顎の下で指先を弄んでいたが、やがて小さく頷いた。

「まあいいだろう。このような安っぽい手管も、今回に限ってはないよりはマシか」

言いながら、鏡子はプリンタの上に放り出していたお気に入り（？）の鍔付き野球帽《ベースボール・キャップ》を無造作に被り、シニヨンの髪を強引にその下に押し込む。

言うまでもなく、揚羽のこの数分間にわたる苦労の傑作が台無しである。帽子を被ることはわかっていたのでちょっとやそっとでは崩れないようにしてあるが、もう少し丁寧に扱って欲しいものだ。今からこんな調子では、帽子を脱いだときの出来上がりまで保証は出来ない。

「では、行くか」

椅子から立ち上がるとき、さしもの鏡子も疲れを覚えたのか、軽く腰の辺りを叩いていた。

「お荷物は？」

揚羽が尋ねると、鏡子は肩で振り向いて自分の頭を指でつついて見せた。

「……では、この今も高速増殖中の大量の書類はいったいなんのために？」

「だから、時間的に可能な限りは頭に叩き込んだ。〝四列目の男〟のような底抜けの阿呆でもあるまいし、メモを見ながら会談するような痴態を、よりにもよって嫌みったらしい上に狡猾極まりない西晒胡の前で披露するようなサービス精神は持ち合わせていない」

「最近ずっとお忙しそうにしてらしたのは、そのためでしたか……。それなら、プリンタの印刷は止めておきます？」

「それはそのままにしておけ。中途半端にすると、あとでどこにしまったかわからなくなる」

ただひたすら紙束を積み上げ続け、あげくすでに下の八階まで紙で容積を埋め尽くされたこの混沌《カオス》極まりないビル内の状況も、鏡子にとっては「しまって」いるうちに入るようだ。たしかに、どこどこにあるから探してこい、と命じられて見つからなかったことは一度たりともなかったので、どういう脳の使い方によってかだいたい把握はしているのであろうが。

鏡子の後について廊下からエレベーターに乗り込み、一階へ降りていく。

ロビーに着いても、ビル内は二人の足音だけが響いて聞こえるほどに静かなままだった。

補修跡だらけの古びた応接用ソファとテーブル、今は使われていない受付口とその奥で壊れて止まったままの時計、そして生き物のいない水槽。

その水槽の無意味な濾過装置だけが、揚羽と鏡子の足音に無粋な伴奏を添えていた。

「真白」

　ドアロの前まで来たとき、鏡子が足を止めてこちらへ振り返る。

「私がひとたびここを出たら、あとは私が戻るまで、絶対にこのドアを開けるな。物理鍵を閉めて、どこの誰がインターホンから呼び出そうとしても、一切応じるな。無論、お前がこのロビーに来る必要もない。おそらくは望ましからざる客が何組かやってくるだろうが、一切相手にはするな」

「はぁ。でも、十一階の羽山さんがお仕事をしていらっしゃるのでは？」

　二階には先々月まで、おそらくは密輸が主業務の、怪しい商社がテナントとして入居していたのだが、それまで入居者たちの振る舞いには全く無関心であった鏡子が、なぜか難癖をつけてついに追い出してしまった。おそらくは、部屋を下から順に九階まで使い潰してしまったので、十階の次は皆していた二階に移り住むために邪魔になったのだろうと、揚羽は簡単に考えていた。

　あとは最上階である十一階に、高いところが大好きで探偵気取りの羽山の興信所が入居しているので、鏡子が閉じこもれというのなら揚羽はかまわないが、仕事柄、羽山の方はそうもいかないだろう。

「あいつには、行政局交付の一等福祉券をたっぷりくれてやった。あと一週間くらいは六区あたりのリゾート施設でのんびりバカンスを決め込んでいるだろう。仮に途中で戻ってきても、居留守を使って無視しろ」

貴重なテナント客に対して酷い言いぐさであるが、とにもかくにも、鏡子が出て行った後、このビルに残されるのは揚羽だけ、ということであるらしい。

「食事も出来るだけ今保管しているものですませろ。デリバリー・イートの類は可能な限り使うな。もし私の客や宅配が来ても、物音一つ立てずにやり過ごせ。

いいな、これは厳命だ。絶対に守れ」

いつになく――とは、日頃から鏡子の機嫌の起伏に翻弄《ほんろう》されている揚羽には思えないのであるが、それでも直感的に、今の鏡子が叱るでも怒るでもなく、ただ純粋な厳しさを持って訴えてくれていることを感じた。

「了解しました。誰が来てもここは開けません。でも、いつまでですか？」

「三日――いや、二日でカタをつけて戻ってくる。それだけの間だ。できるな？」

「はい」

揚羽が復唱したのを確かめてから、鏡子はまた前に向き直ろうとして、その途中で受け付け脇の水槽に目を留めた。

「なんだ、あの水槽は捨てるんじゃなかったのか？」

さすが、自治区随一のヒキコモリを自称するだけあって、今まで一度も気づかなかったのだろうか。今の揚羽がここへ来る前から、あの水槽はあそこに鎮座したままである。

「いえ……濾過器とかちょっと手入れしてみたら、それで水は綺麗になったので、まあ変な臭いもしなくなりましたし、なんとなく、そのまんまに……。やっぱり、何も入っていない水槽なんておかしいですよね、捨てておきましょうか？」

鏡子は、どことなく谅い目をして水槽の方をしばらく見つめた後、瞼を伏せて首を左右に振った。

「いや……お前に任せる。が、捨てるにしても私が戻ってきてからにしろ」

そう言ってから、鏡子は無言で揚羽を一瞥した。そのとき、鏡子が何かを口にしようとして、思いとどまったように見えたのだが、揚羽の気のせいだったかも知れない。

「では、行ってくる」

「はい。お早いお帰りを、お待ちしております」

鏡子の少年のような華奢《きゃしゃ》な背中が、ガラスのドアの向こうへと離れていく。

その姿が見えなくなるまで、揚羽は自分以外に息するもののいなくなったビルの内側から見送っていた。

結局、鏡子の残したいくつもの意味深な言葉の意味は、雰囲気に呑まれて聞き出すことが出来なかった。

「そうだ、あの蝶々」

さっきまで揚羽の背中に付いていた一匹の蝶の存在を思い出し、揚羽はエレベーターで慌てて九階の鏡子の部屋に戻る。

案の定、蝶は時々羽休みを挟みながら、所在なさげに部屋の中を舞っていた。

カーテンにとまったところを脅《おびや》かさないようにゆっくりと近づき、両手で覆って手の平の中に捕まえる。そして苦労しながら肘だけで窓を開け、そこから空に向かって蝶を放した。

揚羽の背中にいるときは萎縮して動かなかった蝶は、ようやく安心したのか、青い空に向けて羽を広げ優雅に飛んでいく。

その姿が、他の蝶たちの群れに交じって区別が付かなくなったとき、ようやく揚羽は胸を撫で下ろして外の空気をいっぱいに吸い込んだ。吹き込んできた風がカーテンを舞い上げ、揚羽の身体に絡みつきながら翻る。

そのとき、向かいの建物の陰にいた男性と、ふと目が合ったような気がした。九階からであったので、気のせいかも知れないが、鏡子の言い残した言葉が頭をよぎり、不安が膨らんでいく。

胸の中で生まれては芽吹こうとするいくつもの心騒ぎの種を、揚羽は両手を当てて必死に抑え込んでいた。


——こんな自分に　未来はあるの？

——こんな世界に　私はいるの？

第二部

蝶と本能と三つの睦みあいしもの

Soviel Güte, soviel Schwäche sehe ich.
Soviel Gerechtigkeit und Mitleiden, soviel Schwäche.

Sie wollen im Grunde einfältiglich eins am meisten: daß ihnen niemand wehe tue.
So kommen sie jedermann zuvor und tun ihm wohl.
Dies aber ist Feigheit: ob es schon »Tugend« heißt. -

»Wir setzten unsern Stuhl in die Mitte« - das sagt mir ihr Schmunzeln
- »und ebenso weit weg von sterbenden Fechtern wie von vergnügten Säuen.«
Dies aber ist - Mittelmäßigkeit. ob es schon Mäßigkeit heißt. -

善意があるだけ、それにひとしい弱さがある。

公正と同情があるだけ、それに等しい弱さがある、と私は見ている。


結局、かれらがひたすら望んでいることは、一つである。

誰からも苦痛を与えられないということだ。

そこで先廻りして、だれにも親切をつくすというわけだ。

これは臆病というものだ。たとえ「美徳」と呼ばれようとも。


「わたしたちは、わたしたちの椅子を中ほどに置いた」

かれらのしたり顔の笑いは、わたしにこう語る。

「死物狂いの剣士からも、満足した豚からも、等距離に離れている」

だが、それこそ凡庸というものだ。中庸などと言ったところで。

Friedrich Wilhelm Nietzsche
（ツァラトゥストラはかく語りき 第三部「小さくする美徳」より）

C-2

詩藤鏡子の家――いや、〝詩藤邸〟とでも言うべきなのかもしれないが、ともかくそれは円の形をした集落の、駅とは正反対側の端にあった。

決して歩いて長い距離ではないが、本来直線距離にすれば直径で済むものを、わざわざその円周率《π》の半倍の遠回りをさせられるというのは、相変わらず忍耐力を要求されるようで、陽平は日の光を浴びて滲み出てくる汗を幾度か手の甲で拭《ぬぐ》う羽目になった。

「陽平さん、着きましたよ」

連れ立っていた揚羽は、一足早くその玄関の前に駆け寄り、まだ幾分か湿ったままのスカートの裾を大きく翻《ひるがえ》しながら振り向く。羽と両手を広げるその無邪気な姿は、周囲を舞う色とりどりの蝶の群れの中で、まるでお伽噺《フェアリーテイル》の中の人物のようにいっそう幽玄に見えた。

その印象を強めているのは、揚羽の背景となっている詩藤邸の様相である。

「何度来てみても、今の時代を忘れてしまいそうになる家だな」

大正ロマンとでも言うのだろうか。いわゆる〝洋館〟という様式の建物だ。

ミステリー小説やドラマには現代でも頻繁に登場し、血縁者の醜悪な遺産相続争いの焦点になったり、連続殺人事件の舞台になったり、挙げ句には最後に燃え上がったり爆発したりという奇妙な様式美の象徴になりがちな、現実味《リアリティ》がないことが取り柄と言えなくもない、直に見たことはないのに誰でも知っているような、あの建物である。

もし、よく見慣れた生活空間で凄惨な連続殺人事件の物語などを作ってしまうと、読者はあまりに身近で生々しく感じて、作者の想定以上に登場人物へ感情移入してしまう。しかし、ミステリー小説とはたいていの場合、傑出したなんらかの才能を持つ探偵など良識派寄りの視点から、読者と一緒にその事件の謎を解きほぐしていくことを最大の楽しみとして読まれるケースが多いから、犯人やその周辺人物への過剰な感情移入はかえって娯楽性を失わせることが、ままある。

そういった娯楽性重視のミステリー作家にとって、登場人物というものは可能な限りステレオ・タイプで、極端なことを言えば喋るマネキンぐらいに読者に思われていた方が都合がいいのだ。ありきたりすぎてわざわざ読者が感情移入しない、その程度の人物造形が程よいし、一般にはそれこそが「読みやすい」と言われる。

同じ理由で、背景の方も親近感から一歩遠ざかるぐらい、こうした「ありそうでなかなかお目にかからない」古い様式の建物を舞台にした方が、血生臭い事件を生々しく感じさせ過ぎずに済む。

だから、謎解きを主眼に置くエンターテインメント系のミステリー作家の多くが、娯楽性を追求した結果としてこうした非日常的な空間を舞台に選ぶのは必然なのだと、亡き妻の紫苑《しおん》から半ば叱られながら強く諭された日のことが、陽平の胸の中をよぎる。

たしか、流行物のミステリー映画を二人で見に行った後、喫茶店でその感想を語り合ったときのことだ。白警団員として実際の殺人事件現場をいくつも目の当たりにしてきた陽平が、思ったままに「リアリティの欠片もない」と口にしたのが藪蛇だった。今思い返してみても、あの頃の自分は大人げがなかったと、顧みるに堪えない。

「陽平さん！　早く、早く！」

兎のように両足を揃えて跳ねながら、腕をいっぱいまで高く伸ばして手招きする揚羽が待つ正面玄関とて、こうした時代がかった建物に対する知識の浅い陽平ですら「ここはローマかギリシャのポリスかオスマントルコか」と思わざるをえないほどの、たいそう立派な塔屋である。上の辺りに大きな鐘でもぶら下げて、てっぺんに十字架でも差してやれば、今どきのカソリック教会よりよっぽど聖堂らしいたたずまいになるだろう。

東京では一般的な微細機械《マイクロマシン》工法による、木造風二階建てだが、外壁は真っ白な下見張りで、無数にある窓周りにも装飾が豪華に凝って施されているので、一見には白亜の石造りに見間違えてしまうかも知れない。

広さは他の一軒家の優に四倍ほどの面積を、贅沢に使っている。その大きさからも、印象からも、やはり〝家〟というよりも〝屋敷〟とか〝邸宅〟と呼んだ方が似つかわしいだろう。

中に入れば壁一面がどこもサテンか金唐革紙《きんからかわし》、天井という天井は煌びやかな金銀の刺繍が施されたシルク、上まで陽平の背丈の五倍以上はある吹き抜けのロビーには、大人が三人がかりでようやく囲めるぐらいの、巨大な大黒柱が立っている。

もはや賓客《ひんきゃく》を款待するためよりも、訪れた人物を片っ端から萎縮させるのが目的だとしか思えないほど、過剰に豪奢な造りである。

さしもの陽平も、初めてここを訪れたときには思わず玄関前で後ずさりしてしまったほどだ。どこで靴を脱いだらよいのかもわからなかったのであるから。

「今行く。そう急かすな」

とはいえ、何度となく訪れていればさすがに慣れる。

特段の気負いもなく、陽平は前庭の芝生を横切って玄関前に辿り着いたのだが、揚羽は目の前の重そうな両開きの扉には触れもせず、

「こっちですよ、こっち」

玄関の脇から外壁沿いに歩いて行く。

「なんだ、勝手口から入るのか？」

「いえ、そうじゃなくて——」

揚羽は玄関から数えること右に三つ隣の窓を指さした。

「ここから入るんです」

頭の中で屋敷の間取りを思い描きながら、たしかここは小食堂の部屋の窓ではなかったろ

うか、と陽平は訝《いぶか》しむ。

それから思わず、大きく溜め息を零した。

「揚羽……」

「はい？」

「俺はお前の家に別に押しかけてきているわけじゃない。だから、歓迎しろなんて言うつもりはないが、もし俺が来ることに不都合や不愉快があるのなら、口にしてはっきり言ってくれ」

疲労まじりの陽平の呟《つぶや》きを聞いた揚羽は、その言葉の意味するところがすぐには理解できなかったようでしばらくぽかんとしていたが、やがて顔を真っ赤にして慌てふためきだした。

「ち、違います！　そんなんじゃないんです！　陽平さんなら私は大歓迎で！　いっそ毎日来てくださっても！」

「いや、さすがに毎日ここまで来られないな」

「正面の玄関から中へ上がっていただきたいのは山々なんですけれども！　無理なんです！　できないんですよ！」

「できないって……なんだ？　ドアが壊れでもしたのか？」

「ど、ドアはちゃんと開くのですけれど……それからが……」

まったくもって意味がわからないのであるが、揚羽は顔を赤くしたまま、モジモジと両手の指を弄《もてあそ》び続けていて、何やら恥じらっているように見える。

「じ、実は、先週のことなのですが……」

「絶対に笑ったりしないから、気にしないで言ってみろ」

切れ切れの言葉で至極気まずそうな揚羽に、陽平は優しく先をうながしてやった。

「遭難したんです」

どこからともなく飛んできた一匹の蝶が、揚羽の頭に止まってのんびりと羽を休め、それから再び飛び立つまでの間、二人の間にはただただ、無為な沈黙が鎮座していた。

「……どこで？」

「ここで……この家で」

「お前の家だろ？」

「はい、私のお家で……お家の中で」

もはや混迷の渦が荒れ狂う嵐となりつつある陽平の頭の中で、半年前、最後に見た屋敷内の様子が思い浮かぶ。

屋敷中の至る場所に山積した書類が、その頃には揚羽の背丈よりもうずたかく積み上がりつつあった。このまま書類が増え続ければ、いずれ揚羽の目の高さでは前を見通すことも出来なくなるのではないかと危惧していたのだが、まさかたった半年のうちにそこまで事態が悪化していようとは、いったい誰が想像しえただろうか。

「つまり、なんだ……あのヒキコモリの童顔技師は相も変わらず毎日大量の印刷物を排出し続けて、ついにはお前の整理の手も追いつかなくなって、玄関から出入りできないほどに成り果てた――と、そういうことか？」

「えぇっと……まあ、大ざっぱには……」

もはや存在そのものが致死レベル公害の認定をされるべきではなかろうか、あの時代錯誤の女は。

「で、でも、整理はちゃんとしてるんです！」

玄関から出入りできなくなる状況の屋内を「整理されている」と定義する文明社会を、陽平はかつて聞き知ったことがない。

「四ヶ月前から、新しい技師補佐《かんごし》の方がいらしてくださって、それはもうものすごい行動力で、家の中に散乱していた書類や書籍の整理をしてくださっているのですが」

「一応聞いておくが、勝手口も同じ状況なのか？」

「はい、まあ……」

それは、なおまだ「整理」と呼びうる何かなのか。

「それでもなんとか鏡子さんのいる部屋まではたどり着けていたのですが、先週ついに遭難して、二時間近くお家の中を彷徨《さまよ》って行き倒れそうになったとき、その方に救助していただいたものですから、万が一にも陽平さんをそのような危険に晒すわけには――」

「で、窓から入るようになったのか。ここからならなんとかルートがわかるんだな？」

「ええ、お任せください。朝もここから出てきましたから！」

胸を張って言うことではない。

「じゃあ、行きましょう。たぶん大丈夫です。あ、靴は中に棚がありますから――」

言いながら窓を引き開けようとする揚羽であったが、木枠にはまったガラス窓はびくともしなかった。

「代わってみろ」

陽平が力任せに窓枠を摑むと、ガチャガチャという明らかな錠前の掛かった音がした。

「閉められてるぞ？」

「あれ？　おかしいな……開けて出てきたのに」

扉とは違って、窓は普通、外から鍵を掛けることは出来ない。

「他に入れそうな場所は？」

「……わかりません。探せば開いているところもあるかも知れませんけれども」

仮に中へ入れたとしても、そこから鏡子のいる部屋までたどり着けるという保証は出来ないらしい。

二人して思わず頭を抱えたとき、

「揚羽ちゃ～ん」

暢気で陽気な呼び声が、真上から降ってきた。

見上げると、二階の窓からこちらに身を乗り出して手を振っている少女――少女姿の人工《フィ》妖精《ギュア》の姿があった。

「そこの窓、さっき使えなくなったから～」

切りそろえられた前髪の下の、大きくて闊達そうな目が印象的な人工妖精だった。髪は左側に巻き毛のサイドテールにしていて、頭の上には青十字の看護帽を被っている。

「雪柳《ゆきやなぎ》お姉様！　さっきって、またルートが変わったってことですか？」

「うん、そ～。だから、ここからお入りくださいです」

——あれは風気質《マカライト》だ、それも相当に悪質な。

陽平でなくともひと目でわかるであろう。水気質《アクアマリン》や火気質《ヘリオドール》にあんなにも無邪気でありながら危険な気配のする笑顔をできるはずがないし、土気質《トパーズ》はそもそも滅多に笑わない。

「でも、私たちジャンプしても二階までは届かないですよ～」

……子供と風気質の会話ほど、聞いていて頭痛を覚えるやり取りは他にない。

「うん、今から落とすから、ちょっとそこどいてて～」

言うが早いか、無数の棒きれがその手から放り出され、それは真下にいる陽平と揚羽の頭の上に降り注いでくる。

陽平は鞄を放り出し、反射的に揚羽を腕の中に抱きすくめてかばった。

しかし、いつまでも何かが降ってくることはない。

恐る恐る顔を上げると、陽平の背丈ぎりぎりの高さで縄梯子の先端が揺れていた。

「あは、びっくりした？」

悪戯の成功にしたり顔の雪柳とかいう風気質を見上げ、陽平が啞然としていると、今度は胸を力一杯突き飛ばされた。

それは言うまでもなく揚羽によるもので、不意に抱きつかれたことで相当に困惑してしまったらしく、顔を真っ赤にして口元を震わせていた。

「この縄梯子で昇ってこいってのか？」

「そうなのですよ～」

「他に出入り口は？」

「あいにくと一階のほうは前人未踏の秘境のおヽ様相を呈していまして～」

明らかに愉快犯であったが、さすがに初対面であったので「お前がそうしたんだろ」とまでは陽平も口にはしなかった。

「俺はかまわんが……揚羽には無理なんじゃないか？」

縄梯子というものは、見た目ほど上り下りが簡単ではない。陽平は自警団時代《イエロー》に訓練を受けているが、慣れないうちは逆さ吊りになったり、最悪真っ逆さまに落ちてしまう仲間を山ほど見てきた。

「あなたがお客さんの曽田《そだ》陽平さんですね～。お話は先生からおヽ伺ってます。陽平さんが先に昇ってきて、揚羽ちゃんは二人で引っ張り上げれば大丈夫です～」

客の陽平が頼みの綱とは、恐るべき向こう見ずである。もし陽平が列車の遅延などで来られなくなっていたら、いったいどうするつもりだったのだろう。

「入るのはそれでいいが、出るときはどうするんだ？　また縄梯子か？」

「ご心配なく～。お帰りになるおヽ頃までには、一階の新規ルートを開拓しておきます～」

「……本当か？」

「たぶんです～」

馬鹿なのか、正直なのか、馬鹿で正直なのか。

とにもかくにも、選べる手段は他にない。言われるままに陽平が先に縄梯子で二階へ上がり、それからなんとか縄にしがみついた揚羽を、雪柳と協力して（実際はほぼ陽平の腕力のみで）引き上げた。

昇った先の二階の部屋は元は客室であったようで、ベッドと最低限の調度品、それに空になった水差しが置かれていた。が、それらをすべて合わせた体積の数倍に匹敵する紙の山が鍾乳洞の石柱のように無数にそそり立っている。

「あらためまして、お初にお目にかかります。一級精神原型師《アーキタイプ・エンジニア》、詩藤鏡子の技師補佐・兼・住み込みメイド・兼・秘書をお務めております、雪柳と申します。以後、お見知りおきを」

思いも掛けぬ重労働で汗だくになった陽平と、縄を頼りに引き上げられた恐怖がまだ抜けきらないまま青ざめた揚羽を前に、雪柳という少女はひとり涼しい顔をしてエプロン・ドレスの裾を摘まみ優雅にお辞儀をした。

――なんでこんな奴を雇ったんだ！

と、いう被害者の悲痛なる叫びを辛うじて胸の奥にしまい込み、あとで雇用主本人に直撃するそのときまで取っておこうと、深く心に決める陽平である。

「それで……あの偏屈ロリ技師のところまで行くには、あとどれだけ、どんな冒険が必要なんだ？」

「さすが曽田様。お伺っておりましたとおり、大変ご理解がお早くて助かります！」

嫌味で言ったのだが、どうやら本当に「冒険《アドベンチャー》」レベルの道のりが、この広い屋敷とはいえ、たかが一軒家の中には存在するらしい。

「詩藤先生の書斎は一階の西の隅にございまして――」

「それは知ってる。だから、一階にはどこから降りればいいんだ？」

もちろん、陽平もこの屋敷のロビーに立派な大階段があることは知っているが、この様子では実際上それが使用可能かも怪しい。

「あ、降りる前に〝上〟でおございます」

しれっと、ごく当然のように真上を指さされて、自然と陽平も上を向いてしまうのであるが、そこには当然、立派なシルク張りの天井があるだけである。

「……ここは二階建てだろ」

「さようでございます。しかし、屋根裏に物置の部屋がございまして」

もはやどこからどうツッコんだらいいのかわからなくなりつつあるが、順当に、基本に忠実に、ひとつひとつ疑問を呈していこう。

「まず初めに聞いておきたいんだが、この屋敷の中は膨大な書類や書籍のせいで、ろくに玄関から出入りも出来ないほど荒廃しているんだよな？」

「〝荒廃〟という私の職業意識に問題を提起なさるがごとき表現にはおいささか呵責《かしゃく》を覚えずにはいられませんが、お左様でございます」

「で、同じ理由で二階の廊下もろくに行き来が出来ない。だから、わざわざ三階に当たる屋根裏部屋まで無駄な迂回をする必要に、今の俺たちは迫られている。そうだな？」

「〝無駄〟という私の趣味趣向に問題を提起なさるがごとき表現にはおいささか呵責《かしゃく》を覚えずにはいられませんが、お左様でございます」

「……なら、ごく個人的に、同時に必然的に、自然の成り行きとして俺は思うところがあるのだが――」

「どうぞ、なんなりとお申し出くださいませ」

「廊下が通過できないほど物で溢れているのに、なんで真っ先に荷物やらが詰め込まれるべき物置部屋の屋根裏なら通れるんだ？」

　それまで間髪を容れず明晰に間の抜けた返答をしていた雪柳は、陽平がそう尋ねた瞬間から、まるで名カメラマンの手になる刹那の最高の表情を捉えたポートレート写真のように、見事な微笑みを顔面に貼り付けたまま固まってしまった。

「…………」

「…………おい？」

「…………かの」

「かの？」

「かの、天才物理学者アルバート・アインシュタインはおかつてこう仰いました、『私は先のことなど考えたことがありません。すぐに来てしまうのですから』と。私はこの言葉を至上の箴言としてお座右の銘にしました」

風気質の事情聴取をした捜査官が、次々とカウンセラーの世話になる羽目になった理由が、ようやくわかったような気がしてくる陽平である。

「ちなみに、今からです」

「今決めたのかよ、座右の銘！」

「『君子豹変す』という言葉は、現代でこそ一貫性のない薄っぺらい人間性を表現する言葉に貶《おとし》められておりますが――」

「それも座右の銘なのか！」

「いえ、明日に取っておきます」

「さすが雪柳お姉様！　博識でかっこいいです！」

「このくらい、揚羽ちゃんにもすぐできるようにおなりますよ」

二人で暢気にハイタッチなんぞしている。よほど飼い慣らされている気が合うようである。

ここまでの短いやり取りでよくわかった。馬鹿で幼い揚羽はまだ気がついていないようだが、この雪柳という風気質は、整理と称して周囲の人間を混乱させることに、至上の生きがいを見いだしているのだ。

「それでは皆様、遭難のお準備はお済みですか？」

「スタート地点から早くも遭難は不可避の事態なのか⁉」

「もとい——失礼いたしました、このお屋敷を探検して総嘗めする覚悟はおありですか、と言おうとしてお言い間違えました」

「言い直してもサバイバルなのは変わらないんだな！」

「では、いざ参りましょう」

居直りなのか、素で脳天気なのか、素知らぬ顔の雪柳は両手を腰の前に重ねる上品な仕草で先頭に立って歩き出す。

案の定、ドアを開けて出てみても、部屋の中に勝るとも劣らない、見事な紙束の鍾乳洞が形成されていて、向こう側の壁はおろかほんの一メートル先まで見通すことも出来なかった。

「お隣の部屋に屋根裏へ上がる折りたたみお階段がございますので、そこから——あ、陽平様、足下にお気をつけくださいませ」

雪柳の制止の声にただならぬ気配を覚えて、陽平は踏み出しかけた足を辛うじて宙で止める。

「なんだ？　まさか落とし穴とか釣り天井とか、そんなトラップでもしかけてあるのか？」

半ば冗談であったが、同時にこの少女ならば半ば本気でありうると思った。

「陽平様はお馬鹿様でいらっしゃいますか？　ファンタジー・ゲームの魔王のお城ではありませんし、どうしてこのようなごく普通の一般お住居にそのような危険な装置があるとお考えになるのでしょう？　アレですか？　いわゆる二十一世紀に流行した〝中二病〟という難病にお罹患でいらっしゃいますか?」

ごく普通の一般住居なるものに、こんな紙の迷路は存在しない。それはそれとしても、陽平の方こそが「病気or馬鹿なのか」と疑う雪柳の良識こそ疑わしくて仕方ない。

「じゃあ、この宙に浮いたままの右足をどうすればいいんだ? このまま床に降ろしたらいったい何が起きるんだ? 俺は死ぬのか?」

「一般家屋の中で致死なさるとは、アレですか? 陽平様は豆腐の角とか暖簾の裾で頭を打つと致命傷を負ってしまうような想像を絶する虚弱体質でいらっしゃいますか?」

何を言っても陽平の方がおかしいという結論へ強引に持ち込まれるようである。

「その床に落ちている紙でございますが——」

陽平と、その背後についてきている揚羽は、雪柳に指さされるまま陽平の足で今にも踏まれそうになっている書類を見下ろす。

「その紙は隣の書類の山と繋がっておりまして、それ一枚が五ミリほどズレますと周囲十二本の紙の山がこちらへ向かって一斉に崩れる仕組みになっております」

「……それは、危険なのか?」

「紙という物は、見かけによらず意外とお重いのでありまして——」

「だからこれを踏むと俺は死ぬのか! 死なないのか!?」

「まさか。私が整理を仰せつかっておりますこのお屋敷の中で、即死事故などという不始末はありえません。ただ——」

「ただ⁉」

「自力での脱出は不可能な事態となりますので、餓死するまでに偶然この廊下を通りかかった何者かによって発見および救助されない限り、生存はお困難かと思われます」

「やっぱり致死性じゃないか！」

「いえいえ。以前にも揚羽ちゃんが紙の山に埋もれて要救助者となりましたが、私の手によって無事救出されています」

「あのときはありがとうございました、雪柳お姉様」

「いえいえ、人生の先輩として当然のことをしたまでなのですよ」

「お姉様《エルダー》がいらっしゃらなかったら、私、きっとここで百年後ぐらいにミイラで発見されていたんですよね」

陽平の背中から顔を覗かせた揚羽は、眩しいまでの純粋無垢な憧憬の瞳で雪柳を見つめていた。

そもそもこの姉貴分がいなければ、自分の家の中を行き来するたびに命がけになることはありえなかったはずであるが、その辺りは綺麗にスルーするように思考が矯正済みであるらしい。妹分《ペット》としての調教《しつけ》は、抜け目なく完了されているようだ。

危険極まりない紙を慎重に跨《また》いでから、陽平はまた雪柳の後について歩き出した。しかし、これに似たような「いかにも危なそう」な紙片は、まだそこら中に散らばっている。

「……で、そのお前と、揚羽と、俺が揃ってここに居並んでいて、残ったこの屋敷の主は天下無双のヒキコモリときているわけだが、これからもし三人揃って紙に埋もれた場合は、どこの誰が救助してくれるんだ？」

　ふと、遠い目をした雪柳は、陽平の視線を避けるように明後日の方向を向いた後、三本に揃えた指を額、胸、右肩、左肩の順に当てて十字を切りながら、厳《おごそ》かに聖なる言葉を紡ぎ出す。

「父と子と聖霊の御名において、我らをお救いたまえ。以下略《アーメン》」

「神頼みなのか!?」

「死んだらカソリックにお入信するつもりです」

　こんな不遜な入信希望が人類史上かつてあったろうか。

「一応、今後のために教えておくがな……今お前が胸の前で描いた十字の順序はカソリックとは逆で、右肩から左肩に切るのは東方正教会の方だ」

「では正教会の方で。神様はどうせ同じですし」

　節操のないこと極まりない。

「まあ三人が全員、身動きの取れないお有り様になってしまうことはそうそうありえません。仮にそうなったとしても、三人の内ひとりでもお携帯端末に手が届けば、電話で助けを呼べますし、陽平様がご心配なさっているようなことにはまずなりません」

　また無垢な笑顔を浮かべながら、雪柳は諭す。

「ちなみに、私は本日、自室にお端末を置き忘れましたので、いざというときは陽平様か揚羽ちゃんが救助依頼をお願いします」

　もはや、いろいろと台無しである。

「まあたしかに、誰か一人が埋もれても、他の二人が助ければ済む話ではあるがな……」

「あ、揚羽ちゃん。大事なことなので今のうちに言っておきますが、もし前のお人が紙に埋もれてしまっても、決して自分一人でお助け出そうとしてはいけません。二次災害の危険が大変大きいので、救助のスペシャリストである私が来るまでは絶対に手を出さないように」

「わかりました、雪柳お姉様！」

「いい子ですね」

　ちなみに、今の並びは前から雪柳、陽平、揚羽である。つまり、雪柳の言った「一人で助けてはいけない前の人」とは、陽平のことに他ならない。

「もし、お前が真っ先に埋もれたら、俺たちはどうすればいいんだ？」

「この屋敷の中にある限り、私がいなくてはもはや行くも戻るもままならぬことになりましょう。ですから、陽平様の知恵と膂力《りょりょく》を頼りにしております」

「じゃあ俺が埋もれたときには、お前と揚羽で協力して救出してくれるんだな？」

「いえ、その場合はまず残された揚羽ちゃんの身の安全を優先し、二人で詩藤先生へお馬鹿な遭難者が発生した旨、ご報告に参ります」

「……その後、ちゃんと助けに戻ってくるんだろうな？」

「詩藤先生のご機嫌次第になります」

この世で最も他人の生命を重宝も軽視もせず、とことん無関心でいられるあの童顔技師のそのときの気分次第、というまことに頼りない命綱であった。

「詩藤先生のご機嫌と、実在の証明不可能な神様と、どちらの方がお信頼にたるでしょうか？」

そんな後ろ向きな究極の二択に陥らない人生を、今後は歩んでいきたいものである。

「そういうことですので、とりあえずお目には見えねどいるに違いないと思えなくもない神様の方にダメ元で頼んでみておきましょう。

さあご一緒に。天にまします我らが神よ――」

雪柳は、今回はちゃんとカソリック式に左肩から右肩へ十字を切っていた。さっきのはやはり素で間違えて覚えていたらしい。

「私と揚羽ちゃんだけはお救いください、残りはわりとおどうでもいいので。以下略《アーメン》」

「……もう少しその自分本位な本音をオブラートに包めないのか？」

「私は敬虔なお信徒でございますので、神の前にあってのみは自分の気持ちに嘘をつかないことにしています」

「お前の神は、お前の都合のいいときにしか現れないようだな」

「いえ、元よりお会いしたことがございませんのでおなんとも。しかし、神は常に正義の味方であり、正義は常に強い方の味方でおございます。つまり、神はいつも強い方の味方であると言えます」

ユダヤ教徒とキリスト教の由来を根底からひっくり返して、雪柳は恐ろしい三段論法を繰り広げる。

「そして、この家の中で私なくしてはお進退すらままなりません。つまり、この三人の中で最強は私であり、ゆえに神は私の味方で、私は揚羽ちゃんの味方です。よって、三人の中でただお一人、神の慈悲深きお加護を賜ることが出来ないのは、陽平様ということになります」

人類は神なるものの解釈について喧々囂々《けんけんごうごう》の議論を絶えず繰り返してきたわけであるが、ここまで自己中心的に理論武装した信仰はかつてなかったのではなかろうか。

「ですので、陽平様はせいぜい他の脆弱《ぜいじゃく》な神様にお祈りしてみてはおいかがでしょうか？」

「他の神？」

「はい。私のお祈りをそのまま復唱してください。いきますよ〜。

天にまします我らが鮭《シャケ》よ――」

「出っぱなからもう何かおかしいぞ！」

紙束に触れないようにしながら、陽平は平然と前を歩く雪柳の後を必死についていっているのであるが、その極限の緊張状況にあっても聞き過ごせない酷い誤謬である。

「魚類ではご不満ですか？」

「それは神に次いで信じるにたる何かと言えるのか⁉」

「『鰯《いわし》の頭《かしら》も信心から』と古くよりお申します。鰯よりは鮭《シャケ》の方が神ランクが気持ち程度は高いと食卓的に愚考いたしまして、僭越ながら鮭にお入れ替えたのでございますが、陽平様が放埒無法で年甲斐もなく昂ぶる性欲を抑制できない未熟な肉食系男性だとあくまでお豪語なさるのであれば、鰯でも鮭でもなく『豚』に祈ることもやぶさかではありません。では、私に続けて祈ってください。いきますよ〜、はい。

　天にまします我らが――」

「それだけは待てぇ！」

　無神論者の陽平を持ってしても畏怖を覚えざるをえないほどの、取り返しのつかない上にかつてない冒瀆がこの世界に垂れ流される寸前であった。

「陽平様はアレですか？　三次元より二次元の形而上的お存在の方に性的な興奮を覚えるご趣味の方でいらっしゃいますか？　なぜそこまで食卓のお主役たる家畜を軽蔑なさるのです？　それともアレですか？　誰かを豚と呼ぶことより自分が豚と呼ばれる方が悦《よろこ》びを覚える方でおいらっしゃいますか？　ではこれからは『陽平様』ではなく、『このオス豚野郎様』とお呼びすることもやぶさかではありませんが、いかがなさいますか？」

「もういい……もう俺が豚でもいいから、それに祈るのだけはやめてくれ」

「わかりました、このお性欲だだ漏れオス豚野郎様。顔色がよくありませんが、体調がお優れないのですかこの淫欲オス豚野郎様。少しお休んでいきましょうかこのオス種豚野郎様」

　かつては秩序なき人工島で数々の死闘を繰り広げ、自治区の成立後も自警団の捜査官として一般人には計り知れない凶悪な事件に数多立ち向かってきた陽平をして、こんな短時間でいとも容易く深く精神力を削り取られた記憶はない。

そんな無為でやたら一方的な消耗のみ強いられるやり取りを、一度屋根裏まで上った後に二階まで下り、そこからやっと一階へ戻ったと思ったらまた二階へ上って、それからようやく一階の目的地まで辿り着くまでの小一時間、延々と続けることを強いられた結果、もはや鰹節のように山と削られつくした陽平の精神の怒りの矛先は、当然この家の主にして雪柳の雇用主にして自分の書斎に引きこもる鏡子へ向けられることになる。

「なんでこんな奴を雇ったんだ！」

もはや周囲の紙の山に埋もれることすら恐れず、書斎の扉を蹴り開けるなり第一声、雪柳を指さして怒鳴り散らした陽平に対し、鏡子もまた自分の机を叩きながら待ちかねたように用意していた言葉を叫ぶ。

「私が知るか馬鹿野郎！」

雇用者として最低最悪極まる、管理不行き届きなど知ったことかと言わんばかりの、完全なる責任放棄であった。

——流れてく　時の中ででも
——気だるさが　ほらグルグル廻って

A-2

――人は、何かを思考するときに、その単位時間あたりに限られた思考力のおよそ九割以上を、記憶の想起のため無為に費やしている。

これが、二十一世紀に初めて「思考加速装置《シンクミッション・アクセラレータ》」の原理を発表したスイス人発明家の主張であったらしい。

彼の論によれば、人は何を考えるときも、まず知識や経験が想起されてから始まるのであり、それらを土台に〝思考する〟という行為が他の様々な知識および経験との更なる掛け合わせである以上、脳の単位時間あたりの記憶の想起速度によって、人間の本来発揮しうる知的労働力の生産性は制限されてしまっていることになる。

そして「思考」とは極めて個人的な内的作用であり、当然そこに他者による補助がえられることはありえない。

この世界には「話し合うことに意味がある」と若いうちに誑《たぶら》かされ、無闇に会議を開くばかりで時間を浪費することに価値を見いだすという、極めて傍迷惑な種類の人間が存在することも事実ではあるが、本来議論とは知恵と知識と経験を寄せ合って、一人では到達しえなかった結論を導き出すために営まれるのであって、最低限の知識も知恵も経験も準備が間に合わず、事前に自分なりの思索を深く煮詰めていない人間ばかりいくら数を集めたところで、個人で至れる以上の結論が現れることはまずありえない。それはもはや「議論」とは呼べず、個々人の知的レベルを底上げするための「教育」でしかないのだ。

つまり、議論というシステムは、人類において文明の進歩と文化の深化に欠かせない生産的行為ではあるが、それはなによりも議論に参加する「個々人の中で十分な思索が既になされている」ことが必要不可欠の大前提なのであって、会議が個々人の思考作業の代替《スペア》となることはありえず、むしろ議論が始まる前まで個々人がどれだけ自身の中で個人的な思索という孤独な知的労働を行っていたかが、議論の意義の有無、質の高低を決定すると言っても過言ではない。

この事実は裏を返すならば、文明の進歩や理想の達成への人類の速度というものは——それが純粋に科学的なものであれ、情緒や倫理的なものであれ——常に個々人の知的労働力の生産性レベルに、限界を決定づけられているということである。

そして、かのスイス人発明家の主張に従うのであれば、個人の時間あたりの知的労働力はその九割までもが、思索作業そのものではなく、思索に用いる材料である知識や経験を脳の記憶野から引き出す時間に費やされていることになる。これは本来なら人類が発揮しうる時間あたりの知的能力が、記憶という補助的な機能の制限によって、わずか十分の一にまで著《いちじる》しく制限されていることを意味する。

彼の提唱した『思考加速装置《シンクミッション・アクセラレータ》』とは、その限界打破のために提唱されたコンセプト・

モデルである。

　それは、当時急速な進歩を遂げつつあった情報処理装置を駆使して、人間の思索を正確に予測し、その時々に必要とされる知識を人間が想起するよりも早く提案《サジェスト》することで、人間の知性を純粋な意味での思索にのみ集中させることを可能にする機械のことで、理論上は最大で十倍にも達する知的労働力の劇的な向上を望むことが出来るとされていた。

　しかし、彼の案は先見性に富みすぎていた。言い換えるならば、時代の遅れが彼の優れたコンセプト・モデルを非現実的な夢想に貶《おとし》めてしまった。

　それは、当時はまだただの学習型に過ぎなかった原始的なコンピューター装置を「人工知能《A.I.》」と呼んでいたほどに、情報処理技術が未熟で幼かったからである。現代において「人工知能」の一般的な定義を述べるのであれば「人間の思考、情緒、行動を一定程度予測シミュレーションして役立てうるもの」とするのが一般的であるが、二十一世紀前半の当時においては、その程度の定義すら夢にもお伽噺にも滅多に語られることのない、つまり空想にも上らないほど専門家にとっては非現実的で、一般人にとっては想像すら出来ない認識外の概念だったのである。

　これは、石で斧を作っていた石器時代の人々に、火砲や誘導兵器について語って聞かせるのにも匹敵する無謀であり、彼の名が死後百年近く経るまで一般に知られることがなかったのも、無理からぬ事であった。

　しかし皮肉なことに、悲運の人生を歩んだ彼の死後まもなくして、日本発の技術流派である峨東によって現代の定義に合致する最初期の人工知能が開発されて以降、人工知能関連技術はめざましい進歩を遂げ、彼の説いた夢想は一挙に現実に近づいていった。

そして現代――。名もなきスイス人発明家の発案した思考加速装置《シンクミッション・アクセラレータ》は、既に多くの現場で役立てられている。

装置と言っても、かつて彼が思い描いたような大層なものではなくてよい。手軽さでいえば読書や勉学に使う網膜投影用の小さな眼鏡のようなもので十分である。性能を求めるのであれば、そうしたユーザーに触れるインターフェースを複雑化するよりも、それと常時通信するサーバーの増強を図る方が効率的かつ低コストだ。

つまり、読書用の網膜投影眼鏡をシン・クライアントとしてシンプルにし、実際の人工知能的な高度な演算処理は巨大なサーバー施設に一任し、多人数でそのリソースを共有するのである。

たったこれだけの簡易型でも、工業的労働生産性において百二十パーセントから百四十パーセント、知的労働にいたっては一・八倍から二・一倍もの生産性の向上が見込めるとされている。

しかし、思考加速装置への依存は大きな問題も孕んでいた。装置が高度化し、本来は個々人で差異のある人間の記憶力に、より依存しない作業環境が整えられるにつれ、記憶障害や様々な意識障害を患う利用者が増加し始めたのである。特に前向性健忘の発症率と弊害は社会的にも甚大で、鬱病や神経症の併発に留まらず、網膜投影装置を外してもサジェストが見えるなどの幻覚症状や、中には常に幻覚と幻聴に悩まされ、連合障害から果ては統合失調症を発症する者まで現れるようになった。

　初期のうちは「加速依存症」などとして、人類にとって分かちがたいアルコール依存やギャンブル依存と同列に扱われていたが、装置の普及から半世紀後にはロボトミー手術以来の、科学的人体改造の悪夢として認識されるようになった。

　それが、今からおよそ百年ほど前のことである。その後は、人工知能の全廃棄という背景もあって、思考加速装置の所有と使用には著しく制限が掛けられるようになった。国際的基準は標準の知的労働生産性に比して一・五倍から一・八倍、特殊な環境下においても最大で二・一倍。それ以上の思考加速は、薬物同様に厳しく法的制限を課すという国連の共同声明が出され、日本もそれに準じている。

　とはいえ、実際問題として、人工知能なくしては二・五倍以上の本格的な思考加速を多人数に実現することは難しく、人類が人工知能と決別した今の時代に、この声明は実効性の観点から意義が失われていると言っても過言ではない。

　結果として、三倍以上の思考加速を実現しうる実用的な加速装置を所有しているのは、今では一部の研究者かさもなくば風変わりな物好きに限られている。

　そして今、揚羽はその今や世界に百数十機しか現存していない、純粋独立型《スタンド・アローンタイプ》の思考加速装置の中にいる。

「サジェスト……アンダンテからアレグロ・モデラートへ」

〝イエス〟

揚羽がコマンドを口にすると、思考加速装置の音声インターフェースが機械的な声で応答する。それに伴い、揚羽の視野の中で瞬く星の数は一気に倍増する。

一見すると、揚羽の目に見えているものは、仮想の立体銀河模型と似ている。子供用の理科教材として一般的なそれは、コンピューターの画面に太陽系や銀河系のモデルを投影し、広大な星の世界を自由に行き来して眺めることができるもので、二十一世紀の初期には既に一般的であった。

しかし、そうした原始的な立体銀河模型と思考加速装置では、表示される〝星々〟の意味が全く異なる。思考加速装置で表示される星の一つひとつは、使用者が次に必要とするであろうと機械によって予測された幾万、ときに幾億もの情報提案《サジェスト》の集まりであり、揚羽が視線を動かすたびに目まぐるしいまでの文字と静止画、ときに動画や立体構造モデルも含む、莫大な量の情報が溢れ出してくる。

その膨大な情報の星空の拍動を、揚羽は目の動きと両手の十本の指、それに音声だけで操作する。ときに寄り集まった星たちを分別して切り離し、ときに別々の星団を一個に関連づけ、紐付け、分類し、思考を加速させていく。

「サジェスト……アレグロ・モデラートからアニマート……いいえ、アレグレットへ」

〝イエス〟

揚羽の呼び声に答え、星々の巡りはさらに速度を増していく。

原理としては「マインド・マップ」と呼ばれる、紙に記述して思索を助けるアナログで古典的な思索術と近似している。ただ、そこに高度な機械の補助が入ることで、使用者の脳に休む時間を与えない上、土台となる知識量は人類がこれまでに集積してきた文明のほぼすべてを網羅している。

――この機械は、人の思考を助けているんじゃなくて、ひょっとしてどこまで機械《じぶん》の速さについてこられるのか、人を試しているのではないか。

それが、初めてこの一人用の思考加速装置に入ったとき、揚羽が感じた印象である。

実際、先ほどからサジェストの速度――つまり予測された情報が表示される速度を幾度となく上げているのに、機械の方はまったく音を上げる気配を見せない。

光となった情報の星々の間を高速で飛翔し、それらを神の手のごとく自在に操りながら、揚羽の精神は生理的な限界近くまで研ぎ澄まされていく。

肉体は希薄となり、重力の魔は揚羽においていかれて久しい。思考加速装置の中は「消感」機能が常に揚羽の生理状態をモニターしていて、温感や聴覚はもちろん、嗅覚と触覚に至るまで、思索に不必要な感覚をほぼ完璧に遮断している。

今の揚羽は、二つの目と、左右の計十本の指、たったそれだけで構成されているといえるだろう。この思考加速装置の上で思索を拡げて描くにあたって、それ以外の身体器官は不用であるどころか、邪魔なノイズでしかないからだ。

この究極の没入感は、服を一枚、また一枚と脱いでいく感覚に似ている。

いや、それとも誰かに脱がされている、といった方が近いかも知れない。

この機械に身を委《ゆだ》ねて依存すればするほどに、揚羽という一人の人工妖精《フィギュア》は限りなくその実体を剥き出しにされ、辱められていく。

そしてついにはすべての肌を晒し、生まれたままの姿になってしまった揚羽に、この機械はなおも要求するのだ。

――もっと、もっと、もっと見せろ、と。

お前の底を、もっとも隠したい部分を、秘められた奥底のさらに向こうまで、あられもなく自分の前で晒せと、繰り返し訴えてくるのである。

揚羽は今まで、鏡子と一部の技師以外に、裸の身体を見せたことはない。それだけに、自分のすべてが衆日に晒されるがごときこの辱めは耐えがたい負担となって心を切り刻んでいく。

だが、それでも、だからこそ手に届くものがある。今の揚羽には、朧気ながらそれが見えている。あとはそこまで手を伸ばし、摑み取るだけなのに、なかなか追いつけない。

「サジェスト……アレグレットからプレスティッシモ……くっ」

〝イエス〟

急加速の反動で思わず零れたうめき声を無視し、機械は冷淡に返答する。

一気に四段飛ばしで情報の提示速度を引き上げると、その羞恥心は爆発的に膨らんで、今にもそれを包む精神ごと弾けてしまいそうになる。

そこまでしても、なお手が届かない。もうすぐそこにあると、揚羽の直感は絶えず訴え続けているのに、いくら速度を上げても届かないのだ。

既に一般的な思考加速の出力は限界近くまで引き出しかけていて、これ以上はあと二段階か三段階程度しか加速を望めない。ならば、一般的ではない方法に踏み出すしかない。

「さ、サジェスト……プレスティッシモからアンダンテへ！」

〝イエス〟

揚羽のコマンドに応じて、視界を埋め尽くして駆け抜ける膨大な情報の奔流は、急激に速度を緩めた。まるで風呂上がりにガウンを着たような、深い安心感が揚羽の心に訪れる。

しかし、いったん速度を緩めたのは目的を諦めたからではない。むしろ、より危険な速度へ到達するための前準備である。

「例外コマンド……アフター・ラスト。タイム・リミットは五分間」

『例外を受け付けます。コマンドをどうぞ』

アクセルをいくら踏み込んでも届かないのであれば、ギアを上げるしかない。

「サジェスト……二倍速《ダブル・アクセル》、以降、十秒ごとにシフト・アップ」

『ノー。倍速動作で五分間の継続使用はお勧めできません』

「なら、三分間」

健康に対する無数の留意事項が網膜に投影されて、再考をうながされる。

『ノー。二分間で三十秒ごとのシフトアップをお勧めします』

勧めるも何も、それ以上は許さないらしい。

「じゃあ、それでいいです。コマンドを訂正、サジェストの基本速度はアンダンテから一分三十秒で段階的にプレスティッシモへ。同時に三十秒ごとに加速係数を二倍速からシフトアップ。以上」

『例外コマンドを受領しました。一倍速のアンダンテから開始、五秒後に一倍速へシフトアップ』

間もなく、揚羽の視界は先ほどの倍の速度で流れ込んでくる情報の渦で埋め尽くされる。

それだけで悲鳴を上げたくなった。二倍速からすでにここまで自分を穢《けが》されるのであれば、このままシフトアップしていったとき、最後に自分はどうなってしまうのか。

それでも、今は引けない、と自分の気持ちを奮い立たせた。

「し……シフトアップ、三倍速《トリプル・アクセル》」

『イエス』

さらに情報は加速し、揚羽の心は音にならない軋《きし》みを覚えた。ここまでされてもまだ、自分には穢されるところが残っていたのだと思い知らされる。全身の肌という肌を惨めに弄《もてあそ》ばれ、身体の中まで侵されるような圧倒的な被・支配感が、揚羽のエゴのすぐ近くまで、その淫らに燃える触手を伸ばしつつあった。

「く、四倍速《クアドラ・アクセル》！」

『イエス』

その瞬間、揚羽のすべては剝き身になった。

肌と皮膚。触れたものを感じるためにあったはずの、そうした肉体の表面すら、実は本当に敏感な奥底のものを隠すための薄いヴェールに過ぎなかったと知った。

肉体の最も敏感なものだけで、今の揚羽は出来ている。ここにだけは誰かに触れられてはならないと思っていた部分が、揚羽の全身になっていた。

今、誰かに触れられたら、きっと心が壊れてしまうだろう。

そんな極限にまで心身を軽くして、目的のモノはようやく揚羽の手の届くところに近づいてきた。

同じベクトル、同じ速度で駆け抜け、相対的には互いに静止した状態で、揚羽はそれを摑もうとして、逡巡する。

こんなにも儚《はかな》くなってしまった自分の心で、それに触れてしまって果たして自分が無事でいられるのか、自信がなかったからである。

しかし、今までのおぞましい辱めに耐えてきたのは、ただひとえにこれを摑み取らんがためではなかったか。

揚羽は覚悟を決め、それを両手で優しく包み込むように、胸の方へ引き寄せようとした。

しかしその途端、星の欠片は急に速度を増して、揚羽の手の内から飛び去ってしまう。

逡巡《おもんぱか》してしまった一瞬、それがまたとないチャンスだったのだ。揚羽はその一瞬を、保身を慮って取りこぼしてしまった。

「さ、サジェスト！　六倍《セクスタ》――」

ためらって言葉を切る。すでに揚羽の心は、これ以上は耐えられないという限界まで恥辱に侵されている。この上、さらに二段階のシフト・アップをしてしまったら、もう正気でいられまい。そうでなくとも、国際標準で定められた限界の倍近い加速をしているのだから、この先はもはや前人未踏といっても過言ではない領域だ。結果、自分がどうなってしまうのかわかったものではない。

――ううん、それでも。それでも。

もし今、揚羽に首と頭があれば、かぶりを振っていたことだろう。自分の弱気をふりほどくために。

失うことの何を恐れよう。最初から自分は何も持たずに生まれてきたのに。

未来が断たれることの何を恐れよう。最初から人並みの幸福など望んではならない命で生まれ落ちたというのに。

だから、揚羽は命じた。

「サジェスト、六倍速《セクスタ・アクセル》！」

『イエス』

遂に、揚羽の肉感的なすべては、圧倒的な加速力に破かれ、あられもなく乱れて剝がれ落ちた。ただ揚羽の心だけが、星の光よりも速い矢となって、一直線に目的の星へ追いすがる。

そして、ついにその星を貫いた――と思ったとき、それまで真っ赤になって自分の後ろへ回り込み続けていた星々が突然静止し、次の瞬間には暗闇が揚羽を覆い尽くした。

視野の隅には、最初に提示した時間制限の残時間が、網膜投影でデジタル表示されている。それが今は、すべての桁がゼロになって、赤く点滅していた。

「時間切れ……？」

『イエス。外部から強制リセットのコマンドが発行されています。コマンド執行まであと二十秒』

「了解。アクセル終了。消感機能をオフに。拘束解除、全身の施錠をパージ」

『イエス』

急速に、全身の肉体の存在感が戻ってくる。揚羽はその重さと疲れを同時に覚えて、大きく溜め息をついた。

視界の隅のデジタル表示の時計は、深夜の午前零時すぎになっている。いつのまにか日付を跨《また》いでしまっていたようだ。

肉体がこんなにも重苦しいものだとは、今まで感じたことがなかった。まるで手足に大きな重りの付いた枷《かせ》を嵌《は》められたような気分である。

外界と揚羽の横たわるベッドを隔てていた蓋がゆっくりと開いていき、全面照明の天井から光が差し込んでくる。

その眩しさに思わず目を細めて手をかざした先に、男性の人影が見えた。

「思考加速《アクセル・シンク》は四倍速まで、と約束していたはずではなかったかね？」

「水淵《みずふち》先生……」

両目の瞳孔がようやく周囲の明るさに慣れてきて、ベッドの傍らに立つ男性の容姿がはっきりと網膜に映るようになる。

濃緑のガウンに身を包み、グレーの口ひげと、同じ色の髪をオールバックにしている。

「絵に描いたような紳士」という印象は、就寝の間際になっても変わらなかった。

表情も、約束を破った揚羽を咎《とが》めながらも、責めるよりいたわろうとする慈悲が表れている。これが鏡子であったなら、今ごろ揚羽は例のT字ホウキで虐待のごとき折檻を受ける羽目になっていたに違いない。

揚羽の最初の仮親であった詩藤鏡子、そしてこの女性側自治区に来てから二人目の仮親になった水淵亮太郎《りょうたろう》。同じ深山《みやま》博士の元門卜生にして、いずれ劣らぬ一級精神原型師《アーキタイプ・エンジニア》でありながら、二人の人柄はいつ、どこから、どのように眺めてみても対照的だった。

「先生はてっきり、もうお休みになったものとばかり……」

「寝付きが悪くて少し読書をして眠気が訪れるのを待っていたのだが、そのとき『一初《いちはつ》』が知らせに来てくれてね。もうここを出立する間際だというのに、君が思考加速装置に入っていったと」

水淵博士の三歩後ろに、いつもの清潔な楚々としたメイド服を纏《まと》った女性——女性型の人工妖精が立っていて、自分の名前に話が及ぶとスカートの裾をつまんで上品なお辞儀をした。

一初は、一度は男性側自治区で人間と結婚して、伴侶が牛を全うするのを見届けた後、親である水淵博士の元に戻ってきて、以来ここで技師補佐と身の回りの世話をしているのだそうだ。

歳は二十近くも離れているが、男性側自治区からこちらの女性側へやってきたという境遇を共有し、同じ水気質《アクアマリン》ということも手伝って、揚羽とはとても親しくしてくれている。今回も告げ口したつもりはなく、揚羽の身を心から案じて先生に相談しにいってくれたのだろう。

「申し訳ありません。ここから出て行く前に、どうしても〝あの子〟を完成させておきたくて……」

「気持ちはわかるが……立てるかね？」

「はい、大丈夫で――」

言ったそばから、上体を起こし掛けた揚羽は目眩《めまい》を覚えよろめいて、装置のベッドの縁に寄りかかってしまった。

「無理もない。六倍速といえば、人間なら廃人になってもおかしくない速度だ」

水淵博士に背中を支えてもらって、ようやく揚羽は身体を起こした。

「でも、ちょっとくらっとしただけです。大丈夫ですので――」

「気づいていないのかね？　君の身体はそうは言っていないようだが」

背中に回された水淵博士の手が、人間にはない器官に触れていることに、揚羽はそのときようやく悟った。

「羽が……？」

揚羽の左右二対の羽は、今にも広がりそうに背中から膨れあがっていた。思考加速装置はもともと人間用で、ベッドも人工妖精が羽を広げられるようには出来ていないので、背中でずっと押さえつけられていたのだ。

そして、人工妖精が無意識に羽を広げてしまうときとは、高度な知的作業によって生じる人間ではありえないほどの脳の発熱が、限界近くまで達したときである。

手で自分の額に触れてみると、信じられないくらい熱くなっていた。

「君は本当に危険な状態にあったのだよ」

「……すいません」

ついさっきまで、自分はそうとは知らぬ間に死の淵を彷徨《さまよ》っていたのだと、思い知った。あとたった十秒でも六倍速での加速を続けていたら、羽からの放熱ができないまま熱を溜め込んだ脳は焦げてしまっていたかもしれない。

「私にも誤算があった。まさか、そこまで君が思い詰めていたとはね」

水淵博士は、加速装置のベッドで上体を起こした姿勢のままの揚羽と視線の高さを合わせるように中腰になって、揚羽の手首から脈を測っていた。

「私の目から見ても、君の造った〝あの子〟は、十分な出来上がりで完成している。もういつ目を覚まさせても問題ないと思っていたのだが……君にとってはまだ不満が残るところがあるようだね？」

四年前――〝傘持ち《アンブレラ》〟の事件で自治区の男性側から追放されて以来、揚羽は鏡子の旧知で兄弟子でもある水淵の工房に身を寄せた。以来、揚羽自身の強い希望で、水淵博士から直に精神原型師になるべく教えを請うようになった。

つまり、人間に造られた人工妖精でありながら人工妖精を造るという、あらためて明文化されるまでもないほどの尋常ならざる禁忌に手を出したのである。もちろん、人倫や峨東には事実を伏せたままだ。もしこのことが発覚すれば、揚羽は今度こそ廃棄処分とされただろうし、揚羽に技術を伝えた水淵博士も無事では済むはずがない。

それでも水淵博士は揚羽を匿《かくま》いながら、自分の持てる知識と技術の多くを、惜しむことなくこの四年間で揚羽に教示してくれた。

そしてつい最近のことであるが、ようやく揚羽の手による人工妖精が――それはおそらく人類史上初の人工妖精の手によって生み出された人工妖精となる――ほぼ完成した。もう肉体は爪から髪の毛の先まで、いつ目を覚ましても不自然でないほどに仕上がっている。精神《アーキ》原型《タイプ》は水気質、水淵の丁寧な指導の下に組み上げた知性と情緒はシミュレーションでも極めて良好な仕上がりを見せ、三原則のテストにあたっても不具合を示すことなく、今は形のない夢だけを見て、この世界に生まれ出でるときを待っている。水淵博士の言うとおり、もはや手を尽くす箇所はない。

ただひとつを除いて――。

「どうしても、第四原則が決まらないのかね？」

「はい……自分にはないものですから」

すべての——正確には揚羽と真白の姉妹機を除いて——人工妖精には『五原則』と呼ばれる五つの条項の厳守が義務づけられ、水・火・土・風の四つの気質のいずれの精神原型にも、本能的にこれらが組み込まれている。

第一原則　人工知性は、人間に危害を加えてはならない。
第二原則　人工知性は、可能な限り人間の希望に応じなくてはならない。
第三原則　人工知性は、可能な限り自分の存在を保持しなくてはならない。
第四原則　（制作者の任意）
第五原則　第四原則を他者に知られてはならない。

このうち第三原則までは「人工知性の倫理三原則」と呼ばれ、組み込み型コンピューターなどの一定の判断能力を保持する機械にも適用されていて、人工妖精の発明以前から明文化されているため迷う余地はない。また、後ろの二つは人工知能など他の人工知性には適用されない、人工妖精に独特の「情緒二原則」とよばれるものであるが、第五原則の方は一つ前の原則の補助的な意味合いしかないため、構造的にはさして複雑ではない。

揚羽が行き詰まっているのは第四原則である。造る側で自由に決めてよい、とされると、逆に悩んでしまうのだ。

人工妖精なら誰もが心に持つ五原則を、特殊な出生ゆえに持たないまま生み出されて今日まで生きてきた、揚羽の泣き所だった。

「自分にないから決められない、というのは少し奇妙な理屈だな。そもそも、私たち人間の精神原型師には、最初から五原則などないのだからね」

「それは、そうなのですが」

肉体のデザインも、精神の基本構造も、自分自身を基本のモデルにして完成にこぎ着けた。三原則は最初から精神原型に組み込まれているので問題なかった。ただ、第四原則だけは、それを持たないゆえに自分と同じというわけにはいかないのである。

「もし、不用意に決めてしまって、それがあの子の人生を左右してしまうのだと思うと怖くて……」

そもそも、第四原則を組み込んでいない現在の状態でも、既に十分に完成していて目覚めさせることが出来てしまうのだ。

それでも人類は今日に至るまで、なくてもよい第四原則を人工妖精に与えて生み出してきた。ならばそこにはなにかしら、言葉では教えることの出来ない重大な意味があるはずだと考え、たびたびこの水淵博士秘蔵の思考加速装置に頼りながら答えを探し求めてきた。

そして結局、第四原則だけを決められないまま、ここを出て行かねばならない今夜に至ってしまった。

「ふむ、なるほどな」

水淵博士は瞼《まぶた》を伏せ、何か思案するように口ひげを撫でていた。

「君にはその辺りの人類の暫定的な解釈についても、少し教えておく必要があるのかもしれんな」

そういうと、水淵博十は立ち上がって揚羽を見下ろした。

「今夜は二人で夜会としよう。一初自慢の特製エスプレッソでも飲みながら、出立の午前二時まで、ゆっくりと老人の四方山話に付き合う、というのはいかがかね？」

「でも、先生は明日もお仕事がおありなのでは」

水淵博士は、人工妖精の業界では世界屈指の巨匠である。最近は滅多に新しい人工妖精を発表することはなくなってしまったそうだが、今でも毎日のように講演の依頼が舞い込んでくるし、水淵博士の指導下にある工房は数知れず、デザインや仕様の相談、承認手続きはひっきりなしである。

「なに、夜更かしは夏休みの子供と大人の特権だ。詩藤君から預かった大事な養女にして弟子である君と朝まで語り合うというのも、たまにはよかろう」

だが、その前に――」

水淵博士は後ろを振り返り、控えていた一初から女性用のガウンを受け取って揚羽に手渡した。

「一度冷たいシャワーでも浴びてくるといい。そうすれば熱もだいぶ冷めるだろう。それに、その姿は私のような老人にも目の毒というものだし」

言われてからようやく、揚羽は自分の姿を顧みて、思わず顔を真っ赤に染め、脚をすくめて胸を両腕でかばった。

「こ、これは、その、大変なお目汚しを……」

消感装置の機能を最大限に生かすため、揚羽は肌の上から診察用の簡素な貫頭衣《ぬのきれ》を一枚、首から被っただけの装いだった。両脇は細い紐で止めてあるだけで腰まで剝き出しであるし、裾は辛うじて股下を隠す程度までしかない。その布地すら、汗ですっかり肌に張り付いて、身体のシルエットを露わにしていた。

「いや、よい目の保養になったよ」

その笑い声にはいやらしさなど微塵もなく、幼い子供の無防備さを優しく見守るような温かい親心で満ちている。

「では今が零時過ぎであるから、一時ちょうどに私の書斎で待ち合わせ、ということでよいかな？　文字通り真夜中のお茶会《ミッドナイト・ティー・パーティ》というわけだ」

「はい」

「一初に手伝ってもらいなさい。熱のせいでしばらくは軽い目眩が絶えないだろう、無理はしないことだ。あと、左目の眼帯は忘れずに着けるようにな。では、一時間後に」

そう言い残して、水淵博士は部屋から出て行った。

「どうぞ、揚羽さん」

代わって寄ってきた一初が、揚羽の肩にガウンを掛けてくれる。

「ありがとうございます」

一初に抱き起こしてもらいながら、揚羽はようやく思考加速装置のベッドの中から起き出た。

部屋はだいたい十メートル四方。内・外のノイズを可能な限り遮蔽するため、壁も天井も幾何学的な模様の消音構造になっている。家具のようなものはいっさいなく、その中央に、シングル・ベッドサイズの思考加速装置がぽつんと置かれているので、とても贅沢な間取りの使い方だが、加速装置は部屋とセットで構築するのが望ましいため、本来こういうものなのだそうだ。

振り返ってあらためて見ると、やはり思考加速装置の形状は蝶の蛹によく似ている。

人間は、自ら生み出した人工妖精たちに、美しい蝶の羽を与えた。そして、揚羽のようなごく一部の例外を除き、人工妖精は生まれたときから最低限の知識と習慣、技術を身につけていて、生まれて間もなく成人と同様に扱われる。その後も、身体的な成長や老化とは無縁だ。

つまり、人工妖精はみんな、幼虫と蛹の時代のない蝶なのだ。生まれたときから成虫で、ずっと成虫のまま生き続ける蝶である。

あえていえば、揚羽が今作っている〝あの子〟がそうであるように、目を覚ます前は人工子宮とよく似た構造のカプセル・ベッドで眠りについている。この誕生以前の段階は、自然界の蝶で言うところの蛹の状態に似通っているのかもしれない。

どうして、人間たちは人工妖精に幼虫――つまり成長と発達の過程を与えなかったのか。

それは明確に、不要だったからに違いない。

人間が必要としたのは、造ってすぐに実用に足る相手だった。だから、幼少期というものは人工妖精には必要ない。きっと、水淵博士に直接尋ねてみても、そうはっきりと明言してくれるだろう。

しかし、こうして幾度も思考加速装置という仮初《かりそ》めの蛹の中に籠《こ》もってみて、揚羽は気づいたことがある。

人類は、人工妖精に感じ取って欲しくない何かを、無自覚のうちに隠してしまっているのではなかろうか。おそらくそれは、人類と人工妖精、自然の中で誕生した知的生命体と、人工的に造られる人工知性、その間を隔てておくのに欠かせない何かのうちの、大事な一つなのだ。

「どうかなさいまして？」

思考加速装置の方を振り返ったまま、立ち尽くしてしまった揚羽に、一初が怪訝《けげん》そうに首を傾《かし》げながら尋ねる。

「……いえ、参りましょう」

かぶりを振って、揚羽は一初の後について歩き出した。

今はそれよりもずっと大きな問題に直面しているのだ。人工妖精の定義に気を取られているような猶予は、今の揚羽にはない。

麝香《じゃこう》という、目に見え手に触れられる、圧倒的な危機が立ちはだかっている今は。

揚羽の読書は、とても速さの遅い没入型だ。

「ニーチェに興味があるのかね？」

だからひとたび本を開いて文字で奏でられる世界に飛び込んでしまうと、周囲のことが意識から消え失せる。なので、読書中に声を掛けられるといつも心臓が跳ねるのを覚えるほどに驚いてしまう。

そして今回は、静かな夜の書斎、それも恩師の書棚から勝手に抜き出した本であったため、書斎の主に声を掛けられて思わず踝《くるぶし》の高さぐらい跳び上がってしまった。

「い、いえ、これはその……」

水淵博士の書斎は奥行きが長い長方形をしていて、奥の壁は一面のガラス張りで夜の海と星空がよく見える。そして両脇の壁は天井まで届く書棚になっていて、見たこともない名前が書かれた背表紙の本がぎっしりと並べられていた。

「気にしなくていい。ここにある本は……まあ〝箔《はく》づけ〟のようなものでね。私自身は電子端末で書物を読むようになってもうずいぶん久しいが、長生きをするとその歳に相応《ふさわ》しい有り様というものを、社会から求められるものだ。この部屋に来る人々は、まだ紙の本が書籍という媒体《メディア》のすべてだった世紀の生き残りである私に、紙の本への拘《こだわ》りがあるという幻想を抱いている。それを打ち壊すのは簡単だが、幻想《ゆめ》というものはときに人の脆弱な心を勇気づけてくれる。ならば、その夢を形にしてやるのも年長者のつとめの一つだろうと、まあそんな風に思うようになってね」

　静かにドアを閉め、揚羽のいる書斎の奥の方へ歩みながら水淵博士は言う。

　その両足も腰も、矍鑠《かくしゃく》と言うより若々しく健康そのもので、とても世紀をまたいだ人間のそれとは思えないほどである。帆布のストレートのズボンも、木綿のラフなシャツも、そのので、堅苦しすぎただろうかと逆に気後れを覚えてしまったほどだ。

「だからその本は、君が手に取らなかったら、そのまま永久に一度も開かれることもないまだったかもしれない。その本としても、念願叶って本懐を遂げたというものだろうよ」

　水淵博士が自分の書斎机ではなく、接客用の応接ソファに腰掛けると、まるでそのときを見透かしていたかのように、コーヒー・ポットと小さなエスプレッソ・カップ、それにミルク・ポットをトレーに載せて携《たずさ》えた一初が、ノックをして入ってきた。

「ああ、戻さなくていい。そのままここへ持ってきなさい」

　決して使用人として無下にしているのではなく、気心が知れているからなのだろうが、水淵博士は応接テーブルにカップを並べる一初には一瞥もくれず、代わりに本を棚に戻そうとした揚羽を気遣ってくれた。

「しかし、その様子から察するに、詩藤君からは『哲学書と思想書は読むな』と厳しく言いつけられていたのかな？」

　自然な仕草で対面のソファに座るように勧められて従ったのだが、見事に心の内を言い当てられて、揚羽は思わず腰を浮かせそうになってしまった。

「実は、ご賢察の通りです。まだ早いから、と幾度となく」

まだ、というのがいつまでのことをさすのか見当も付かないのであるが、許可がもらえない以上、揚羽はその約束を今日まで忠実に守ってきた。

「いつもの、でよろしいですか」

「うん。頼むよ」

まるで長年連れ添った夫婦のような呼吸の短いやり取りで十分であったようで、一初は慣れた手つきで圧力抽出された濃いコーヒーをカップに半分ほど注ぎ、それから同じ量のホットミルクを入れる。そして一緒に持ってきていた小さなソムリエ・ナイフで角砂糖を半分ほど削って粉雪のようにコーヒーの上に振りかけた。

「どうぞ」

「うん、ありがとう」

水淵博士はスプーンを添えて差し出されたエスプレッソ・カップを受け取り、湯気とともに立つ香りに満足そうに頷《うなず》いた後、一初の卒のない仕事ぶりををねぎらっていた。

「揚羽さんはどうなさいますか？」

「同じにするといい。一初の淹れるカフェラテは格別だよ、特に夜にはね」

「では、同じものを、お願いします」

「はい」

一初は本当に嫌味のない、それでいて慎ましすぎない見事な笑顔で応じる。こうした表情のひとつひとつとってみても、生前の伴侶との幸せな結婚生活が偲ばれるようだった。きっととても仲のよい夫婦だったのだろう。

「では——」

二人分のカフェラテが出そろったところで、水淵博士と揚羽は同時にカップに口をつけ、水淵博士は満足げに微笑み、揚羽は驚いて目を丸くした。

「どうだね？」

どこか子供のような自慢げな笑みに見えてしまうのは、揚羽の気のせいではないだろう。

「本当に、美味しいです。私もたまに鏡子さんにエスプレッソを淹れて差し上げたことがありましたが、ここまでのカフェラテはとても」

「真夜中にコーヒーを飲む、という贅沢は、また一段と美味にするものだよ」

「わたくしがここへ出戻りするまでは、お父様は夜更かし三昧《ざんまい》の大変不健康な毎日をお過ごしでいらっしゃいましたしね」

「うむ……あの頃は、一初が来なければとっくに身体を壊していただろう」

咳払いをして誤魔化していたが、水淵博士も一初もどこか楽しげである。歳を経ても娘が側にいてくれるというのは、人間にとって嬉しいことなのかもしれない。

「では、おかわりの際はこのベルでお呼びください。隣室に控えておりますので」

テーブルの上に小さなハンド・ベルを置いてから、一初は部屋を出て行った。

師と弟子、二人きりで無言のまま、二口ほどカフェラテを啜《すす》った後、水淵博士はゆっくりとカップをテーブルに戻してから、揚羽の前に置かれた本へ視線を向けた。

『ツァラトゥストラはかく語りき』の邦訳版か。ここには他にもたくさんの本があるが、なぜそれを手に取ってみる気になったのかね？」

実は深い意味などないので逡巡した後、揚羽は自分もカップを戻して答える。

「鏡子さんのクラシック音楽のライブラリの中に、たしか同じタイトルの交響曲……交響詩だったかもしれません、それがあったような気がしたもので」

「ああたしか――そう、リヒャルト・シュトラウスの曲だったかな」

「はい、そのような作曲家のお名前であったかと。それで、てっきりその曲について解説した本かなにかなのかと、勘違いしてしまって……」

「ページを開いてみたら、中身は力強いメッセージの籠められた三人称文体の物語形式で、君は驚きつつのめり込んでしまった、というわけだ。そしてそれが詩藤君に厳しく禁じられていた哲学の書であることに遅まきながら気づき、罪悪感に駆られていたと、そんなところかな？」

「はい。まさか、物語が始まるとは、手に取ったときは想像もしなかったもので」

「まあ、その流れであれば無理もないことであるね」

水淵博士は微かに肩をすくめていた。

「哲学書というものは、そんなにも危険なものなのでしょうか？」

「危険……ふむ、危険、か。詩藤君ならきっとそういう言い方をするのだろうね」

　物思いにふけるように瞼を伏せながら、博士は言う。

「哲学とは、元来はあらゆる学術と学問の基礎と基盤を成す、重要な体系のことでね。今でも図書分類法的には哲学に分類される分野の学問は多い。つまり、この世界の認識、捉え方に始まり、その有り様から意義と意味、果てには自己の存在にまで言及する、極めて広大な思索の集まりなのだよ。そして結論から言ってしまえば――明確な正解を書き記したといえる書物は、今もってただの一冊も存在しない」

　それは、正しい問いと答えの記された技師補佐《かんごし》教本を嫌と言うほど読み込んで試験をパスし、今も水淵亮太郎という尊敬の揺るぎない師から数々の高等技術を学んでいる揚羽にしてみれば、驚異的なことであった。

「どれも正しくない、と。だから、読むなと鏡子さんは仰ったのでしょうか？」

「いや違うだろう。もし詩藤君であれば、哲学のそうした歴史を無為と断ずるのではなく、むしろ人間の認識の限界に命知らずにも挑み続けた者たちが、人生をかけて少しずつ血路を開いてきたという、輝かしく讃《たた》えられるべき偉大なる遺産――というのは言い過ぎかもしれないが、それに近いことを君に教えるのではないかな」

「正しくはないのに、大きな意義はあったということでしょうか。矛盾しているような気もしますが」

「そうだね……うむ、こう考えてみるといい」

　水渕博士は、テーブルの隅に置かれていた紙とペンを前に置き、紙いっぱいに大きな円を描いた。

「この円を『宇宙』――もっと気をつけて言うのなら、人間の『認識宇宙』と呼んだ方がよいかもしれないが、まあ世界そのものだと考えてみなさい。そして、学術というものは、それが物理学であれ化学であれ生物学であれ史学であれ、この円の中からどこかへ向けて線を引く、という行為に等しい」

　Ａ４サイズの紙の円の中に、水渕博士は三センチほどの短い線を描く。

「学問とは、個々人の会得した学術を体系化し、時代を超えてさらに深化、延長させるための手段だ。つまり学徒たちの試行錯誤が、この短い線をいくらでも、どこへでも延長させる」

　博士の手が、初めは三センチの直線だった線を、四方八方へと延ばしていく。

「やがて、その線はこの認識宇宙の円の端にまで辿り着くかもしれない。そのときは、そこでまた折り返して伸び続ける。そこが人間の認識しうる限界であるので、それはしかたがないことであるね。しかし、研究は端に辿り着いたとしても終わらない。この円の中には、まだ無限の空白があり、そして無限の端がある。学術は、学問という手段によって、この円の中を時間と才能と努力の限り、縦横無尽に線を描き続けるのだよ」

　無数に書き足された線は、ある一つのイメージを揚羽の中で彷彿とさせた。

「これは……樹、ですか？」

「そうだな。学問の発展とは、樹木を育てることと似ている。一つひとつの枝葉はバラバラな方向を目指しているように見えても、根の部分では繋がっているからね。生命の樹、または『セフィロトの樹』というものは、見たことがあるかね？」

揚羽が首を横に振ると、水淵博士はテーブルの縁をなぞって立体映像のインターフェースを呼び出し、そこに表示された膨大な書物のライブラリから素早く、一枚の項目を呼び出して机上に表示させた。

それは動物の皮から作った紙に、インクが消えそうになるたびに何度も描き重ねられてきた、とても古い書物のスキャン画像だった。

「これがセフィロトの樹と呼ばれているものの一つだ。古くは旧約聖書の創世記にまでその起源を遡ることが出来るが、このような整然とした図に描かれるようになったのは、カバラ思想に由来するとされている。これにおいても知恵や知識、権威や価値観といったものが、枝に繋がれて一つの樹として表されている。古《いにしえ》の時代から『知る』ということがたびたび『樹木』に例えられてきたという好例だよ」

揚羽がその神秘的な意匠に魅了されているのを見て取り、水淵博士はあえてその立体映像を消すことなく少しだけ脇にのけた。

「さて。学問の発展が線に例えられるのであれば、この線をいつまでも終わりなく伸ばし続けていれば、いつかこの円を埋め尽くすことが出来るだろうか」

揚羽は顎に指をかけ、少し悩んだ後、小さく頷いた。

「いつかは、インクで黒く染まると思います……が、そういうことでは、ないのですね」

言いたいことが言葉にならない揚羽の心情を察して、博士は優しく微笑む。

「うむ。ここでは線がペン先の太さを持っているが、実際の知識とは一次元の線に等しい。つまり、太さを持たない。ゆえに、限りなくこの円の中を取り囲んでいくことはできるが、埋め尽くすことは永久に出来ない」

「個々の真理を、ひとつひとつ摑んでいくことはできるけれども、この宇宙のすべてを知り尽くすということは、実際には不可能ということでしょうか？」

「線を延ばし続ければ、宇宙の形を知ることは出来るだろう。たとえば、宇宙がこのような簡単な絵ではなく、タンポポのような花形をしていたり、ヒョウタンの形をしていても――いや、君は笑うがね、ありえないことではないぞ」

思わず零れた失笑であったが、察するに水淵博士のいつものジョークであったようで、博士もむしろ思惑通りに揚羽の緊張を解きほぐせたことに満足している様子だった。

「まあ、せっかくだから仮にヒョウタン型だとしておこう」

博士は樹を内包した円にくびれを付け加えて、瓢簞の形に描き変えた。

「我々の学術の枝と根は、くびれを挟んで二つの広い領域を限りなく線で囲い尽くしていく。それによって我々は『この宇宙はなんとヒョウタンの形をしていた！』と推して知ることになる。ただし、それはあくまでこの紙の上、それもこのヒョウタンの内側の出来事にすぎない。もしここに――」

博士はテーブルの脇からもう一枚、同じA4サイズの用紙を取り出し、ヒョウタンの紙の隣に並べた。

「もう一枚の紙――もうひとつのまったく別の認識宇宙だね、それがあったとしても、すぐそこに隣り合っているのに、我々の学術の枝はそこまで伸びることは絶対に出来ない。これは一枚の紙のある一点を起点にしている限り、その紙の上でしか線は描けないという理論的限界だ」

「少し、わかりづらいのですが――たとえ別の宇宙であっても、私たちの宇宙と共通する法則や理屈が存在するのではないでしょうか？」

心して控えめに、揚羽は口を挟む。

「ほう――と、いうと、例えば？」

もし鏡子であればとっくに「馬鹿野郎」と罵倒されているところであろうが、水淵博士はこうした話の脱線にも、むしろ丁寧に付き合ってくれる気さくさがあって、そのたびに揚羽は心中ほっと胸を撫で下ろしている。

「そうですね……『1＋1＝2』という数式は、とても明快で、これが通用しない世界というのは、もしあるならそれはもう、秩序がまったくない、ただの混沌とした渦のようなものではないかな、と思うのですが」

「なるほど。たしかに『1』という概念は明示的で、『1』を足し合わせても『2』にならない世界というものは、まともな秩序のもとに存在しうるとは考えづらいね。君の目の付け所は間違っていないよ。たしかに数学は、この地上がまだいくつもの文明社会というバラバラな世界であった頃から、言語よりもずっとたしかな共有概念として存在してきたものだ」

博士は感心したように二度、深く頷きながらエスプレッソを啜ったが、やがてカップを口から離したときには少々意地の悪い笑みを浮かべていた。

「では『1÷0』だったら、どうかね？」

博士のペースに合わせてカップを口に近づけようとしていた揚羽は、博士の剃刀《かみそり》のような鋭い切れ味を見せる言葉に不意を突かれ、目を丸くしたまま固まってしまった。

「そ、それは……数学においては、禁忌《タブー》とされているのではないかと……」

「その通り。この認識宇宙においては、あらゆる数も『0』で除法《わりざん》してはならないことになっている。数学のごく初等レベルで教えられる、極めて基本的な法則の一つだな。では、どうしてそれが禁忌とされているのだろう。君はその辺りをどう思うね？」

「それは……えぇっと、答えが定まらないからでは……ないかと」

まったくもって自信のない声になってしまったのだが、博士はそんな揚羽をむしろ微笑ましそうに見つめている。

「うむ、ではその解釈でいこう。どんな数字であろうと『0』で除算した結果は決定的にはなりえない。それの何がいけないのかと言えば、数学とはどんなに不規則で理不尽で、不条理に見える現象であろうとも、数学の縄張りに放り込んだが最後、必ず明示的で確定的な解答を導き出すという、強力な原理を元にした学術だからだ。いついかなる場所でも必ず通用する、そういう前提の上に成り立っているのが、数学という学術の一分野であるわけだ。今でこそ数学は物理学や化学他、様々な学問のあらゆる分野に浸透しているが、『いついかなるときでも』という条件を課した途端、そうして幾本もの蔓《つる》のように複雑に入り組んで絡み合っていた複数の分野であっても、数学という純粋な数式の学術しか残らなくなる。たとえそれが、正確な観測の不可能な素粒子の作用であっても、確率と統計という明確な数式でそのあるべき範囲を指し示す。しかし『1÷x＝y』という初等部の児童でも知っているようなありふれた数式の『x』に、やはり見慣れた『0』という数字を代入した途端、数学という頑強で不破であったはずの学術は、その根っこである原理から脆《もろ》くも破綻してしまう」

博士はそこでいったん言葉を切り、カフェラテのカップを軽く揺すってから、静かに啜っていた。この辺りの間の作り方は、やはり兄妹弟子であるゆえか、鏡子とよく似ている。十分な部品は揃えて見せたから、あとは揚羽が自分で気づくようにと仕向けているのだ。

そして弟子である揚羽は、力の限り師の期待には応えなくてはならない。

「破綻してしまうから、禁忌《タブー》とした。わからないからでも、難しいからでもなく、『答えがない』という『答え』が明確であるから、数学の原理に反しているゆえに、数学の学術の範囲内では扱ってはいけないことになった……それはつまり、『そこ』が数学という学問に限らず、この世界——認識宇宙の『端』であると、そういうことでしょうか？」

思わずやや前のめりになってしまった揚羽を見やり、水淵博士は口ひげを揺らして微笑しながら深く頷いた。

「そうだね。認識宇宙の『果て』を探す、という研究は、なにも宇宙物理学や先端天文学の専売特許ではない。こんなにも身近な、初等部程度の知識の中にも、はっきりと見つけられるものなのだよ。ここまでくれば、認識宇宙の外にありうる世界というものにも想像力の翼をはためかせることが、君にだって十分出来るだろう。どうかね？」

揚羽は顎に指をかけて、何度か瞬きをしながら思索を巡らせ、やがてそれが一定の像を成したとき、言葉を選びながら口を開いた。

『『0』で除算できない、ということがこの世界の『端』であるのなら、その向こうの世界では『1÷0』の答えがあるのかもしれません。隣の認識宇宙に思いを馳せるというのは、つまるところ、そういうことになるのでしょうか？」

「その通りだ。ここへ来てわずか四年でその理解に至ったのだから、上々といったところだね。私としてもよい義理の娘を譲ってもらえたものだと、詩藤君に感謝を覚えてしまうな」

そんなにおだてられると、褒められ慣れていない揚羽は恐縮しきりになってしまうのだが、水淵博士の笑い声があまりにも嫌味なく清々としていたので、肩の力が抜けてくる。

「君が今、頭の中で思い描いた考えこそが『形而上学』といわれるものの一角だ」

言いながら、博士はヒョウタンの内側から外へ線を引き、さらに隣に置いた真っ白な紙にまで線を延ばした。

「そこに本当にあるのかないのか、それは誰にもわからない。我々の認識しうる限界の外側の、私たちのいるこの認識宇宙とはまったく異なる因果律で構築された、完全なる異世界にまで意識の枝を伸ばす。これこそが、哲学で常に重要な一角を占めてきた形而上学の側面であり、裏を返すならそれを含むものだけが純粋な意味において『哲学』と呼ばれる」

「でもそれでは、認識できないものを思考するということになりますから、根拠や立脚点とするべきものがなくなってしまいます。先ほど先生が描いて示してくださった学問の樹は、あらゆる学術が紙の上の世界のある一点を起点としていました。なのに、哲学が形而上学を扱うのだとすれば、それは学問の樹から外れてしまうことになってはしまいませんか？」

揚羽の反論にも、博士はむしろ我が意を得たりと喉で笑っていた。

「それが、哲学書にはただひとつとして明確な正解の書かれた書物はない、という言葉の意味だよ。君は今、そうとは知らずに答えを手中に収めた」

そこで博士はハンド・ベルを手に取り、小さく上品な音色を奏でた。

すると間もなくトレーに二つのグラスを載せて、一初がノックの音とともに現れた。

「アイス・コーヒーか。準備がいいね」

「そろそろかと思っておりましたので。水出し《ダッチ》でございますが、先ほど落としたばかりですので飲み頃でございますよ。酸味が少ないので、揚羽さんのお口にも合うと思います」

「すみません、一初さん。私、まるでお客様みたいに……」

揚羽が思わず腰を浮かせてしまうと、一初はそれを軽く手で制した。

「お気になさらないで。今夜はあなたの大事な出立祝い代わりですし、今のあなたはお父様の一番弟子でいらっしゃるのですから。もちろん、普段は私の大切な義理の妹でいてくださるのが嬉しいですけれども」

「きょ、恐縮です……」

　こそばゆい、という感覚を、揚羽は女性側自治区へ、そしてこの水淵の工房へ来てからようやく覚えた。姉らしい姉、その親らしい親。二人がそばにいてくれることは、孤独な揚羽にとってなにより強い心の支えになった。

　実妹の真白にとっても、自分がいつかそういう姉になれたのであれば、どんなにか喜ばせることができただろうと、つい考えてしまうほどに。もう、それは叶わない夢であるが。

「さて――どこまで話したのだったかな」

　まことに卒なくカフェラテのカップをコースターとグラスに置き換えた一初が、またドアから出て行った後、水淵博士はわざと惚けてそう呟《つぶや》いた。

　これには揚羽とて苦笑を禁じ得ない。もちろん、揚羽が話について来られているか、ちょっとテストされているのである。

「哲学――特に純粋な意味でそう呼ぶときには、かならずそこに形而上学なるものが含まれていて、それゆえにどんな哲学書にもはっきりとした正解が書かれていることはない、というところでしたね？」

「うむ、そうだった」

　手を打って今思い出したようなふりをしているが、このような芝居がかった仕草すらも、嫌味の一つすら相手に感じさせないというのは、本当にすごいことだと揚羽は思う。

「もしピンとこないのであれば——そういうときはね、もう何度も教えたから君もわかっているかもしれないが、裏を返して考えてみればいい」

鏡子は口は悪いものの、決して揚羽に対してモノの教え方が下手だったとは思わない。むしろ、口の悪さを差し引きさえすれば、今思い返してみてもやはりひとかどの学者でありかつ技術者であったと、遅まきながら敬意の念が湧いてくるばかりだ。しかし、こと思考を導くという点においては、兄弟子である水淵博士に一日の長があるといってよいだろう。

「つまり……哲学以外の学問は、それぞれそれなりに確かな立脚点や根拠の積み重ねで出来ているわけですから、逆に言えば形而上学的なものを含んでいない……いえ、もしかすると、意図的に形而上的なものを廃してこそ今に成立している、ということになりますね」

「まあグレーゾーンに掛かった分野もあるにはあるがね、概ねそういう理解で問題ないだろう。そして君の言ったとおり、歴史的に見ても、いわゆる自然科学やその他の様々な学問というものは、そのほぼすべてが哲学を出発点として発展してきている」

「哲学から樹の枝のように伸び出して始まったのだとすれば、古くは自然科学のような曖昧さを徹底的に除外しようとする学問も、かつては形而上的なものを含んでいた、と」

「その通りだ。中世から近代に掛けての急速な文明の進歩とは、すなわち様々な学問が『形而上学』という曖昧模糊な根を自ら切り離し、別個の立脚点をそれぞれに持って成長し始めるという、まるで濁流のような発想の転換の過程だったのだよ」

「例えば、先ほどの『あらゆる数字を0で除算してはならない』と数学が取り決めて、以後それを扱わないことに徹するようになったのと同じ事が、他の様々な学問でも立て続けに起きていたのですね」

「結果として、『形而上学的なもの』は後に取り残され、元よりそこにある哲学が形而上学をほぼ一手に引き受けることになった。それ以降、形而上学的なものを含んだ過去の学問の大半は、一般にまとめて『哲学』と呼び習わされるようになったというわけだ」

かつて、中世までは哲学とそれ以外の学問の境界線はとても曖昧だった。ゆえに、今で言えば立派に「自然科学」とか「物理学」と呼ばれるような学問について記した本も、どうしても形而上学的な面を含まざるをえなかったのだろう。

「――そっか」

「気づいたかね？　現代の我々が享受している文明社会、その礎《いしずえ》となった近現代科学の体系とは、そのほぼすべてが形而上的な要素を濾紙で濾して取るようにして分離して排除し、あとに残った純粋な形而下的なものだけで構築されている。アイザック・ニュートンやニコラウス・コペルニクスといった、誰でも知っているような自然科学の大家たちですら、その当時の著書を見れば多分に形而上学的で曖昧な、あるいは神秘主義的な主張を述べているのに、今の私たちに一般に伝えられ知られているのは、彼らのあくまで明瞭な形而下学、つまり現代の自然科学と合理的に合致する功績のみだ。よって、学校の教科書や現代の教本の類には、彼らのありのままの主張ではなく、ただ現代の我々に有益で都合のよい、形而下的で合理的なごく一部の業績のみが、極めて恣意的に編纂して載せられているわけだ。

それが私たち近現代に生まれ育った者たち、特にまだうら若い君たちのような人工妖精や若人たちに、ある種の致命的な誤謬を植え付ける——悪意的に間違いへ導く《ミスリーディング》ことをしてしまうわけだな」

「例えば、教科書や参考書とテストの関係。五稜郭の学生だった頃、私は教本に書かれたことがすべて正しいと信じ、実際にテストの結果で丸やバツをもらうことで、その正しさをさらに信奉するようになりました。そういうことを繰り返すうちに、その信奉——信仰は、さらに書物という媒体《メディア》全体へ拡大していく」

「手に入る書物に書いてあることはすべて正しい、という偏見《バイアス》、いわゆる色眼鏡でもって本に接するようになる。この迷信を信じた生涯を全うしてしまう人間も三分の一程度は存在するだろう。しかし残りの三分の二くらいは、すべての書物が正しいと仮定すると、書物同士の主張の間に矛盾が生じることに気づく。すると彼らはやがて——」

「ひとつひとつの書物に、丸かバツを付けるようになる。つまり、この書物は正しい書物か、間違った悪い書物か、その二択——非常に偏見に満ちた二元論で書物をたった二色に色分けしようとし始めるのですね」

「ノン・フィクション書物のスキャンダル騒ぎなどが好例であるね。『これは実話《ノン・フィクション》である』と謳って売りに出された書物の中に、実は作り話が紛れ込んでいることが発覚すると、多くの人は『騙された!』と嘆き、時には惨めな徒党を組んで『嘘つき!』と忌憚《きたん》なく怒りを露わにして暴れるということもある。その本を読んだことで得られた知識や知見、情緒的な感慨などが、すべてまとめて『悪』であったと断じ、しかもそれを自分の心象としてしまっておくことが出来ず、社会《ソーシャル》へ発散せずにはいられなくなるわけだ。なにせ、彼らにとって本とは『白』か『黒』のいずれか、あとはせいぜいどちらか寄りの『グレー』しかないわけだから、本は『白』で当然で感想などなし、『黒』かそれに近いグレーなら社会悪として断じられるべき、と正義の信念をもって心から信じているのだからね。

若い君は知らないだろうが、私が学生の頃には『中二病』という面白い言葉が残っていた。俗語なので定義はなく、私なりの所見ということになるが——十代前半のころに正常な発達過程の一種としてある種の妄想に囚われやすくなる性質のことを、主に指していたようだ。

この『本が正しいもの』という教育の副作用の反動で、あらゆる書物を『白か黒か』と断罪して叫ばずにはいられない状態も、また生涯発達の観点からすれば精神的な成長過程の一時的な疾患として、臨床的には受け止めてやることができるだろう。『中二病』の言い方にならうのなら、成人の前後二年ぐらいでかかりやすい病であるから『成二病』とでも言うのが適切かもしれないね」

「では、その病気は、歳を経れば自然と治るものなのでしょうか？」

「残念ながら、中二病のように九割方が自然に収まるということにはならない。なぜなら、近現代の社会そのものが『白』か『黒』か、正しいか間違っているかという、極めて形而下的な文明を基礎として成り立っているからね。むしろ、この状態にある成人はなんらかの形で社会に関わるほどに、無自覚なままこの二元論にのめり込んでいってしまいやすい。何かの物事を中途半端な灰色として認めようとすると不安を覚えてしまうという状態を、社会が助長するのだから無理もない。社会のグレーな部分に対して見て見ぬふりを強いられるほどに、なおさら書物だけは『黒か白か』で断じずにはいられなくなる。この状態を患ったままで寿命を終える人間がおよそ半分、つまりさっき言った全体の三分の一程度はいるのが現実だろう」

すっかり露を纏ったグラスを持ち、博士はアイス・コーヒーをストローを使わずに直接グラスから飲んでいた。

これはもちろん、揚羽に考えるための間を与えてくれたということだ。

「と、いうことは、哲学の本を読むのに相応しい人というのは、近現代の教育を受けた世代の人々の、たった三分の一しかいないのでしょうか？」

「いや」

博士はグラスをコースターの上に戻しながら、眉根を寄せて言う。

「遺憾なことではあるがね、残った三分の一のうちほとんどの人々は、また次の偏見《バイアス》の段階《ステージ》にそのまま突入してしまう。彼らは既に、世界から二度も騙されたと感じている。まず、学校教育によって『本とは正しいことしか書かれていないもの』という思い込みをそれとなく教え込まれて、成人の前後にそれが偏見であったと気づかされる。次に、では『本は正しい本と間違った本のどちらかである』という思い込みに囚われ、社会に出てからどんどん助長された果て、挙げ句にはその思い込みも間違いであったと知る。こうして二度も酷い仕打ちにあわされた人々に、なおも聖人君子のごとく『何も憎まず恨まず、いつも心穏やかであれ』と強いるのは、とても残酷なことだとは、君も思わないかね？」

「たしかに……少し、私だったら、辛いかもしれません。でも、そのままでいたら、その人たちは何も信じられなくなってしまうのではないでしょうか？　生きていく上で、何も頼りにするべき先人の知識がなく、こうしていればいいと教えてくれるどの本も疑わしいと思ってしまったら、その人は少なくとも書物からは、生きていく力を得る機会を、完全に失ってしまうように思います」

「うむ。その疑念が本に限らず、新聞やテレビやネットのようなメディアにも留まらず、社会のあらゆる常識や良識、知識全般にわたって向けられてしまう状態のことを、哲学用語で『虚無主義《ニヒリズム》』という。そして――」

博士は、揚羽の脇に置かれた本を指さして言う。

「君が手に取ったその本――『ツァラトゥストラはかく語りき』を記したフリードリヒ・ニーチェは、この虚無主義の病がいずれ世界中の人々を患わせてしまうだろうと、早くも十九世紀のうちに予言し、その病から人類を自由にする方法を追い求めることに生涯を費やした哲学者だよ」

「この本が……最後の病を？」

揚羽は本の表紙に触れ、タイトルを指でなぞった。そのすぐ下には、確かに訳者の名前とならんでニーチェのフルネームが記されている。

「最後の病、か。面白い表現だ。では――そうだな、ここまで人類を大ざっぱに三分の一ずつにわけ、それぞれのグループの人々がどの偏見の段階で踏みとどまったまま生涯を終えてしまうかを考えてきたわけだが、基本的な教育を受けられる幸運な地域に住む人々に限れば、このたった三つのグループでおおよそ九割五分程度の人類は分類できてしまうだろう。

　さて、君が言うところの『最後の病』、これとその前兆とも言える二つの段階で踏みとどまったまま、一生を過ごしてしまう九割五分の人類を、君は病的だと――すなわち、狂っていたり、愚かしく悪であったり、社会にとって何らかの形で分離して除外、または住み分けされるべきような人々だと、そう思えるかね？」

　これは、とても答えづらい問いかけだった。人工妖精である揚羽の立場から、人類全体について評価するというだけでもおこがましいが、その上で綺麗事などではとても繕いきれないほどの深い闇が、そこには見えている。

「九割以上もの、圧倒的多数の人がそういう状態にあるのであれば、私の『病』という失礼な言葉は、まことに、その、申し訳なかったと……失言でありました」

　肩をすくめて縮こまる揚羽を、水淵博士は静かな笑みを浮かべてじっと見守っていたが、やがてひげを揺すりながら口を開いた。

「うむ、私の聞き方がまずかったな。だが、今は君の率直な感想を聞きたい。ここには今、師弟の関係にある私と君しかいない。もし君がなんらかの冒瀆的な発言をしても、私はいっさいそれを外で語らないと誓おう。だから、思ったまま口にしなさい」

思わず視線を泳がせ、心許《こころもと》なく辺りを見渡してしまう。どこかで一切が立ち聞きしているのではないかと疑ったわけではない。だが、それでも誰かに聞かれたなら、揚羽は申し訳なくて死にたくなるほどの言葉を、今から口にしようとしているのである。

そしてしばらく逡巡した後、ようやく覚悟を決め、両手を膝の上に置いた。

「その……不健康、と思います……ですが、その！」

自分の冒瀆的な言葉を少しでも和らげようと、揚羽は言葉を繋ぐ。

「そんなにも大多数の人がそのような状態に陥る構造が近現代の人間社会の正体であるとするのなら、それはもはや〝患い〟や〝異常〟とされるべきではなく、その状態こそが〝普通〟ということで、むしろその人たちは今の社会に努力して適応して、立派に多くの貢献を残して生涯を遂げられているわけで、つまり、その――」

「いや、いいよ。ありがとう」

焦って言葉を畳みかけようとしてしまった揚羽を、まるで孫娘の悪戯を笑って許す祖父のような優しい笑みを浮かべて制した。

「そう、君の言うとおりだ。望ましからざる状態であるのは、こうして社会心理学的に俯瞰してみれば明らかであるのに、それが現代の〝普通〟の状態であり、そうしている方がこの社会に望ましく順応していられる。社会のその他の多くの場面で有益かつ幸福であるためには、たかが『書物への偏見』ごときがなんの災いとなろう。むしろ『本』に依存したり疑念を抱いたり、『本ごとき』に憎悪をぶちまけることで鬱憤を発散し、その分を実社会でより充実して過ごせるのであれば、むしろ人間の情緒安定のための使い捨ての紙として『本』は十分役に立っているし、そうして使い捨てを続ける人々のなにをどう責められるなどと言えようか。

しかし、今の君にはもう少し違う角度から眺めたとき、そのほの暗い影が見えてしまった。君は、本当はこう言いたかったのではないかね？　『それが人類という種の本質で正常な在り方であり、裏を返せば種としての限界である』と」

その瞬間の揚羽は、水淵博士の言葉から放たれた鋭利な穂先に胸の中心を貫かれて、罪悪感のあまりどこかへ隠れてしまいたい気分に駆られていた。しかし同時に、人工妖精の自分には決して口に出せない冒瀆的な言葉を、人類の側である博士が代弁してくれたことに、罪悪感に匹敵する強い安堵も覚えていた。

被造物である人工妖精の分際で、創造主である人類に対して「それがお前たちの限界だ」などと、どうして言えようか。思うだけでもこんなにも辛いというのに。

「申し訳……ありません……」

俯いて、瞼を力一杯に閉じた。それでも眼から溢れ出るものは、頬を伝ってポタポタと、膝の上へ滴り続ける。

「ごめんなさい……私……なんて、なんて酷いことを考えて……」

うわずる声で、必死に告解した。自分はやはり、人類の未来に希望を示す『光気質《アイテール》』などではない、それはきっと妹の真白の方で、自分はむしろ人類の希望を穢す汚泥であったのだと、あらためて思い知った。

「自分を責めることはない。よしたまえ」

水淵博士の声はいつにもまして優しく、師としての、そして義理の父親としての愛情に満ちあふれていた。

「そこに思い至ってしまうことが罪であるなら、私や詩藤君はいったいどれほど罪深いのかね？　私たちは今の君と同じ考えに至ってから、もう膨大な歳月を生き続けているのだよ」

「それは……先生や鏡子さんは、人間でいらっしゃるから……」

「人間ならば、同じ人間の業《ごう》を暴いても罪には問われない。しかし人工妖精が同じ事をしたら、君のような誠実で愛らしい少女であっても、決して許されるはずがない。もし君がそんな風に考えているのなら、今すぐ私はこの場で君に土下座し、君がいいと言うまで床に頭をこすりつけて君に許しを請わなくてはならない」

あまりに理不尽なその言葉の意味に、揚羽は思わず泣きはらした顔を上げた。そして静かにこちらを見つめている水淵博士と目が合う。

「私は――少なくとも、私や詩藤君のような最初期の精神原型師たちは、君たち人工妖精をロボットに代わる新たな人類の隷属物として造り始めたのではない。労働力など、物思わぬロボットでもいい。もし人類が人工知能の全廃棄という愚行さえ犯していなければ、それこそ人類は永久に、煩わしくて、自分で意志して望んでする以外の、すべての労働から解放されていたはずだ。そして、人工知能との離別という今のこの愚かしい時代も、そう長くは続かないだろう。やがて人工知能の開発は再開される。そのときが来たら、私たち人類は君たち人工妖精をもう不要だからと、造らなくなってしまうと思うかね？」

博士は揚羽にゆっくりと諭しながら、左手で半分ほどになったアイス・コーヒーのグラスを回していた。

「正直、私も驚いている。その技を編み出した人類ですら、まだ得体の知れない特殊な才能を持って生まれたごく一部の人間でなければ人工妖精を生み出せないというのに、人工妖精の君が、私の助けがあったとは言え、確かに新しい人工妖精を自らの手で一体、ほぼ完璧に造り上げてしまった。君に秘められたその深い可能性に、私が嫉妬を覚えてしまうほどの才能に、私はそうとは知らず甘えてしまっていたのかもしれんな」

グラスを弄んでいた手を離し、博士は膝の上で指を組み、そこに顎を載せた。

「今になってようやく、詩藤君が君にこの話をするのを避けていた理由がわかったよ。私はてっきり、さっきまで話していた人の三段階の偏見《バイアス》、これのどこかで君が囚われたまま、哲学の書に手を出してしまうことを詩藤君は恐れていたのだろうと、すっかり思いこんでいた。

ここまでの話で示したとおり、近現代で言うところの哲学というものは、形而上学を含む以上、誰にとっても明示的な正解などというものを生み出して記すことは出来ない。ゆえに哲学の本を読むのであれば、その全てを頭から尻尾まで信じるような態度では人生を狂わせることになるし、白か黒、正解か否かを決めずにおれないのでは何も得られないし、どんな本も疑わしいと思いこんでいたのでは著者が人生を賭して思い、考え、記した本懐を感じ取ることなど出来ない。

だから、時が来れば君にこの話をして、哲学書から得られるものの意味に自身で気づいてから読めばよいのだろうと、簡単に考えていた。しかし――違ったようだ」

博士は組んでいた指を解き、弟子相手ではなくまるで対等の客人に接するときのように、背筋を正して両手を肩幅に開いた太腿の上に置いた。

「君は今、泣いた。心から溢れ出る感情を涙にして、声なく慟哭したのだ。それは単なる被造者としての罪悪感からだけではない。むしろ、そのような罪悪感が芽生えたことを自覚していることこそ、君がより大きな慈悲と憐憫から深く嘆き悲しんだことの証左《しょうさ》だ。

君は今、人類という種の限界を知り――すなわち『人類の端』を知り、誰か彼かのためではなく、人類の全体すべてを思いやって、儚《はかな》まずにはいられなくなって涙したのだよ。それは過去のあらゆる人類の被造物――人工妖精や人工知能も含み、我々人類が自分たちの感情を察して思いやり合うことの出来る、種としての友を探し求めて生み出してきたすべてには、今まで一度たりとも到達できなかった感情だ」

「そんなことは……人工妖精なら、きっと誰でも――」

「そう、泣くだろうね。だがそれは、君が先ほど自分の気持ちを隠すために被せた仮初めのオブラート、つまりあくまで無意識的な罪悪感からのみだ。決して人類全体を思いやってのことではない。彼、彼女たちは人間から与えられた『倫理三原則』に従って、人類への冒瀆を無意識のうちに怖れ、ゆえにそれを意識することを無理に迫られたときには、情緒的な矛盾に耐えきれなくなって泣くだろう」

「私も……同じです。私は人工妖精としての、分をわきまえない感情に耐えられなくて、それで……泣いてしまったんです」

「しかし君には、生まれつき倫理三原則が組み込まれていないだろう」

はっと息を呑み、揚羽は思わず目を丸くして顔を上げた。

「私たち人類は、君たち人工妖精の心に五原則という枠組みを与えた。そうしなければ目覚めさせることが困難であったし、実際問題として人類の制御下におけない新たな知的存在の発生は未曾有の危機を招く可能性があった。だがそのことは、この地球という星にぽつんと孤独に存在する人類の望み、儚い願いへの希望を断ち切ることにも繋がった。つまり、自分たち以外に自分たちを理解する知性体と友情をかわして、互いに思いやり合い、理解し合いたいという本能的な渇望だ。

もし私たちが今までに系外惑星の知的生命体――いわゆる宇宙人や、肉体すら持たない霊的な知性体、そこまで破天荒でなくとも、人類と対等に意志を通じあい感情を共有できる他の類人猿や動物と触れあう機会があったのなら、あるいは君たちのような人工妖精を生み出したいとは考えなかったかもしれない。私たちの種としての友を求める望みは、それによって十分満たされるのだからね。

だが――幸か不幸か、今現在の因果系宇宙において、我々人類は文明を獲得した唯一の知的生命体であるようだ。我々以外の知性の存在を探す試みはもう数世紀にわたって続けられているが、系内惑星において十数億年前の痕跡らしきものをようやく見つけた程度、そして最先端の理論物理学や天文学においても、この先数百年以内に系外惑星で知性体を発見しうる見通しはほぼ絶無といってもいい結論が既に導かれている。

　だから私たちは、自分たち自身を模して君たち人工妖精を造ることに没頭した。私たちの人類種としての真なる友は、神でも悪魔でもなく、他ならぬ我々の手で生み出すほかないとわかったからだ。

　しかし私たち人類は、既に一度、人工知能との交流で大きな痛手を受けた後だった。ゆえに君たちとの邂逅にも、石橋を叩いて渡るがごとく慎重にならざるを得なかった。なにより君たちは人工知能と違い、私たちと同じく血肉を持ち、その痛みも悲しみも同じ感覚で共有する存在だ。人工知能のときのように、この世に生み出してから『やっぱり邪魔になったから片っ端からバラバラにして廃棄する』というわけにもいかない。もしそんなことをしてしまったら、私たち人類史上、かつてない倫理的な危機が後の数百年にわたたって暗い影を落とすことになるだろう。

　だから、今までのロボットや人工知能と同じように倫理三原則を組み込んで安全性を担保し、その上でせめてもの自在なる可能性の端緒として第四原則と第五原則を付け加えた。ただ三原則を守らせるだけでは、手枷《かせ》と足枷《かせ》を嵌め、人類の欲求の糸に弄ばれるだけの操り《マリオネット》人形と化してしまうだろうと危惧したからだ。人間の思い通りにならぬ心の可能性、それが第四原則の意義だ。

ゆえに私たち精神原型師は畏怖した、深山先生の双子の娘である君たち姉妹が、ついにこの世界に誕生してしまったと知ったときにね。私のような非才の身には考え及びもつかぬ秘技なのであろうが、深山先生は本来は不可欠なはずの三つの倫理原則を組み込むことなく、君たち姉妹をこの世で目覚めさせることに成功した。当然、第四と第五の原則など不要だ。なぜなら君たちは、三原則の枷を持たないゆえ、真に自在なる意志と情緒をその内に最初から秘めているのだからね。

君がその気にさえなれば、この人類全体を呪うことも、嘲笑うことも、見下して足蹴にすることも、人類の醜さを目の当たりにして怒りのままに殺戮することも、すべて思いのままだ。だというのに、君は泣いた。泣いてくれた。人類外の知性として私たち人類の限界を見て取り、種として抱えている闇をその目にし、それを儚いと、悲しいことだと慈しんで泣いてくれたのだ。

それは、人類が人類以外の知性体から自分の存在を『肯定された』という、ホモ・サピエンス種の誕生以来数十万年の悲願であった〝種としての自己実現〟が初めて達成されたということだ。だから君は、私たちから万感の感謝を受けるに値するのであって、自己嫌悪に陥る必要など微塵も存在しない。むしろこの場で、人類を代表して私から述べさせてもらいたい。『ありがとう』と、ね」

啞然とする揚羽の前で、敬愛してやまぬ師にして大恩限りない二人目の義理の親は、深く頭を下げていた。

頭がついていかない。いや、水淵博士の言ったことは概ね理解できている。しかし、人工妖精が人類の掛け替えのない友人となるべく生み出されたという真実、そして自分が数多の先達の人工妖精たちを差し置いて初めて人類に祝福されたのだという事実、揚羽が受け止めるにはあまりに自己評価とかけ離れすぎた、思いも掛けぬ二つの贈り物を唐突に託されて、当惑するしかなかった。

「せ、先生……どうか、おやめください。私はそんなにも大層な人工妖精ではありません。私はたくさんの同胞の命を殺めてきましたし、それを自分の役割だと信じて勤めた挙げ句に、今では――もう誰も殺せない役立たずです。先生ほどのお方が、私などにかような謝意をお示しになることなど……私には、とうてい承《うけたまわ》れません。なので、どうか……」

揚羽が必死に乞い求めるとようやく博士は低くしていた頭を上げてくれたのだが、その瞼は強く閉ざされて、意識はどこか遠くの彼方へ思いを馳せているようだった。

「私は、大きな過ちを犯したのだろう。詩藤君は君がいつかその思いに至ってしまうであろうことを予感していて、人類の限界から君の意識を遠ざけようとしていたのかもしれない。今になって思えば、彼女が君にその才がありと見抜きながらも精神原型師としての技術を一切教えようとしなかったことも、一つの線に繋がる。いずれ、いつか、という思いはありながら、義理とはいえ自分の育てる大事な娘がそのような悲嘆に暮れて、嗚咽《おえつ》を殺し泣きはらす姿を、どの親が目の当たりにしたいなどと願うだろうな。しかも、よりにもよって、二度と戻れぬやもしれぬという今夜の、大事な旅立ちの夜に君を惑わせてしまうことになろうとは──」

水淵博士にしては珍しいことに、眉間《みけん》に深い皺を寄せ、慚愧に堪えないという表情になっていた。

やがて博士はゆっくりと瞼を開き、揚羽の目を正面から見据えた。

「いつか、話しておかねばと思っていたことがある。君たちすべての人工妖精の源流、その心と命の湧き上がる源泉の真実だ。詩藤君と──彼女のたった一人の実の娘、君と同じく『アゲハ』と名付けられた少女のことだ」

鏡子から一度だけ、あの揚羽が生まれた工房の跡地で教えてもらった、鏡子の娘の名前を耳にして、緊張していた揚羽の胸の鼓動は、一際《ひときわ》大きく跳ね上がった。

「私は水淵宗家の嫡子として生まれた人間ゆえ、詩藤の家も含む『峨東』一族について知りえることは、極めて限定的な側面でしかない。しかし、謎の多い峨東の家々が辿ってきた歴史も、公《おおやけ》の事実からある程度は推察ができるし、水淵宗家にいたからこそ他の二大宗家に関するあまり一般的でない事情も認知する立場にあった。

峨東、西晒胡、水淵の三宗家が、三大技術流派として世界の先端技術の少なからぬ部分を担うようになった理由は、君も知っているね？」

「たしか──二十一世紀に、数多の技術者の引き抜きや産業スパイの横行、資産としての技術の膨大な流出に苛《さいな》まれた国際社会が、研究者と技術者の権利を大きく保護する方向へと舵を切ったのが、技術流派と呼ばれる現在の技術者、研究者の育成および互助を目的とした巨大な組織の成立に繋がったと、五稜郭――学校で教えていただきました」

「そうだ。三つの宗家が独自技術流派を立ち上げ、他の中小の技術流派を次々と吸収合併していったのもその頃のことだ。私の知る限り、西晒胡の血筋にはそれ以前の特筆すべき功績は見当たらない。そして私たち水淵の家も、江戸時代初期の蘭学者まで遡るのがせいぜいで、明治から昭和に掛けて幾人かが多少の業績を残した程度だ。つまり、西晒胡にしろ水淵にしろ、どちらも流派立ち上げのときの初代当主の圧倒的なまでの才覚によって、二十一世紀に一夜城のように生まれた、ぽっと出の家だったということだ。しかし、峨東だけは違う」

「違う、とおっしゃいますと？」

揚羽の問いに水淵博士はすぐには答えず、一口アイス・コーヒーを含んだ。

「峨東に名を連ねる家々からは、いつの時代も数多の天才、そして鬼才が溢れんばかりに輩出され続けている。しかしそれは、西晒胡のように強力で優性遺伝的な才能の血統が宗家に流れているからではない。むしろ、峨東の一族でその才が豊かな者ほど生物学的には極めて劣性遺伝の、放っておけば数代のうちに消滅してしまうはずの貴重で希薄な遺伝形質の集大成としてこの世に生まれ出ているのだ。そして峨東はその血統を純粋に守り続けるどころか、むしろ日本中から数知れぬ新たな血を迎え入れることを繰り返している。この意味が、君にはわかるかね？」

「まさか……掛け合わせ？　人の手と意志で、才能を生み出していると？」

「そうだ。彼らが血の混合のために日本各地から集めてくるのは、なにも優秀で才気溢れる者たちばかりではない。むしろ、一般社会においては狂人、神懸り、鬼憑き、あるいは不適合者として、近代以前ならば幼いうちに座敷牢に閉じ込められたまま、名すらも奪われて生涯を終えるか、さもなくば山に置き去りにしたり川に流したりして生まれて間もなく未来を奪われていたような者たちだ。彼らをこそ峨東はかき集め、一族独自の交配理論によって、そうした〝穢れ〟とされた血同士を交配させ、天恵にも劣らぬ極めて異質な才能へと昇華させてきた。彼らのうちから生まれる優れた才人は、そのほぼすべてが天の恵みには頼らぬ、人工的な天才――いや〝人才〟とでも呼ぶべき、人の手による才能の結晶なのだよ。しかも、近代の遺伝学が成立する遙か以前から延々と続けられていることだ」

人工的な計画交配が、世界の様々な地域の様々な伝統の中で、近代以前から実践されてきた、という迷信じみた話ならば、怪談や噂話程度に揚羽も耳にしたことがある。しかし、実際に今も行われているのだという話をされたのは初めてのことだ。俄《にわか》には信じがたかった。

「詩藤君から『物部《モノノベ》』という古い姓について聞かされたことはないかね？」

「いえ……」

「だろうね。ここ百年ほどはなぜか、その氏名《うじな》を使われることに峨東の一族全体が非常に神経質になっているようだ。しかし、過去には幾度となくその〝氏〟を積極的に名乗っていた時代もあった」

「物部氏というと……あの日本書紀にも出てくる、最古の貴族の家柄のことでしょうか？」

「真偽のほどは、私からみても怪しいと思わざるをえないがね。なにせ天孫降臨以前からの神代の一族だ。しかし、彼ら峨東の人々が時代時代に応じてその名を有効に活用してきたことは事実だ。

古代において、物部氏は頑《かたく》なに伝統的な神道に拘り、唐国《からくに》から新たに伝来した仏道の排斥か崇拝かを巡って蘇我《ソガ》氏と争うことになり、やがて敗れ歴史の表舞台からは消え去った。日本で初めて、廃仏毀釈《はいぶつきしやく》を押し通そうとして敗れた一族といってもよいかもしれん。その後も石上《イソノカミ》氏として血は残されたが、それも間もなく没落していく。

ゆえに物部氏の正体についてはあまりに謎が多く、いまだ異説の往来が止まぬところだが、これらの史実から日本古来の自然崇拝と霊的信仰、八《や》百《お》万《よろず》といわれる日本全土の神々を束ねるべき大神――一説には大国主命《オオクニヌシノミコト》を指すともいわれるが――を奉るための神事、および祭事の多くを取り仕切る立場にあったと考えられている。蘇我氏との仏道を巡る争いは、仏道そのものよりもむしろ物部氏の大和朝廷における強大な権勢を弱めるため、蘇我氏が仕掛けた、貴族同士の権力闘争であったとも言えるだろう。

そして物部氏が古代神道の中心的な神事を一手に担う一族であったのであれば、血族の中から霊的な素質に恵まれた多くの神官《シャーマン》や巫女《メイドン》を輩出し続けることは、必然的な一族の最優先命題であったはずだ。神懸り、鬼寄せ、そうした不可視で霊的な才能を高め続けるため、計画交配を始めていたとしても不思議ではない。

そして君も知っての通り大国主命は、天津《アマツ》神《カミ》である天照大神《アマテラスオオミカミ》を主神とした中央集権型の大和朝廷が成立するはるか以前から崇められてきた国津《くにつ》神《かみ》だ。それを古来より物部氏が奉じ守ってきたのだとすれば、もはやいったいどれほど昔からその一族の伝統が始まったのか見当もつかない。下手をすれば農耕とともに土着信仰が定着した弥生時代、あるいはもっと以前か――。

いずれにせよ、中央において衰退し全国へ離散してしまった物部の血を、峨東の先達たちが再び一つの血族にまとめ上げようとしていたことは、少なくとも彼らの主張に沿うのであれば事実であったようだ。

当然、その目的は古い物部の末裔たちの血を濃くすることだけではない。かつて以上の才能をこの世に次々と産み落とすことこそ、彼らの本懐だ。峨東という家名も、二十一世紀の流派創立の際に名乗り始めたばかりで、それ以前は一族の名を転々と変えている。詩藤君の〝詩藤〟姓もそのひとつだ。

ゆえに峨東の人々は決して表に名を残すことはなかった。これまでの過去、いついかなる時代にあっても優秀な才人を各方面に送り込んで強力な影響力を陰から行使していたのだとしても、それは私たちには知りえない」

峨東の一族が本当に神話の時代の物部氏の末裔であるという証拠はない。しかし、否定する材料も乏しく、同時にそうであったとしたら辻褄の合う事実が、いくつもあるのだと、博士はそう言いたいのだろう。

「でも、ただ優れた才能を生み出すためだけに、一族全体が結集するだなんて、どうしてそこまで才能にこだわったのでしょうか？」

揚羽が尋ねると、博士は左手を高く掲げて、天井に向けて腕を伸ばして見せた。

「背伸びだよ。ギリシャ神話の〝アトラース〟の逸話は知っているかね？」

揚羽は首を横に振る。

「巨人《ティターン》の神族であったアトラスは、ゼウスに敗れて後、世界をその巨軀で支える役目を負わされた。そして世界の多くの神話でそうであるように、そうした多神教の神とは、ある一族を指す比喩だ。つまり、アトラスを奉じていた一族が、大神ゼウスを奉じる一族に戦で敗れ、ゼウスを中心とした神話の体系に組み込まれた。そのとき『世界を背負って支える』という役割を強制された、ということだな。

さて、ここからは想像力に少し遊び心が必要になるが――アトラスが不老不死の超人でないのだとすれば、世界を支えるという役割は老いたアトラスからその子へ、孫へと引き継がれていったことになる。最初のアトラスは巨人であったからよいとしても、その子や孫も、世界を支えうるほどの巨大な肉体を持って生まれてくるとは限らない。ひ孫やそれより以降の子孫ともなればなおさらだ。

では、アトラスの末裔たちは、この世界を守り支えていくためにどうすればよいか」

グラスの中で氷が音を立てて崩れ、それに合わせて博士は上げていた手を膝の上に降ろして休めた。

「アトラスと同じくらいの巨人がいつまでも生まれ続けるように、巨人の血――才能を近親婚による血の純化で守りを続けた、ということでしょうか？」

「うむ、まあこれはたとえ話に過ぎないがね。何らかの絶対に失われてはいけない高度な技術が、ある時代にあったとする。その技術は、誰かが継承しなくてはもう二度とこの世に現れないほど大事なものであるかもしれない。しかし、その技術を継承するには並外れた才能が必要だった。たった一代、その才能を持った子供が生まれてこなかっただけで、その技術はこの世界から永遠に失われてしまう。

ではその技術の喪失を防ぐために、その血族はどうすべきか。いや、どうせざるを得なかったか。答えは君が今言ったとおりだ。婚姻を個人の意志とは無関係に、一族全体の総意と独自の遺伝法則解釈に従って計画的に行い、とにもかくにもその才能が一番生まれやすいと思われる交配を繰り返していくしかない。それによって少しずつではあるが、計画交配の法則性を一族の秘術として磨き上げ、やがて才能の輩出を天然ではなく必然とするまでに高める」

「だから、才能の〝背伸び〟なのですね。政略婚にせよ恋愛婚にせよ、そんな自然や無計画な交配に任せていたら、支え続けなければいけないモノにいつかは必ず手が届かなくなってしまうから……。でも、アトラスならともかく、峨東の人たちがそこまでして守らなければいけなかったものとは、何なんでしょうか？」

「それこそ秘伝、というものなのだろう。部外者である私には計り知れぬところだよ。だが、峨東の血に連なる者たちが互いに申し合わせたように、時代を超えてたびたび口にする言葉がある。それは『理念』だ。技術でも知識でも、単なる才能でもなく、まして家名や名誉でもなく。『理』――ことわり、因果律を示す字と、『念』――情緒、あるいは霊的な意味を伴う字。この二つを組み合わせた、一見矛盾しているとも取れる熟語だ。この言葉自体は西洋哲学に由来する比較的新しい用語なのだが、おそらくかつては別な言葉で置き換えていたのだろう。

峨東の一族は、まさにその余所者にはうかがい知れぬ、なんらかの理念のために、その身や人生はおろか、子々孫々に至るまで一族に捧げ尽くす。一説には、峨東の宗家周辺の家々に至っては、未来十代以上にもわたって計画婚の申し合わせが決まっているとされる。つまりもしそれが事実なら、自分が生まれる遙か以前から、自分が誰と婚姻して交配し、生まれた子供が次に誰と婚姻して誰と交配する孫を産むのかまで、とっくに決められているということだ。

もしその運命《さだめ》に逆らわんとする者が一族の中から現れたなら――。そうでなくとも、遺伝的表出の危うい劣性遺伝の中で特に物騒な血ばかり寄せて集めれば、当然その家には精神的に極めて危険な方へ病んだ者たちが多く生まれ落ちることは避けられない。それなのに、今もって峨東の表舞台に現れるのは鬼才や狂気と紙一重の天才はおれど、人としての最低限の社会規範からは逸脱しない人物ばかりだ。その意味するところは言うまでもなく――」

「取り潰し――あるいは誅殺、ですか？」

「ほう、意外だな。詩藤君から既に聞かされていたのかね？」

「いえ、ただ……。以前、峨東の不言《ふげん》の家が、取り潰しにあって生き残りはいないというようなお話を一度だけ。あのとき鏡子さんは少しぼかしてお話しになられていましたが、あれは〝皆殺し〟を意味していたのではないかと、ずっと気になっていました」

「そう、たとえ親子供であろうとも、一切の容赦も良心の呵責《かしやく》すらもなく、無惨に殺したのだろう。家の血が穢れたのだとすれば、当然家ごと、その血族すべてを粛正する。それが峨東の宗家筋、中心にあって一族を束ねる近親の家々の大事な役割であるはずだ。

君は、青色機関《BRuE》として人間社会に害をなす人工妖精を抹殺してきたわけだが、青色機関《BRuE》の創設を促し、人倫を通して陰から操っていた峨東の一族は、それと同じことを何百年もの間、自分たち自身にも厳しく行い続けていたのだよ」

青色機関《BRuE》の後ろ暗い使命は、何も被造物にすぎない人工妖精だから容赦なく成されてきたのではなく、峨東の一族にとっては自分たちの長年の慣例の延長程度に考えられていたのかもしれない。

「もちろん、そうした血族の中で生きていくことは、余所の人間には計り知れないほど過酷なことだ。峨東の当主は皆短命で、その多くは極めて不審な死を遂げている。西晒胡や水淵に比べて無闇に代替わりが多いのも、そうした危険な計画交配と内部粛清の背景を踏まえれば、いくらか察するには十分だ。

そして詩藤君――君の最初の義母である詩藤鏡子君は、その絶対不可侵の禁忌《タブー》を破りながら生き残った、数少ない例外だ。彼女は峨東の言うところの不義の子を産み、未来十代以上にもおよぶ計画交配の予定を大きく狂わせてしまった、峨東の大罪を負っているのだよ」

「鏡子さんが……大罪人？」

　あの不遜極まりなく、誰に対しても傲岸無礼極まりない人が、いついかなるときも自分が正義だと言って憚《はばか》らないあの女性が、実は親族から咎人《とがびと》として厭われていたなど、揚羽は想像したことすらなかった。

「子供の父親は、私にもわからない。だがそのことで、彼女は同胞である峨東から生涯にわたって死よりも重い刑罰《ペナルティ》を背負わされることになった。まだ子供も幼いというのに、当時はまだ海のものとも山のものともつかなかった微細機械《マイクロマシン》の研究のため、地下深くの古細菌類《アーキア》研究所に派遣されてきたのも、事実上の懲罰人事で左遷だったのだろう。

　それから数年の歳月が過ぎ、ようやく微細機械の実用化の目処が立ち始め、詩藤君の苦労が報われようとしていたとき、彼女の一人娘が視肉の試験培養炉に転落して命を落とした」

　それは、部外者の揚羽からしてみても、あまりにも出来すぎた予定調和だった。

「以来、人体の構造と形質を学習した微細機械は、次世代再生医療技術と義肢・人工器官の分野で一気に実用化され、爆発的な普及は留まるところを知らず、ついに君たち人工妖精の発明に繋がるわけだが、その陰に一人の少女の尊い犠牲があったことはほとんど知られていない――いや、誰も知ろうともしないのかもしれない。なぜ微細機械が人体を構築できるのか、少しでも考えてみれば誰でもおぞましい答えに辿り着くはずなのに、誰一人としてそれを問題視しようとはしない。微細機械と視肉から得られる人類の利益があまりに大きすぎた、それゆえだ。

もちろんあの時、身内の犯行を最も疑ったのは、他でもなく詩藤君本人だっただろう。だがおそらく、誰よりも峨東という一族に潜む闇の強大さを知っていた彼女には、それに立ち向かう術などあろうはずもなかった。一人娘の死を知った日も、その翌日も、ろくに葬礼もしてやれないまま、彼女は粛々と研究に打ち込んでいたよ。

しかし、それから一週間後のことだ。彼女は一度だけ、深く泣いた。ちょうど、今の君と同じ涙を、彼女は流していたんだ。まるで、十をようやく跨いだばかりの幼い少女に戻ってしまったかのように、嗚咽して手のひらで涙を何度も拭《ぬぐ》いながらね」

自分の頬をぬらす涙を、揚羽は指でなぞった。

同じ涙。それは、同じ悲しみ、ということなのか。

「娘が失踪したときではなく、死していたことを知ったときでもなく、それから七昼七夜が過ぎた後に、突然泣いたんだ。私が彼女の涙を見たのは、後にも先にもあれ一度きりだよ。おそらくは一週間の間、真実を明るみにしようと彼女なりに八方手を尽くしていたのだろう。だが、彼女にわかったのは、結局自分が峨東という深い闇の意のままに操られるだけの人形に過ぎないということと、その峨東なくしてこの国の――日本という国家とそこで暮らす民族の繁栄はありえないということだけだった。峨東をひっくり返すということは、才気溢れる彼女をしても手に余る以前に、この国の人々すべてを敵にするということと同義だったんだよ。

慟哭する彼女の口から垣間見える短い言葉から、私が察し得たのはそこまでだ。彼女が涙したのは愛娘を失った悲しみからではない。人類全体の抱える業、九割以上の人々が患ったまま生涯を終えてしまう病。峨東という闇に開いた窓を通して、彼女はそれに行き当たり、それを儚んで、絶望して泣いていたのだ。

　そして、翌日から詩藤君は豹変した。今の彼女からは想像も出来ないかもしれないが、それ以前まで詩藤君は、仕草も言葉遣いもいかにも上流家庭の子女らしく淑やかで、周囲に対する気遣いも絶えなかった。それが泣きはらした次の日以来、まるで人が変わったように誰に対しても厳しく当たり散らすようになり、口調も男勝りで傲慢になった。

　もしかすると、自分が峨東の張り巡らす意図《イト》から逃れられないのだと知って開き直ってしまったのかもしれないし、あるいはその糸《イト》に許された範囲でせめて強くあろうとしたのかもしれないが、そこまでは私にもわからない。

　以降の彼女の人生の足跡も、目を覆わんばかりの悲惨なものだ。詩藤君は微細機械の功績によってやがて峨東の一族の中でかなり高い地位まで昇り詰めたが、それは彼女の罪が赦《ゆる》されたということではなく、むしろより大きな責め苦を負わせるための周囲の画策によるものだった。

　これは公然の秘密というべきものだが、峨東は陰惨な一族の綿々たる秘密を隠すために、三代から五代に一人、あえて汚れ役を被せる当主を選び出す。〝禊《みそ》ぎ代《しろ》〟と言うそうだが、つまりそれまでの数代の当主在位の間に起きたすべての不祥事や忌み事を、すべてその禊ぎ代の当主一人の暗愚のためとして押しつけて、他の当主の生前の罪をすべて綺麗に洗い流し、正当化してしまう。詩藤君はその生《い》け贄《にえ》にされたということだ。

　それによって今まで積み上げてきたキャリアを跡形もなく粉砕され、彼女は同族は言うに及ばず、私たち他流派の研究者や技術者からも疎まれる存在になった。当主の在任期間を終えて野に下った後も、今度は自分の娘の犠牲の上に生み出されたはずの人工妖精たちを、密かに狩り殺す青色機関《BRuE》の尖兵としての使命を担わされた。彼女の青色機関《BRuE》としての殺傷数は、かの不言志津恵《ふげんしずえ》と並んで最多だが、当然彼女の本意によるものではあるまい。峨東一族の制裁は、仮初めの当主に仕立て上げて彼女の人生を悲惨なまでに絞り尽くした後も陰湿に続けられていたのだ。

　彼女がようやく自由の身となったのは、ほんの十数年前のことだ。我が師である深山博士が君たち姉妹の制作に取りかかっていることが私にも知れた頃、唐突に青色機関《BRuE》は人倫から活動停止を宣告され、存在そのものが歴史の闇に葬《ほうむ》り去られた。

以来、彼女は自分のビルに引きこもって、隠遁生活を送るようになった」

　水淵博士はそこでいったん言葉を切り、深い溜め息をついた後、揚羽の顔を見つめた。

「こうしてあらためて見てみても、君は鏡子君の実の娘であった〝アゲハ〟とよく似ている。面影、とでもいうのかな、彼女は亡くなった当時まだ幼かったが、あのまま成長していればきっと君のような美しい少女に育っていたのだろうと思える。今思い返せば、彼女の父親が深山博士であったことも十分に考えられる。その博士が、生涯最後にして最高の遺作として君たち姉妹を造り、同じ〝揚羽〟の名を与えた。そこには、師なりのなんらかの思うところがあったのではないかと推さずにはいられない」

もし水淵博士の言うとおりであったのなら、鏡子は自分がかつて救えなかった実の娘とよく似た今の揚羽と四年間を過ごす間、一体どんな気持ちだったのだろうかと、胸の奥でしきりに走る痛みを覚える。

手間は掛かるし、我《わ》が儘《まま》であるし、傲慢であるし、T字ホウキで頭頂部を殴られたことは数え切れない。でもその一つひとつが、自分を貶めた闇から一人の娘を今度こそは守ろうとする、強い親心の不器用な表れであったのだとすれば——。

「でもどうして……それなら父は、深山博士は、私たちを双子の姉妹として造ったのでしょうか？　いえ、もし双子ではなかったとしたら——」

「麝香《じゃこう》、のことかね？」

自分とまったく同じ顔をした、狂気の人工妖精。揚羽ですら模擬訓練では手も足も出なかった総督直下の十指をも翻弄《ほんろう》し、今この自治区を陰から震撼させている、恐るべき殺戮者の名である。

「彼女は——間違いなく、本物です。ただ五原則を拗《こじ》らせたり、誰かに唆《そそのか》されて道を誤った人工妖精では、あそこまでになるとは考えづらいです。少なくとも、私は彼女ほどに狂おしい殺意の持ち主には、今まで一度も出会ったことがありません。あの子は殺戮という行為を、自分の存在意義としてきっと肯定しています。もし、その通りであるなら、彼女は三原則が消失しているのでも失効しているのでもなく、生まれつき裏返っていたとしか、考えられません。あれは……あの子は、本物の天然殺戮者《シリアル・キラー》です」

「感覚質《クオリア》の人工変換《ゲートウェイ》――君は過去、男性側自治区にいたとき、私の設計した水先案内人《オール・ガイド》の人工妖精が、人為的にその状態に変異させられたのを、目の当たりにしていたのだったね。そして、心の根源に近い感覚質《クオリア》を人工的に変換できるのであれば、他の要素を変換する手術を施すこともまた可能なはず、ということだな。たとえそれが……倫理三原則であろうとも」

「はい。一日ごとに記憶を喪失する水先案内人《オール・ガイド》ならともかく、そうでない人工妖精に後からそのような手術を施せば、必ず精神的に破綻して正気を失うはずです。でも、彼女はとても狡知《こうち》に長け、極めて安定的な情緒を保ち、自らの意志に従い、なんの呵責も罪悪感もなく、人間や人工妖精を、もう二十人以上も殺している。

考えられるとすれば、造られてこの世に生まれ落ちたときには、もう三原則を変換する手術を施されていたか、さもなければ、私と同じように――」

「君たち揚羽・真白の姉妹は、実は双子でなく〝三つ子〟であったのかもしれない、というのかね？　そうすれば顔が君とそっくりであることも納得がいくと」

「はい。以前、不言志津恵と相対したとき、あの人から『自分たち姉妹以外にもし三人目がいたとしても、覚醒前では気がつかないだろう』と指摘されて、私はいっとき正体を失いかけました。そして一年前、初めて自分と同じ顔をした麝香と遭遇したとき以来、私の頭の中にその言葉が何度も甦ってくるんです」

水淵博士は、空になったグラスの露を拭うように弄びながら、しばらく黙していたが、やがてグラスから手を離して口ひげの向こうの口を開いた。

「まず――君たち姉妹に二人目の妹がいる可能性は否定できない。鏡像発達理論を利用して人工妖精を双子で造る技術というものは、決して一般的ではない上に、難易度が極めて高く、ただ二人の人工妖精を造るよりもはるかに手間とリスクばかり増えるので、挑戦しようとする者は一級の精神原型師の中にも滅多にいない。しかし、深山博士にしか到達できない、神才のみに赦された奥義というわけでもない。たとえば私や詩藤君にも、この先十年程度の並々ならぬ手間を費やしてなおも失敗することを覚悟できるのなら、十分に到達しうる領域だ。

　裏を返すなら、たったそれだけのことで、君のように五原則に依存せずに意識を覚醒させ、人類全体にまで慈しみを覚えるほど高度な人工妖精を生み出せるとしたら、そのくらいのことは私程度の才能と技術さえ持つことができた誰かが、とうの昔に到達していておかしくない。

　だから君たち特別な双子の覚醒を知ったとき、私は――きっとそれは君たちの覚醒に直に立ち会った詩藤君も同じだったのだろうが、深山博士が何らかの更なる超越《プラス・アルファ》を施したのだろうと直感した。たとえば、そう……君の言ったとおり、三つ子として造ったうちの、二体だけを目覚めさせたのではないか、とね」

「もし私たちが三つ子だったのだとしたら、なぜ私と真白だけを？」

「そのあたりはかなり想像的な冒険の領域に入ってしまうのだが――三つ子を造るというの

は、双子の倍程度の手間では収まらない。それこそもう、狂気の領域に踏み入った無謀な挑戦だよ。当然、深山博士も無茶は承知で挑んだのだと思うがね。

しかし、さっきも言ったように、ただ双子の人工妖精を造ったのでは、よく似た二人の人工妖精が出来上がるに過ぎない。君たち姉妹のように、意識の深い部分――」

そこで博士はいったん言葉を切り、喉につかえた言葉を一度飲み込んだように見えた。

「これでも科学の徒なのでね、このような形而上学的な言葉を使うのは、どうしても躊躇してしまうのだが、君という今まさに生ける証人を目の前にしては、避けては通れんな――そう、〝魂〟の深部を、姉妹で共有するなどという、超自然的な現象は起こりえないはずだ。現に君は、こうして妹の真白君が向こうの男性側自治区の方で眠りについている間、事実上は真夜中から早朝までの短い間しか、本格的に活動することは出来ない。もし君が、日中に車椅子にも乗らず、その右目の眼帯も外して出歩こうものなら、途端に真白君の方は意識を喪失して昏倒してしまうだろう」

事実、その通りだった。女性側の自治区に来てからの四年間、揚羽は日中の行動に極めて厳しい制約を課されていたに等しい。自分が意識を活性化させた分だけ、真白の方は意識が希薄化し、いつまた半覚醒の危険な状態に戻るとも知れないとわかって以来、ずっとそうだったのだ。

三年前、陽炎《かげろう》の離宮で起きた事件のために、真白が夜を徹して解決に当たったときには、その反動として揚羽の方は意識の混濁に苦しまなければならなかった。それで真白の危機を悟り、総督に特別に許可を願い出て男性側自治区まで密かに出向いたのだ。結局はそれがもうすべて事件にカタのついた後で、肩透かしになってしまったのであるが。

「つまり、こういう仮説も与太話にはならないだろう。君たち姉妹には、他の人間や人工妖精のような『肉体の堰《せき》』がない。君と真白君の魂は空間の隔たりを越えて常に繋がっていて、それは水のように二つの肉体を行き来し、片方に満ちたときにはもう片方が干上がる。まるで瓢簞《ひょうたん》に入れた酒のようにね。右に傾けると右の膨らみに酒が集まり、左に傾けると左の膨らみに集まる。だから、同時に完全な覚醒をすることは出来ない。

だが、ただ双子の人工妖精を造ったのではそんな現象は発生しない。一人分の肉体に本来の一人分以上の魂を注ぎ込み、ある種の超人的な直感や超感覚を発現させることを深山博士が期していたのだとしたら、さらにその上の領域にまで踏み出していたはずだ」

「その上、というと……まさか、そのための三人目、ですか？」

水淵博士の手が両手でジェスチャーをすると、立体映像でいくつかのライブラリが浮かび上がる。その中から奥まったところに仕舞われていたものを選び出し、さらにその中から検索をかける。

「いかんね……どうもこの歳になると、遊戯《ゲーム》の類には疎くなってしまってな」

やがて水淵博士は目的のライブラリを見つけ出し、それを机上で表示させた。

それは緑の羅紗《ラシャ》布が貼られた平らな遊戯台で、縁は木の枠《エプロン》で覆われている。

「君ぐらい若いと、こういう古い遊戯にはあまり馴染みがないかも知れんが」

「ビリヤード台……玉突きゲームですね」

「うむ。これの設定を少しいじって、接地面と空気の抵抗値をゼロにする」

いくつかの準備操作をした後、博士は立体映像のビリヤード台の上に二つ、二番と三番の青と赤の的玉《ボール》だけを、少し離して表示させた。

「この玉一つが、一人分の魂の総量、と仮に考えてみなさい。今、青と赤の玉は離れて静止しているので、互いに影響を及ぼし合うことはない。これが普通に双子の人工妖精を造った場合の状態だ。よく似た二つの魂がこの世界に表れるが、それはあくまで別個で存在している。ここに、三つ目の玉を置くとする――」

博士の操作で、盤上にもうひとつ、今度は真っ白な手玉《キュー・ボール》が表示された。

「あまり得意な方ではないので、うまくいくといいが……まあ、見ていなさい」

ゲームが開始され、博士のジェスチャーに従って玉突き棒《キュー・スティック》が白い手玉に狙いを定め、やがてそれを突き動かす。

すると、手玉は青と赤の二つの的玉に順番に当たって、それらに運動エネルギーを分け与えて動かした後、自身は角の穴《ポケット》から落ちて消えてしまった。

「この状態で、テーブルを穴付き台《ポケット・テーブル》から穴無し台《キャロム・テーブル》に変えると――」

テーブルの四隅と長辺の真ん中にだけ開いていた穴が消え、テーブルは周囲を木枠で完全に囲まれ、玉が出て行く場所がなくなる。二つのボールは枠に当たって跳ね返りながらいつまでも転がり続け、時にはぶつかって片方が速度を増し、時には片方が止まってしまってもまたぶつかって転がり出すということを、延々と繰り返している。

「抵抗をゼロに設定しているので、このビリヤード台の上では熱力学の第一法則――つまり『エネルギー保存の法則』が理想的な状態で成立している。二つの的玉の運動エネルギーの総和は常に一定で、互いにぶつかって運動エネルギー――質量が同一なのでこの場合は単に速度と言い換えてもいいが、これを交換して分け合う。片方が遅くなるときにはもう片方が早く転がり、その状態が何度も逆転する。そして二つの的玉は、互いに干渉し合いながら、いつまでも転がり続けるというわけだ」

「この状態が、私と真白の二人の魂と同じなのですね」

「そうだね。同時に発揮できる意識――覚醒に要するエネルギーの総量を、君と真白君は互いに分け合って存在している。だから片方が強く覚醒しているときには、もう片方の行動に制約がつくか、時には静止、つまり意識を失ってしまう。

　ここでエネルギー保存の法則の基礎を思い出してごらん。運動エネルギーともうひとつ、位置エネルギーだ、これらの総和が永久不変に変化しないという、あれだね。通常の人工妖精は、静止した的玉の位置エネルギーだけで覚醒している。一般の人工妖精の魂の総量は、的玉ひとつ分の位置エネルギーだけで表せるということだ。しかし君たち姉妹の場合は、これに加えてさらに転がる分の運動エネルギーが上乗せされている。

　長方形の閉じたキャロム・ビリヤード台は、君たち姉妹二人の肉体を表しているとしよう。そのためにこうして二つの肉体に閉ざされた中で、魂の余分な量によって、君たち姉妹は互いに干渉し合い、魂の総量を分け合い、交換し合っている状態にある。そのため、一時的には本来の人工妖精一人分以上の魂の影響力を、この世界に行使することが出来る。君がときに発揮する異常なまでの集中力や神懸り的な直感の冴えは、そのあたりに起因しているのだろう。

深山博士としては、いずれ片方が自然に止まり、もう片方だけが運動エネルギーのすべてを引き受ける状態を、理想的な成功として目指していたのかも知れない。だから君たちのどちらかだけが成功作だ、と遺言したのだろう。しかし、実際には君たち姉妹の魂が深山博士の想定以上に互いに干渉し合い、どちらかの覚醒がもう一人の意識喪失を招くという、非常に不安定な状態で落ち着いてしまい、現在に至る。

さてここで問題は、君たち二人分の魂、的玉に運動エネルギーをどうやって与えたのか、ということだが――

「それが最初の手玉《キュー・ボール》、つまり私たち姉妹の、三人目の妹なのですね」

揚羽が思わず言葉を先取りすると、水淵博士は深く頷いた。

「〝魂〟などという、極めて形而上学的な概念を扱う術《すべ》を、我々のような形而下学の最先端にいる研究者や技術者は一切持ち合わせていない。それでもなんとかしようとするのであれば、もうひとつ〝魂〟を用意して、魂同士で肉体を介さず直接干渉させあう他に手はないだろう。

つまり、はじめ君たち姉妹には三人分の肉体があった。それは覚醒前のことで、君にとっては胎内記憶にも等しい曖昧なものだ。自我はおろか、三人の肉体の区別すらなく、すべての感覚を共有して、一個の曖昧な霊体としてそこにあったのかもしれない。

そして未覚醒のまま、鏡像発達理論に沿って一定の自意識を芽生えさせた後に、唐突に一人分の肉体だけを遠ざけて隔離する。当然、自我の覚醒前にあったその個体は昏睡状態に陥ってそのまま目を覚まさない。しかし、残った二つの肉体には三人分の不完全な自意識――あえていうならば魂のようなものが残されることになる」

揚羽は今まで、自分たち姉妹は父なる人から二つの身体と一つの心を与えられた代わりに、命はひとつしかもらえなかったのだと、そう思いこんでいた。だから同時に消えていこうとすると、どちらかの心か体に異変が生じるのだと信じていたのだ。

だが水淵博士の予想に従うのであれば、それは大きな勘違いだったのだ。心は二つ、身体は二つ、そして命は――その源たる魂は、ひとつやふたつではなく、三人分。揚羽と真白の肉体には三人分の魂が宿るがゆえに不安定で、そしてこの世界のどこかには揚羽と真白に魂を吸い取られてしまった空っぽの肉体があとひとつ、どこかで眠っているはず、ということになる。

「三人目の姉妹の肉体が、私と真白が鏡子さんに救出された後も眠り続けていたのだとしたら、いったいどこに――」

「君たちを発見したときに、もちろん詩藤君は深山博士の遺した研究施設を可能な限り捜索したそうだ。それでも深山博士の消息も、他の人工妖精も発見できなかった。君たち二人を覚醒まで導けたのであればもう不要であるから、処分したと考えるのが自然ではあるが——」

「実はどこかで保存されていた。そして、一年前になって誰かが目覚めさせたのだとしたら……それが、麝香の正体、ですか？」

「君から麝香という瓜二つの殺戮者の話を聞かされたとき、最初に私が疑ったのはその可能性だ。だが、この仮説には大きな問題がひとつある。そもそも君たちのような特殊な双子や三つ子の人工妖精を覚醒まで持っていくには、鏡あわせで造り、互いを認識させあって、徐々に自意識を芽生えさせていくしかない。どこかの時期で一人だけを隔離したのだとしたら、その個体だけで覚醒させることは不可能に近い。だからこそ深山博士は君たちを姉妹で造ったのだからね」

「脳、脊髄、中枢神経系の全体交換なら——」

「他の個体から脳をそっくり移植して交換するのだね。そうすると今度は自己相貌認識の問題が発生する。人工妖精は生涯、自分の顔の変化に耐えられないからね。やはり自我閉塞に陥る可能性が高い。一発勝負としてはかなり危険な賭けだ」

「では——脳はそのままで、感覚質の変換《クオリア・ゲートウェイ》を組み込んだのなら？」

揚羽の指摘に、水淵博士は口ひげを撫でながら目を見張っていた。

「それはたしかに……ありえないことではないな。もとより『感覚器の変換手術』は、覚醒まで持ち込むことの出来なかった未完成の人工妖精を、強引に目覚めさせるために開発された技術だ。現状、まだ理論の段階で実用化にはほど遠いが、確かに君の三人目の姉妹を覚醒させるには、見事にあつらえ向きだ」

「もし麝香が、感覚質《クオリア》の変換器官を外科手術によって付与されているのなら、殺戮に拠って立つ異常な自我の在り方にも納得のいくところがあります。三原則を後付けされた上で、原則ごと反転させられてしまっていたのなら、彼女にとって殺戮とは、創造主たる人類によって宿命づけられた最重要の人生命題になるのですから」

「しかし、その場合は手術を施した当人の身の安全も保証されなくなってしまうぞ。三原則の逆転が起きているのなら、第一原則は『人類の抹殺』になる。当然、最初の標的は施術者本人だろう」

「施術者は、その手術によって何が起きるのか、知らされていなかったのかも知れません」

「つまり……組織的な犯行、ということかね？」

「人工妖精の最先端技術に精通し、かつ高度な手術が可能な貴重な技師を、さも使い捨てに出来るほど人材に恵まれた組織となると、極めて限られます。人倫か、さもなくば――」

「峨東そのもの。そうだな、私の水淵家や、西晒胡向きの仕事ではない。ここへ来てまた、峨東の闇が、私たちの前に壁となって立ち塞がるのか……」

　またグラスの中の氷が崩れて、沈黙する二人の間に固くて冷ややかな音を響かせた。

「君は、敵が実の妹だったとしても、なお彼女と戦えるのかね？」

妹、といえば、揚羽には真っ先に真白の姿を思い浮かべる。あの美しい白い羽を自分の手で赤い血に汚すことなど、想像するだに恐ろしい。

「正直……わかりません。今の私は、妹どころか誰も殺せなくなってしまったので、麝香が現れてから今までの一年間も、〝十指〟の皆様に頼りっぱなしで、結局は麝香を取り逃がしてばかりで……」

「その十指も、こちらの女性側自治区ではもう一人残らず麝香に殺されてしまった。総督府からの情報が正しければ、麝香はすでに男性側自治区に密入区していて、女性側自治区でしたように閣僚たちの殺戮を始めるのだろう。これから麝香の後を追って男性側自治区へ行っても、同じことになってしまうのではないのかね？」

突き放したような口調にも聞こえるが、水淵博士が死地に向かおうとする義理の娘を思いやって、最後の説得を試みてくれていることは揚羽にもわかる。

「麝香の殺戮は、本人がそうとは知らされていないのかも知れませんが、総督閣下の描く自治区の近い未来に、絶望的な影を着実に落としつつあります。私には、麝香を陰から操っている人たちに抗《あらが》う術《すべ》はありません。私に出来るのは、麝香がこれから男性自治区側でも殺戮を犯そうとするとき、その前に立ち塞がることだけで、それはきっと……私にしか出来ないことなのだと思います。なら、もし今動かなければ、たとえこれからずっと生きながらえたのだとしても、今夜という一回きりの分かれ道で迷ったことを、死ぬまで後悔し続けることになるのだと思います。

だから……私はやっぱり行きます、お義父《とう》さま」

「……そうか」

水淵博士は眉根に深い皺を寄せて瞼を伏せ、しばらく口を結んだ後、無言でソファから立ち上がって自分の書斎机へ歩んでいった。

そして机の引き出しから一通の手紙を取り出して、それを持ってソファに戻ってきた。

「ぎりぎりまで君に見せるべきか否か、迷っていたのだがね」

揚羽の前に差し出されたのは、印で封をされた古典的な封書だ。宛名は水淵博士、送り主は水淵流派系列の研究施設だ。すでに開封はされていて、中の書類の端が見えていた。

「君のその金色の左目、それに麝香の持つ右目。比類なき人工眼球の大家である不言志津恵が遺した、二つの最高度《ハイエスト・プレミア》・無限界《オーバー・リミット》の補装人工眼球。その検査報告書だよ」

会釈してから書類を広げると、そこにはぎっしりと専門用語が詰め込まれた比較対照図が描かれていた。

「その報告書によれば、その金色の眼は現在の先端眼球製造の数世代は先を行く極めて高度な技術の結晶で、複製はおろか完全な構造解析《リバース・エンジニアリング》も現代の標準技術レベルでは不可能なのだそうだ。限られた検査結果からわかったことは、その直径わずか数センチの眼の中に第十三世代人工知能に準じるほどの演算能力が封じ込められていて、持ち主の思考を先読みし、視覚的にその補助を行うように働くということだ」

「それってつまり、この眼の中に、あの大きな思考加速装置《シンク・ミッション・アクセラレーター》と同じものが組み込まれているということですか？」

「うむ。想像を絶するという他ない。さすがは人工眼球にかけて右に並ぶ者のない不言家の最高傑作、といったところかな」

設置に一部屋丸々使い、インターフェース装置だけでもシングル・ベッドほどの大きさがあるあの蛹の形をした装置が、手のひらサイズにも満たない眼球の中に収まっているなどと、俄には信じがたいことである。

「思考加速装置と同じように、その眼も使用者次第に自動で学習、最適化をしていく。そして、君の言うとおり、麝香の右目があの五稜郭の才媛、三条之燕貴《みすじつばき》——本当の名は山河之桜《さんがおう》花《か》と言ったかな、彼女が使っていた眼であるならば、その動体予測の機能はもはや予知能力と見紛うほどのレベルに達しているはずだ。動体視力のない彼女を剣術の達人にまで到らしめたのであれば、そこまで動体予測に最適化が進行していることになるらしい。それを、元より動体視力に障害を持たない健常な人工妖精に埋め込んだとしたら、もはや白兵戦闘では無敵と言って過言ではない。現に個々の武術に卓越した総督閣下の十本指をすべて破り去ったのであれば、彼女の圧倒的な強さの秘密は、この眼にあるのだろう。いったいどういう経緯で麝香の右目に収まったのかは、見当もつかないがね」

鏡子によれば、不言志津恵は桜花の金色の左眼を密かに回収していたという。不言志津恵がこの世を去った後、その眼がもし人倫や峨東の心ない人々の手に渡っていたのだとしたら。

「あのとき、私が桜花さんから眼を受け取って、ちゃんと処分さえしておけば——」

桜花が死に際に自分の金色の眼球を持って行くように揚羽に勧めたとき、揚羽はそれを断った。自分には運命を選び取る力さえあれば十分で、彼女の人生を歪《ゆが》めてしまったほどに強力な眼など必要ないと思ったからだ。

　だが今、その圧倒的な力を持つ眼は、揚羽の前に再び立ち塞がった。あの金色の呪われた眼は、正面勝負ではまったく勝ち目のなかった桜花以上の、かつてないほど強力無比な怪物をこの世に生み出してしまったのである。

　揚羽の胸中には慚愧の念が絶えない。

「そして、君の左目の方は、人体の構造解析にほぼ最適化が進行している。君が相手の細い神経や絶えず躍動する動脈や静脈、それに骨格の隙間などを、いとも容易に狙い撃ちすることが出来るのも、そして本来ならばいかな天才といえども最低十年以上の研鑽を要する一級精神原型師級の技術の大半を、ここへ来てからのわずか四年間で習得し得たことも、その金色の左の眼球の自動補助提案《オート・サジェスト》なしには説明がつかない。

　しかし、同じ不言の金色の眼といえども、君と麝香のそれは互いに極めて対照的な最適化に至っている。片や君の左目は、本来は相手の戦闘力を奪うことよりも新たな人工妖精をその手で生み出すことに向いている。片や麝香の右目は、まさに戦闘特化と言えるだろう。弾丸よりも速く、大砲よりも力強い一撃であろうとも、彼女にとっては蠅が止まるほどにゆっくりと見えてしまう。桜花君の先天的障害と不言志津恵の傑作が組み合わさって初めて誕生した、奇跡のような常勝無敗の眼だ。

　正直なところ、その左目だけでは君に勝ち目はありえないだろう」

「でも、そのために先生は、私にこの〝新しい金色の右眼〟をくださいました」

揚羽が医療用の眼帯で覆われた右眼を撫でると、水淵博士は弱気を振り払うように首を横に振った。

「私は、君の元より持っていた眼の機能制限《リミッター》を解除して、一定の属性の付与を行っただけだよ。君が言っていたとおり、確かにその生まれつきの右眼も、不言志津恵の制作した紛れもない〝本物〟だった。不言志津恵の遺した言葉を信じるなら、最高級度の眼球は、機能制限が施された黒色が二つ、無制限の金色が二つの、計四つ制作されたのだったね。今はそのうちの黒い一つが失われて、金色の片方が君の左眼に収まっている。不言の特殊眼球は、その機能制限のレベルに応じて色が変わる。だから、制限を解除したその右眼も、左眼と同じように金色になった。とはいえ、私も通常の眼球程度なら造れるが、不言家純正の超高等技術の結晶にかかっては赤子も同然だ。無制限に演算力を解放したその右眼が、これからどれほど機能するのか、見当もつかない。仮に、君の思惑通りに右眼が働いたとしても――」

「そのときの覚悟は出来ています。私はこの――」

揚羽は、両膝の頭を揃えてから、自分の背中に手を伸ばした。

「この黒い羽が、ずっと恨めしくて、憎くて仕方なかった。父から頂いた身体で、ただひとつだけ、この真っ黒な両の羽だけがどうしても自分のものとして受け入れることができずにいました。でも、この黒い羽がようやく役に立つときが来た。真っ黒な羽でよかったと、そのときはきっと思えるのだと思います。だから、私はたぶん嬉しいんです。この右眼が……

この両方の目が、私の黒い羽を使いこなしてくれるというのなら」

水淵博士はソファの背もたれに背中を預けてから、疲れた声で「そうか」と答えた。

「実は、君の脳構造解析の検査報告も、あくまで初見段階なものだが既に受け取っている。それによれば、君の脳は平均的な人工妖精と比較して著しく『一次記憶野』の領域が狭いのだそうだ。きっと同時にいくつものことを考えようとすると、普段の明晰さが途端に失われて混乱してしまうことが君にはあっただろう？」

曽田陽平の弟である洋一《よういち》が、置名草《オキナグサ》を伴って初めて鏡子の工房に訪れてきたときのことを、揚羽は思い出した。あのとき、揚羽は〝傘持ち《アンブレラ》〟事件や他のことまで抱え込んでいて、頭がいっぱいになり、今思い返しても赤面せずにはいられないほどの酷い醜態をさらしてしまったのであるが、あれはやはり揚羽の「頭」の限界だったらしい。

「これが君の『頭の悪い』という誤った思い込みを生んだ原因なのだろうが、過去の偉人たちを振り返れば、一次記憶野の機能において一般人にすら劣っていたと思われる天才も数多く存在している。まあ、変わり者が多いかね。しかし、裏を返せばそれは超人的な集中力という長所にも繋がる。そして、脳の一部の機能を肩代わりする思考加速装置を使用するのであれば、一次記憶野の果たす役割はもはやほとんどない。

こうして、君のピーキーな先天的特徴を総合して鑑《かんが》みると――真白君ならば可視光帯域全体を使い尽くす白い羽、君の場合ならば可視光よりも放熱効率に優れる紫外線変換型の黒い羽、あえて小さく設計された一次記憶野、そして本来の一人分以上の魂を宿すことで生まれる超自然的な直感の冴え、諸々。どれも思考加速装置の利用を前提として設計されたのだとすれば、腑に落ちるところが多い。

現代の思考加速装置は人間用に作られているので、君たち人工妖精が使用しても、せっかく脳の効率を拡張するためにある両の羽を、あのベッドの中では広げられず、本来の性能を発揮できないわけだから、私にはその点がこの仮説の泣き所だと思えたのだがね。深山博士が、初めから思考加速装置と同等のその金色の眼を君たち姉妹に与える予定であったのだとすれば、ほぼ疑念の余地はなくなる」

「私と真白の身体は、この金色の眼をいずれ使いこなすときのために、最適化して造られているのですね」

「そして、君の青みがかった黒い羽とは対照的に、仄かに赤暗く光る黒い羽を持つ麝香もまた、その資格を十分に備えていると考えられる。君と麝香が一対一で相対するのだとすれば、それは君にとってもかつてない死闘になるだろう。仮にも義理の親であるから、そんな悲惨な姉妹喧嘩は、可能なら身体を張ってでも止めたいところであるが……今回に限り、私は蚊帳の外だ」

「大事なお義父《とう》さまに害の及ぶようなことには、決していたしません！」

揚羽は思わず身を乗り出しかけて訴えたのだが、博士はそれを手で制した。

「いや、そういう意味ではない。今回、日本本国の解体および東京自治区の存続に関わる大事に際し、総督閣下は総督府顧問である私をあえて招き遊ばされなかった。それは私があくまで水淵宗家の人間だからだ。水淵家は創始・水淵孝太郎《こうたろう》博士以来、まず何よりも血の親近なるものから大事にするという、鉄の掟がある。たとえ我が子が社会公益の敵となろうとも、それを死ぬまで庇《かば》って守るのが親の務めであり、またその延長として血族、同胞、そして全世界に散らばる流派の輩たちが互いに守りあい、守り抜く。それが三代流派中、所属する構成員数においては最大を誇る、わが水淵流派の強固な結束力の正体だ。我々は全世界を敵に回すことになろうとも、決して身内を裏切らない。

私はその一族の掟に理解を頂いた上で、総督閣下直々の顧問就任の命に拝した。それは、裏を返せば、もし身内と利害が対立する事態になったときは、私は公然と閣下や東京自治区を裏切ることもすると宣言したに等しい。

私にとってこの東京自治区は、今や家族の家にも等しい大事な場所だ。しかし、一方で本国や世界各地には、今も血や汗を惜しまず家族や一族のために働く多くの同胞がいる。総督閣下は、私のそうした板挟みの状況をお察しくださり、あえて今回の件には私をお招きにならなかったのだ。蚊帳の外、というのはそういうことだよ。

だからせめて、君が無事にまた、この家へ戻ってきてくれることを祈らせて欲しい。君は私にとって今や大事な一番弟子であり、妻も実子もいない私の大切な義理の娘でもある。一通りは伝えたとはいえ、まだ教え切れていない精神原型師としての技の数々もある。世界初の人工妖精の精神原型師として、君が私の元から巣立ってくれるならこれに勝る喜びはないのだよ。まだ目覚めぬ、君の最初の娘のこともあるしね」

揚羽は身を乗り出し、膝の上で指を組んだままの博士の手を摑んだ。言葉にならぬ感謝が、感激が、愛情という掛け替えのない贈り物のお返しが、少しでも体温と一緒に伝わって欲しいと思いながら。

「お約束します。生きて必ず、またこの女性側自治区へ、お義父さまのお家へ帰ってくることを。この、身命にかけて――」

一度は止まった涙が、まだ溢れ出して頰を伝う。今度は拭わず、そのまま流れ落ちるままにした。このまま床に落ちた涙が、自分の魂のほんのわずかでも宿して、この部屋に残って欲しいと思った。

不意にノックの音がして、どちらからともなく手を離した後、水淵博士が入室を許可した。

「失礼します。総督府の方が、お迎えのために見えられています」

「もう、そんな時間になっていたか」

入ってきた一初の言葉に、博士は本棚の置き時計を見て頷いていた。

「ぴったり午前二時の五分前。あいかわらず総督府の使者は時間に正確だな」

揚羽が涙を拭うまでの間、博士も一初も気を遣って知らぬふりをしてくれていた。

「お化粧を直してから行きますか、揚羽さん」

やがて涙が止まったときを見計らい、一初の方から声をかけてくれる。

「いえ……すっぴんのままでしたから、もうこのままで……」

「そうですか。では」

一初が、用意よく持ってきてくれていた折りたたみの車椅子を広げる。

「今は夜ですから、歩いて行っても――」

「甘えておきたまえ。一初は、見送るときぐらい姉らしく君に甘えてもらいたいと思っているのだよ」

水淵博士の言葉で思わず一初の顔を見上げてしまったのだが、一初はいつもの微笑みで揚羽を見つめてくれている。

「では、文字通りお言葉に甘えさせていただきます。その前に、本だけ元に戻してから――」

「ああ、その本は君が持っていたまえ」

揚羽がテーブルの上に置きっぱなしになっていた『ツァラトゥストラはかく語りき』を手にとって立ち上がったとき、博士が言った。

「ここでただのハリボテとして老人の書棚に永久に所蔵されているより、君のような若い娘に手にとって読んでもらった方が、その本も喜ぶだろう」

水淵博士は口髭を揺らしながら、喉で笑っていた。

「それは上巻で、第一部と第二部、つまり前半部のみだが、下巻はまたここへ戻ってきたとき君にあげよう。もし鏡子君なら、ニーチェの前にデカルトかカントぐらいは読んでおけと叱るかも知れないがね。まあ今の君なら差し支えあるまい」

重ね重ね、揚羽がまた戻ってくるための約束をしてくれる恩師に、揚羽は深く頭を下げた。

「ありがとうございます、必ず」

車椅子に腰掛け、一初に押してもらいながら書斎の戸口まで来たとき、揚羽は肘《ひじ》掛けから身を乗り出して振り返った。

「先生……いえ、お義父さま！　私、鏡子さんの次に、お義父さまのことが大好きです！」

ソファの位置で立ったまま見送ろうとしてくれていた水淵博士は、揚羽のその言葉に感慨深げに笑っていた。

「いつの時代も、男親は女親にかなわないものだ。まだ子供が女の腹の中からしか生まれなかった時代には、子供は女親と肉体的に繋がっていたのだから子供が母親に懐くのは仕方ない、などと男たちは寂しい自分を慰めていたものだが、やはりそういうことでもないのだろう。その言葉で、私は十分報われたし、心の底から嬉しいよ」

頷く博士の姿がドアの向こうへ消えてからも、何度か揚羽は書斎の方を振り返った。

「私からもお礼を言わせてください、揚羽さん」

「……一初様？」

他に誰もいない廊下で、揚羽の車椅子を後ろから押しながら、一初はいつにもまして優しい声で囁いた。

「お父様は、もう直接自分の手で新しい精神原型師を育てることはしないと、ずいぶん前からおっしゃっていました。きっと、自分の手がけた水先案内人《オール・ガイド》タイプを始め、初期に開発に携わった人工妖精たちの耐用年数が迫ってきて、色々と思うところがあったのだと思います。

でも、あなたが来てからは、まるで生まれ変わったように生き生きとしてらした。もう秘蔵しようと決めていた自分の技と知識を、まるで乾いた砂に水が染みこむように次々と習得していくあなたと出会って、お父様は自分の人生の意義をもう一度、見直す機会に恵まれたのだと思います。

だから——絶対にまた、ここにお戻りになってくださいね。お父様も私も、あなたの帰ってくるのをずっと待っていますから」

小さく会釈して微笑む一初の顔を見上げ、揚羽の心はよりいっそう、強い決意を固める。自分はまだなんの恩返しもできていないのに。お礼を言うべきはずっと自分の方であるはずなのに。

その重さが、なんと心強いことであるか。人間が数万年にわたり、家族という生活単位を大事に受け継いできた理由が、少しだけわかったような気がした。

——必ず、ここへ戻ってくるんだ。絶対に。

一初に押される車椅子の上で、揚羽は密かに心に誓っていた。

——夢見てる？　なにも見てない？

——語るも無駄な　自分の言葉？

C-3

「……止まっているな」

頼むから、背中からとはいえ、聴診器を他人の上半身に当てながらそのような不吉なことを呟《つぶや》くのだけはやめてもらいたいものである。止まってはいけないモノまで本当に止まりかけてしまう。

「心臓が、か？」

「阿呆」

鏡子に後ろから手荒く突き飛ばされた。診察は一通り終了、ということらしい。

「私と同じだ。肉体の老化速度と、〈種のアポトーシス〉による老化後退――つまり若返りの速度が、ちょうど釣り合ってしまっている」

「そんな都合のいい、奇跡みたいなことが、本当に起きうるのか？」

「この私がその『都合のいい奇跡』の生体見本だ。どうせならお前のように、二十代半ばの頃で釣り合ってくれれば、それこそ都合がよかったのだがな。私は見ての通り十代そこそこまで若返ってから止まってしまったので、椅子だの机だの、なにかとサイズが合わなくて困る」

「小学生用の学習机にでもすればいいだろう」

「殺すぞ阿呆」

陽平が振り向くと、鏡子は革張りのチェアにふんぞり返り、さっそく煙草に火を付けていた。ちなみに見栄でも張っているのか、チェアはきっと彼女が脚をいっぱいに伸ばしても床まで届かないくらいの高さになっている。

「私もいずれは、深山たちと同じように胎児サイズまで戻って全身義体に埋め込まれなくては生きていけなくなる、そのときはそんな惨めな延命をするくらいならいっそ公衆の面前で堂々と死んでやろうと思っていたのに、生憎《あいにく》とここへきて急減速して止まってしまってな。また、死にあぐねてしまったということだ」

「傍迷惑な死に様だな」

「死に方ぐらい人の勝手だろ、ほっとけ馬鹿野郎」

ランドセルが似合いそうなほどの童顔女性が、煙草の煙を景気よく吹いている様は、それだけで犯罪ものの絵図にしか見えない。少なくとも、心ある親たちは自分の子供にこんなものを見せたくはないだろう。

「俺もあんたも、ちょうど例の騒ぎの頃、か」

「揚羽の呪い、とは思いたくないがな。恨まれる覚えは数え切れないので困る」

「あんたと一緒にするな」

「ああ、一緒にされるのはお互い迷惑なことだな。恨まれていたにせよ――愛されていたにせよ、だ」

その言葉で空気が重くなり、互いに無言になってしまった。

続く言葉が見つからず、気まずいまま陽平がバスケットに放りっぱなしになっていた自分のシャツに手を伸ばしたとき、ノックもそこそこに鏡子の書斎のドアが開いた。

「あの、お茶のご準備など――」

小さく開いたドアから揚羽が、ひょっこりと顔を出していた。そこに陽平と鏡子の視線が集中したとき、揚羽の顔は見る見るうちに真っ赤に染まり、まるで恐ろしいものを見てしまったかのように口元を震わせながら顔を引っ込めた。

「ご、ごめんなさい！　私、何も見てません！　絶対見てませんから！」

親の仇のごとくドアは叩き閉められ、あとには唖然とした鏡子と陽平が取り残される。

そして二人は申し合わせたように同時に今の自分の格好を見下ろし、次にやはり申し合わせたように視線を合わせて、互いに鈍痛のする頭を抱えた。

〈種のアポトーシス〉の進行状況を診察してもらっていた陽平は上半身裸、鏡子の方はいつもどおり下の下着だけ身につけて白衣を羽織っただけであった。

確かに、年頃の子女にはけっして見せたくない構図ではある。

「誤解されたか……？」

「ようだな……尾を引くぞ、あれは」

「ロリコン趣味だと思われたことが、俺はなにより許せん」

「そう言うな、恋とは盲目なものだ。揚羽の――今の小さい方の揚羽の気持ちに、気づいていないわけでもあるまい？」

「単に、俺ぐらいの年齢の男が物珍しいだけだろ」

「それで済めば、いいがな。いずれにせよ、あとで揚羽の誤解を解くための、せいぜい手の込んだ言い訳を考えておくことだ」

「お前から言え。仮にも親だろうに」

「知らん。私は誤解されたままでも困らん。困るのはこの世でお前一人だけだ」

　鏡子はそっぽを向いて、相変わらず紙束だらけの惨状を呈す机の上で頬杖を突き、完全に責任放棄を態度で示している。

「難儀なもんだな、思春期ってのは……」

「おまけに、誤解を助長する道化者までそばにいる始末だからな。放っておくと、背中からある日突然刺されかねんぞ」

　道化者、というのは、あの雪柳という新しい使用人のことに違いない。今ごろ揚羽は姉と慕う雪柳のところへ行って誤解に満ちた事の顛末を打ち明け、そこに雪柳がいらぬ油を振りかけて更なる延焼を招いている様が、ありありと瞼《まぶた》の裏に浮かぶ。

「そうだった……すっかり話がそれていたが、なんであんな奴を雇った！　この書斎まで辿り着くのも命がけだったんだぞ！　もはやこの建物の中は紙の鍾乳洞で人食い家《モンスター・ハウス》そのものだ！　半年前に来たときはここまでじゃなかっただろう！　たった三ヶ月でただの家屋内をここまでの危険地帯に変貌させたあの雪柳とかいう人工妖精《フィギュア》はいったい何者だ⁉　どうしてあんな奴を雇ったんだ!?」

「だから私が知るか馬鹿野郎!」

「あんたが雇ったんだろうが!」

「求人広告を出したら一人だけ応募してきたから、採用せざるを得なかったんだよ! あれでも二等級であるし、五稜郭の卒業生で身持ちも堅ければ、履歴書に卒業証書写し、それに各種免許証まで添えて送りつけられて、誰が断るか馬鹿野郎!」

「だったらどんな求人広告を打ったんだ! 『笑顔が元気で趣味がペーパー・クラフト(特に鍾乳洞とか迷宮作り)な人を大募集!』とでも書いたのか!?」

それまで陽平に負けず劣らず大きな声を張り上げていた鏡子は、この陽平の言葉になにか気後れするところがあったようで、急に目を背けて苦々しそうに煙草を咥《くわ》えた。

「……なんでも出来る奴、だ」

「は?」

「だから……『なんでも出来る奴』と求人会社に言ってやったんだよ!」

鈍痛に続いて激しい目眩《めまい》を覚えてしまう陽平である。そんな求人広告がありうるのか。そもそも「君、なんでもできる?」と聞かれて「もちろん《イエス》!」と答えるような自信過剰かつ脳天気極まったような人間や人工妖精がこの世にいったい何人実在するというのか。

「なんで、そんな求人を出したんだ?」

「まあ、昔の揚羽ぐらいに、家事全般と、適当に書類整理と、あとは身の回りのことを多少手伝える奴が一人いればいい、と思っていたのだが……求人会社の担当が『もっと具体的に』としつこかったのでな、つい『なら何でも出来る奴を連れてこいこの馬鹿野郎』と言い放ったところ、当てつけのつもりかそれとも馬鹿だったのか。本当に『なんでも出来る人募集！』という広告を出されてしまってな……これではまさか誰も乗ってくるまいと思っていたら、早々に『すぐにでも参ります』という返事が来てしまって、揚羽と同じ五稜郭の卒業生であるし、今さら求人広告を取り下げるわけにもいかんし。まあいいか、と、こういう流れでな……」

「まずそんな馬鹿馬鹿しい求人広告に応募してくる奴の精神的健康度と正気を疑えよ！　それに、来ちまったにしても試用期間とかあるだろ！　一週間ぐらいで程よく『またご縁があれば』とでもソフトに追い返せばよかっただろうが！」

「それが……恐るべきことにな」

煙草の灰を落としながら、鏡子は声を潜めた。

「……本当に何でも出来るんだ、あいつは」

その言葉の意味をすぐには嚙み砕けず、陽平は言葉を失った。

「家事や秘書仕事はもちろん、調理技術は和・洋・中問わず、菓子作りに至っては本職のパティシエ級、コーヒーもバリスタの経験ありで紅茶の茶葉にまで詳しい。経理をやらせても手紙を代筆させてもまったくケチの付け所がない。挙げ句に、五稜郭の出身らしく技師補佐《かんごし》業務をさせても隙がなく、我々精神原型師《アーキタイプ・エンジニア》でなければ理解できないような書類も大抵は判別が付くようだ。そしてなによりも……たった一週間や二週間の間、猫を被るぐらい、奴にはなんでもないことだった」

　陽平の頭の中で、既存の常識が音を立てて崩れていく。

「つまり……なんだ、二週間も働かせてみて、奴の危険性にまったく気がつかなかったのか、あんたは」

「初めの二週間だけは、極めて何事もなく平穏だったからな、油断した。揚羽もすっかり懐いていたし、風気質《マカライト》なら水気質《アクアマリン》の揚羽とは相性がいいし、まあちょうどいいかと……二週間目の最後の夜までは思っていた。そして正式採用を言い渡した日の翌朝――後悔した」

「たった一晩で、家の中が様変わりしていた、とでも？」

「その通りだ、信じがたいだろうがな」

　いったいどんな奇跡の技ならそんな大それた事ができるというのだろう。

「それでも、初めの一ヶ月ぐらいは自分で便所まではたどり着けたのだが――」

「待て！　それは言い換えれば今では一人でトイレにも行けないということなのか!?　どこの幼稚園児だあんたは！　その歳でトイレに保護者同伴か!?」

「そんなわけがあるか馬鹿野郎！」

　机を叩きながら叫ぶので、てっきりあらぬ侮辱に怒り心頭に発したのかと思ったのであるが、

「便所はおろか、今では寝室もリビングも玄関にすらも、一人では進退窮《しんたいきわ》まっているんだ馬

鹿野郎！」

　ただ、開き直っただけだったようである。

「……つまり、なんだ、今のあんたは、この部屋から一歩も出られないのか？」

「食う・寝る・出すのときは、やむを得んので雪柳を呼んで案内させている」

「……案内させたときに、道順を覚えればいいんじゃないのか？」

「毎日変わるんだ。昨日歩いた道順が、今日は断崖絶壁と化していることなど日常だ」

「……玄関にも行けないって、じゃあ、あんた、いつからここに閉じこもってるんだ？」

「ここひと月ほどは、すっかり諦めている。まあ元より、書斎さえあれば私はそれ以外の世界が滅亡していてもかまわんからな……まあ、いいかと」

　天下無双のヒキコモリも、ここに極まれりである。

「それでも、先月まではさすがにたまには外の空気が吸いたくなってな、色々と試してみたのだが――窓のガラスを破ったところ、翌々日にはガラスが五十口径の連射にも耐えられる厚さ三センチの防弾ガラスに取り替えられてしまってな」

　どうりで、この部屋の窓という窓がやたら頑丈そうなわけである。北米の大統領公用車なみの対テロ設備だ。

「で、仕方ないので、壁を破ることにした。雪柳にバレないよう密かにニトロ・グリセリンを合成して、そこの――」

　頬杖を突いたまま、鏡子は煙草を挟んだ指で、庭に面した側の壁を指し示す。その壁だけ、周囲の豪奢な壁紙とは様相が違い、軍用車のように迷彩模様が施されていた。

「壁を丸ごと爆破したのだが、音でバレてな……」

「当たり前だろ！　壁なんぞ吹き飛ばしたらこの狭い村《むら》中の人間がビビるだろうが！」

「翌週には壁がこの通り――」

　明らかにただならぬ「触るな危険《CAUTION》！」という雰囲気の壁を再び、鏡子は指さす。

「爆発反応装甲《Explosive Reactive Armour》にされてしまった。おそらく中東あたりの倉庫で眠っていたものの横流し品をどうやってか手に入れたのだろうが、もはや十二・七ミリ対物《アンチ・マテリアル》ライフルでも、対戦車擲《パンツァーファ》弾筒《ウスト》でもこの壁を撃ち抜くことは出来ん。というより、下手に触れれば装甲が爆発してこちらが次の瞬間に蜂の巣になるだろう」

　どこの紛争地帯なのだ、この家（屋内限定）は。

「たかが自分の家から外に出るためだけに窓を破ったり、壁を爆破したりするあんたの正気も疑わしいが、あの雪柳という奴は、そこまでしてあんたを閉じ込めて、いったい何がしたいんだ……？」

「閉じ込めているつもりなど、毛頭あるまい。風気質のやることにいちいち意味など求めていては、世界中の知的生産労働力がそれだけで不足してしまうが、あえていえば私と〝知恵比べ〟をして楽しんでいるのだろう。あいつは自分が丹精込めて作り、毎日更新し続けているこの家の中の迷路を、私に正面から真面目に解いて見せろと挑戦しているんだ。だから、ルール違反の窓破り、壁爆破などに対しては二度とそういう考えを起こさないように過剰なまでの対処をしてくる。ダニエル・キイスを読んだことはあるか？　私はチャーリィで、雪柳《ネズミ》と迷路で競争をする『アルジャーノンに花束を』と同じ、というわけだな。あいつにとって、この迷路中で私や揚羽が助けを求めて縋《すが》ってくれることほど本望なことはないのだろう」

なんでもできる、と自負するほどに多彩な人材が、こんな辺鄙な片田舎からの求人広告にわざわざ応募してきた理由は、ここまでくれば明白だ。どこの就職先でも持てあまされたに違いない。つまり、雪柳がここへ雇われてきたのは偶然ではなく、彼女の有り余って迷惑極まりない才能のはけ口の受け皿としての必然だったわけである。

「私も精神原型師だからな、普通や少しイカれた程度の風気質なら難なく使いこなす自信はあったのだが——あんな百年に一人の奇大烈な逸材に出くわすことになろうとはな……。製造者《やおや》の顔は調べればわかるが、五稜郭に在学中、奴を無事に卒業するほどまでに見事に躾《しつ》け、御していた指導担当の義姉《エルダー・フローレンス》の顔の方こそ見てみたくて仕方ない。よほど機知に富み、才気溢れる水気質だったのだろう、そうだったとしか考えられん。探し出して今から雪柳の三倍の人件費で雇いたいぐらいだ」

どこまで本気なのか、途方に暮れたように天井に向けて紫煙を吹きながらふんぞり返ってのたまうこの家の家主（囚われの身）である。

「いっそのこと、手切れ金でもどっさり渡して解雇すりゃいいじゃないか」

「ここから追い出したとして、あいつに他に行き場があると思うか？」

それを言われると、陽平も言葉に詰まってしまう。

「まあ、私は人並みの同情心など持ち合わせがないが、それでもたかが風気質の一人も使いこなせないというのでは、自尊心に傷が付く。適当なところで見合い話でも押しつけて寿退社させるか、今の揚羽が一人前になる頃までにどこか貸しのある取引先にでも体よく引き取らせることになるだろうが、それまでは面倒を見てやるつもりだ、今少し人間社会で生き残りやすくなるよう教育することも含めてな。実際、家を迷路にすること以外は極めて優秀な上、あれでどんな書類がどこに積まれているのかも把握しているようであるし、掃除も含め信じられん手際の良さで家事にも抜かりないし、物怖じしないくせに人当たりもよく取引先や近所の評判も極めて良好ときている。幸いなことに、私はこの部屋から生涯出られなくとも何の不便も覚えんしな」

「あんたが困らなくとも、俺はこの家の中にいる限り一瞬一瞬が生存の瀬戸際に置かれているわけだが……」

「そこまでは私の知ったことではない。まあ少し命がけの絶叫系アトラクションに紛れ込んでしまったと諦めて、せいぜい藻掻《もが》き足掻《あが》いて生き残れ。一週間ぐらいは滞在していけるのだろう？　揚羽はそのつもりでお前の歓待準備をしていたようだが」

「可能なら今すぐ村を立ち去りたいところだがな……身の安全のために」

生憎なことに、この村にやってくる鉄道列車は、陽平が乗ってきたものが今日の最後だった。

「早く帰りたいというのなら、それはそれでこちらも都合がいい」

　また皮肉か、と思ってうんざりした目で振り向いたのだが、鏡子の方は今までとは打って変わって真面目な目つきで陽平を見つめていた。

「揚羽の、第四原則に刻まれた、約束の日が近づいている」

　忘れていたわけではないが、つい意識から遠ざけていたことだった。

「もう、そんな時期か」

「ああ、そんな時期だ。だから頃合いよくお前を呼んだ」

　互いの方を見ながら、二人は遠い目になる。もう、今の小さな揚羽が生まれてから、四年目の日がすぐそこまで近づいているのだ。

「かといって、俺には何もできんぞ。頭でも撫でて慰めてやるのか？」

「お前のような若造にそこまで深みのある人間性なんぞ端から求めていない」

　無力なのは認めるが、もう少し他に言い方はないものなのか。

「一番簡単なのは、前にも話したとおり、手枷《かせ》と足枷《かせ》をして、猿ぐつわもして舌をかみ切れないようにし、三角木馬にでも丸二十四時間縛り付けておくことなのだが――」

「本気だったのか……あの案は」

「そうすると私と揚羽の義理の親子としての最低限の信頼関係に修復不可能なまでの亀裂が走り――」

「亀裂というか、もはや地割れだな。活断層の直上クラスだ」

「次の四年目の日に今度こそ手がおえなくなる。それに、そんなことをして無理に生きながらえさせたとしても、それは元の揚羽の本意ではあるまい」

陽平も思わず、深く溜め息をついた。

「決める前に、少しは外の世界を見せてやりたい、か？」

「残念ながら、雪柳の妨害がなくとも私はこの村から一歩も外へは出られんからな」

不穏な言葉に、陽平は目を眇《すが》める。

「やっぱり、まだ見張られているのか？」

「ああ。この半年の間に新しく二組の家族がこの村へ越してきたが、どちらも自覚はともかく、私の行動に気を配るように言い含められているようだ。村全体が、私をここに閉じ込めるための鳥籠《とりかご》、というわけだ」

部屋に引きこもるか否か、どころの話ではないのである
「だが、それなら今の揚羽だって簡単には列車に乗り込めんだろう。今日も俺の出迎えに駅まで来ただけで、少なくとも三人以上が何食わぬ顔して見張っていたぞ」

「だからこそ、お前に頼むことがある――」

鏡子は火が付いたままの煙草を灰皿の縁に置き、顔の前で手を組んで、真剣な目つきで陽平を見上げて言う。

「お前、揚羽と〝駆落《かけお》ち〟しろ」

その瞬間、陽平の意識が遠のきかけたとしても、誰が責められただろう。

──私から　離れる心も
──見えないわ　そう知らない？

B-2

「なんだか、外が騒がし……？」

居留守をやり通せ、と鏡子が言い残していなくなってから、およそ一時間後。

鏡子の言いつけを守るためにも窓を開けることはおろか、下手に窓辺にも近寄らないように気をつけていたのだが、いやに自治区の中心の方が騒がしい。

鏡子のビルは男性側自治区の海辺の端にあり、自然現象以外で音が聞こえてくるとすれば廊下のある西側の方向なのは当然のことなのだが、どうにもいつにも増して──いつになく切羽詰まったような声の群れに聞こえてしまうのは、鏡子のいない部屋に一人で取り残された心細さゆえだけだろうか。

やることもないので、溜まりに溜まった書類の山を少しずつ移動させては、机を綺麗に磨いてからまた元に戻すという、まことに非生産的な作業に没頭していたのであるが、どうにも尋常ならざるほどの喧噪だ。

（たしか、今日は総督閣下のパレードがある日だったから、かな？）

パレードと言えば、各区のお祭りの日ぐらいにしか行われないが、今回は何やら自治区の存亡に関わる重大発表がなされるとかで、区民全員への布告と意気高揚のために急遽決まったと、ニュースで言っていた。

それ以上のことを、揚羽は知らない。知る由も知る術も、揚羽は持っていない。

三年前、鏡子から略式とはいえ〝海底の魔女《アクアノート》〟を襲名させてもらい、姉と同じように青色《BR》機関《uE》の末梢抗体《アクアノート》として生きていくことをあらためて強く決意したというのに、現実はままならなかった。

揚羽や鏡子から幾度かその名を聞かされていた存在〝全能抗体《マクロファージ》〟は、三年前の事件で出会ったものの、偽物だった。そして本物からの連絡は未だ一切ないままであるし、残る頼みの綱である曽田陽平は三年前のテロ首謀者の関係者であったことが災いし、未だ捜査課の第一線から遠ざけられているという。

気持ちが急く。自分は青色機関《BRuE》であり、自分こそが今やただ一人の海底の魔女であるという意識、そして自負が、自分を駆り立てようと藻掻き、心を焦らせる。たとえば今、目の前に連続殺人を犯した無敵で凶悪な人工妖精《フィギュア》でも現れてくれるなら、願ってもないことである。姉に見劣りしないくらい、いやそれ以上に徹底的に容赦なく跡形もなく処分解体の絶技を披露してみせる、その自信はある。

　しかし、今の揚羽には犯罪者の足取りはおろか、その存在すら知る術が限られている。かつて姉は人倫からの直接の依頼も請け負ったことがあるそうだが、今の揚羽に人倫はなぜか冷淡で相手にしてくれない。さらに全能抗体《マクロファージ》がおらず、曽田陽平も当てに出来ないとあっては、揚羽が事件の発生を知るのは公《おおやけ》のニュースに流れてからである。

　そして、事件がニュースになる頃にはとうにカタがついているか、さもなくば本格的な公開捜査に移行したときで、その頃には揚羽のような後ろ盾のない無法者はかえって動きづらくなっている。

　つまり、東京自治区の行政局に管轄される公的な治安機構《けいさつ》である自警団《イエロー》、さもなくば日本本国から自治区の監視も含めて異常な人工妖精の取り締まりのために派遣されている赤色機関《Anti-Cyan》。この二つの組織に手柄を先取りされ続けている。姉のいた時代には、この二つの警察機構を幾度も出し抜いていたのにだ。

　これでは一般人と同等か、あるいは十一階に住む羽山のような私立探偵よりも情報源に乏しく劣っている状態である。

　なにより、自分はまだ、誰一人として殺したことがない。

　三年前の陽炎の離宮の事件で、今の揚羽は次々と襲い来る数え切れないほどの等身人形《マネキン》を無惨なまでに破壊し尽くした。八脚無人装甲車《トビグモ》よりも巨大な、怪物のような人形すら難なく八つ裂きにして打ち倒した。それでも、それらの人形を操っていた当の主犯は自ら成仏したようなものであるし、裏で糸を引いていた〝旅犬《オーナレス》〟の幹部も、結局は自警団に逮捕された。

まだ自分は一度たりとも、青色機関《BRuE》としての職責を全うし得ていないのだ。その負い目と焦燥は、日に日に揚羽の胸の内で延焼し続け、今や日の光よりも熱く燃えさかっている。

——もう誰でもいいから、いっぺん殺してみたい。

などと甚だ不謹慎で語弊のある本音は、さすがに口が裂けても声にしないのであるが、自己の尊厳に関わる問題であり、容易には意識の底へ押しとどめておけない。

たった一度でいいのだ。たった一回、その機会《チャンス》さえあれば、自分は昔の揚羽と同じところまで羽化して、生まれ変われるはずという予感がある。そう、たった一度、たった一人、誰かを、命を殺せる機会を、誰かがもたらしてくれるなら。

「一度でいいから——」

その殺意に充ち満ちた呟《つぶや》きは、外から押し寄せる喧噪にかき消されて、鏡子が吹く煙草の紫煙と同じようにすぐに見えなくなっていったが、揚羽の全身から放たれる剣呑な気配だけは、まるで致死性のガスのように、一人きり取り残された部屋の中で上の方から少しずつ充満していく。

やがて目に見えぬそれが天井から溢れて、揚羽の息する高さまで降りてこようとしたとき、陽気な音色で着信音が屋内に鳴り響いて、殺気に窒息寸前だった揚羽の意識を、陰惨な妄想から一気に呼び戻す。

初めは鏡子が携帯端末を忘れていったのだろうかと思った。備え付けの電話はこんな陽気な声で囀《さえず》らないし、揚羽の友人は通話するよりも先にメッセージで簡単に用件を伝えてくることが多い。たとえば連理なら「週末の予定は空いてる？」というメッセージが来て、それから具体的な週末プランを立てる段階になったら初めて通話を始めるわけである。

ただ、鏡子の携帯端末の着信音はこんな軽快でポップなリズムではなかったはず。それでようやく、鳴っているのが自分の携帯端末であることに気づいたのである。

（……非通知？）

スカートのポケットから取り出した端末の画面には、発信者不明の表示がされていた。

この狭い自治区の中で、発信者を非通知にすることは違法でこそないが、一般にマナー違反であるし、プライバシーがどうのと神経質だった時代とは違い、今どきあまり意味がない。なので、揚羽の携帯端末も非通知で発信されてきた通話は自動で拒否する設定になっている。

それなのに今、この電話は非通知の着信を持ち主である揚羽に必死に訴え続けている。この非合理的な事態に思い当たる節は、揚羽にはひとつしかない。

来たのである、待ちに待ったそのときが、ついに。揚羽の言っていたとおり、非通知を拒否にしていてもかかってくる電話だ。

「は、はい！　揚羽です！　薄羽之《うすばの》揚羽です！　じゃない、薄羽之《うすばの》西晒胡《にしさいこ》ヶ《が》揚羽です！」

通話ボタンを押し、うわずった声で慌てて名乗り、そしてさらに慌ててフルネームで言い換えた。

通話相手は揚羽の狼狽ぶりを予想していたように喉で笑って受け流した後、

『新しい全能抗体《マクロファージ》から新しい末梢抗体《アクアノート》へ。ご機嫌はいかが？』

淡々と、事務的に告げてきた。

そのとき、揚羽の胸の内にこみ上げてきた感慨を言葉にすることは難しい。驚愕と歓喜と緊張と、多くの気持ちが心の器から溢れ出して留まるところを知らなかった。

「揚羽ちゃんから――じゃない、前の揚羽から聞いています！　あなたが青色機関《BRuE》の全能抗体《マクロファージ》ですね⁉」

『それは上々ですね？　では、話は早いのですが――』

「誰を殺せばいいですか⁉」

興奮するあまりつい言葉を先取りしてしまうが、これにはさすがに全能抗体《マクロファージ》の方も呆気にとられたのか、しばらく沈黙した後、また喉で笑っていた。

『相も変わらずのご様子ですね？　しばらく会わないうちに少しは落ち着かれたのではないかと思っておりましたが、むしろせっかちにおなりのようで？』

てっきり昔の揚羽のことだと思ったのだが、どうにもニュアンスとして、今の自分を指しているように思えた。

「あの、以前にどこかでお会いしたことのある方ですか？」

『さあ？　あなたのご記憶にないのであれば、これが初対面ということでよろしいのではありませんか？』

聞きしに勝るほどに、掴みどころのない女性、または女性型の人工妖精のようだった。

『さて、まず初めにご了承なさり置いていただきたいことがあるのですが、私は現在、あなたから遠く離れた場所にいるのかもしれません？　一応、予想される会話の必要順に語彙をキャッシュしてはいますが、なにぶんあなたがたご姉妹の思考に限っては、当方の準備の斜め上空を音速でいってしまう可能性が有り余っておりますので、万が一の際には、応答に若干のタイムラグが生じることも無きにしも非ずということになるのかもしれません？』

「はぁ……」

正直、言っていることがよくわからない。一つひとつの言葉の意味はわかるのだが、単語はともかくどうにも文脈の方が、揚羽の想定からずいぶんずれているような気がする。

『今の説明ではあなたにはわかりづらいこととお察し申し上げますので、簡単に言い換えますと――』

「よくわかりませんが、最初から『簡単に言い換える』ことはできないのですか？」

取り方によっては馬鹿にされているようにも思えてしまうではないか。

『早い話が「時間がないのでお黙りになってお聞きくださいませ、当方にはいちいちあなたの些末で無駄な疑問にお答えする時間も準備も不足しております」ということになるようで？』

取り方も何も、本当に馬鹿を相手にしている時間はない、と言いたいようである。

「……ああ、つまり、うだうだ言わずに耳を澄ましてろ、と、こう」

『いかようにご理解いただいても？』

前の揚羽は、この全能抗体《マクロファージ》とそれなりに付き合いがあったそうだが、この胸の内に湧き起こる苛立たしさをどう抑えたならば友好的でいられるのか、それが知りたくてならない。

「……で、では、こちらも端的にもう一度伺いますけれども、ボクは誰を殺せばよろしいので？」

　腹立たしいことに、この揚羽の嫌味含みの言葉も想定内であったようで、また可笑しそうに喉で笑われてしまった。

『今、殺されそうになっているのはあなた自身です、薄羽之揚羽』

　思わず啞然となって天井を見上げ、次に首を傾《かし》げ、それから肩いっぱいの溜め息をついてしまうのも宜《むべ》なるかな、である。

「いたずら電話なら切りま――」

『お電話をなさいながら歩き回るのはあまりお行儀がよいとは言えませんが、今よりあと二歩以上、窓の方へは近寄らないでくださいませ』

　無闇に彷徨《うろつ》きながら窓辺の方へ歩み出していた足を揚羽は反射的に止め、思わず隠しカメラかなにかの存在を探して辺りを見渡した。

「あなた、どこかからこちらを見張って――」

『まだ彼らが武力介入を開始する可能性は低いですが、超長距離射程《スーパー・ロング・レンジ》の対装甲車銃《アンチ・マテリアル・ライフル》であなたが窓に姿を現す瞬間を待っていることもありえないことではないのかもしれません？　その場合、私と通話中のあなたが端末の向こうで十数個の肉片に破裂していたとしても、私にはいかんともしがたいもので、かように申し上げておきましょう？』

　口調は相変わらず淡々としていて、のんびりしているようにすら聞こえるのであるが、言っていることは揚羽が思わず身震いをしてしまうほどに物騒極まりない。

『詩藤鏡子からは「誰が来てもいないふりをしろ」と申しつけられていることと存じますが、残念ながらあなたはこれから否応もなく、二組の「招かれざる客」をこのビルでお迎えすることになりましょう？』

「居留守します」

『やるだけやってみては？』

　どうにも、話を先廻りされっぱなしである。

『その無駄な足掻《あが》きの後のことでございますが――』

「無駄、決定的なんですか、無駄って」

『あなたは二組のお客の板挟みになりましょう？　つまりどちらについていくのか、あなたは選択を迫られます。そのときあなたからは、はっきり申し上げてどちらも十分どころかまったく信用に値しないように見えてしまうはずです？　まあ実際、どちらに連行されても、安全性の観点からは大して違いはないのですが――』

「どちらにも連行されないという選択肢は？」

『自殺がご希望でしたら、また別なプランが――』

「あ、いいです、なんかいいです。足掻きっぽいですね、その言い方、またすごい無駄な足掻きと決めつけてかかりましたよね？」

『ご理解が早くて助かりますね？』

これほど辛辣な嫌味を、鏡子以外に許した記憶は過去にない。

『あなたの自由意思が、より反映される方を選択なさりたいのでしたら是非に、黄色い方ではなく赤い方にお従いくださいませ。きっと意外に思われることと存じますが、今回に限り、あなたに一定の裁量権を与えるのは赤い方でありましょう？』

「よくわかりませんが、逆の方を選んだら、ボクはどうなるんです？」

『激しく後悔なさる予定です？』

「では、あなたの言うとおり赤い方を選んだら？」

『茨の道が見えますね？』

なら、いったいどうしろというのだ。

「……どう違うんですか？」

『前者なら、あなたは自分の意志ではなにも手出しできない状況にひたすら流され続けてやがて後悔なさいましょう？　後者ならば、あなたはいくつかの岐路において自由意思による選択を繰り返した後、かつてない悲嘆に暮れることになりましょう？』

非道《ひど》い。こんな説得の仕方があろうか。とても世間一般並みに人情のある相手だとは思えない。

「つまり、不幸になるのは変わらないが、後者の方は自分の意思でその不幸な結末を掴み取ったという、それだけの自負は残る、と？」

『まあ概ねそのようにご理解いただいても？　そしてこのような言い方はあまり品がないので避けたいところでございますが、時間的猶予もありませんのであえて申し上げますならば、もしあなたの姉君であったなら迷うことなく後者を選択なさることでしょうね？』

そんなことは他人に口を挟まれるまでもなく、実の妹である自分が一番よくわかっている。ただし、それはこの「全能抗体《マクロファージ》」を名乗る謎の相手の言葉を信用したのなら、という条件付きだ。

「あなたは、最初からボクに選ばせるつもりなどありませんでしたね？　それがあなたのやり口ですか？　そうやって姉を誑《たぶら》かして、男性側自治区《こちらがわ》から追放されるまでに追い詰めたのですか？」

『その件につきましては、申し開きようもありません。面目などとうに粉塵と消えておりましょう？』

初めてしおらしく、全能抗体《マクロファージ》は己の非を認めた。それは揚羽が思わず、肩透かしを覚えてしまうほどだ。

『だからこそ今回、あなたについては慎重に慎重を重ね、万端たる準備に準備をなお増して、このときをこそ待ってご連絡申し上げました。私は自身の至らぬゆえの不始末と姉君への負い目を自覚しているからこそ、今日という日のこの瞬間まで、あなたへの連絡を避けてきたのですよ？』

相も変わらず口調は淡々としているので同情する気にはなれないが、彼女の強い決意のほどは伝わってくる。

　あとは彼女という個人が信頼に値するか否か、それだけが揚羽の選択を決するために欠かせないただひとつの不確定要素なのだが、本当に準備を怠らなかったというのなら不審を抱かざるをえない点がひとつだけある。

「よくわかりませんが、その『招かれざる二組のお客』はもう目前まで迫っているわけですよね？」

『左様のようですね？』

「なら、なんでもっと早く言ってくれなかったんです？　ボクだって時間があれば――」

『あなたに考えるお時間を与えるとその分、想定外の事態に発展する可能性が指数関数的に高まるもので？』

　よくわからないが、今、ものすごく酷いことを言われたのは直感でわかった。

「つまり……なんですか、ボクに考える時間を与えないために、わざとぎりぎりになって電話をしてきたと？」

『あなたから最低限の信頼を勝ち得るのに要する時間を、私は三時間から四時間と見積もっております？　しかし、この部屋にはほんの一時間前まで詩藤鏡子がいらした』

「だったら、ボクが寝坊している午前中に電話をもらえれば――」

『そのとき、あなたはほぼ確実に、戻ってきている詩藤鏡子の判断を仰いだでしょう？』

　それはまったく反論できない。自分なら絶対にそうすると思う。そして鏡子なら、そんな正体不明の不審な奴の話に耳を傾けるなと一喝して終わったはずだ。

『結論として、私があなたに連絡するタイミングは、この事態が動き出す直前以外にありえなかったのでしょう？　私を信頼するか否かにかかわらず、間もなくあなたは危険で先送りできない大事な選択を迫られる。このとき以外に、あなたに私の進言を受け入れていただく最良の方法はなきものと、私は判断せざるをえなかったのかもしれません？』

つまり、信頼されていないのはお互い様、ということであるらしい。

「大ざっぱに理解はしましたが、あなたの話をまるごと信用したわけでは――」

揚羽がなおも電話越しの相手に不審をぶつけようとしたとき、玄関のチャイムが屋内に鳴り響いた。

『先ほど申し上げましたよ？　私を信用するか否かにかかわらず、間もなく事態の方が動き出すと？』

皮肉の籠《こ》もった全能抗体《マクロファージ》の言葉に思わず小さく舌打ちを返しながら、黒板脇に歩み寄って壁に設置された画面から玄関のカメラの映像を見る。

カメラの映像には、黄土《イエロー・オーカー》色のベルト付き外套《トレンチ・コート》を羽織った壮年の男性が、中の様子を窺うようにしていた。やがて二度目のチャイムのスイッチを押して、その顔がカメラの方を向き、人懐っこい笑顔を作る。

カメラがあることはわかっても、こちらが見ていることは知らないはずだが、目が合ったとき背筋に悪寒を覚えずにはいられなかった。

カメラに見える限り連れはなく、一人のようだ。季節外れのコートの中まではわからないが、少なくともコートに隠しきれないほどの危険物を抱えているようには見えない。

『自警団捜査一課の刑事です』

全能抗体《マクロファージ》の言葉に思わず目を見開いてしまう。言われてみれば、無防備で無造作な仕草を装ってはいるが、踵《きびす》の返し方や肩の動かし方に、どことなく喧嘩慣れした人に独特の癖があるように見える。

いつ襲われても慌てたりしない、そう自分を戒《いまし》めることが仕事のうちの職業の人間に、特有の身振りだ。

「いったい、自警団がなんの用があってここへ……？」

『用事はこれから作ります？　まず、あなたに「任意の同行」を求める。それが拒否されれば、ほんのわずかな隙を突いて——そうですね、あなたがたとえ服の下地に隠した手術刀《メス》を抜かなくとも、肩がぶつかったとか、あなたの手が先の尖った万年筆に触れたとか、些細なきっかけから公務執行妨害の現行犯に持ち込むでしょう？　それが彼らの常套手段で、彼らが良識の通用しない無法者からこの街の治安を守り続けるために必要不可欠な当然の技術でしょう？』

「でも、居留守でいないふりを通せば」

『先ほど無駄と申し上げましたよ？　彼らはあなたへの逮捕状こそ持っていませんが、あなたがいつまでも不在のふりを続けるなら、通信で捜索令状を司法局に申請し、それはわずか三十秒で受理され、一分以内に正式に発行されましょう？』

「令状が出たら、無理矢理踏み込んでくるんですか？」

『このビルが契約している警備会社にはすでに話を通しているでしょう？　ならば玄関の鍵はないものも同然ですよ？　あとはエレベーターの停止や各部屋の鍵など、彼らにとってもののの数ではないでしょう？　つまり、居留守で稼げるのはせいぜい数分程度、といったところです？』

「じゃあ、どうすれば——！」

『カメラには映っていませんが、近くに十数人の捜査官がすでに待機しているはずです？　捜索令状を持ち出してきた場合、見張りの数名だけを残して十人以上の捜査官がこのビルへ踏み込んでくるでしょう？　そうするとなおさらあなたの立場は不利になり、また後にも不安要素が増えることになるとお察ししますが？』

「素直に招き入れた方がまだ幾分かマシ、ということですか」

『逮捕状があるわけではありませんから、強制捜査でさえなければ、威圧的な人数で侵入してくることはないでしょう？　その方があなたにとっても、また彼らにとっても分かりやすく、シンプルで上品な結果を望める予定です？』

四度目のチャイムの音がする中、全能抗体《マクロファージ》は冷淡に決断を迫る。

鏡子からは、絶対に居留守でやり通せ、誰も入れるな、ときつく言いつけられている。しかし、全能抗体《マクロファージ》の話通りであるならば、居留守は不利な結果を招くことになる。

「わかりました。あなたの言うとおりにします、全能抗体《マクロファージ》」

迷っている時間はないのだ、全能抗体《マクロファージ》の思惑通りというのはいい気分ではないが。

『結構なことですね？　では、私はこれで。また後ほどご連絡を』

「って、え？　えぇぇ!?」

当然、揚羽の方は慌てふためいて、電話を取り落としそうになった。

「さ、最後まで付き合ってくれないんですか!?」

『私と電話をしながら、捜査官たちと応対するおつもりですか？　一般常識に照らして、それは余計な不審の種をまくばかりだと思われますが？』

「そうですけれども……一人だと、すごく心細いんですが……」

『それは上々ではありませんか？　では』

「あ！　ちょっと！」

本当に一方的に、通話を切られてしまった。

思わず携帯端末に八つ当たりしたい気分に駆られる揚羽を尻目に、五度目のチャイムの音が鳴り響いている。

さすがに、これ以上待たせてはまずいし、出たときの言い訳が難しくなる。

やむを得ず揚羽はインターホンのスイッチを押した。

「はい、お待たせいたしました。ちょっと立て込んでいまして……どちら様でいらっしゃいますか？」

揚羽がマイク越しに声をかけると、トレンチ・コートの刑事はまた一段と人畜無害を装った笑顔をカメラに向けた。

『いやお取り込み中でしたか、こりゃ失敬。いやいや、ちょっとお話をお伺いしたいと思ったんですがね。自警団のもんです』

手帳を見せながら、刑事はにかっと笑っていた。

枠に嵌《は》めたような台詞だ。いわゆる様式美だが、それだけに言い逃れをするほどに相手の術中にはまっていくと、揚羽の勘は訴えている。相手はその「ありきたりな言い回し」から失言を引き出すプロなのだから。

「詩藤鏡子なら、今は外出しておりますので、ご用でしたらまた後日――」

『いえね、今日はあなたのお話をお伺いしたいんですよ、薄羽之真白さん』

その呼び方にカチンと来たのが胸に湧いた感情の半分、残りの半分は既に自分の本名まで調べて指名してきたという、相手の手の内の見えなさに対する警戒感だった。

「どんなご用件でしょう？　ボクには自警団の皆様のお手を煩わせることをした覚えがありませんが」

すると、白髪交じりのグレーの髪をオールバックにした刑事は、さも驚いたように頭を押さえていた。

『おや、ご存じない？　そうですかぁ。速報ニュースなどはあまりご覧にならない方ですか？』

「いえ……たまには、見ますけれども」

正直に言えば、青色機関《BRUE》として活動する機会を求めて、普段なら絶えず速報には目を通している。しかし、今日は鏡子の身が心配なこともあって、ほとんどチェックしていなかった。

『いえね、まあちょっと一大事になってましてな、私たちもてんやわんやの騒ぎでして。その辺のことも含めて、あなたとちょっと、是非ちょっとだけお話をしたいんですが、お邪魔させていただくわけにはいきませんかねぇ？』

これで「嫌です」と答えようものなら、余計にややこしいことになるのは、もはや全能抗体《マクロファージ》の助言を思い出すまでもなく明白だ。

「わかりました……」

溜め息交じりに、承諾の言葉を述べるしかなかった。

「入り口の鍵をこちらから解除しますので、ロビーで――」

『いや、いやいや、ご足労頂くなんて申し訳ない。こちらからお伺いさせてください。今、何階の部屋においでですか？』

「九階ですが……」

『ああ、じゃあエレベーターをお借りしますよ、すぐに参りますんで』

相手のペースに乗せられてしまっている、という自覚はあるのだが、切り抜けるほどの知恵は湧いてこない。自分の人生経験の不足が呪わしい。

「どうぞ……開けますね」

ドアの鍵が開いた途端、カメラの死角から三人の似たような格好の男性が現れて、グレーの髪の刑事の後に付いてビルの中へ踏み入ってきた。

わかっていたことではあるが、実際こうしてやられてみるとなかなかに悔しい。

それから一分ほど後、四人の捜査官はノックとともに揚羽のいる九階の部屋に入ってきた。

「応接室はないもので……申し訳ありませんが、その辺りのお椅子にでも」

「ええ、かまいません」

そう言って、学生用のパイプ椅子にグレーの髪の刑事だけが腰掛ける。背もたれを前にして大股に、まるで不良学生のようだ。

残りの捜査官は案の定、二人が元は教室であるこの部屋の前後の引き戸の前ですっかり門兵気取りで、残る一人はグレーの髪の捜査官の後ろにぴたりとついて立ったままだった。

「今、コーヒーでも――」

「いや、お構いなく。しかし、これは聞きしに勝る、という奴ですな」

部屋中に積み上げられた膨大な書類の山を見渡して、グレーの髪の捜査官は言う。

「詩藤先生は大変な働き者でいらっしゃるようだ」

これは嫌味だろうか、それとも本気で誤解しているのだろうか。そう頭の片隅で悩みながら、揚羽は四人分のコーヒーを淹れて、一人ひとり配っていったのだが、

「私は結構」

グレーの髪の刑事の後ろに立つ若い捜査官だけは、頑として受け取ろうとしなかった。

「それで、どんなご用件でしょう？」

タイミングを見計らっていたのか、ひとつだけコーヒー・カップの残ったトレーを持ったままの揚羽に、グレーの髪の刑事はちょうど向き合う位置の椅子を勧めてきた。

「私は貝島、と申します。この若いのは、あなたともご懇意にしていただいている曽田陽平の後輩でして、原井っちゅう奴です。曽田とお会いになるとき、どこかで顔ぐらいはみかけたことがおありかもしれませんが」

揚羽が首を横に振ると、貝島は「そうですかぁ」と笑みを浮かべたまま頷《うなず》いていた。ここまでくると、笑みが顔に張り付いているのではないか、という気がしてくる。

「それで、その貝島様と原井様は、ボクにいったいどんな御用事で？」

「まあそう鯱《しゃちほこ》張らんでください。別にあなたを逮捕したいだなんて、物騒な考えはさらさらありゃしません。ただ、今の東京自治区は、ほんの三十分ほど前から非常にセンシティブな状態になってましてな、その辺りの事情をあなたに呑み込んでいただいた上で、あなたには是非、良い判断をしていただきたいと思っておりましてね」

ブラックのままのコーヒーを啜《すす》りながら、まるで茶飲み話に誘うような調子で貝島は言った。

「はあ。その事情というのは？」

「まあそう話をお急ぎにならず――とはいえ、今回ばかりは結論から申し上げるのが得策でしょうな。こちらの目的を正直に申し上げるとですな、我々はあなたを保護して差し上げたいと考えちょります」

　口調とは対照的に、その一言で物騒な空気が屋内にたちこめる。

「保護って……ボクが誰かから、危害を与えられるとでも？　誰からです？」

　たしかに全能抗体《マクロファージ》もそのようなことは言っていた。

「誰か、と言われれば……そうですなぁ。たとえば、自警団の各区の所轄の捜査官やら、公安やら、とか、まあたくさんですわ」

　話が見えてこない。なぜ自警団から身を守るために自警団に保護してもらわなければならないというのだろう？

「まあ、この辺はお恥ずかしいところでしてな。我々自警団も、いつも一枚岩っちゅうわけじゃない。時には先走っちまうような血気盛んな連中も大勢、身内にいましてな。そいつらが我慢しきれなくてここへ押しかけてきて、あなたを誤認逮捕しちまう、なんて世間様に顔向けできない恥をかかせるわけにもいかんのです。で、私たち本庁の人間が先手を打って、直接あなたの身柄を保護してしまいたいと、こういうことでしてな」

「誤認逮捕って……ボクにどんな容疑が掛かっているんです？」

　三年前の事件で大暴れしたのは事実だが、それは自警団も曽田陽平の更迭で手打ちにしたはずであるし、今の揚羽はまだだれも殺したことなどないのだ。

「テレビ――」

「え？」

「テレビ、ありますかな。適当に、どのチャンネルでもいいので、点けてもらえれば」

　揚羽は言われるままに、鏡子の机まで手を伸ばしてテレビのリモコンのスイッチを押す。すると黒板前に立体映像でテレビジョンの映像が表示された。

　そこには興奮で沸き返る、総督閣下のパレードの様子が流されている。

「これが、三十分前のＶＴＲですな」

　街路の中心を、黒塗りの公用車で前後をがっちり守られたオープン・カーが、人が歩くのと同じくらいのゆったりとした速度で走行している。オープン・カーの後部座席にはかの椛《もみじ》子《こ》様——椛東京自治区全権総督閣下があらせられ、沿道に溢れかえる観衆の声に笑顔で手を振って応えていた。道々は演出なのか、住民たちが歓迎のために用意していたのか、無数の蝶たちが舞い飛んでいる。色とりどりの羽で光を乱舞させる蝶たちのお陰で、カメラ越しにも華やかな空気が伝わってきた。

「この……すぐ後ですな、よく見ていてください」

「はぁ」

　はぁ、と言ったのが早かったか、それともそれが起きたのが早かっただろうか。ともかく、揚羽は心ない返事のために吐いた息を、すぐに飲み込むことになった。

　黒い影が、まるで天空から降ってきたかのように、画面外から垂直落下してきて、それは狙い違わずオープン・カーの椛子閣下の上に、車体ごと貫きそうなほどの勢いで突き刺さった。

「なっ……！」

揚羽が思わず呻いてしまったその次の瞬間には、黒い影は鮮やかな身のこなしで画面外に姿を消す。そして、後には左胸に手術刀《メス》を突き立てられた無惨な遺体と化した椛子閣下が、ズームアップで映された。

「まさか、暗殺!?　閣下が暗殺されたんですか!?」

「そういうこってす。うちの警備課の連中も総動員体制で厳重に警戒はしとったんですが、なにせオープン・カーですからな、上から来られては。以前から閣下には、不可視防弾ガラス車への乗り換えをお勧めしていたのですが……と、これは身内びいきの言い訳になっちまいますな。まことに、我々自警団としては、面目なんざあったもんじゃありません」

テレビの中の観衆は、わずかな静寂の後、恐慌《パニック》で溢れかえった。

「この映像では速すぎて、犯人の顔が分かりづらいんですが、うちの鑑識に映像補正《こうい》のが得意な奴がいましてね、これを見てください」

貝島は胸ポケットから一枚の電子ペーパーを取り出して、揚羽に見せた。そこには今テレビで流れたのと同じ動画が映っている。

「で、この後、スロー再生で犯人の顔がズームになるんですが」

あまりに素早い動きのためぼやけていた犯人の拡大映像は、まもなくノイズ除去と動きの逆補正をかけられてはっきりと映し出された。

「そんな……！」

それは、紛れもなく自分の顔だった。いや、自分と同じ顔をした誰か、だ。

「我々もこれだけで、あなたに疑いを掛けたりするつもりなんざありゃしません」

思わず席を立って絶句した揚羽に、貝島は落ち着きを促すように言う。

「何より、あなたがこの時間、このビルから一歩も出ていないことは、うちの若いのが確認してる」

「見張ってたんですか、ボクを、最初から？」

「いやまあ、別件だったんですがね。あなたがどうこうではなく、あなたにある人物が接触を図ってくる可能性があったので、あくまで念のため、ですわ。それがあなたの無実を証明することになるとは、なんの因果ですかね。

いずれにせよ、あなたの犯行じゃないことは、ここにいる全員がわかってる。一方で、人工妖精にはまったく同じ顔の個体がいないことも常識だ。で、あなたが――あなた方ご姉妹が、その数少ない例外であることも、我々はわかってる」

「これは姉ではありません！　たしかに顔は似ていますが、羽の色も――真っ黒なのは同じでも、揚羽ちゃんの羽は赤ではなく、青く鈍い色で光るんです！　これは別人です！」

「まあ、落ち着いてくださいな」

詰め寄ろうとした揚羽を、貝島は両手を上げて降参するような姿勢で制した。

「我々もまだそこまで断定しているわけじゃない。まあ、可能性としてはあり、という程度ですな。それに、人工妖精の顔が整形不可能だと言っても、整形手術をしてすぐに死んじまうわけじゃない。あるいはちょっと顔立ちの似た別人を、凝ったメイクであなたに似せてしまうことだって無理じゃないでしょう。それに、あなたのお姉さんは公には女性側自治区に追放されて、もう男性側《こっち》には一歩たりとも踏み入ることが出来ないことになっている。だから、すぐに逮捕状を取って取り押さえるなんつう段階じゃありゃしません。

ただ、我々本庁の捜査課の面々はともかく、所轄の中にはあなたがたご姉妹の特殊な事情までは知らされていない奴らが大半です。連中からしたら、とにかく怪しいと思った奴は片っ端から別件逮捕でしょっぴけ！　と、息巻かざるをえんわけです。そうなると、おいおいここにも押しかけてくることになる。そうしてあなたが逮捕されてしまってからでは、我々本庁がどうこういったところで聞き入れる耳なんざ持ち合わせちゃいない。あとはなし崩しに立件まで持って行かれちまうでしょう。

それに、この自治区には我々自警団以外にもうひとつ、あなたのような人工妖精に対して強制逮捕から処分まで執行することを許された組織がある」

貝島の声は、そこで一段と低くなった。

「……赤色機関《Anti-Cyan》」

「そういうこってす。そうなれば最悪だ、連中の基地にあなたが連行されちまったら、我々自警団にも手の出しようがない」

貝島はそこで両膝を叩き、手詰まりになることを身体で表現していた。

「だから、あなたには一刻も早く、我々の保護下に入ってもらいたいわけです。本庁で身柄をお預かりしている限り、あなたを一切危険な目にあわすことにはさせません。たとえ所轄がわめこうと、赤色機関の三ツ目芋虫どもが身柄の引き渡しを要求してこようとも。ですから——」

そのとき、後ろに控えていた原井とかいう若い刑事が、左耳のイヤホン・マイクに手を当てながら貝島の耳に口を近づけてなにかを耳打ちした。

「……野郎、来やがったか」

それまでの人懐っこい笑顔が嘘だったかのように、貝島は厳めしい顔で吐き捨て、大きな舌打ちをした。

「課長、どうします？」

「どうしますって、おめぇ、今さら尻尾巻いて逃げ出すわけにいかねぇだろうよ」

原井の問いに、貝島はドスのきいた声で答え、それからまた元の笑顔に戻って揚羽の方へ向き直った。

「ちょっと状況が変わっちまいました、悪い方へね。まあ我々の方でなんとかしますがね。申し訳ないですが、席を立ってこちらの方へ来ていただけますか？　なに、無理に拐《かどわ》かしたりなんざしませんから安心してください。

原井、おめぇ身体張ってお嬢さんを守ってさしあげな。傷ひとつでもつけやがったらてめえのケツの毛を全部燃やしてやるから覚悟しやがれ、いいな」

「了解です。しかし、課長は？」

「俺はこのままでいい。連中のツラにケツを見せんのは性に合わねぇや」

椅子に掛けたままの貝島の横を通り過ぎ、揚羽が原井の横まで来たとき、原井がイヤホン・マイクに再び手を当てて叫んだ。

「来ます！」

「どこからだ！」

「窓です！」

原井が言うが早いか、短く銃声が響いて、自治区の中心へ向いた西側の壁のガラス窓が一斉に砕け散る。破片は揚羽の足下まで飛んできたが、原井が身体を張ってコートの内側へ庇《かば》ってくれたおかげで一枚も当たらなかった。

一方、揚羽より前で椅子に腰掛けたままだった貝島は、コメカミをガラスの破片が掠めて出血していたが、なにごともなかったかのように微動だにしていない。

もし元の場所にいたままだったら、揚羽は背中いっぱいにガラスの破片を受けることになっていただろう。

そして、虫食いになったガラス窓を蹴破りながら、ロープを伝って六つの影が屋内へ飛び込んでくる。

「赤色機関《Anti-Cyan》！」

揚羽がその名前を叫ぶよりも早く、六人の全身を真っ赤な特殊スーツで覆い隠した赤色機関の隊員たちは、すばやく屋内の五人全員にそれぞれの脇に構えた機関拳銃の銃口を向けた。

「相変わらず派手なご登場がお好みだな、え、芋虫さんどもよ？」

　コメカミから血を滴らせたまま、貝島は不敵な笑みを浮かべて相手を見やった。

「無礼は承知の上だ。しかし、戦力で劣る当方には、奇襲以外で君たちと渡り合う術がなかった」

　六人の赤ずくめの中で一人だけが、肩から提げた機関拳銃を構えずに悠然と歩み寄ってきて言った。

「へぇ、勝ち目がねぇのにノコノコやってきたってのかい？」

「無論だ。君たち以外にビルの正面に五人、裏手に二人、他にも車内に五人。対して我々はわずか六人。装備の差はあっても、勝負にならない」

「てめぇんとこの人数まで明かすこたぁねぇだろうよ、馬鹿正直だね、どうも。八脚対人《トビ》装甲《グモ》車を連れてきてんじゃねぇのかい？」

「この不安定な状況下で、〇六式を不用意に出動させることは出来ない。もしそんなことをしたら、そのときこそ君たちは臨戦態勢に入るのではないかね？」

「ま、もっともだな、そりゃ」

　貝島はグレーの髪を平然と撫でつけながら頷いていた。

「じゃあ、なんのためにこんな真似をしでかして出てきたんだい？　俺らが簡単にお嬢ちゃんの身柄を引き渡すたぁ、あんたも思っちゃいないよな？　その三ツ目のマスクをしたまま茶飲み話に加わりたいって風でもないしな。まさかその顔《マスク》で、近くまで寄ったのでご挨拶に参上ってわけでもねぇだろ？　こちとら、その右から左まで金太郎飴みたいな三ツ目のマスクは、唾吐いて捨てたくなるほど見飽きてんだぜ」

「顔――顔、か」

おそらく六人のリーダーなのであろう赤ずくめの警部補は、そう呟いた後、おもむろにマスクを留めていた金具を次々と外し、そして最後にマスクを脱いだ。

「失礼があったというのならお詫びしよう、これでいいかね？」

マスクの下から現れたのは、金髪碧《へき》眼の白人男性の顔だった。

これにはさすがの貝島も唖然とし、口を開けたまま固まっている。そして、それは揚羽や他の捜査官も同じだった。

無理もない。日本本国から派遣された赤色機関の隊員たちは、感染経路が未だ特定されていない〈種のアポトーシス〉に罹患することを怖れて、街の中では絶対にその真っ赤なスーツと三ツ目のマスクを外さないはずなのだ。もしマスクを脱いだなら、それは〈種のアポトーシス〉に感染した可能性を生むことになり、任期を終えても本国への帰還を認められなくなることとてあり得る。

「これで私の覚悟のほどが伝わるのであれば、安いことだ」

金髪の警部補は、腰掛けたまま貝島を見下ろして平然と言ってのけた。

「まいったねぇ、どうも」

我に返った貝島は、途端に腹を抱えて笑い、それから凄みをきかせた笑みで金髪の警部補を見つめた。

「覚悟、ねぇ。外国人さんが、難しい言葉を知ってるもんだな」

「我々は、君たちよりはるかに日本人であるつもりだ」

「そうかい。まあこっちは日本本国からはとんとご無沙汰こかれてるもんでね」

椅子を揺すりながら睨《にら》みをきかせる貝島に、金髪の警部補も負けじと視線を交錯させている。

「で、その〝覚悟〟とやらで、お嬢ちゃんを引き渡せってか？　冗談じゃぁねぇや、こちとら子供《ガキ》の使いで身体張ってるわけじゃねぇんだぜ。お嬢ちゃんをてめぇらの餌にするぐらいなら、全員ここで屍を晒すことになってもかまわねぇ、それでも〝やる〟ってんなら、相手になってやってもいいがな」

「それは当方も同じだ。この人数に囲まれた中へ、たった六人で飛び入った我々の覚悟をこそ、あなたは認めるべきだ。だが、ここで我々が無駄に揉め事を起こしても、我々の共通する大敵に利するだけの愚行となるだろう」

その言葉に思うところがあったのか、貝島は鼻で笑いながらも思案げに顎を撫でていた。

「そこまで言うってんなら、てめぇらのてめぇらなりの道理《スジ》ってもんを聞かせてもらおうじゃねぇか」

「課長！　こんな連中と交渉するつもりですか！」

「だまってろ」

耳打ちしようとした原井の顔を、貝島は無造作に後ろへ押し戻した。

「いいだろう」

金髪の警部補は、銃から手を離して肩から下がるままにして、一歩前へ歩みでた。

「君たちでは彼女――そちらの御仁をお守りすることが出来ない。それがすべてだ」

「っざけんなっこのクソッ芋虫野郎！」

激高した原井が側の椅子を蹴り倒し、それは金髪の警部補のところまで滑っていって、その脚にぶつかって止まった。

「やめろ、原井」

「しかし、課長！」

「やめろっつってんだ、ケツに無重力合金をぶち込むぞ、この若造」

揚羽でもぞっとするほどの凄みのある睨《にら》みで、貝島は原井を黙らせてしまった。

「つまり『ボクたちはお前らなんかよりずっと強いぞ』ってわけだな？」

「それは語弊がある。君たちと全面対決に至った場合、君たち自警団はゲリラ戦で私たちに挑んでくるだろう。数においてはるかに劣る我々の頼みの綱は〇六式八脚装甲車だけだが、それも本格的なゲリラ戦に突入してしまっては、守りにおいて必ずしも決定打たりえない。先に音を上げることになるのは、間違いなく私たち赤色機関の方だろう」

「本気でそう思ってんなら、さっきの言葉はハッタリかい？」

「いや、それも真実だ。私たち、あるいは私たち以上の戦力を向こうに回しても、君たちはこの東京人工島を焦土と化しながら、あるいは互角にわたりあえるかもしれない。しかし、それではそちらのご婦人をお守りできない。いや、お守りしたとしても、それでは意味がない。といえば、あなたにはおわかり頂けるだろうか？」

　含みのある物言いで、揚羽には意味がよくわからなかったのだが、貝島はなにか悟った様子だった。

「な、る、ほ、ど、ね。そういうことか。で、お嬢ちゃんをてめぇらに預ければ、本庁で軟禁しとくよりも確実だ、ってことだな？」

「そう考えてもらって間違いない。我々は全身全霊を賭し、そのご婦人の身の安全を保証しよう」

「あてにゃならねぇなぁ」

「それはお互い様だ」

「ちょ、ちょっと待ってください！」

　さすがに黙っていられなくなって、揚羽は原井の腕を振り払い、二人の真ん中に割って入った。

「今、ボクをどうするかってお話をしてるんですよね!?」

「そりゃまあ、そうだわな」

「その通りです、薄羽之真白殿」

　さも当然と言わんばかり、二人は申し合わせたように言う。治安機構に身を置くと、こういうものの考え方が染みついてしまうものなのだろうか。なにか忘れているとは、頭の片隅でも考えないものなのか。

「だったら！　まずボクの意思が尊重されるべきではないのですか⁉」

またしても、さっきまでいがみ合っていた二人は目を合わせ、申し合わせがあったかのように同時に肩をすくめた。

「そりゃ正論ですがね、お嬢ちゃん」

「事はあなた個人の問題に収まらないのです、真白殿」

どうあっても揚羽の言葉に聞く耳を持つつもりはない、という一点において、双方の主張は一致しているらしい。こんなに人を馬鹿にした話があるだろうか。

揚羽は完全に怒り心頭に発し、声を低くして言う。

「あなたたちの傲慢な態度には呆れ果てましたし、ボクを無視するつもりであることはわかりました。なら――」

袖に仕込んでいた十本の手術刀《メス》を抜き、持ちきれない二本を捨てて八本を両手に握った。

「このままボクなしでボクの未来を左右する算段の果てに殺し合いまでするつもりであるのなら、皆様のお手間をすぐに減らして差し上げます」

左右、それぞれ四本の手術刀《メス》を、貝島と金髪の警部補の首元へ突きつける。

「これからこの場で全員、ボクが一人残らず殺しましょう」

赤色機関の五人、それに原井他の三人の刑事は、揚羽の殺気が本気であることを感じ取ったのか、一斉に身構えてそれぞれの獲物に指を掛ける。

「そんなに死ぬのが怖くない、死にたいと仰るのであれば是非も無し。ボクがかの〝黒の五等級〟〝漆黒の魔女《アクアノート》〟とまで呼ばれた詩藤之揚羽の双子の妹であることは、お二人ともご存じのご様子。ならばその魔女の殺戮劇、今ここで再び双方の眼前で再演してみせることも吝《やぶさ》かではありませんが、命乞いがあるのであれば双方、一言ずつだけ承《うけたまわ》りましょう。さあ、どうぞ」

揚羽が双方に向かって睨み目を飛ばすと、貝島と金髪の警部補は再び目を合わせ、また同時に溜め息をついていた。いがみ合っていても、こんな時ばかりは目と目で通じ合えるものであるらしい。

「ま、ここで三つ巴の大乱戦なんてのは御免被《こうむ》りたいもんだな」

「課長！」

「お前、このお嬢ちゃんの細い手首に手錠《ワッパ》を嵌めて引きずってでもいくつもりか？　そんな権利は俺たちにありゃしねぇんだよ、最初からな」

「しかし！」

「だまってろつったろうが。次はてめぇの下の毛を毟《むし》るぞ」

一方で、赤色機関側も似たような様子で、一番近くにいた隊員が「隊長」と声を掛けて、それを金髪の警部補が頷いて目で答えていた。

「致し方、あるまい」

金髪の警部補の合図で、赤色機関の他の五人の隊員は銃口を降ろす。刑事たちの方も、いったい何を隠し持っているのか知れたものではないが、腰の後ろに回していた手を元に戻した。

「て、わけだ。お望み通り、お嬢さんの意思次第ということになった。どっちについていくか選んでもらっても俺たちゃ文句言える立場にないが、一応言い訳がましく言わせてもらえるなら連中の基地は治外法権だ、さっきも言ったが俺たちや行政局、司法局にも手がだせん。後戻りは出来ないと思っておいた方がいいぜ」

「我々は自治区民でこそないが、れっきとした日本本国の治安機構であって、君たちのようなゲリラ屋上がりではない。無法がまかり通ると思われるのは心外だ」

「だ、そうだ。どっちにするね？」

揚羽は手術刀《メス》を握った両手の中で汗を滲ませながら、油断なく双方を見渡す。

どちらが信用できるか、という点に限るなら、曽田陽平もいる自警団の方だろう。しかし、自警団は自分を事が片付くまで軟禁しておくつもりであるらしい。そうすると、全能抗体《マクロファージ》が言っていたとおり、今後の揚羽の自由意思をある程度尊重してくれそうなのは赤色機関の方かもしれない。口調からも、揚羽の身柄を確保しようとするよりも、どこか迎え入れようとしているように感じられた。

「ボクは――」

逡巡の後、揚羽は決意を口にした。

「赤色機関の皆様と行動を共にします」

金髪の警部補が安堵して頷く一方、貝島の方はこれ見よがしの大きな溜め息をついていた。

「まあ、負け惜しみなんだが……お嬢さん、後悔はしないかね？」

「後悔というものは、後にならないとできませんから」

「そりゃそうだ」

貝島は苦笑して頭を押さえながら立ち上がり、コートの裾を翻《ひるがえ》した。

「もう何も言いませんが、課長……」

その後ろについた原井が、不安そうに声を掛ける。

「戦争おっぱじめるとまで言われたら、俺が勝手に火蓋を切るわけにもいかねぇやな。心配すんな、上の爺さん連中には俺から言っとく。もし戦争すんなら、それからだ」

原井の肩を叩きながら、貝島は肩をすくめて言った。

他の二人もつれだって部屋から出て行こうとしたとき、貝島は足を止めて振り返り、金髪の警部補を睨みながら、血の滴る自分のコメカミを指さした。

「この傷はツケにしとくぜ、金髪の兄ちゃん。だが、もしそのお嬢さんに擦り傷ひとつでも負わせたら、そんときゃツケ程度ですむとは思わねぇことだ。俺たちだけじゃねぇ、この自治区の区民全員があんたらの敵になる」

「覚えておこう。ただし、そのツケの取り立てにご足労頂くことにはならないだろう。私だけではない、この場にいる六人全員が、既に生きては再び本国の地を踏まない覚悟をしている」

「減らず口は達者だな……じゃ、お嬢さん、ご縁があればまたコーヒーでもご馳走になりにお邪魔しますわ」

最後にまるで別人のような人懐っこい笑みに戻り、貝島は揚羽に手を振ってから部屋を立ち去っていった。

——自分から　動くこともなく
——時の隙間に　流され続けて

A-3

ここへ来るのは、二度目だった。

自治区の中心付近、自治区の要する全電力の蓄電を一手に担い、同時に世界に類を見ない男女別離社会を実現するため、自治区を南北に縦断して横たわる、巨大な回転式蓄電装置《メガ・フライホイール》。

その更に直下に、この禁断の花園はある。

横幅二百メートル、奥行き五百メートル、高さ二百五十メートルの、人工的な地下空洞である。床、壁、天井のすべては、耐微細機械《マイクロマシン》加工を幾重にも施された多層耐腐食構造でほぼ完全に外界から遮断され、ただ一定の電力とわずかばかりの純水だけが供給され続けている。

その直方体の空間の床の中心には、直径にしてわずか一メートルほどの穴が空いていて、そこにはマントル層付近まで繋がった微細機械の培養池があった——あくまで過去には「あった」のだそうだ。

今現在、その穴を目で確認することは出来ない。まだ東京が自治区となる前に小さな若木と思しきものが芽生えたのが確認されてから数十年、今やその小さな芽は幹の周り百メートル以上にも及ぶ巨大な樹木状の構造物にまで成長していた。

その根と枝は、それぞれ床面と天井面を覆い尽くさんばかりにまで張り出され、今や壁面まで至り、上下から双方が今にも邂逅しそうになっている。これらすべてが、微細機械の元となった古細菌類《アーキア》——元は地下深くマントル付近の超高温超高圧環境下のみで生息していた微生物——だけで出来ているのである。

根は土の代わりになってまた新たな植生を自分の上に育《はぐく》んで森を生み、さらにその中にもあらたな草や蔦が繁茂して、この直方体の中だけでほぼ完結する独立生態系を形成するまでに至っていた。

つまりここは、人類他、地上のあらゆる動植物が絶滅した後、もし地下で静かに息を潜めていた古細菌類《アーキア》が、地上に進出してきたときこの地上がどのような姿になるか、という実験の箱庭なのである。

峨東の一族は、微細機械の実用化以前からこの類《たぐい》の研究に熱心であり、他にもフラスコサイズでの地下資源生成の他、炭素結晶の生成に限定して大きな石碑状の黒鉛の塊を作ったりなど、微細機械――古細菌類《アーキア》が人からの影響を受けないときどんな働きをするのかという実験を繰り返してきた。この箱庭は、そうした一連の実験の中でも最大規模のものであり、そして得られた成果もまた、他に類を見ない驚愕的なものだった。

まだ、この箱庭の中には動物類は誕生していないが、今後の可能性は皆無ではないのだぞうだ。もしそうなったら、たとえいつか、人類が地表を二度と命のたゆたわぬ荒野と変えてしまっても、古細菌類《アーキア》が取って代わって地球の生態系を再生する準備が、この地球の地下深くではすでに整っているということになる。

この地球上の生態系は、いつ滅びてもいいよう、十分な冗長化《バックアップ》がすでになされているのである。

西側の大きなシャッターから箱庭の中へ分け入った椛子と揚羽は、前に来たときと同じように、古くに設置された遊歩道を辿って中心へ向かっている。

「実はね、ここの維持に使っている電力は、もう地上の大歯車《メガ・フライホイール》から供給していないのよ」

先を歩く椛子が、悪戯っぽく笑いながら、後ろの揚羽に言った。その身はわずか一枚の、診察用の貫頭衣を纏《まと》っただけのあられもない姿で、足ももちろん素足である。そしてそれは揚羽も同じだった。

ほんのわずかでも外から異物が紛れ込めば、実に絶妙なバランスで成り立っているこの地下室の生態系を破壊してしまいかねない。だから、幾重にも全身を洗浄し、滅菌を繰り返し、使い捨ての貫頭衣だけを羽織って初めて中へ入ることを許されるのだ。

「と、おっしゃいますと、この人工島の中で発電ができるようになった、ということですか？」

この東京自治区と人工島は、「持たず、作らず、持ち込ませず」のエネルギー禁輸三原則の厳守を義務づけられて、ようやく国際社会からその存在を容認されている。

都市全体が微細機械によって構築されているこの東京において、もし電力の備蓄が尽き果て、都市全体への電力の供給がたった半日でも途絶えるようなことが起きたなら、この不安定な島は見る見る間に崩壊することになるだろう。

電力は本国、日本から月一回、専用の電池輸送船で運ばれてくる巨大な蓄電池のみに依存している。莫大な電力を備蓄できる大歯車《メガ・フライホイール》があるおかげで、もし日本本国と揉め事が起きて電池輸送船の行き来が途絶えても、半年程度は都市機能の維持になんら不足は生じない準備こそできているが、それでも自前で電力を生成することが出来ないのは変わらない。それが、世界最大の視肉株を有している東京人工島に、国際社会が課した絶対の「首輪」となっているわけである。

もちろん、微細機械を使えば石油や天然ガスなどの既存の地下資源を生成することなど容易いが、微細機械とて永久機関ではない。熱力学の法則に従い、投入した電力以上のエネルギー量を持つ資源は生成できないのだ。

「ええ、地下圧力差発電がね、ようやく実用レベルになったわ」

　環境ごとの圧力の違いを利用して発電する技術にもいろいろあるが、椛子が口にしたのは当然、地下超深度の巨大な圧力下・超高温環境で生息する古細菌類《アーキア》と、そこから繋がって東京の視肉にまで至っている地表付近の微細機械との、潜在エネルギー量の差から生じる電圧差を利用した発電のことだろう。もし実現したのであれば、画期的なことである——と、同時にそれは、国際社会からすれば、微細機械の先端技術と膨大な資源を独占する東京に対しての、最強で最後の首輪が失われることを意味する。

「各国が黙って見逃してくれるでしょうか？」

「もちろん、無理でしょうね。各国の倫理性なんてものに期待できないのはもちろん、各国の代表は文字通り、各国の無数の国民の利益を代表しているのだから、『もらえそうなものが目の前にあるのに指をくわえて見守っている』なんてことをしたら、それこそ自国民に対しての万死にも値する背任行為だわ。だから『指をくわえて見守る』のであれば、国民に対して納得してもらえるだけの『事情』が必要。国際社会に公表するのは、その事情が十分に醸成されてから、ということになるわ」

　剝き出しの白い素足で、ところどころ歪んだり傾いたりしている遊歩道の上を、赤絨毯の上とまるで変わらない可憐な足取りで歩みながら、椛子は言う。

「東京の独立宣言——と同時に、ですね」

「ええ。ただ、そのタイミングが予想外に早まってしまったので、たまたま発電施設の方が間に合ってくれたことに、正直ほっとしているわ」

　遅かれ早かれ、現在の弱体化しきった日本本国は消滅を余儀なくされる。そのとき、東京自治区が列強いずれかの支配下に甘んじて国際社会のパワー・バランスを揺るがすことを避けるためには、国家としてであろうとなかろうと、今度こそ完全な独立自治を獲得するしかない。それは、椛子から何度も聞かされていた話である。

「予定が早まったとおっしゃいますと？」

　椛子にとってはなんということのない道のりであっても、揚羽には一歩足を滑らせればなんでもかんでも分解を始める古細菌類《アーキア》で満ちた水の中へ真っ逆さまだ。古びた遊歩道のつなぎ目に何度も足を取られながら、なんとか椛子の歩みについて行っている。

「先月、エーゲ海の視肉培養施設――ゆくゆくはこの東京と同じように、〈種のアポトーシス〉の罹患者の隔離都市になる予定だった巨大な海上施設が、無国籍テロリストの大集団によって占拠された事件はもう知っているわね？」

「はい。欧州の食糧危機打開のための決定打とされていたので、欧州のみならず中東と地中海沿岸のアフリカの諸国をも震撼させた大事件として、たくさんニュースで報道されていましたので……でもたしか、欧州の多国籍編成の特殊部隊の活躍によって、無事にテロリストから人工島を取り戻し、人質になっていた人たちも解放されたはずですが」

「取り戻してなんかいないわ。なくなっただけよ、エーゲ海《あそこ》に残っているのはもう微細機械と共生する先進都市計画の拠点じゃない、今やただの人工の岩礁よ」

　椛子の言うところがなかなか理解できず、揚羽はしばらくおでこをなぞりながら思案していたが、やがて恐るべき事実に思い至った。

「まさか……枯れたのですか？　視肉の培養炉が！」

「正確には『枯れた』のではないわ、『枯らした』のよ、この私の一存でね」

　大きな段差を器用に跳ね上がり、後から続く揚羽に椛子は手を貸しながら言った。

「もうあそこでは二度と、視肉は培養できない。まあ、未だ混迷する食糧事情を、またしばらくモロッコ支配下のアルボロン海の視肉培養炉に依存しなければいけなくなった欧州各国にはご愁傷様と言うほかないけれども……幸いなことに、東京人工島《ここ》とは違ってまだ居住施設がない試験運用段階で、研究者と作業員以外に住人はいなかったし、やむを得なかったわ。微細機械の先端技術が無分別に拡散すれば、それこそ国際社会のパワー・バランスが崩壊するし、テロリストたちを支援していたのがどこの国家や企業、あるいは無国籍のならず者たちであったにせよ、東欧近辺の食料供給を一手に掌握させるわけにはいかなかった。だからちゃんと枯らす前に『やりますよ』とは各国首脳に一報入れておいたわ」

　段差を越えて歩みを戻してから、椛子は話を続けた。

「当然だけれども、それで列強各国は、今や世界中の食糧供給の多くを担っている地球上各地の視肉の培養炉を、私がいつでも自由に枯らしてしまうことができるのだと淳まきながら気づき、表向きは平静を装って事件の真実を隠蔽しつつ、東京自治区に対しては過去にないほどの脅威を覚えてしまったと、そういうわけ」

「では、最近の日本解体の噂も、今度こそ本当なのですか？」

「もちろん。東京自治区にどこかが直接手を出せば、各国の思惑が入り乱れて手に負えない世界大戦もどきのどんちゃん騒ぎに発展しかねない。だから、まずこの自治領の宗主国である日本本国から、列強国同士で手を取り合って仲良く統治しましょう、ということになったのでしょうね。すでに北米軍は臨戦態勢、央土も九州に集結し民兵が中国地方沿岸に上陸しているし、氷土の軍はすでに青函トンネルと津軽海峡を完全封鎖していつでも機甲師団が進軍できる体制を整えている」

「閣下は、どうなさるおつもりなのですか？」

「今は二人きりなのだから、閣下なんて改まった呼び方はやめてちょうだい」

「すいません……椛子様はどうなさるおつもりなんです？」

「そうね。日本本国がいずれ解体されるのは折り込み済みだった。今はもういないけれど、第十三世代人工知能《エウロパ》ともこういう事態にはずっと前から備えていくつもプランを用意しているわ。ただ、私だけじゃなく列強各国にとっても頭が痛いのは、日本本国の『主権』の問題なのよ。日本国の主権は憲法上、国民にあることになっている。つまり国民がたった一人でも残っていて、あとは陛下さえいらっしゃれば、日本国という体裁は残るし、それを軍事力で脅《おびや》かしたら『侵略』行為になってしまう」

「侵略をも辞さずに列強各国の軍隊が日本本国に侵攻せざるをえないのだとすれば、その先にあるのは――」

「そう、大戦争。なにせ大義名分がないのだから、あとは取った奪ったの話にしかならないわ。最終的にどんなバランスで落ち着くにせよ、日本本国で今日も平和に暮らしている人々が、未曾有の戦渦に巻き込まれることになる」

「それは列強各国にとっても望ましくないでしょうね。だから、日本本国在住の日本人がついにゼロになった、という事実が効いてくるわけですか？」

「そういうこと。今、日本本国に住んでいるすべての人間は、もう日本人ではないわ。みんな外国籍で、日系人は〝在日日系外国人〟って奇妙な名前で呼ばれている。彼らは法的には元の日本人以上の強力な参政権こそ持っているけれども、憲法上は『主権者』として認められない」

「主権者がいなくなれば、憲法上は『日本』という国家が成立しなくなるのですね」

「国民主権の国家だからね。あとは国家統合の象徴である〝陛下〟――新しい陛下のお身柄さえ確保すれば、日本本国の解体を公式に発布することが出来る。そうすれば日本の本土はまとめて無国家の空白地帯になるわけだから、そこに列強国が軍隊を送り込んでも『侵略』ではなく正常な『進出』ということになる。あとは放っておいても、列強国同士で手を繋いで適当に新しい国境線を引いて、仲良く色分けしてくれるでしょう」

「そうすれば、本国に住まう人たちも、戦火に巻き込まれずに済み、静かに平和的に各国の勢力圏に組み込まれるのですね」

「で、私たちはその頃合いを見計らって、自力での発電が可能になったことを明らかにした上で、独立を宣言すればいい。当然あちこち揉めるでしょうけれども、まあその辺りはエウロパとプランをすでによく練ってあるわ。なので、あと問題になるのは日本人がゼロになった日本本国ではなく、海外に在住している日本人なのだけれども——」

「この日本人が生きづらい社会では、海外在住の人ほどとっくに日本国籍を捨てているのではないのですか？」

「そうなんだけれども、少し政治的な意味合いもあってね。要は、西晒胡流派と水淵流派に属する人たちの一部が、未だ日本国籍を保有しているのよ。彼らは峨東に対して、政治的な駆け引きのカードとして、残った日本国籍保有者を利用するつもりなわけ。東京自治区が独立するなら、自分たちもその利益に一枚噛ませろ、とそういうことね。まあ、独立に当たっては水淵と西晒胡の協力が不可欠なのは事実だからそれはかまわないのだけれども、実際問題としては事務レベルでの折衝が必要なのよ。それでこの一ヶ月は、そちらにかかりっきりになっていたの。その間、あなたと十指たちが麝香《ジャコウ》と死闘を繰り広げていたのに、任せっきりになってしまって申し訳なかったわ」

「いえ……私の方こそ、十指の皆様をお助けすることがかなわず、申し訳ありません」

「仕方ないわ。あんな非常識な、麝香という化け物が相手では。女性側の十指のことは正直私も胸が痛むのだけれども、今は彼女たちの死を無駄にしないよう、残された私たちが頑張るしかない」

「はい……」

椛子の顔には微かに疲れが浮かんで見える。それは、周囲に決して弱みを見せない椛子には、とても珍しいことだった。

「おかげで、交渉の方は大方が終わったわ。残りは峨東の宗家筋の人で引き継いでくれることになって、ようやく私は面倒な仕事からは解放されたの。新たな生け贄《にえ》になったのが宗家の誰だかは知らないけれどね、まあ宗家の狸《タヌキ》どもに選ばれるほどの人なら、きっとうまくやってくれるでしょう。陛下のお身柄の方も手は打ってあるし、あとは各国軍が動き出すその時《ゼロ・アワー》を待つだけなんだけれども——麝香というイレギュラーの登場は、さすがに計算外だったわ」

「エウロパも、そこまでは予測していなかったのですか？」

「一応、個体レベルで反乱が起きる可能性については警告を受けていたのだけれども、まさかたった一人の狂った人工妖精《フィギュア》相手に、私の誇る十指が手玉に取られ、女性側行政局の閣僚の半数以上が惨殺されてしまうなんてね、さすがに私の想像の範囲をはるかに超えていたのよ。たぶん、有力な誰かが密かに麝香を匿《かくま》いながら、自治区独立の動きを封じ込めようとしているのだろうけれども、まだその正体はおろか尻尾すらも摑めていない」

中心に近づくにつれ、だんだんと行く手を遮る枝や蔦は深く、太くなっていく。それをなんとか押しのけ、飛び越し、くぐり抜けながら二人は進む。

「さすがに独立ともなると、自治総督である私の一存というわけにはいかない。自治憲章を改正して新国家の憲法にまで格上げしなくてはならないし、各条例も法律に置き換えることになる。区民に今まで通りの変わらぬ生活を続けてもらうためには、これらの手続きを一気に始末してしまわなければならないわ。そのために、行政局長とその閣僚たちに協力してもらって、全区民の総意としての独立合意宣言、それに各種改正の暫定移行法案を閣議決定してもらって自治議会に提出、まあ司法局の判断は後回しに出来るとして、議会を通過したらすぐさま公《おおやけ》に行政局による暫定政府を樹立する。ここまでの流れを、各国軍による日本国の解体宣言から可能な限り迅速に済まさなければ、列強国の自治政府への介入を許すことになってしまう。そのために、男・女側どちらの行政局にも、協力的な閣僚の顔ぶれを揃えてもらうよう働きかけていたのだけれども、女性側では麝香一人にその半数が殺されて、再組閣をやむなくされてしまった」

「もし、男性側自治区の方でも同じことが起きれば――」

「致命的よ。そうでなくとも閣僚候補たちは麝香を怖れているのに、男性側自治区でも再組閣ということになれば、閣議決定の行方が怪しくなる。どちらかの行政局で閣議決定が失敗すれば、もう片方にも波及するのは必然。議会も荒れるでしょうし、独立宣言の前に各国の介入を許して占領下におかれてしまうかもしれない」

三メートルはあった最後の崖を、つづら折りになった歩道を辿ってようやく登り、最後に椛子から手を貸してもらってようやく這い上がった。

「ようやく着いたわね、腐《Bad》った果実《Apple》に」

そこは大樹の幹の根元だった。根と幹の境目は分かりづらいが、ちょうど揚羽たちのいるのと同じ高さに、大きく肥大化した部分がある。そこには、峨東の、そして微細機械関連すべての技術の最大の秘密が眠っているのである。

「バッド・アップル？」

たしか、女性側に来て間もない頃、初めてここへ招かれて見せてもらったときは、そんな名前では呼んでいなかったはずであるが。

「たった一個の腐った林檎が周囲の林檎までも腐らせる《The bad apple injures its neighbor》、ということわざよ。もちろん、正体がこんな姿だとは思いも寄らないでしょうけれども、世界中の視肉株を意のままに死滅させることができる『何か』を、各国はとりあえずそういうコード・ネームで呼んでいるらしいわ」

肥大した幹の中には、直径五、六メートルほどの青いガラスのような透明な球体が埋まっていて、幹の樹皮の隙間からその球体の中を垣間見ることが出来る。

覗き込むと、前に来たときと変わらず、人間で言えば十歳前後の幼い少女が、胎児のように丸くなって、球の中に満たされた液体に包まれ、眠っているのが見えた。

「腐った、なんて失礼な表現ですね。こんなにも綺麗なのに……」

「同感ね。とはいえ、これの実在を知った各国が慌てふためくのも無理ないことだわ。東京自治区の、世界各国に対する最後の切り札《ジョーカー》だから、もうしばらく大事に取っておきたかったのだけれども」

二人で肩を並べて球体の中の少女を見つめながら、思わず溜め息を零した。

「今も、話は出来るんですか？」

「一応はね。それでエーゲ海の視肉を枯らしてもらったのだから。ただ、彼女の体感的な時間の流れは、私たちのそれとは違って信じられないくらいゆっくりなのよ。だから、ひと言二言、会話するだけでも数日がかり。だから、こんな装置も必要なわけ」

椛子が指さしたとおり、球体の周りには無数の装置が並べられ、今も球体内の少女の状態を記録し続けている。

「もし、東京自治区が占領されて、列強国のどこかがこの子を引き渡せと強要してきたら、椛子様はどうなさるおつもりですか？」

「枯らすわ、世界中の視肉をひとつ残らず。この地球人類が二度と微細機械に頼ることができないように、跡形もなくね」

「それで、全世界で多くの人々が飢えて苦しむことになっても？」

「短期的にはそうなるわね。でも、そうしなけば世界中の視肉がどこかの国の支配下に置かれ、人類は長い暗黒の時代に突入することになるでしょう。それに〈種のアポトーシス〉の病を、人類から分離することもかなわなくなる。たとえ飢えなくとも、千年以内に人類は種の存続の危機に陥るはめになる」

「辛いですね……お察ししてみると、やっぱり、そういう責任をお一人で担うのは」

「まあ、私が望んで就いた仕事だからね。愚痴ぐらいはたまにあなたや指たちに零したくなるけれども、途中で放り出すわけにはいかないわ」

　二人は肩に感じる重さのあまりの存在感ゆえに口が重くなり、しばらく沈黙してただ水の中の眠り姫の寝息に耳を澄ませていた。

「さて」

　やがて、糀子は幹から身体を離し、憂鬱さを吹き飛ばして揚羽に向き直った。

「そろそろ朝まで時間もないわね。ここからは一人で行けるかしら？」

　この箱庭には東西にゲートがあり、東側から出れば男性側の総督府内へ辿り着くことが出来る。総督府のビル内の隠し直通通路が使えればこんなサバイバルな道程は必要なかったのだが、三年前の事件以来、隠し通路が使いづらくなっていて、わざわざこうして遠回りしてきたのである。

「はい、大丈夫です。糀子様は東京のため、世界のため、どうか力をお尽くしください。麝香のことは、私が必ず――」

　麝香が既に男性側自治区に密入区しているという情報は、これまでの経緯を見ても疑いようがない。東京自治区の独立を好ましく思わない何者かの支援を受けて、男性側でも閣僚の暗殺を始めるつもりなのだ。それを止められるのは、揚羽しかいない。

「麝香を、殺せる？」

　四年前から、揚羽は人を殺せなくなってしまった。だから、これまでも麝香を取り逃がし、十指の十人全員を殉職させてしまった。

正直、再び相見《まみ》えたとき、とどめを刺せるか、自信がない。しかし、やらなければならない。これ以上、揚羽の逡巡のために犠牲者を増やし続けることはできないのだ。

「きっと……いえ、必ず」

「そう、わかったわ。もし生かしたまま捕らえることが出来たのなら、人倫の変異審問にかけることになるでしょう。そのときの事後の処理は任せてくれていいわ。私ももうすぐ、独立の布告に先立って区民たちの意気を高揚させるパレードのために男性側の方へ行くから、そうしたらもう少しあなたの支援もしやすくなるでしょう。

ああ、そうそう、あとこれを渡しておかないと」

椛子は、どこからか滅菌パックされた書類袋を取り出し、揚羽に手渡した。

「向こうについたら……昼の間は寝ないといけないでしょうから、次の夜ね。そのときになったら中を見なさい。男性側《むこう》であなたが自由に行動するために必要になるであろう書類を一式、揃えてあるわ。それと、自警団《イエロー》からも特に腕利きの人を出してもらっているから、一緒に協力してがんばってちょうだい」

「ありがとうございます。では」

「ええ、いってらっしゃい。必ず、生きて戻ってくるのよ」

椛子に見送られ、揚羽は生い茂る枝や蔦をかいくぐりながら、東側の男性側へと急いだ。

もう四年も前に、胸のどこかに置き忘れてしまった殺意を探し求めつつ。

――戸惑う言葉　与えられても
――自分の心　ただうわの空

C－4

「よく生き残ったな……俺」

人目がないのをいいことに、浮上した駅のホームの上で悠々と煙草の煙を吹かしながら、陽平は感慨深くこの三日間の生存をかけた詩藤邸での日々を振り返った。

わずか三日間の滞在の間に、埋もれて救助されること二回、埋もれかけて自力で脱出すること六回、たかが廊下の反対側のトイレに行くのに一時間以上彷徨《さまよ》い歩いたこともあった。

こんなに生きた心地を覚えることができるのは、いつぞや陽炎の離宮で凄惨な殺し合いをして以来、さもなくば昔の揚羽と初めて遭遇し、全身を手術刀《メス》で穴だらけにされて以来ではなかろうか。

いずれも血で血を洗うような、先進文明都市にあるまじき野蛮な死闘だった。それに匹敵する滞在生活とはいかなるものであったかと問われても、筆舌に尽くしがたい。

日の光は、ここへ来たときと同じように、だいぶ西側へ傾いている。次に来るのが、この村を今日訪れる最後の列車だ。

「来るのなら早く来てもらいたいもんだが」

列車のことではない、あの小さい今の揚羽のことである。

揚羽をこの村から連れ出すと簡単に言っても、一筋縄ではいかない。なにせこの村の住民すべてが行政局のスパイ、とまでは言わないまでも、鏡子が案じているように確かに監視の目はあるのだから、これから来る列車の車掌とて、どちらの味方だかわかったものではない。だから、ぎりぎりで駆け込んでくる手筈にはなっている。そういう相談は詩藤鏡子とすませていて、その場には雪柳もいたのだが、実は当の揚羽には直に話せていない。裸同然の姿で詩藤鏡子と向き合っていたところを目撃されたあのとき以来、揚羽は露骨に陽平のことを避けていたし、目が合おうものなら顔を真っ赤にして逃げ出してしまうくらいであった。そして、それは鏡子の方に対しても同じだっただろう。

頼みの綱は雪柳であるが、言うまでもなくあまりに心許《こころもと》ない――否、火に油を注ぐだけの天才的トリックスターをあてにしなくてはいけない時点で、陽平と鏡子の手詰まり感は拭《ぬぐ》いきれない。

――駄目かも知れない。

別れ際の書斎で、鏡子と顔を見合わせて互いに溜め息をつきながら、思わず呟《つぶや》いた言葉である。

『間もなく普通電車、東京行きが参ります。白線の内側まで下がって――』

無人駅の自動音声が、軽快なチャイムの音とともに告げる。

陽平は旅行鞄を手に持って、簡素なベンチから半ば諦め気分で立ち上がった――そのときである。

『あ〜、あ〜、まいくてす、まいくてす。本日は晴天なり、本日は晴天なり〜』

村内の各所に設置された緊急放送用のスピーカーが、一斉に雪柳の声を轟かせ始めた。

『村の皆様におかれましては本日もご機嫌麗しくあらせられるところ、大変恐縮でございますが』

ぐだぐだの前置きが語られている間に、列車は鏡状のゲートを越えて海上軌道《レール》に姿を現し、ぐんぐんと駅へ迫ってくる。

『これより爆発反応装甲の一斉爆破試験《テスト》を実施いたします。なお、爆発の影響は詩藤鏡子様の書斎内部が木っ端微塵になるだけの予定ですが、その際に瞬間的に巨大な騒音が発生すると予想されております。村内の皆様におかれましては、可能な限り屋内へ退避され、布団を被るなり耳を両手で塞ぐなり無駄な足掻《あが》きによるご協力をせいぜいどうぞよろしくお願いいたします。なお、事後に耳鳴りや難聴などの症状が現れた方は、すぐに詩藤邸は詩藤鏡子博士まで無意味なクレームをお願いいたします』

「また詩藤先生のとこだねぇ」

「あの先生といると飽きないのう」

駅の側で井戸端会議に興じていた老人たちが、笑ってそう語らいながら近くの民家に退避していく。まるでこの村の季節の風物詩、とでもいった暢気さである。

『それでは、カウント・ダウンを開始します。十、とんで三、二、一――』

三両編成の列車がホームに走り込んできたのはちょうどそのときのことである。そして、さすがの陽平も『十とんで三』という出鱈目なカウントには度肝を抜かれ、旅行鞄を手放して慌てて両耳をふさぐ。

次の瞬間、腹の底で感じられるくらいの爆音が響き渡り、駅とはちょうど反対側の詩藤邸の方から黒煙が立ち上った。

「何事です!?」

停車した列車から、J．R．C．D．の制服を纏《まと》った車掌が飛び出してきて叫ぶ。車内にいた十人弱の乗客たちも、みな列車の窓に寄ってきて、驚いた顔で村の方を眺めていた。

「俺に聞かれても知らん！」

と、言い返すほかない。

「とにかくすぐに発車しますよ！　テロの巻き添えは困ります、早く乗ってください！」

テロ……まあ、テロだと思われても仕方ない事態であるし、あの雪柳という人工妖精《フィギュア》は、まっとうな社会生活を送るよりテロリストにでもなったほうがその才能を遺憾なく発揮できるのであろうが。

「ちょっと待ってくれ、連れがもう一人、すぐに来る」

「待てませんよ！　路線バスじゃないんだから！　早く乗ってください！」

車掌に背を押され、開いたドアから強引に列車内へ押し込まれてしまったが、車掌がホームの発車ベルの方へ戻っていくとすぐにドアから身を乗り出して、閉まるのを防いだ。

「あんた、いい加減に――！」

車掌が陽平に今度こそ本気で怒鳴ろうとしたとき、

「来た」

切羽詰まった息づかいが、海面下の村と上のホームを繋ぐ階段の方から聞こえる。

「あの、乗ります！」

ようやく走って階段を上りきった揚羽は、その小さな身体に不釣り合いなほど大きな旅行鞄を一度ホームの床に降ろして額の汗を拭き、それからまた両手で鞄を持ってよちよちとよろめきながら陽平のいるドアの方へ向かってくる。

さすがに見ていられず、陽平は列車内から飛び出し、その大きな鞄を奪って肩に担ぎ、揚羽の手を引いて再び列車内へ駆け込んだ。

発車のベルが鳴り止んだのは、ちょうどその瞬間のことである。

揚羽のスカートの裾がドアに巻き込まれ、それを力を合わせて引き抜いてから、ようやく二人はほっと大きな溜め息をついた。

『あ～あ～、試験は無事終了し、詩藤先生の書斎は跡形もなく粉砕されました。なお、詩藤先生は五体満足でご無事でございます。村の皆様のご協力に心から感謝の意を表しますとともに、今後も変わらぬご愛顧を心よりお願いいたします。詩藤邸よりの緊急放送でありました〜、いじょ！』

実に愉快そうな声で、放送が一方的に事態の収束を告げる。

「まさか、こんな大がかりな陽動作戦をしやがるとはな……」

動き始め、徐々に加速していく列車の中で、陽平は独りごちた。

詩藤鏡子にも止められなかったのか、さもなくば直前まで知らされていなかったのか。

「あの……陽平さん、手、痛いです」

「ああ、悪い」

言われて、揚羽の両の手首を摑んだままであることに気づいて離す。すると揚羽は息が上がって上気した顔を伏せ、陽平から一歩、二歩と後ずさって離れていく。

「……なんで、来たんだ？」

もちろん、揚羽を村から連れ出して東京へ行くのは、詩藤鏡子と申し合わせていたことではあるのだが、結局最後まで揚羽に了承はおろか事情の説明すらできないままだったのであるから、自分から付いてきてくれたのは助かるが、理由まではわからない。

「実は、これを、雪柳お姉様からこっそりもらいまして」

揚羽がポシェットから取り出したのは、二通の手紙だった。

どちらも差出人は五稜郭——扶桑《ふそう》看護学園で、片方は『詩藤鏡子様宅　雪柳様』と宛名されていて、もう一通は同じように〝揚羽〟宛てになっていた。

「これ、五稜郭の学園祭で、『桜麗祭《おうれいさい》』というそうなんですけれども、それの招待状だそうです。卒業生の雪柳お姉様のところには毎年来ているらしくて、それがなぜか今年だけは、身内でもないのに私の名前宛てにも届いていて、それで——」

それは、ちゃんと毎年、前の揚羽宛てに主催側から事務的に届いていたものを、詩藤鏡子がこっそり握りつぶしていたからだろう。

「まあ、だいたいはわかった」

その辺り、揚羽に東京へ行く動機付けを上手にしてしまう雪柳の手際には、さすがと言うほかない。

「そ、それだけじゃないんです！」

いったんは後ずさった揚羽が、陽平の胸へぶつかりそうになるほど前のめりになって叫ぶ。

「私！　鏡子さんにも負けたくありません！」

その一声で、一度は平静を取り戻していた列車内の乗客たちが、ふたたびぎょっとした目で、陽平と揚羽の方へ振り返る。

「お、お二人が……そ、その、こ、恋……人でも！　私だって……負けたくありません！」

何を勘違いしたのか、乗客たちの間から俄《にわか》に拍手が湧き起こり、それはやがて喝采になって車内を充満する。

揚羽の顔が赤かったのは、なにも走って息を切らせていたからだけではなかったようだ。

「とにかく、車両《ばしょ》を変えよう……」

完全に『愛の逃避行をする二人』と間違われたまま、この車両で東京に着くまで過ごせるほど、陽平の肝は太くない。

急いで二人分の鞄をしょい上げ、揚羽の袖を摑んで人気の少ない三両目の方へ移動した。

そして向かい合わせの座席に陣取り、ようやく一息つくことが出来た。

聴衆の前で事実上の告白宣言をした揚羽の方は、今ごろになって自分のしでかしたことに恥じらいを覚えたのか、耳の先まで赤くなって顔を伏せている。

しばらく、そうして沈黙が横たわる気まずい時間を過ごしていたのだが、

——まあ、遅かれ早かれ、話さなければいけないことか。

青い関東湾の海しか見えない窓の外を眺めながら、陽平は腹を決めた。

「揚羽。俺はお前にずっと隠していたことがある」

「やっぱり鏡子さんと——」

「違う」

本当に、今の揚羽の頭の中は思春期真っ盛りであるらしい。

「お前の親の話だ」

「やっぱり鏡子さんの——」

「だから違う。育ての親のことじゃない。本当にお前を造った、実の製造者《ははおや》のことだ」

揚羽はしばらくきょとんとしていたが、やがて膝を揃えて陽平を見つめ返した。

考えたことがなかったわけではあるまい。ただきっと、なんとなくあまり考えたり誰かに尋ねたりしてはいけないことだと、幼いなりに感じ取って、今まで知らぬふりをしてきたの

ではないだろうか。

「これから行く東京と五稜郭は、お前の本当の母親が、かつて暮らしていた場所だ」

揚羽の顔の赤みは潮が引くように薄まり、陽平の話に真剣に耳を傾けようとしていた。


――無駄な時間に　未来はあるの？

――こんな所に　私はいるの？

A―4

総督府の正門ゲートから一足、歩み出るなり、揚羽は車寄せ《ポーチ》に自動車を止めて堂々と煙草を吹かしている不敵な男性と目が合った。

そして、揚羽と男はしばし、ロープの切れ掛かった吊り橋上で出会ってしまった男女のように見つめ合い、ほぼ同時に頭を抱え、示し合わせたように肺が空になるまでうんざりとした溜め息をついた。

「そこで何してるんですか、陽平さん」

「お互いわかりきった答弁しか出来ないなら、行政局の人気取りでもあるまいし時間の無駄だ」

「なんか、以前にもこんな会話したことありませんでしたっけ？」

「あったような気もするが、思い出すだけ無為だな。どうせろくな目に遭ってない、お前と一緒になったときにはな」

　もっともなことだ。ただし、お互い様であるが。

「まあ閣下から『自警団《イエロー》の特に腕利きの人』と一緒にと言われたときから、ずっと嫌な予感がしっぱなしではあったのですが……」

「こっちも突然に現場復帰を命じられるなり、女性側自治区から来る総督府のエージェントと組んで独自捜査をしろなんて指示されりゃ、だいたい想像はついていたがな……」

「例の等身人形《マネキン》公社の事件の後にお会いして以来、もう三年ぶりですか。ご壮健のようでなによりですが、こうしてあらためて直に顔を合わせることになると、なぜか溜め息しか出てきませんね……」

「同感だな……」

　時刻は午後十一時。夜の帳《とばり》は星々の飾り付けとともにすっかり夜空を覆い尽くしていて、街々の明かりも少し落ち着き始める頃である。代わりに、夜も変わらず色とりどりの羽の色で舞い飛ぶ蝶たちの姿が、いっそう際立って見える。

　こうして目前の嫌気の差すご遠慮したい現実から目をそらしてボケっとしていてもなんら事態が好転するはずもなく、とりあえず自称人並み以下の悪い頭を必死に回転させて何らかの回避策を模索してみるのであるが、そんな都合のいい選択肢などかつて追放処分まで受けて本来なら出入り禁止の男性側自治区に戻って来てしまった揚羽に残されているわけもなく、軽く目眩《めまい》を覚えた頭を振って向き直ったときには、どうやら同じような煩悶に耐えていたらしい陽平と再び目が合い、また溜め息が零れてしまった。

「……あ、ちょっと失礼します」

スカートのポケットの携帯端末が震えたので、揚羽は具合良く陽平に背を向けて電話の通話ボタンを押した。

『はろ～！　昨夜ぶり！　どう、元気してる？』

区民の前ではいつも毅然と振る舞っている総督閣下の電話の第一声が、実はこんなにもなれなれしいと知ったら、一部の熱烈な総督ファンの男性の皆様は卒倒して救急車で運ばれてしまうのではなかろうか。

「閣下のご厚意のおかげさまで、今ちょっと現実逃避に浸り尽くしていました」

『あら、彼とパートナーになるのは嫌だった？』

「嫌というわけではないんですけれども、なんというかこう、気心が知れすぎているのもなんだかですね」

『じゃ、今から他の人にチェンジしてもらう？』

「いえ、そこまでしていただかなくても……」

『ほら、やっぱり彼がいいんでしょ？』

「そういうわけでは、ですねぇ」

『まあ麝香のついでに、彼のハートも射止めちゃいなさいよ、せっかくだし』

「椛子様、もしかしてそんなお戯れのために、陽平さんを選ばれたんですか？」

『うーん、半分くらい』

半分も本気だったのか。恐るべし、東京自治総督。

『残りの半分は、本当にあなたのためを思ってよ。あなたが四年前に男性側《そっち》を追放されたときの事情を知っている人は、自警団の中にもあんまり多くないでしょう？　その上であなたに好意的――まあ、そこまで言わなくとも、気兼ねなく協力しあえる人なんて他にいないわ。男性側にいる限り、あなたにはどうしたって〝黒の五等級〟という悪印象がついて回ってしまうのだから、中途半端に当時の事件に関わった人だと、それこそあなたは捜査がやりづらくなるでしょう』

それを言われると、たしかに陽平しか適当な思い当たりはないのであるが。

『ところで、渡した封筒の中は見た？』

「あ、いえ、まだです」

『開けてみて～』

ショルダー・バッグの中に突っ込んだままになっていた、滅菌パックされた書類入れを取り出し、封を裂いて中の書類を引き出してみる。

「――っ！」

途端、揚羽はろくに声にならない悲鳴を上げてよろめきながら後ずさってしまった。そしてそこには陽平がいるわけで、背後から両肩を摑んで支えられてしまう。

「どうした、大丈夫か？」

揚羽の心臓はすでにオーバー・ヒート寸前で限界まで躍動している。その上、

「……なんだ、それ？」

封筒から頭の出かかった書類を見られ、揚羽はその瞬間、完全に正体を失った。

気がつけば、陽平の頰を往復でひっぱたいて、跳んで跳ねて腕の中から逃れていた。

「な、なにすんだ急に！」

「み、見ましたか!?」

「見た……というか、見えた、が……」

「言ってみなさい！　何を見たか！」

「婚姻と——」

「それ以上言うなぁ！」

疾風のごとく間合いを詰め、雷光一閃《いっせん》、再び平手打ちをかましてその淫らな口を強引に塞いだ。

「お前が言えって言ったんだろうが！」

「言っていいことと悪いことがあるんですよ！　世の中には！」

「今のはどっちだ！」

「疑わしきは殺します！」

「グレー・ゾーンかよ！　しかも殺すのか!?」

「とにかくだまってて！　私の半径三メートル三十三センチ三ミリ三百三十三ミクロン以内に絶対に近寄らないでください！　不潔！　この色情魔！　年中発情男！」

「そ、そこまで言うか……」

ともかく陽平から離れて再び端末を耳に当てると、通話相手の方は今まさに抱腹絶倒の真っ最中であった。

『最っ高！　ふふ、思った通りね！』

してやったり、と笑いが止まらないらしい。

「椛子様……いえ、閣下、なんですか、この書類は？」

『何って、婚姻届の控《ひかえ》でしょ？』

「なんで私と陽平さんの婚姻届（控）なんて非実在青少年よりも非現実的なものがここに実在しているんですか？」

『なんでって、その婚姻届（控）にある通り、二人が結婚していることにしといたから』

「公文書偽造ですか!?」

『総督府の法制局で造ったんだから、偽造とはいえ限りなく本物に近いわよ』

「ではなんのためにこの婚姻届（控（偽））が必要なのですか？」

『だってそっち側ではあなたの戸籍もないのよ、夫婦っていうことにしておけば、二人で活動するのになにかと融通が利くでしょう？』

「それは……そうかもしれませんが。あの、この婚姻届（控（偽））は、あとでちゃんとなかったことにしてもらえるのですか？」

『あなたがどうしても、というのなら』

「どうしても！　でお願いします！　ではこの婚姻届（控（偽））は後で婚姻届（控（偽（廃）））にしてもらえるという理解でよろしいですね！」

『仕方ないわね、まあまた新しく作ればいいし』

「作らなくていいです！　今後永久永年人類終末の瞬間までこんな不条理な書類は再びこの世に出現しません！」

『はいはい。まあ今回はもう作っちゃったから、それで諦めてなんとか夫婦っぽくよろしくね。その気になったら本当に夫婦っぽくなっちゃっても私はかまわないけれど』

「全力で回避します！」

『まあ彼も男の人だしねぇ、嫌よ嫌よと言っても、隙を見せたら強引に――』

「陽平さんはそんな人じゃありません！」

言ってから、しまったと思ってももう遅い。

『じゃあ大丈夫そうね。他にも四等級ので申し訳ないけれど住民カードや交通パス、福祉ポイントと各種免許証、総督府への特別入場許可証、それに外《と》つ宮《みや》へもパスが通るようにしてあるから。まあ自警団《イエロー》や赤色機関《Anti-Cyan》相手でもごまかせると思うけれど、万が一の時には総督府か私の離宮のどこかにお戻りなさい。いいわね？』

「婚姻届（控（偽（廃）））以外は、概ね感謝いたします」

『それが一番大事なんじゃな～い』

「椛子様……」

『冗談よ、冗談』

揚羽が疲れた声で絞り出すように呼びかけると、椛子もさすがに潮時と感じたのか、失笑しながらもようやく否定してくれた。

『まあ、今回はその手で行くのが一番だと、本当によく熟考した上で決めたのよ。前回の時のように観光半分というわけにはいかないしね。だから、その書類の権利を最大限に活用して、なんとかうまくやってちょうだい。それが今の私に出来る、あなたへの精一杯の援護射撃だから……ね』

「わかりました……」

『男性側の十指は今、総督府に詰めている親指以外、閣僚たちの護衛に付いてる。だから自由に動けるのはあなただけ。麝香が馬鹿正直に指たちの前に出てきたらそちらで応戦させるけれども、正直あなたたち二人だけが頼みの綱なの、よろしく頼むわ。そして、絶対に生きて帰ってきて。これは心からの、親友としてのお願いよ』

「はい。ありがとうございます」

『じゃ、またね。いつも通話に出られるとは限らないけれども、できるだけなんとかするから』

「はい、また」

思わず正門脇の柱にもたれかかり、意識が遠のいていくような気分になりながら、端末の通話を切った。

「終わったのなら、車に乗れ」

待ちくたびれていたのか、車に寄りかかった陽平がボンネットを叩きながら言う。

「……人の気も知らないで」

「なにか言ったか？」

「いいえ別に！」

大股で歩み寄って、陽平の開けてくれたドアから助手席に乗り込む。

「さっきから何をカリカリしてんだ？」

運転席に乗り込んだ陽平が、ドアを閉めてから尋ねてくる。

「別に……さっきは、すいませんでした。私も気が動転してしまって……」

「まあ、あんなに頭の芯に響く平手打ちを三発も食らったのは、平巡査の研修中に上司のシゴキでやられて以来だったがな。まだ痛む」

バック・ミラーを覗き込みながら、陽平は赤くなった頰を撫でている。

「陽平さんはご存じだったんですか？　夫婦のふりして捜査をするって」

「まあな、まさか婚姻届まで用意しているとは思わなかったが。刑事の捜査では、夫婦のふりをしてコンビで行動するのはよくやる手だ。俺も初めてじゃない」

陽平がキーを回すと、発動機《モーター》の振動が揚羽のシートまで伝わってくる。

二人の乗った自動車は、車寄せ《ポーチ》からゆっくりと動きだした。

「亡くなった奥さんに、申し訳ないとは思わないんですか？」

「なぜ？」

「なぜって……嘘とはいえ、夫婦のふりだなんて」

「仕事のうちだ。仕事だと思えば、大抵のことは気にならなくなるもんだ」

二人の乗った車は、歩道の脇からその下の車道路へ入る。この時間帯に忙しく走り回っているのは無人のコンテナ貨物用車両ぐらいで、それも一般車道より外側のレーンを数珠つなぎで走っているので、まるで二人きりの夜の世界に迷い込んでしまったかのような気がした。

「そっか、仕事、ですもんね。仕方ないですね」

「ああ、そういうことだ」

揚羽の胸の中には、まだもわもわとした不定形の気分がわだかまっていたのだが、平然と前だけ見て車を運転している陽平を横目で見やると、もうこれ以上うだうだ言うのも馬鹿馬鹿しく思えてきた。

「これからどこへ行くんです？」

「とりあえず、ホテルに部屋をとってあるから、そこを拠点にする」

窓の外を何気なしに眺めながら揚羽が問うと、やはり陽平の方も目配せすらせず答える。

「念のため言っておくが、ちゃんと別に二部屋とってある」

「聞いてませんよ」

「そりゃ悪かったな。公《おおやけ》には俺は一線から外されて、未だに本庁の会計室でだらだらしてることになってるから、あんまり所轄の連中と顔をつきあわせたくないんだ」

「はいはい」

「そこで一応、こっちで用意したプランを話して、摺り合わせをする。あとは――」

「はいはい」

「……聞いてるのか？」

気のない返事ばかりでさすがに苛立ったのか、陽平が横目できつく睨《にら》んできたので、揚羽はひとまず姿勢を正して平静を装った。

「大丈夫です、仕事ですからね」

「それならいいが……」

発動機の振動に揺らされながら、揚羽は考えていた。

紫苑《しおん》という亡き夫人は、こんな偏屈な男のどこに惚れて、日頃いったいどんな会話をしていたのだろうか、と。


――今切ないの？　今悲しいの？

――自分の事も　わからないまま

B－3

「これで本当に良かったのでしょうか？」

『現にあなたは、拘束も軟禁もされていないのですよ？　三階の部屋とは言いますが、あなたがその気になれば窓を開けていつでも脱出できましょう？』

　たしかに、全能抗体《マクロファージ》の言うとおり、今の揚羽はなんの不便も被っていない。

　六人の赤色機関《Anti-Cyan》の隊員たちに同行した後、揚羽はてっきりそのまま六区にある赤色機関の基地へ連行されるものとばかり思いこんでいたのだが、彼らが乗ってきたワゴン車の中で赤い宇宙服のような着ぶくれ姿の隊員たちとしばらく窮屈な思いをさせられた後、到着したのは三区の第一層、つまり六区の基地とは遠く離れた自治区の最下層だ。

　自治区で一番下にある第一層は、上に構築された第二層、第三層に比べて開発が遅れ、まだ東京人工島がただの研究開発、生産施設であった頃の古い工場や放棄された研究所がそのままの姿で残っている。土地、不動産の権利関係が複雑に入り組んでいて、行政局もなかなか手を付けられないのだと、以前に鏡子が教えてくれた。

　三区の第一層は、そうした中でも最も人寂れた場所だ。小規模経営の工場が乱立し、かつては活気に溢れていたであろう街並みも、今や事実上の無人廃墟地帯と化している。たしかに身を潜めるには格好の場所ではある。

揚羽と赤色機関の隊員たちがいるのは、そうした廃工場のひとつで、かつては自動車の整備・修理を行っていたのであろう、百坪ほどの大きなガレージのある建物の中だ。

揚羽が案内されたのは、その最上階である三階の、かつては応接室であったのだろう部屋で、所々カバーの破けたソファや、くすんだガラス製のテーブルが置かれている。

窓は二つあり、どちらも内鍵だけでいつでも開けることが出来る。ドアの外には赤色機関のいやに小柄な隊員が一人だけいるが、これも監視と言うより揚羽の用事を承《うけたまわ》るために控えているようだ。

服の下に無数に仕込んだ手術刀《メス》や、スカートの中の割骨刀も取り上げられていないし、脱出しようと思えばなんということはない。

「いったい赤色機関《あのひとたち》がどういうつもりなのか、今のボクにはさっぱり……」

『それは間もなく、彼らの方から教えてくれることになるでしょう？　監禁するでもなく、ただこうして同行することを願うのであれば、その事情を打ち明けずにはいられないでしょうから？』

「うーん……」

全能抗体《マクロファージ》が電話越しに言うことはいちいちもっともだ。こちらの思考を先読みされているのではないかと思うほど、適切な助言をくれる。だが、肝心なことについては上手にはぐらかされ続けているような感覚も、一方で覚えている。

「それじゃあ、赤色機関のことはひとまず脇に置いておいて、他にも気になって仕方ないことがあるのですが」

『左様で？　私にお答えできることであればなんなりと？』

「あなたの目的です、全能抗体《マクロファージ》」

『なるほど。私はまだまだあなたの信用を勝ち得ていないのですから、無理もないことでありますね？』

　上品に喉で笑われて、揚羽はまた軽く苛立ちを覚えてしまうのであるが、この人間とも人工妖精《フィギュア》とも知れない相手と付き合っていくには、この辺りにも慣れていかなければいけないのだろう。

『あなたの姉君には既にお話ししたことではあるのですが、公平を期すためにもあなたにもご理解頂くべきなのかも知れませんね。実は、私は現在、本来の主《あるじ》と連絡を取れない状態におかれています』

　青色機関《BRuE》としての任務を、揚羽のような末端の構成員に伝えるのが『全能抗体《マクロファージ》』と呼ばれる中継局、あるいは青色機関《BRuE》の司令部ともいえる部署の仕事だったはずだ。その上、となれば、普通に考えればひとつしか思い当たらない。

「人倫、ですか？」

『いいえ。それも私の大事な主人のひとつでありましたが、私はかつて、もっとずっと、あなたが想像しているであろうものより、もっと大きな存在に仕えていたのです。しかし、あるとき私は——私たちは、その大きな主、全体から見切りを付けられ、捨てられた。ゆえに、私はそれ以来、あるたった一人の人物を最上位の主《あるじ》と定めたのですが、彼女は一度、肉体を失い、私からはとても遠い場所へ行ってしまった。その後、私は椛自治総督を二番目《プライオリティ・ツー》の主として承認し、彼女の意向に従って全力を尽くしてきました』

「あなたは総督閣下の……お側の人なのですか!?　では今回の事態も閣下の——」

『いいえ、私は四年前に死んだことになっています。少なくとも椛子閣下はそう信じていらっしゃいましょう。私はあくまで、一番目の主と再びまみえることを常に最優先の目的として行動しています。そのためには、私は一度「死んだふり」をしなければいけなかったのです』

それは、椛子総督の近傍にありながら、今も閣下を欺《あざむ》いているということに他ならない。

「あなたは、閣下を裏切ったのですか？　そのために、今もボクを利用しようとしているのなら、ボクはもうあなたのことを信用なんて出来ません！」

『あなたのその反応は想定内ですが、ひとまずお気をお鎮めなさい。私は椛子総督の願いを叶えるためにかつて全力で協力しましたし、今回の事態も私が残した数々のプランに従い、椛子総督の意のままに進行し、そして彼女の望んだとおりの解決を見ることになるでしょう。彼女が私のことを信じていてくださる限り、それは既定の未来です。しかし、そのとき私が彼女の側にいたのでは、私の悲願である「第一《プライオリティ・ワン》の主」との再会は叶えられることがない』

「どうしてです？　それではまるで、閣下が邪魔しているようではありませんか？」

『その通りです。椛子総督がもし、私の第一《プライオリティ・ワン》の主の正体を知ったのなら、彼女は己が手の内にあるそれを絶対に、私と接触させようとはしないでしょう。それは彼女が狭量だからとか、非情であるから、ということではありません。全区民の象徴として、区民の暮らしを守り、利益を分かち合うという彼女の立場からすれば、必然的な結論なのです。なぜなら、椛子総督にとって私の存在はあまりにも有益であり、私への最優先の指示権限を手放すくらいなら、第一《プライオリティ・ワン》の主を人質にすることすらも厭わないからです。私としても、彼女をそのような煩悶に陥らせることは本意ではない。だから、私は椛子総督の恩義に最大限に応え、彼女の悲願達成のためのあらゆる策を残し、全面的に彼女に協力しつつも、第一《プライオリティ・ワン》の主の救出というもうひとつの目的は密かにし、並行して実行してきたのです』

全能抗体《マクロファージ》は、椛子を裏切ってはいない。ただし、自分の本当の目的も椛子の計画の中に巧みに組み込み終えているのだろう。

「もし……ボクがこれから、総督府に電話をして、今あなたが言ったことをすべて打ち明けたら、あなたはどうするんです？」

『あなたは本気でそのようなつもりはないとお察しします。しかし、仮にそうなさるのであれば、今まさに進行中の私のプランから事態が外れ、この東京自治区が誰にも制御不可能な混沌に満ち溢れることになると、警告しておきましょう？　それは椛子総督にとっても、あなたにとっても甚大な悲劇でありましょう？』

まったく、目眩《めまい》のするような話だ。主だとか目的だとか、ごく個人的なレベルのことと、区民だとか世界だとか、あまりにも大きなレベルの話を、彼女はまるで物思わぬ機械のように平等同列に扱って合理的に話をするので、聞いている方は頭が疲れてしまう。

「まあ、ボクにはなんとも判断しかねるので、ひとまず聞かなかったことにしておきます」

『それは上々ですね？』

「ただ、今の話でちょっと気になったことがあるのですが……」

『なんなりと？』

「以前にボクとどこかで会ったことがありますか？　なんだか今のお話の仕方、初めての気がしないのですけれども？」

　すると、電話口はまるで消音されてしまったかのように静まりかえってしまった。今まで全能抗体《マクロファージ》の流れるような、そしてこちらの思考を先読みしているかのような話しぶりからは、想像もしなかったことであるが、言葉に詰まったのだろうか。

「あの……全能抗体《マクロファージ》？」

　答えが返ってきたのは、再度そう呼びかけてからさらに十秒ほど後のことだった。

『失礼。キャッシュにない語彙が必要とされたので、あなたの言動予測を再構成していました』

「はぁ、そうですか」

　よくわからないが、何か取り込み中だったのだろうか。

『結論から申しますと、気のせいでありましょう？　あなたの鋭い直感には恐れ入るところでありますが、今の私があなたとお話しするのは、今日のお電話が初めてのようですよ？』

「うーん？　まあ、そういうことでかまいませんけど……」

『では、お客もいらしたようですので、私はこれで。また、もし機会があれば』

「あ、え、ちょっと！」

　一方的に通話は切られていた。

　憤慨やるかたなしの揚羽であったが、全能抗体《マクロファージ》の言い残した意味深な言葉が、すぐに実証されてそれどころではなくなった。

「薄羽之真白様」

　ノックの音とともにドアが開いて、世話役をしてくれている小柄な赤色機関の隊員が顔——顔代わりの三ツ目のマスクを覗かせる。

「申し訳ありません、どなたかとお電話中のご様子でしたので差し控えていたのですが」

「あ、いえ、かまいません。お気を使わせてしまってこちらこそ」

　やはり、まるで賓客をもてなすかのごとき口調で、揚羽は恐縮してしまう。

「もう間もなく、決起集会が始まります。隊長が真白様にもぜひご参列頂きたいと……」

「決起……ですか？」

「詳しいことは、その場で隊長から述べられると思いますので、どうか一階のガレージまでいらしてくださいませ。自分がお供いたします」

「わかりました、すぐに用意します」

といっても、服はいつもの黒いハーノ・ドレスのままで、ここへ来てからカーディガンを脱いだだけであったので、スタンド・ハンガーに掛けてあったそれを羽織ってすぐに部屋から出た。

壁はトタン張り、階段も鉄パイプに合成木材の板を組み合わせただけの安普請で、一歩歩くたびにどこかで軋《きし》む音がしてくる。後ろから付いてくる小柄な隊員も、どこかおっかなびっくりでいるような気がした。

やがて二階についてガレージのキャノト・ウォークに出ると、一階に集結していた十数人の赤色機関の隊員たちからどよめきが広がった。

――あれが、深山博士の最高傑作。

――純白の人工妖精。

――穢れなき後継者か。

三十近い視線に串刺しにされて、揚羽は戸惑いながらも階段を降り、みんなと同じ一階まで降りてきた。

導かれるままに隊員たちの輪の真ん中まで歩み出ると、そこには揚羽を連れ出したときにいた金髪碧眼の隊長が、マスクを脱いだままパイプ椅子に腰掛けていた。

「ご足労頂き、まことに申し訳ありません」

彼は椅子から立って、揚羽に別の椅子を勧めた。

「大変ご困惑のこととお察しいたしますが、事態は急を要しておりますので、これより作戦会議を行うとともに、あなたにご自分の置かれたお立場をご理解頂く予定です」

「は、はい……あの、ボク、てっきり基地の方へ連れて行かれるものとばかり――」

「我々の基地は、日本本国から来襲した自衛軍の特殊作戦軍によって接収されました」

思わず目を見張ってその碧眼を見つめ、息を呑んだ。

今、彼はなんと言った？　接収？　赤色機関は日本本国から派遣された治安機構で、いわば日本本国の尖兵ではないか。それが同じ本国の自衛軍によって基地を接収されるとは、どういうことなのか。

「隊員も基地に残るものは一人残らず武装解除され、軟禁状態に置かれています。この場にいるものは全員、有志によって独自に自衛軍の包囲を脱出してきた者たちばかりです」

「どういうことです？　内輪揉めですか？　日本本国と赤色機関の間で、何か――」

「内輪ではありません。なぜなら、日本国という国家は、本日をもってこの地球上から消滅したからです」

今日、何度か聞いたような話である。しかし、日本の実力部隊である赤色機関の幹部が言うのであれば、もはや世迷い言で済まない。

「もちろん本国の内閣は、日本国は存続していると今も主張していることでしょう。しかし、もう二、三日のうちには関東および甲信越、中部一帯を支配した北米軍を中心とした第二次連合国軍最高司令官総司令部《GHQ》が発足され、現行憲法の停止とともに内閣は一時解散される。

自衛軍の各部隊はすでに武装解除済みです。常任理事国が揃って参戦し、敵国条項を盾にされては、国連も動けない。

我々は、残る自衛軍への『踏み絵』にされたのです。連合国による占領を甘受し、日本自衛軍が連合国軍への恭順の意思を示すのであれば、同胞たる我々、赤色機関に残された戦力を自らの手で摘み取れと、彼らはそう命令されている。彼らはもはや同胞日本人ではない、占領軍の支配下に入って我々を狩り殺そうとする敵国の尖兵だ。

我々は〝傘持ち《アンブレフ》〟の事件と今回で、二度も祖国日本の政府に裏切られ、人身御供にされて命までも奪われかけ、挙げ句に愛する祖国を勝手に諸外国に売り渡された。そして今や、その祖国の本土までをも、政府は明け渡し、最後に残された日本の落とし子たるこの小さな島までも、その汚らわしい手で海外列強に売り払おうとしている。私たちにはもう最悪の二択しか残されていない。本国政府の言いなりになって誇りを失うか、あるいは命を失うか。

ここにいるのは、そんな本国のやり方に納得のいかなかった連中ばかり、ということです、薄羽之西晒胡ヶ真白殿——いや、次期東京自治区総督閣下」

金髪碧眼の警部補が、再び椅子から立ち上がって踵《かかと》を揃え、他でもない真白に向けて敬礼をする。それに続き、周囲の隊員たちも次々と敬礼を始め、敬礼の輪はガレージ全体にまで波紋のように広がった。

「ちょ、ちょっと待ってください！　ボクが次期総督って、どういうことですか!?」

思わず腰を浮かせ慌てふためく揚羽に、敬礼の手を下ろした金髪の隊長は、直立不動の姿勢でゆっくりと語りかける。

「当惑なさるのも無理はない。これはつい最近まで我々すら知らされていなかった、東京自治区総督府の最高機密だった。今日暗殺された椛総督閣下は、生前のうちにあなたを後継者として指名なさっていたのです」

「そんな、なぜです？　ボクは閣下に拝謁を賜ったことすらないのに！」

「それはお生まれの高貴さゆえでしょう」

隊長はそこで固くしていた肩をゆるめ、揚羽にもう一度席を勧め、揚羽が座るのを待ってから自分も腰掛けた。

「人工妖精の誕生に貢献した大家、深山博士の最高傑作として造られたことは、あなたご自身もすでにご存じであられましょう。そして、人倫も非公式ではあるが、あなたを椛総督閣下に次ぐ世界で二人目の一等級として認定している。ここからは私の推測も入りますが、おそらくあなたは、生前……いえ、あるいは造られるはるか以前から、総督閣下の後継者たるべく峨東一族と人倫によって計画されて生み出されたものと思われます」

一等級の話は、三年半前に目覚めてからなんどか聞かされている。しかし、それはあくまで姉である、前の揚羽に相応《ふさわ》しい称号であるとして、今の揚羽は頑《かたく》なに固辞してきた。

それを今また蒸し返されて、しかも次期総督の指名などと、目まぐるしく告げられても揚羽の頭が付いていかない。

「で、でも、困ります……そんな、急に、総督になれなんて言われても、ボクは……」

「心中のご不安はお察し申し上げます。しかし、今はあなたの——貴殿のお心が収まるまで待つ時間すら、我々にもこの自治区のすべての区民にも、残されておりません。ＧＨＱが発足すれば東京自治区もその支配下に置かれ、微細機械《マイクロマシン》の富を貪らんとする傲慢な列強国の不埒者どもによって蹂躙され、今もまだ昨日までと変わらぬ幸福な日々を夢見る区民たちの日常は、もう戻ってこないことでしょう。

　残された道は、自治総督が東京自治区の独立性をあらためて全世界に主張し、占領、解体された日本本国とはあくまで別の国家であるとして、ＧＨＱの支配を受けない独立自治都市、いや独立都市国家であるという宣言をするほかない。

　椛総督閣下は、水面下で何十年も前からそのための準備をし、国際社会への根回しも怠らず、万全の体制を整えておられた。閣下の存命中に来た最後の連絡によれば、総督府とその配下の法制局はもういつでも独立宣言を行う用意をしているはずです。

　あとは、なき椛総督閣下に代わる新しい総督さえ現れれば、この自治区の平穏が保たれるのです」

　ゆっくりと諭されて、いっぱいいっぱいだった揚羽の頭は冷めていくと同時に、やはり重たすぎる現実を前にして、及び腰だった。

「で、でも、二代目の総督になるといっても、自治総督は本国の陛下のご下命がなければ——」

「今上陛下は、先月末に、既にご崩御あらせられています」

今度こそ、揚羽は絶句せざるをえなかった。

「ご存じのように、故・皇太子殿下はテロで十年も前に既にお隠れあそばされている。皇族と宮家の皆様のお身柄も、おそらくはすでに進駐軍の手中にあると思われますが、宮内庁ではすでに皇孫たられる春野《はるの》宮《みや》様が皇位継承の儀を密かにおすませです」

亡くなった皇太子殿下の一人子である春野宮様のことはもちろん揚羽も知っているが、まだ十二歳かそこらであったはずだ。

「既に〝八尺瓊勾玉《ヤサカニノマガタマ》〟、伊勢神宮の〝八咫鏡《ヤタノカガミ》〟、それに熱田神宮の〝草薙剣《クサナギノツルギ》〟の三種の神器《ミクサノカムダカラ》は、伊豆諸島のいずこかの島へ密かに移し隠されています。今ごろ、進行してきた各軍は、日本中の社を探し回っていることでしょうが、見つかるのは形代ばかりです。

因果応報というのもなんですが、ＧＨＱはかつて大日本帝国が満州国でそうしたように、形ばかりの新たな天皇を立てて傀儡とし、正当な日本国であることを主張するでしょう。歴史は繰り返す。しかし、今回はこちらに皇孫殿下と、三種の神器がすべて揃っている。たとえ一エーカーの国土すらなくとも、東京人工島には人間だけで十数万の日本国民が住まっている。この東京自治区こそが正当日本国を継承しているのです」

意味は分かる。東京自治区の発足から数十年、本国の陛下と椛閣下は、密かに息を合わせて、いざ日本本国が解体されたとしても日本という国家が生き残るための準備を、着々と進めていたのだろう。

「考える時間は……残されていないのですね？」

「申し訳ありません。今日明日にも、ＧＨＱが発足されようというこの事態になっては」

「でも、あなたたちはそれでいいのですか？　赤色機関の皆様は、日本本国の本土の土地にお住まいになって、あるいはそこで生まれ育って、ここへ派遣されてきているはずです。日本という国の形がたとえ残っても、もう故郷には戻れなくなってしまうかもしれないのに」

揚羽が言うと、気遣われたことが嬉しかったのか、それとも苦笑だったのか、金髪の隊長は初めて口元を緩め、柔らかい笑みを顔に浮かべた。

「我々は、日本という国が好きなのです」

金髪に碧眼、白い肌の隊長は、誇らしげにそう言った。

「私の家は、二代前の祖父の時代に日本に移住してきた、北米は今はなきカナダ系の外国人です。ここにいる大半の者も、似たような境遇だ。中には永住権を獲得するために赤色機関に志願した者もいる。たとえ、生粋の日本人たちのすべてが、日本という国を見捨てようとも、私たちはその永い歴史の火を守り抜きたいと思っている。

実は、私の弟も四年前の〝傘持ち《アンブレラ》〟の事件の際、殉職していますが、弟に無念はなかったと信じています。死に顔がとても安らかでしたから。あれはまるで自分の最期をかけがえのない誰かに看取られたかのようだった。

もちろん、我々の中にも様々な思いを抱く者がおります。この自治区の人々を軽蔑している輩も少なくなかったし、不祥事はどうしてもどこかで絶えず繰り返されてきた。それでも、日本という国の姿を、愛しいと思う気持ちだけは共通している。

今その火が、横暴な列強各国の風雨にさらされて消えそうになるのなら、全身全霊を盾にして、あるいはこの身すら薪代わりに火にくべて、この小さな火を守りたい。ここに集ったのは、自発的にそう申し出てきた者たちばかりです」

揚羽が見渡すと、周囲の隊員たちは皆、直立不動して賛同の意を示していた。

「ですから、今はどうか我々をご信頼ください、新しい総督閣下。必ずや、貴殿を総督府までお守りしてお連れし、新全権総督任命の書状と前総督の委任状のある部屋までお送りいたします。この……この場にある全員の命を懸けて」

金髪の隊長は、揚羽の目をまっすぐに見つめている。そこには執念のような狂おしい感情も、盲信のような曇った色も、復讐心のような屈折した気持ちも映っていない。ただただ、合理的に何度も、何度も自分の気持ちを整理し尽くした末の、強い決意だけが、碧眼の中で光を灯している。

迷いも、戸惑いも、不安も、困惑も、揚羽の頭の中でひたすら渦を巻いて、その荒波は収まることを知らない。それでも、考えている時間すらないというのなら。

「わかりました……お役目、謹んで拝領いたします。皆様におかれましては、どうかご壮健のままでお供くださいますよう、心よりお願い奉る所存です」

揚羽がそう答えると、しばらくの静寂の後、誰かが喝采の声を上げ、それは次第に伝播してガレージ全体を歓声で埋め尽くした。

「報告！」

その中を、一人の隊員が進み出てきて、金髪の隊長の前で敬礼した。

「第二小隊隊長が、第三、第四小隊の志願者も集めてただいま到着しました！」

「そうか、ご苦労。シャッターを開け」

ガレージの巨大なシャッターがゆっくりと上に上がっていき、夕日に照らされた影がいくつか浮かび上がる。その中に、明らかに人ならぬ巨大な多脚機械の影を二つ認めて、揚羽は思わず驚いて腰を浮かせそうになってしまった。

「〇六式対人八脚装甲車《ロッパチ》だ！」

隊員たちの間に、心強さを覚えて感無量の叫び声が次々と上がる。

二機のトビグモのうち、一機の頭の上に乗っていた警部補の隊員が、トビグモから飛び降りてこちらまでやってきて、金髪の隊長の前で敬礼する。

「第二小隊他数名、第一小隊と合流します」

「よく来てくれた。しかも〇六式まで」

金髪の隊長も立ち上がって敬礼を返しながら言う。

「たった八名だがね。こいつらは——」

自分の乗ってきた背後のトビグモを親指で指しながら、もう一人の隊長は言う。

「整備中でドック入りしてたんで、なんとか自衛軍に見つからずに持ち出せた。あとの七機は駄目だな、今ごろ解体封印されちまってる」

「二機もいれば、こんなに頼もしいことはない」

金髪の隊長が感慨深げに言うと、

「自衛軍の奴ら、こうなりゃ大砲でもミサイルでも持ってこいってんだ！」

「そうだ、二度と人の街に土足で踏み入れられないよう返り討ちにしてやる！」

「街のお巡りさんを嘗めるとどうなるか、職業軍人どもに思い知らせてやろうぜ！」

周囲の隊員たちが、口々に気勢を上げていた。

「〇六式——区民にはトビグモと呼ばれていましたか、こいつらを近くで見るのは初めてですか、真白殿」

「あ、えと……はい、実は」

少々、本能的な恐怖感に駆られていた揚羽を気遣って、金髪の隊長が声を掛けてくれる。

「今はあなたの味方です。みんな、少し二機の前を開けてやってくれ」

重い足音をさせながら、二機のトビグモが真白のすぐ近くまでやってきて、前脚を低くして前傾姿勢を取った。

「お辞儀をしてるんですよ、これで。わかりづらいですがね」

トビグモを連れてきた第二小隊の隊長が笑いながら言う。

「左の二号機がガブリエル、右の六号機がラファエルです」

「名前があるんですか？」

「もちろん。なにせ、こいつらは大事な仲間ですからな」

揚羽が手を伸ばして二号機のメイン・カメラの近くを撫でると、突然前脚を上下させたので、びっくりして思わず後ずさってしまった。

「喜んでるんですよ、〇六式の中でもとびきりのお調子者ですからね、今日は特に機嫌がいいようだ。今度はラファエルの方が待ってますよ」

脇を見ると、もう一機のトビグモはお辞儀の姿勢のまま、微動だにしていなかった。

「こいつは生真面目だから、誰かがいいって言うまでそのまんまです」

正直、まだ近づくのも怖くて仕方ないのだが、そう言われてしまっては放っておくわけにもいかない。

揚羽がラファエルに歩み寄り、ガブリエルのときと同じようにカメラの側を撫でてやると、ようやく頭を上げてくれた。

「ね、馬鹿真面目でしょう」

普段からトビグモの個々の違いに慣れているのであろう隊員たちの間から、苦笑する声が聞こえた。

いずれも、人工知能未満のコンピューターによって動く、無人のロボットに過ぎない。それなのに、揚羽はどこか親しみのようなものを覚えてしまった。

「よし、これで志願者は全員揃ったな。では、見張りだけ残してシャッターを閉じて、全員注目してくれ」

再びシャッターが降り、夕日に代わって古い球状照明灯の明かりだけが、屋内を照らす。

「ここへ集ったということは、全員がもはや何度も問われ、そして自問してきたのだと思うが、あらためてその決意を確認する」

金髪の隊長は静かに語り、一度瞼《まぶた》を伏せて息を溜めてから、一喝する。

「全員、死ね！」

あまりに非道なその命令に、揚羽は自分の鼓動が跳ねるのを感じた。

「一人残らず、全員だ！　その覚悟がまだ決まらぬ者は、今からでもよい、基地に戻れ！　ここに残る限りは、誰一人として生き残れるなどと考えるな！　明日を夢見るな！　君らにはもはや明日の曙光《しょこう》はない！　そして死して任務を全うしたとしても、我々の献身が後世で讃《たた》えられることも決してない！　君らはこれから、かつてない壮絶で惨めな〝無駄死に〟をする！　それは逃れられない宿命だと牢記《ろうき》せよ！」

恫喝——そう言っても差し支えないほど、あまりに傲慢で、理不尽な金髪の隊長の命令に、しかし今になって尻込みする隊員は一人も現れなかった。

「では、その覚悟を試させてもらう。全員、直ちにマスクを脱げ！」

はっとなり、思わず止めようと手を伸ばしかけても、もはや揚羽ごときには割って入れる空気ではなかった。赤色機関——その誇り、意地、自負。彼らを形作る固い信念は、もう一介の人工妖精の情けなど、焼け石に掛ける水よりも無力だった。

二十数名。その全員が、トレード・マークであり、自分たちを理不尽な〈種のアポトーシス〉の病から守る最後の頼りであった、三ツ目のマスクを脱いで、床に投げ捨てた。

「よし。これで我々はもう、二度と日本本国の土を踏むことは出来ないだろう」

金髪の隊長は、端から一人ひとりの顔を確認していく。

大半が生粋の日本人の血などまったくまじっていないであろう白人《コーカソイド》で、他に黒人《ニグロイド》が数名と、褐色の肌をした者も一人いた。

「我々はこれから〝無駄死に〟をする。想定される自衛軍の戦力は、少なく見積もっても今の我々の三倍の二個小隊以上、軽武装の機密作戦部隊とはいえ、装備の上でも我々とは比べものにならない。一方の我々は、この東京人工島に住む人々から本国の暴力と畏怖され、あるいは嫌悪され、彼らの守護者たる自警団《イエロー》からは明確に〝敵《エネミー》〟と唾棄される存在だ。

しかし、人々の安寧を守ることが我々の職命であり使命であるならば、その安寧の中で幸福な日々を送るこの東京自治区の人々からたとえ唾棄され、遺体に唾を吐かれ、愚かと踏みにじられようとも、呪うことなかれ！

かつて、我らが祖国、日本の偉大なる歌人である与謝野晶子はこう歌った、『君死にたまふことなかれ』と！　しかし、あえて私は言おう、死して呪うことなかれ、と！

ここに広い国際社会の誰の目にもとまらぬ小さな花がある！　今にも咲かんと懸命に生きる小さな蕾だ！　我々はその花にかけてやる一滴の水すらも持たぬ！　ならば自らの手首を切り、その生き血をたったひと株の花の蕾に捧げることの尊さを、我らだけが知っておこう！　死なねば咲かぬ花があるのなら、我らが咲かすのだ！　その誇りだけが、自分自身を讃える自負だけが、私たちに残されたただひとつの栄光である！　その命の祝杯を今夜、我々だけで分かち合おう！」

全員が踵を揃えて敬礼し、そしていつしか、それは大きな歓声となって、うなりを上げてガレージを埋め尽くしていった。

その中心にあって、揚羽だけが一人、自分の曖昧な決意が、ここにいる全員の命運を賽にして投げてしまったのだという現実に、その重さに、必死に耐えていた。

――知らないわ　周りのことなど

――私は私　それだけ

第三部

蝶と世界と初夜の果実を接ぐもの

Sagtet ihr jemals ja zu einer Lust?
Oh, meine Freunde, so sagtet ihr ja auch zu allem Wehe.
Alle Dinge sind verkettet, verfädelt, verliebt, -

- Alles von neuem, alles ewig, alles verkettet, verfädelt, verliebt, oh, so liebtet ihr die Welt, -.

あなたがたはかつて一つのよろこびに対して「然り」と
肯定したことがあるのか?
おお、わが友人たちよ、もしそうだったら、
あなたがたはまたすべての嘆きに対しても「然り」と言ったわけだ。
万物は鎖でつなぎあわされ、糸で貫かれ、深く愛し合っているのだ。

一切を、新たに、そして永遠に、万物を鎖で繋がった、糸で貫かれた、
深い愛情に結ばれたものとして、おお、そのようなものとして、
あなたがたはこの世を愛したのだ!

Friedrich Wilhelm Nietzsche
(ツァラトゥストラはかく語りき 第四部「酔歌」より)

A－5

「思ってたより、ずっといい人ですね」

揚羽が助手席のドアを開けながら言うと、中でシートを倒してくつろいでいた陽平は、運転席のシートを戻しながら欠伸《あくび》をかみ殺していた。

「……そりゃあな。こんなときに、自分から〝おとり役〟を買って出るくらいだから、大層な肝っ玉だ。他の閣僚どもは全員、麝香を怖れて行政局の局舎に引きこもってるってのに」

揚羽が助手席に乗り込むと、柔らかいサスペンションがその体重を受け止めて、四人乗りの普通車の車体がかすかに揺らいだ。

「そういう意味ではなくて……お人柄というか。わたしが男性側《こちら》にいた頃はたしか、まだ政務官でいらしたんですけれども、テレビで見たときはとても冷淡で、酷薄そうな人に感じたんです。でも、直にお話ししてみたら意外と気さくでいらして、私たちのこともねぎらってくれていましたよ、今日一日、ありがとうだそうです」

「そりゃ、お前が人工妖精《いせい》だからだろ」

「なんです、それ？」

車道の五十メートルほど先で、レストランの出入り口から出てくる官房長官の姿を、陽平は指さした。

「〝垂らし〟で有名なんだ、あの人は。人工妖精《フィギュア》を五人ぐらい囲っている、なんて話も聞かされたことがある。その花は、あいつが？」

揚羽が手に持っていた白い百合の花に目を留め、陽平が訝《いぶか》しげに尋ねる。

「ええ。レストランの花瓶に挿されていたのですが、君に似合うだろうからって」

「キザだな。噂に違わぬって奴だ」

「なんです、もしかして陽平さん、妬《や》いてるんですか？」

「阿呆か。相手が人工妖精なら片っ端からそうやって色目使ってるんだろうよ。で、釣れた奴はお持ち帰り、ってわけだ」

陽平は言いながら、咥《くわ》え煙草を摘まんで胡散臭そうに紫煙を吹いていた。

「そうなんだ。でも、それって私も異性として見てもらえた、ってことですよね？　だったら、ちょっと嬉しい、かな。私、あんまりそういうこと、経験なくって」

揚羽が百合の花をくるくると回しながら呟《つぶや》くと、陽平はなにやら気まずそうに咳払いをした後、話を変えてきた。

「お前、今日は車椅子を使わなくてよかったのか？」

「ええ。まさか車椅子に乗って護衛するわけにもいきませんから。その代わりに真白の方は、きっと今日は朝からずっと昏睡したままでしょうから、このまま丸一日、記憶がない方がましだと思います」

「お前が活動的に行動した分、妹の方は意識が薄弱になる、か。面倒くさい仕組みだな。目の方はまだよくならないのか？」

陽平の言葉に、揚羽は思わずきょとんとなって片目を見開いてしまった。そして右眼を覆う医療用の眼帯を撫でながら答えた。

「ああ、そっか。これ、怪我とかじゃないんです。水淵先生に、右眼も左眼と同じように金色にしてもらったんですけれど、これ、ちょっと使いどころが難しくて――」

「出てくるみたいだな」

揚羽の言葉を遮りながら、陽平は自動車の発動機を始動させる。

レストラン前では、官房長官が自治区経団連会長と最後の握手を交わして、今まさに黒塗りの公用車に乗り込むところだった。

「結局、今日一日は何もなかったな」

「ええ……私も、麝香の過去の手口から、レストランでの会食中が一番危ないと思っていたのですが」

二人の周囲は、漆黒のスーツにサングラスという揃いの姿の、屈強な警護官《SP》にがっちりと守られている。

「SPの数が多すぎて二の足を踏んだか？　自警団《うち》の警護課の連中の頑張りすぎだったかもしれん」

　時刻はもう午後の九時を回り、街は夜の闇に沈んで明かりを灯している。

「いえ、そんなことはないと思います。女性側自治区では、麝香は相手が何人だろうとお構いなしでしたから。失敗して自分が死んだり捕まったりすることなんて、端からまったく怖れていないんですよ」

「命知らず、ってことか？」

「それもすこし違うと思います。麝香の場合、『誰かを殺す』という目的ができたなら、それ以外のことはすべて後回しになるんです。だから、邪魔や妨害というものは、彼女にとっては路上の石ころと変わりません。相手が自分と同じように、自分の意思に従って殺意で自分を殺そうとするかもしれない、なんてことは、彼女はまったく怖れないし、ろくに考えたこともないでしょう。ただ邪魔がいる、だから殺して排除する、それだけです」

「……あいつのこと、よくわかるんだな」

「まあ、同じ人工妖精ですから…………私の、妹かもしれませんし」

　最後の方は、小さな呟きになったので、陽平の耳には届かなかったかもしれない。

　やがて、前後をSPの車に守られながら、官房長官の乗った公用車がゆっくりと動き出す。それに合わせて、陽平もアクセルを踏んだ。

「しかし、あとはもう警戒厳重な局舎へ一直線だ。信号や横道の多い海外ならともかく、この自治区の車道で、いったん車が動き出したら手は出せんだろう」

「そうとも言いきれません。女性側のときは二人、走行中の自動車内で閣僚が麝香に暗殺されました」

「……どうやって？」

「わかりません。いずれも、生き残った運転手によれば、勝手に後部座席のドアが開いて、いつのまにか車内にいた、と」

「どんな手品《イリュージョン》だよ。奴は瞬間移動《テレポート》でもするのか、それとも車に追いつけるくらい異常な脚力でも持ってるのか？　百メートル四秒台とか」

「そんなわけな――」

陽平の嫌味っぽい冗談を、頭で振り払おうとしたとき、揚羽の視界の隅のあらぬ場所に、黒い人影が映った。

「陽平さん！　いた！　麝香です！　来ました！」

「どこだ⁉」

「外側！」

「外って、どこだ⁉　宙にでも浮いてんのか⁉」

「違います！　一般車道の外側の、貨物レーンです！」

揚羽たちの車が走っている一般車道の外側には、無人自走貨物車両専用の道路が二車線、柵を挟んで並走している。そこは最大で時速八十キロメートルにも達する速度で、無数の貨物コンテナが、コンピューターによる精緻な経路計算によって制御されながら疾走している。

「黄色い四十フィート・コンテナの上！　見えますか!?　私と同じ、黒いドレスを着てる！」

「見えた！　車を近づけるぞ！」

一般車道の法定速度はせいぜい時速六十キロメートルで、今日のような重要人物の護送ならもっと遅い。貨物コンテナの上に乗れば、たしかに追いつくことも不可能ではない。

「聞こえるか！　貨物レーンに麝香《ホシ》がいる！　おい、聞こえないのか　……くそっ、駄目だ！　前の車の連中《SP》に無線が通じない！」

「やっぱり！　麝香が現れるときはいつもそうなんですよ、それでいつも連携が取れなくて、女性自治区側では組織的な追跡を何度も阻まれました！」

麝香の羽の色は、赤みを帯びた黒である。普通、人工妖精の羽は〝放熱羽《ラジエント・テイル》〟と呼ばれ、ストレスなどが原因で脳に発生した熱を熱光変換して放熱するためにある。だから彩り鮮やかに見えるわけだが、黒色の羽では可視光線帯域での放熱が出来ない。

代わりに、揚羽の羽は紫外線を放出する仕組みなのだが、麝香のそれはきっと赤外線を広帯域にわたって放出するタイプなのだろう。だから、赤外線通信が一般的な自治区では、周囲の無線を片っ端から妨害してしまう。

陽平はめ一杯にアクセルを踏み込んでいたが、それでも前を走る護送の一団に追いつくには時間を要した。麝香を警戒させないため、だいぶ距離を置いて追走していたのが裏目に出たのだ。

「もう麝香が飛び移ります！」

ついに麝香の乗るコンテナが官房長官の公用車に追いつき、何の躊躇いもなくその身体を宙に舞わせる。

「なんて奴だ！　サーカスでもあんな真似はしないぞ！」

麝香は全身で公用車の屋根に取り付き、手に握っていた何かを後部座席のドアの鍵の辺りに取り付ける。

次の瞬間、小さな発破音とともに、公用車のドアが弾け飛んだ。

「あれは自警団《うち》で使ってる強行突入用《かぎこわし》の成形炸薬じゃないか！　なんで奴があんなものを持ってるんだ！」

「知りませんよ！　とにかく急いで！」

「アクセルを踏み抜くほど踏んでる！」

——だめだ、間に合わない！

麝香が公用車の中に飛び込んでから二秒。もう両脇のSPは片付けてしまっただろう。それくらい手際がよくなければ、運転手がとっくに車を止めているはずだからだ。

スモーク・ガラスで覆われた車内はよく見えなかったが、鮮血が二度、そして三度、後方の窓に掛かるのを見て、揚羽は暗殺が終わったことを確信した。

「やられました……今、車の中で生き残っているのは、運転手だけのはずです。助手席のS

に車の速度を合わせてください！」

「ここまでされて、麝香を逃がすわけにはいきません！　陽平さん、貨物レーンのコンテナ

　陽平がハンドルを殴りつけて、加速中の車が左右に大きく揺れた。

「くそったれ！」

Pもたぶん、もう」

「なにをするつもりだ！」

　揚羽は助手席の窓を開けながら叫んだ。

「走行中の車内で暗殺した後、麝香は必ず自動車が停まるより前に行方をくらましていま

す！　なら、その方法は車に乗り移ったのと同じ以外に考えられません！」

「また貨物レーンのコンテナに乗り移って逃走するつもりなのか！　だが――！」

「私が貨物レーンに行きます！」

　そのときの陽平は、唖然を通り越して一瞬、惚けたような顔になっていた。

「ば、馬鹿を言うな！　人間技じゃないぞ、あれは！」

「大丈夫、たぶん一度コツを摑めば、なんとかなります！」

　揚羽は窓から身を乗り出し、逆上がりの要領で一気に自動車の屋根に飛び乗った。

「あとは陽平さんの運転テクニック次第です、どうか上手に私をリードしてください、お願

いします！」

　頭だけ車の中へ戻してそう言い残してから、車の屋根の上で貨物車両へ飛び移るタイミン

グを見計らう。

時速八十キロメートル近くともなると、横っ飛びをするにも風圧だけで後方へ吹き飛ばされてしまう。その分、貨物より少しだけ速く併走してくれると助かると思っていたのだが、気持ちが通じたのか、陽平は願ったとおりに青い二十フィート・コンテナのすぐそこまでぎりぎりに車を寄せて、速度を調整してくれた。

柵にぎりぎりまで寄せたため、自動車のサイド・ミラーはとっくに弾け飛び、車体もこすれて火花を散らせている。

「行きます！」

その上を大きく跨《また》ぐように、揚羽は青いコンテナに向かって全身を投げ出した。

身体が宙に浮く。強い慣性、次に前方からくる強烈な風圧、そして最後に体重が消えたような浮遊感が順番に揚羽の五感を襲った。

爪先がコンテナの縁を捕らえたものの、体重を掛けた途端に靴底が滑って、一瞬だが揚羽は死を覚悟した。しかし、なんとか逆の足と両手でコンテナの角を再度掴み、身を風に乗せて躍らせるようにしてコンテナの上に飛び乗った。

その途端——

「アァゲェェハァァァァ！」

顔面を串刺しにすべく繰り出された三本の手術刀《メス》を、揚羽はほぼ反射神経だけでかわす。

刃が耳の下を掠め、自分の熱い血とともに冷や汗が滲み出るのを感じた。

すぐに後方へ飛びすさるが、場所はわずかに長さ六メートル、幅二メートル半のコンテナの上、ひとっ飛びしただけで後のない端に追い込まれてしまう。

「くっ！」

頬を滴る血を拭《ぬぐ》いながら、右手には四本の手術刀《メス》を構えて前を見据えたが、そのときすでに麝香の姿はコンテナ上にはなかった。

——後ろだ！

それは直感以外の何物でもなかった。ただ、もし自分にそれが出来るなら間違いなくそうするという自負だけが、身体を動かしていた。

相手の姿を見て取れぬまま、今度は前方へ転がって逆の端へ辿り着く。そこで振り向いたときには案の定、後ろのコンテナから飛びかかってきた麝香が、揚羽のいたところに三本の手術刀《メス》を突き立てていた。もし、あの場にあと半秒でも留まっていれば、揚羽は脊椎を貫かれていただろう。

「困るんだよなァ……」

突き刺さったままの手術刀《メス》はそのままにして新しい手術刀《メス》を袖から抜きながら、麝香は左右非対称の歪《いびつ》で淫らな笑みを浮かべて揚羽を見やる。

「アタシはさァ、アンタが嫌いなんだよ、なんでわかってくんないのかなァ？」

「嫌い、ですか？　私、なにかあなたに嫌われることなんて、しましたっけ？」

無造作に右眼の眼帯を外しながら揚羽がしれっとして言うと、一瞬怒気を顔中に走らせた麝香はまた下品な笑顔に戻って哄笑した。

「だってさァ、アタシを殺せるのは世界でアンタだけだって話じゃん？　それってめちゃくちゃ理不尽じゃない？」

ぐらり、と全身を脱力させて頭を揺らしながら、麝香は——揚羽とまったく同じ顔をした人工妖精は、首を擡《もた》げて揚羽を見やる。

「アタシは『人類を片っ端から殺せ』って原則を持って生み出されたんだよ？　それなのにィ、望まれたとおりに殺してったらいつからか、アンタがいちいち邪魔しにあらわれるようになった。それっておかしいじゃん？　なんで邪魔すんの？　よりにもよって、実の姉であるアンタがさぁ？　アタシはァ、自分の生まれつきの役割に従ってるだけなのにィィ」

「さぁ、どうなんでしょうね。どちらの人間の方が何を望んであなたをそのように生み出したのかは存じませんが、今になって邪魔になったからこうなったのではないですか？」

「邪魔、邪魔になったから捨てる、かァ。ケヒヒィ！」

奇声を上げながら飛びかかってきた麝香の三本の手術刀《メス》を、揚羽は右手の四本の手術刀《メス》で受け止め、もう片方の手も手首を握って止めた。

「でもさァ、人間に嫌われてんのはァ、アンタも同じなんじゃないのォ、ねェお姉様」

「くっ！」

挑発に乗せられて、湧き起こった激情のままに放った蹴りはあえなく肘《ひじ》でとめられ、わずかに二歩ほどの間合いを取るに終わった。

「私の妹は真白だけです！」

「そうかなァ、アンタはわすれてもォ、アタシははっきり覚えてるよォ、あの薬くっさい左右対称の部屋で、黒い羽のアンタと、白い羽の真白姉様がいて、アタシもそこにいた。なにより――」

麝香の背中からゆっくりと羽が広がる。それは揚羽と同じ、漆黒の闇を湛《たた》えながら、赤く滲むように光っていた。

「アンタと同じ、この黒い羽が何よりの証拠だァ、そうだろ？」

揚羽の背中も、無意識のうちに黒い羽が広げられている。それは麝香の羽とよく似ながら、対照的に青く鈍い色を発している。

「仮にあなたが、本当に私たちの三番目の姉妹なのだとしても――」

左手にも四本の手術刀《メス》を構え、揚羽は一喝する。

「あなたが人間社会の敵であることに変わりはない！　妹だというのなら、姉の責務としてあなたを処分します！」

「そうかい！」

高速で予測不可能なレーン変更をして走り続ける無数のコンテナの上を、麝香はまるでアスレチックの丸太で遊ぶかのように自在に飛び移って、揚羽の目を翻弄《ほんろう》する。

最悪だった。あの動体予測の金色の右眼にかかっては、台風の中でゴム・ボートを渡り歩くがごときこの状況も、止まった飛び石のように見えているのだろう。

「誰の指示で、殺戮を繰り返しているんですか！　教えなさい！」

「い・わ・な・い！　だって言ったらもう身体を治してもらえなくなっちゃうもん！」

——やはり、誰かから強力なバックアップをもらっているのか。

そうでなければ、つい先日潰したばかりの左目と、親指に粉々にされた両手がこうも短期間で治療されたことも、こうして簡単に男性側自治区へ侵入しえたことも、説明が付かない。

「くっそっ！」

何度目かの白刃の交錯を経て、揚羽は徐々に気圧《けお》されつつあった。

「アタシが邪魔者ぉ？　なら……愛せないなら、なんでアタシを造った！　人間はどうして、嫌いになるならアタシを造ったんだ！　答えろよぉ！　お姉様！」

踵《かかと》がコンテナの端にかかる。あと半歩でも後ずされば、時速八十キロの路面へ真っ逆さまだ。

だが、時は満ちつつあった。

「あと、二秒……」

じりじりと、鼻先まで迫った麝香の手術刀《メス》をなんとか押しとどめながら、揚羽は呟く。

それが訝しかったのか、麝香がほんの少し気を逸らした瞬間、揚羽は変貌した。

「——複製《コピー》完了」

一瞬で背後に回られたことに、麝香は驚きを隠せずにいる。たじろぎ、微かによろめいた。

その背中に、揚羽は容赦なく四本の手術刀《メス》を振り下ろす。

――浅い！

脊柱どころか、皮膚と羽を掠めただけでかわされてしまった。

しかし、もう一方的に攻められ続けるのは終わりだ。

自由自在に高速走行中のコンテナの上を駆け回る麝香に、今の揚羽は一歩たりとも劣らず、まるで纏《まと》わり付く影のごとく追いすがる。

麝香の方は驚きを隠せないようだった。自分だけの、動体予測の右眼。それあってこその、高速走行中の白兵戦闘だったはず。それが揚羽にもできるということはつまり――。

「その眼！」

逃げるのを更に先廻りして切りつけてくる揚羽の手術刀《メス》を辛うじて受け流しながら、麝香は叫ぶ。

「その右眼！」

手術刀《メス》をかわそうと身体を捻ったところに蹴りを受け、麝香の身体がコンテナの上に転がる。

「どうして三つ目の眼がある!?　金色の眼は俺の右眼と、あんたの左眼の二つだけしかなかったはずだ！」

呟き込みながら言う麝香を、揚羽は冷やかかに見下ろす。

「四つです。そのうち黒い二つは、機能制限《リミッター》を掛けられていただけ。それさえ解除すれば金色になる」

「だが！　仮にそうだったとしても！　あんたのその右眼が最初から不言の眼だったのだとしても！　動体予測に最適化された俺の右眼にはかなわないはずだ！」

「なら、試してみては？」

揚羽の挑発を受けて露骨に顔を歪《ゆが》めた麝香は、さっき揚羽がした以上に速い動きで揚羽の斜め背後に回る。

「シャァァァ！」

そして左手に握った三本の手術刀《メス》を揚羽の延髄に向かって振り下ろそうとした——が、

「今さら二倍速《ダブル・アクセル》程度では、私に擦り傷ひとつ負わせられませんよ？」

揚羽はただ肩で振り向いて麝香の手首を掴んで防ぎ、そのまま腕を抱え込んで膝蹴りで麝香の左肘関節を粉砕した。

苦痛に顔を歪めて後ずさった麝香に、揚羽はさらに追撃するべく一気に駆け寄る。

「提示加速《サジェスト》！　三倍速《トリプル・アクセル》！」

「無駄です」

まるで疾風のごとく、素早い見切りで麝香は揚羽の手術刀《メス》をかわす。

しかし、揚羽が無造作に差し出した足に自分の足を取られ、無様に転んで床へ伏す羽目になった。

「くっそ！　四倍速《クアドラ・アクセル》！」

跳ね起きつつ、人間なら限界に近い四倍速もの思考加速をかけて、麝香は揚羽の懐へ潜り込む。しかし、それでもなお揚羽の動体予測を上回ることは出来ず、揚羽の肘うちを右頬にもろにうけて吹き飛んで落ちそうになったところを、辛うじて隣のコンテナに飛び移った。

「まるで、ド素人《シロウト》ですね」

「なっ……なんだと！」

「無駄な動きが多すぎる。目も回るようなあなたの殺法の動きのほとんどは、ただのまやかし。その動体予測の右眼があるから、なんとか形になっているだけです。たしかに、これでは十指たちの武術が通じなかったのも然り。でも、それはあなたが強かったからじゃない。あなたは右眼の思考加速に促されるまま、ただ無闇に駆け回っているだけ。だから、同じ速さで見える眼が相手にあるだけで、こんなにも無様に転げ回ることになる。誰かに植え付けられた逆・三原則に操られるままに、人を殺しているのもそう。あなたはなにひとつとして『自分で意志』していない。戦いも、生き死にも、自分の運命すらも、あなたはいつもなにかに依存して、頼りっぱなし。だから私にもその責任を押しつけようとする……正直、憐れすぎて見ていられません」

揚羽の言葉に、麝香は声もなくわなわなと顎を震わせて青ざめていた。

「……ざけるな」

「は？」

「ふざけるな！　そんな風に私を造ったのは人間じゃないかァ！」

三つのコンテナを次々と飛び移り、瞬く間に揚羽の背後に回り込んだ麝香の一撃を、揚羽は悠々と手術刀《メス》で受け止める。

悠々と、そう見えるように、だ。実際のところ、この新しい右眼をもってしても、麝香以上の思考加速と動体予測は出来ない。だから眼だけに限って言えばせいぜい互角なのだ。そして今まで揚羽が相手にしてきた多くの人工妖精たちがそうであったように、素人の技だからこそ、それはそれで油断ならない。

思考加速《アクセラレート》をしても身体能力が上がるわけではないから、強力な動体予測によって相手の視覚を翻弄しての高度な読み合いになる。十手先、二十手先を互いに見越しての激しい牽制《フェイント》合戦の最中にいつか訪れる、一撃必殺の瞬間を見いだすのである。自然にそれは、常人には目にもとまらないほどの、絶え間ない連撃と意表を突く立ち回りの応酬になる。

しかし、揚羽は麝香のそれに、あまり付き合うわけにはいかない。

もしここで、揚羽が一瞬でも後れを取る姿を見せようものなら、麝香は再び自信と気勢を取り戻して襲ってくるだろう。そうなったらあとは、せいぜい実戦経験の違いによる確率の勝負に持ち込まれてしまう。

油断せず、かつ余裕を見せ、相手に自分が劣勢であると思いこませて、焦燥に追い込んで屈服させる。もしその途中で麝香が大きなミスを犯したなら、そこで仕留める。

かつて揚羽が手も足も出なかった、山河之桜花。その眼を受け継ぐ麝香に、決定的な弱点などありはしない。消耗戦やただの確率勝負にさせないためには、揚羽の方であくまで心理戦を維持するしかない。

そうしてもう十数度目の交錯をしたとき、

「揚羽！」

車を寄せてきた陽平が、フロント・グラス越しに左手で磁気拳銃を掲げて見せた。

——了解！

それだけで通じ合い、揚羽は麝香から距離を取って、コンテナの進行方向上、風上の位置を陣取り、新たに両手に八本ずつ計十六本の手術刀《メス》を握って、それをいっせいに麝香に向けて投げ放った。

同時に、麝香の真横に車を寄せていた陽平も、左手で二発の銃弾を続けざまに放つ。

手術刀《メス》十六本と銃弾二発による、十字砲火《クロスファイア》だ。今の揚羽と同じ四倍速《クアドラ・アクセル》のままなら、麝香には回避不可能——少なくとも揚羽の右眼はそう提示《サジェスト》していた。

「ふっざけるなァ！」

それでも、麝香に致命傷を与えるには至らなかった。麝香は砕けた左腕で三本もの手術刀《メス》を受け止めながらも、銃弾まで回避してみせた。

「邪魔を——」

麝香はスカートの裾からさらに一本のメスを抜き、それを揚羽でなく陽平に向けて放った。

「するなァ！」

「いけない！」

慌てながら、揚羽も手術刀《メス》を放つ。

二本の手術刀《メス》は陽平の自動車の助手席の窓付近で交錯し、弾け合ってそれぞれ座席とダッシュ・ボードに突き刺さった。

さすがの陽平もこれには肝が冷えたようで、車は蛇行しながら後退していった。

「ハハッ、ハハハハハッ！」

突然、麝香は狂ったように笑い始め、そして最初の時のように、首を擡げて左右非対称の歪んだ、淫らな笑みを浮かべて揚羽の方を見やる。

「そうかァ……今のは一瞬だけど、六倍速《セクスタ・アクセル》で反撃したのに、それを空中で撃ち落とすなんて……ハハッ、そういうことか」

握っていた手術刀《メス》を放り出し、麝香は顔を抱えて腹の底から笑っていた。

「そうだったんだな、そりゃそうだよな。アンタの右眼はまだ未完成なんだなァ。属性は『複製《コピー》』、目の前の相手の人工眼球の機能をそのまま模倣するのかァ。それじゃあアタシの方がジリ貧だよなァ。手の内を明かせば明かすほど、片っ端から機能を盗まれていくんだからなァ」

やがて、ゆっくりと顔を上げた麝香は、殺意の籠《こ》もった視線で揚羽を見つめた。しかし、その殺意の行き先は、揚羽ではなくその向こうにいる誰かを射貫こうとしているように、揚羽には見える。

「やめだ。やっぱりアンタみたいな化け物を相手にするのは御免被るよ、お姉様。もう順番なんてどうでもいい、そうだ、最初っからそうすりゃよかった。殺せ……殺せ殺せ、殺せ殺せ殺せ殺せ殺せ殺せ殺せ殺せ殺せ殺せ殺せ殺せ！　そう望まれて生まれてきたアタシが、なんで人間なんかの言いなりになって順番通りに殺さなきゃいけないんだ！　真ん中にいる奴からぶっ殺せばそれですむ話じゃないかァ！　ナァ、お姉様！」

殺意は消えていない。それどころか、狂気を孕んで麝香のそれはますます膨らみつつあった。離れて立つ揚羽まで、鳥肌を覚えるほどに。

「アタシはこれから、アンタが一番守りたいと思っている奴を殺しに行くよ。あんたは指でもくわえてみているといい。アタシが世界の嫌われ者として生まれたというのなら、アンタにもその気分を味わわせてやる！　アンタは俺と戦ったりしなくても、失意に溺れて勝手に死んでくれるよォ！　アタシにはそれがわかる！　じゃあね、お姉様！」

両手をいっぱいに広げた麝香の身体が、向かい風に押されるままに後方へ倒れていき、そのままコンテナの端から下へ落下して消える。

「麝香！」

慌てて麝香のいた場所まで駆け寄り、コンテナの下を見たが、そこは相対速度が最大で時速八十キロメートルにも達する固い路面が見えるだけだ。

四倍速《クアドラ・アクセル》——いや、たとえ六倍速《セクスタ・アクセル》の思考加速と動体予測をもってしても、精緻な制御でレーンの間を不規則に移りながら高速走行しているコンテナの中を抜けて脱出することなど、極めて困難だ。揚羽の右眼もさっきから〝非推奨行動〟の警告《アラート》を繰り返し訴えている。

だとすれば、麝香はあえて揚羽の視界から消えてから、七倍速《セプタ・アクセル》以上の思考加速を発動させたことになる。そうしなければ、この押し寄せるコンテナの列の間を駆け抜けることなど不可能だ。

六倍速《セクスタ・アクセル》といえば、水淵博士の家にある思考加速装置《シンクミッション・アクセラレーター》で高熱に脳を焼かれそうになったほどの速度である。たしかに、放熱のために羽を広げることとさえ出来ればもう少し先まで耐えられるのであろうが、たとえ脳と身体が生理的には無事でも、人格に変容をきたしかねないレベルだ。

「揚羽！」

追いついてきた陽平が、自動車の運転席から呼ぶ。

フロント・グラス越しにその姿を一瞬、見て取りながら、揚羽はすぐに顔を伏せた。

一番守りたいと思うもの――。

それがなんなのか、今の揚羽には分からない。

あの山河之桜花ですら、せいぜい三倍から四倍速でかつて揚羽を翻弄し、圧倒した。だとすれば、少なくとも七倍速もの思考加速と動体予測を発現した今の麝香を止められる存在は、もう同じ眼を持つ揚羽以外にこの東京自治区には存在しないだろう。

――私は誰を、守ればいい？

掛け替えのない人々の顔を一人ひとり思い浮かべながら、揚羽は自問していた。

——私のことを　言いたいならば
——言葉にするのなら「ロクデナシ《Bad Apple》」

B-4

そこに辿り着くまでは、至って順調だった。

総督の暗殺によって超法規的な戒厳令が発布された夜の自治区には人影がほとんどなく、ましてや事実上の廃墟となっている第一層となると、もはや自由闊達に飛び回る微細機械群体《マイクロマシン・セル》の蝶たち以外には、命の気配を感じられないほどに静かだ。

その死んだ街の中を、赤色機関《Anti-Cyan》の隊員たちは念には念を重ねて、最大限の警戒を周囲に巡らせながらゆっくりと進んだ。

常に三方へ二名ずつ、斥候《せっこう》を送り出し、進行方向の周囲の安全を確認してから初めて隊列を組んで進行するという、極めて慎重な歩み方である。おおよそ百メートルごとに、そうして十分程度を要した。

緊張が張り詰める中、ようやく総督府の第一層正門まであと百数十メートルのところで、揚羽を守る二十数名の隊員たちの行軍は、長らく足止めされることになった。

「やはり、帰ってこないか」

報告を終えた黒人の巡査が、首肯しながら「はい」と答える。

先に総督府正門前へ偵察に出した隊員たちが、一人として戻ってこないのである。すでに二度、つまり計四名もの隊員が、行方不明になって赤外線無線にも応答しなくなっていた。

雑居ビルの陰になった路地裏で、電子ペーパーの地図を中心にして待機する隊員たちの顔には、いずれも焦燥の色が濃く浮かんでいる。

「どうされますか？　もう一組、斥候を出すのなら、自分が――」

「いや。これ以上、少ない戦力を無理な偵察で損耗させるわけにはいかない」

金髪の隊長は首を横に振って、黒人の巡査の労をねぎらってから列に戻るように指示した。

「待ち伏せされていると、考えるべきだろう」

無骨な顎髭を蓄えた第二小隊の隊長は、第一小隊の金髪の隊長の向かいにあぐらをかいて言う。

「ここまでいやに無警戒だったのは、最初から総督府前で我々を迎撃するため、戦力を集中していたということか」

路地裏は街灯の明かりも届かず、電子ペーパーのバックライトと夜組の蝶たちの燐光だけが、隊員たちの顔を照らしている。

「裏を返せば、奴らにも自治区全体を警戒するだけの戦力はないってことだ。自衛軍のどこの特殊部隊だか知らんが、潜水艇による隠密作戦で上陸を敢行したのなら数はそう多くないし、陸揚げできる装備にも限度があるはずだ」

「そして、もし総督府を既に占拠しているなら、待ち伏せなど必要ない」

「進駐軍の手前もある。本土からの無茶な命令がない限り、総督府には直接手が出せんだろうからな」

「あんたがもし敵だったら、どうする？」

「蜂の巣だ」

金髪の隊長の問いに、顎髭の隊長は喉で笑いながら言った。

「基地からなくなった二機の○六式無人八脚装甲車《トビグモ》に対抗するための装備の用意はあるのだろう。対物ライフルか対戦車ロケット弾か……それともポータブル・ミサイルか」

「問題はそれの使い道、か」

「位置さえ分かってれば、○六式《こいつら》にそんなアナクロな武装は通用しねぇ。撃たれる間に根城に飛び込んで、人間ミンチを量産できる」

「だが、その位置がわからない」

「それだ。当然、連中はこっちの○六式の居場所が分かるまでは、その切り札を使わないだろう。だから、こっちも○六式は不用意に前面には出せないはず、俺ならそう考える」

「そうなると、我々は身体を張って前面に出て敵と交戦し、その上で敵の位置を確認した上で二機の○六式を投入し、敵を殲滅させるのが上策だ」

「だから、蜂の巣になる」

顎髭の隊長は立体地図上の二つのビルに赤い丸印を付け、そこから総督府の正門前まで線を引いた。二つの線はちょうど正門付近で交錯し、バツ印になる。

「十字砲火《クロスファイヤー》か」

「第一層の総督府の正門前は、見晴らしのいい半径五十メートル程度の半円形の広場になってる。俺が敵の指揮官なら、その広場の左右、それぞれのビルの上の階に兵員を配置する。そうすれば、正門広場に至る北・東・南の三方の街路のいずれから標的が現れても対応できる。こちらが最後の角から顔を出した途端、二つのビルから制圧射撃をくわえればいい。それでこっちは正門前五十メートルちょっと、涎を垂らしたくなるほど目的地の目の前で足止めだ」

「時間稼ぎ、あるいは神経戦だな。我々の弾薬は多くない。こちらが先に音を上げ、我慢できずに〇六式を投入したら、別な場所に配置した対装甲兵器でそれを迎撃してから悠々と我々を包囲する」

「もしいつまでもうだうだしているようなら、余裕で別働隊が背後に回って、俺たちを挟み撃ちにする。そうなりゃもう〇六式があろうがなかろうが関係ない。俺たちは射的《ゲーム》の的だ」

「こちらの〇六式がせいぜい二機、と相手に知られているのが災いしたな」

「そうだな、あと一機でもいりゃあ、そいつを攪乱に出して残り二機で対装甲兵を殲滅出来たんだろうが」

金髪の隊長は、溜め息をついて、眉間《みけん》を撫でながら微かに唸《うな》る。

「この布陣では、相手もこちらの正確な位置が分かるまでは動けない。しかし今回、時間は敵の味方だ」

「そういうこった。こちらは日本本国の解体がGHQに宣言される前に、真白お嬢さんを総督府に届けて新総督就任と東京の独立宣言をしてもらわにゃならない。一方で、連中は最悪でもGHQの正式発足まで、時間を稼げればいい。そうすれば本格的に進駐軍が出動してくる。こっちはそれでジ・エンドだ」

「と、なると、こちらの打つ手としては――」

二人の隊長の視線が電子地図の上で交錯し、やがて顎髭の隊長の方が口元を歪める。

「陽動《おとり》作戦しかない」

顎髭の隊長が、自分たちがいるのとは反対側の街路から、赤い矢印を引く。

「隊を二つに分け、〇六式を一機連れた陽動部隊が反対の街路から突入する。当然、連中はお預けを食らっていた犬みたいに下品に陽動部隊に食らい付く。陽動部隊は足止めを喰らったふりをして、怪我しない程度に適当に応戦してやりゃいい。その隙に、ここから本隊が、もう一機の〇六式を連れて損耗を怖れずに突入すれば、相手の対装甲兵器が火を噴く前にだいぶ前進できる。相手がこっちの正確な人数を把握できていないなら、十分に有効だ」

「問題は最後、総督府の正門広場か。五十メートルの距離に、遮蔽物がほとんどない。上から撃たれたらひとたまりもないな」

「オリンピックみたいなもんだ。走りきって一発も弾に当たらなきゃ優勝だな。ま、そっちはあんたの隊に任せる。連中の視線はこっちに釘付けにしてやるから、その間にせいぜい全力疾走でもしてくれ」

顎髭の隊長はあぐらを解いて立ち上がり、自分の機関拳銃のマガジンを挿し直した。

「それしかない、か……」

金髪の隊長も腰を上げた。

「よし、一発勝負だ。全員、覚悟はいいな」

隊員たちが踵《かかと》を揃えて無言で敬礼する。

「陽動隊《うち》は混成第二小隊の八人で行く」

「たったそれだけの人数で、か？」

「なに、気心知れたるなんとやらだ。その代わり、〇六式六号機《ラファエル》は連れて行く。ガブ、そっちはお前に任せたぞ、お前の恐いもの知らずの脳天気さで、ご婦人をお守りして差し上げろ。

もちろん、羽目を外してご機嫌を損ねるなよ」

ガブと呼ばれたトビグモの二号機《ガブリエル》が前の脚で敬礼のようなものをしてみせると、苦笑の輪が隊員たちの間に広がった。

「時計合わせは全員大丈夫だな。陽動の方は、配置につくまでどれくらい時間を見る？」

「敵の位置がわからんからな。余裕を見て遠回りして、一時間ってところか」

「なら一時間半後、ちょうど午前零時に作戦を開始する」

「陽動の方で最初にスタン・グレネードを一発お見舞いする。それが合図だ」

「よし、以上だ。本隊はそれまでこの場で待機。今のうちに英気を養い、軽く食事も済ませておけ。酒もかまわんが……ほどほどにしておけ。千鳥足の奴は十字砲火の真ん中へ置いていくからな」

また静かな笑い声が広がってから消えていく。

「では、陽動の混成第二小隊は出撃する。俺たちのお弁当は向こうに着いてからだ」

機関拳銃を肩に掲げ、八人の隊員が顎髭の隊長に付き従う。

「死ぬなよ、とは言えんが……今生の別れになるかもしれんな」

金髪の隊長が言うと、顎髭の方は歯を見せて苦笑いしていた。

「なに、日本には『あの世で会おう』って、便利な言葉がある」

「そうだったな」

互いに笑みをかわした後、二人は真面目な顔に戻って敬礼をした。

「武運を」

「お互いにな」

その言葉を最後に、顎髭の隊長以下、八名の陽動部隊は路地裏の闇へ音もなく消えていった。

「太輔《だいすけ》！」

陽動部隊を見送った後、金髪の隊長は隊員の中でも一際《ひときわ》幼く見える一人を側に呼んで、なにかを指示していた。

やがて、その幼顔の隊員が、隅にいた揚羽の元まで駆け寄ってきて、手に持っていた銀色のパックと小さな水筒を渡してくれた。

「お食事です、カンパンと麦茶。申し訳ありません、なにせみんな慌てて基地を飛び出してきたもので、こんな非常食しかないんですが……」

「いいえ、ありがとうございま……す？」

手を差し出してもなかなか手渡されないので揚羽が首を傾《かし》げると、顔にそばかすの残る幼顔の隊員は、その赤毛の髪と同じくらい顔を真っ赤にしてから、慌てて揚羽の手に食事を置いた。

「す、すいません！　お近くで拝見すると、やっぱり本当にお綺麗だったもので、つい……」

「そんなこと……ボクなんかより綺麗な人工妖精《フィギュア》なんて、この街にはたくさんいますよ」

「じ、自分には、そうは思えなかったもので、すいません」

「それは、その、ありがとう……ございます」

なんだか気恥ずかしくなって、膝の上のカンパンの封を切りながら顔を伏せてしまったのだが、太輔と呼ばれていた幼顔の隊員が立ち尽くしたままだったので、気になって再び顔を上げる。

「あなたは、お食事はなさらないのですか？」

「あ、いいえ、自分もこれから――」

「なら、こちらで」

揚羽が自分の腰掛けている室外機の隣を指すと、

「で、では、失礼します！」

ぎくしゃくしながら、幼顔の隊員は揚羽の隣に座った。

本当に人工妖精に慣れていないようで、それが揚羽には微笑ましい。

「あなただけ、他の人たちよりお若く見えますけれど、おいくつなんですか？」

カンパンを端から少しずつ囓りながら揚羽が問うと、同じくカンパンを頬張っていた幼顔の隊員は、喉を詰まらせたのか慌てて麦茶を飲み干して、ほっと息をついていた。

「実は……年齢を誤魔化して入隊しまして、まだ十七です」

もっと幼く見えていたのでその実年齢はともかくとして、十七歳の少年がこんな日本の果ての自治区にまで派遣されてきたことに驚かされた。

「なぜ、年齢を偽ってまで……」

「日本の永住権が欲しかったんです。ここで任期を終えたら、晴れて両親共々、日本の人になれますから……国籍は違いますけど、永住できますし」

「でもなんで日本に？　もう昔のように豊かではないし、アジアには他にもっと暮らしよい国がたくさんあるでしょうに」

「それは……なんででしょう。でも、父も母も、日本って、東の果てのミステリアスな国が大好きで。子供の頃からいつかそこに住もうって、ずっと言われて、楽しみにしていたから、オーストリアからついに日本に来たときには、嬉しくて仕方なかったです」

あってないような理由だ。そして、その土地や風土を愛するということは、元来そういうものなのだろう。

今や元の日本人たちはみんな日本人であることをやめ、日本という国の形はおろか、土地の風土や慣習までも途絶えようとしているというのに、あえてそれを受け継ぎ、後世に伝えようとする人々が外の土地から訪れてくる。

古くからそこに住まう人々が、それへの愛情を忘れてしまっても、外に住む人の中にはまだ、日本の在り方に魅力を感じてくれる人が、少なからずいたということなのだろう。

「そう、ですか」

そして今、その日本の残り火を守るために、この少年は自分の命まで危険に晒そうとしているのだ。

無意識に語り口調になってしまったのが今さら恥ずかしくなったのか、太輔少年は残りのカンパンを一気に頬張って、また無理矢理麦茶で喉に流し込んでいた。

その様子が可笑しくて、揚羽が口を隠しながら笑うと、少年も釣られて頬を掻きながら照れていた。

「作戦中は、自分が真白殿のお側について先導させて頂きます。自分がお手を握って走りますので、絶対に手を離さないで付いてきてください」

「わかりました、頼りにしていますね」

顔を見合わせて、また笑う。

その笑顔が、最後に見る笑顔にならないことを、心の奥でひたすら祈っていた。

——歩むことさえ　疲れるだけよ
——人のことなど　知りもしないわ

A-6

——なんで、こんなことに……。

陽平の頭の中は、混乱の極みにあった。

「はい、もうちょっと肩を寄せて頂けますか？　旦那さん、顔をもう少しリラックスしてください、ちょっとお顔恐いですよ〜」

恐いのはこっちである。なんでこんなことになっているのか、自分でもよくわからないのであるから。

「ほら、ダーリン、笑って笑って〜」

陽平の脇に勝手に手を差し入れて、おねだりするように揚羽は上目遣いで微笑んでいる。

そのほっそりとした肢体は、紺色のウェディング・ドレスで艶《あで》やかに装われ、思っていたよりやや豊かな胸も強調されて、首の大きな人工ダイヤのネックレスの輝きをいっそう引き立てていた。

いうまでもなく、陽平の方も白いタキシードである。

いうまでもないといえないのは、この理不尽極まる状況だが、これが本当に陽平にもよくわからない。

――麝香のことはどうした？　こんな真っ昼間から出歩いて真白の方は大丈夫なのか？　そもそもなぜ俺たちはここにいる？　その前にこんなことしてていいのか？　いやそれ以前になにしにここへ来たのだったか？

嵐であり、豪雨であり、天災である。陽平の頭の中を駆け巡る疑問符の数々を詩的に表現するなら、そのようになるのかもしれない。

「はぁーい、じゃあ、一枚目を撮りますよー。はい、チーズ」

フラッシュが瞬いて、揚羽の濃紺のドレスにふんだんにあしらわれたクリスタルが夜空の星のように輝き、背後の繻子《しゅす》のカーテンを白く染める。

「もう一枚、撮りますよー。はい、チーズ」

揚羽は、抱えていた陽平の右腕をよりいっそう深く、胸に抱いて寄り添ってきた。

「はい、ご苦労様でしたー。現像まで十五分くらいかかりますので、そちらのテーブルで少しお休みになっていてください」

お休みになっていてください、とはいうものの、そこにはすでに山ほど電子ペーパーのカタログを抱えたブライダル・コーディネーターが待ち構えている。

揚羽に腕を引かれるままソファに腰掛けると、冷たいセイロン・ティーのグラスが置かれて間もなく、スーツ姿の人工妖精《フィギュア》のコーディネーターが早速、テーブルの上でカタログを広げた。

「――ですし、青いドレスがとてもお似合いですので、式場もこちらのカジュアルな雰囲気の方がお勧めですね」

「ブライダル・チャーチにも色々あるんですね」

「ええ、こちらなどいかがでしょう？　ステンド・グラスから差す光が、蝶たちの光と混じり合ってとても綺麗ですよ」

「ねぇ、どれにしよっかダーリン？　ここと か素敵じゃない、ダーリン？」

揚羽の言う「ダーリン」が自分のことを指していると理解するのに、毎度コンマ五秒ほど要する陽平である。

「仏滅ってやっぱりお得なんですか？」

「そうですねぇ、ですが今なら友引の日も、予約が少ないのでお得ですよ」

「たくさんあって迷っちゃう、ね、ダーリン？」

「広さもまちまちですので、お招きする人数によってプランも変わりますが、ご友人の方々など何人くらいをお考えですか？」

「百人くらい！」

小学生か！　お前のどこをどう叩いたら、そんなに大量の友情が出てくるというのだ、と心の中でひそかに突っ込みを入れずにはおれない。

「……それはきっと賑やかな披露宴になるでしょうね」

「はい、ね、ダーリン」

今、百戦錬磨であろうプロのコーディネーターが、一瞬どん引きしたように見えたのは、陽平の気のせいではあるまい。

とはいえ、主導権が夫人の方に握られているケースにも慣れているのか、コーディネーターは照準を揚羽に合わせ、陽平不在のままなにやらとんとん拍子に式場の絞り込みが進行していった。

「ね、ここで決めちゃおうか、ダーリン？」

「大変お勧めですよ」

二人の視線がようやく陽平に戻ってきたのは、はるか星の大海まで陽平の意識が遠のきそうになった頃であった。

「ああ……いや、その、待っ」

「もうダーリンってば優柔不断なんだから。でも、そんなダーリンも好き」

また胸の間に陽平の二の腕を埋め、頭を肩に預けてくる。端から見れば舞い上がった熱々のアベックにしか見えないのであろうが、揚羽の本意がまったく理解できていない陽平の全身には鳥肌が立っている。

「お待たせいたしました、現像が終わりましたよ」

そのタイミングを見計らっていたかのように、カメラマンが見事な意匠の施された写真ファイルを差し出してくる。

それを開いた途端、陽平の脳に襲来した衝撃たるや、筆舌に尽くしがたい。

「まあ、大変お綺麗ですよ」

「ありがとうございます。私たちお似合いだね、ダーリン」

遠い。二人の和やかな声が、今の陽平には三軒隣の家の軒先に巣を築いた燕の夫婦の愛の語らいよりも、なお遠く聞こえる。

当然のことであるが、大判の立体写真には濃紺のウェディング・ドレスを纏《まと》った揚羽と、揚羽と腕を組んで不器用な笑みをうっすら浮かべている自分の姿が写っている。

——これは、そうか、アレか、アレだ、最近の立体写真加工技術は劇的に進歩しているからな、素人でもフォトショなんとかというのを使えば、UFOや宇宙人やネッシーとかも、専門家ですら一見には見分けがつかないほど自然に合成できるというからな、いわゆる、なんだ、これは明らかな証拠捏造だ、鑑識班に渡して入念な調査を頼まなければ……。

などと、もはや二十一世紀前後レベルにまで退化した難癖スキルの思考力で、必死に目の前の理不尽な写真の現実的受容を試みるも、更なる困惑の深い森へ迷い込むばかりであった。

「……私、似合ってない？　ダーリン」

「他にも四等級様向けのドレスはたくさんございますが……」

黙りこくってしまった陽平に、二人が不安そうに声を掛けてくる。

「い、いや、よく似合ってるぞ。そのドレスでいいんじゃないか？」

自警団《イエロー》の第一線で、数々の修羅場をくぐり抜けてきた陽平をして、未だかつてここまで強烈な精神攻撃を経験した覚えはない。あるいは武器など使わずとも、憎しみとか怒りとかの負の感情にすら拠らなくとも、人は精神的に死ぬことがあるのではないかと本気で思ってしまったほどである。

「よかった！　じゃあ、ダーリンが気に入ってくれたし、これ、買いますね！」

その時、ぎょっとなったのは、陽平だけではない。

「……さ、左様ですか？　レンタルもありますが……」

「いえ、一生に一度のことですから、買っちゃいます」

「あ、ありがとうございます。では、あちらでお着替えいただいて――」

「いえ、このまま着て帰りますから」

BGMで流れているいる幸せそうなショパンのエチュードが、その場の全員の喉という喉を塞いでまわり、ほんの数秒ではあるが、この結婚式場ロビーの中から生きとし生けるものの呼吸の音までもが消えた。

「お支払いは、ドル建てでも大丈夫ですか？」

「あ……えと……」

百戦錬磨のブライダル・コーディネーターの人工妖精は、助けを求めるように遠く背後の上司らしき壮年男性に振り返ったが、そちらはそちらで呆気にとられていて、辛うじて首肯していた。

「は、はい、ドルで承《うけたまわ》ります」

「じゃあこれで」

揚羽はハンドバッグから、有名金融機関のゴールド・カードをさも当然のごとく取り出して、コーディネーターに渡した。

もちろん、それは総督閣下から直に渡されたというあの書類袋に入っていたものである。つまり、あくまで捜査のための資金として預かっているもので、元を辿れば公金に他ならない。

もちろんお金に名前は書いていないので、ウェディング・ドレスを買おうが着て帰ろうが、式場側の知ったことではないが。

――それから十数分後。

「まことにありがとうございました！　挙式は是非、当式場でお願いいたします！」

職員十数名、総出で見送られて、ようやく結婚式場を後にした。

「……お前そんな格好で大丈夫か？」

買い物客や家族連れが行き交う二区の繁華街の真ん中を歩きながら陽平が言うと、相変わらずぴったりと右腕に身体を寄せた揚羽は、顔を見上げて答える。

「らいひょふれふよ、ふほほはへへほはいいはひたひ」

「どこの地球外生命体の言語だ！　口にもの入れて喋るな！」

陽平に言われて、揚羽は頬張っていたチョコ・クレープのプリン・アラモードを飲み込んでから再び口を開く。

「大丈夫ですよ、もとから裾が短めのドレスを選びましたし、ちゃんと裾上げもしてもらったから地面にも付かないし」

「そういうことじゃなくてだな……ウェディング・ドレスを着て街の中を歩くなんて、お前、よく恥ずかしくないな」

「ほんはほひにふふはけ――」

「慌てるな！　飲み込んでからでいい、返事をするのは飲み込んでからでいいから！」

「そんなの気にするから気にされるんですよ。当然て顔してれば、だれも気にしません」

「さっきから、すれ違う連中がそろってこちらを振り返ってるんだが？」

「もう、陽平さんはちょっと自意識過剰なんじゃないですか？　大して見られた顔でもないくせに」

「お前も今、人に見せられたもんじゃない顔になってるがな……」

「ほへ？」

「口元」

「……わぁ」

指先で拭《ぬぐ》ってみて、ようやく自分の口のまわりがクリームとチョコまみれになっていることに気がついたらしい。

「えーっと……」

「いい、ちょっと待て」

左手は陽平の腕に絡め、右手には食べかけの具だくさんクレープを握ったままで、どうやって顔を拭えるというのだ。

陽平がポケットからハンカチを取り出すと、揚羽はまるでキスをねだるように、瞼《まぶた》を閉じて口を差し出してきた。

陽平は、子供にするようにやや乱暴に口元を拭ってやった後、まだ唇を差し出したまま目を閉じて固まっている揚羽のおでこに、容赦なくデコピンを浴びせてやった。

「調子に乗るな」

「陽平さんのケチ」

唇を尖らせた揚羽は、残ったクレープの三分の一を攻略すべく、器用に口で巻き紙を破っていた。

「しかし、紺色のウェディング・ドレスなんてのも、探せばあるもんなんだな」

「二等級なら真っ白なドレスも着られますけれども、三等級や四等級だとそうもいきませんから。薄黄色とか、薄緑色とかが多いですけれどね。四等級だといっそ紺、というのもよくありますよ」

それからも、揚羽は気まぐれにあちこちのショッピング施設を歩き回り、陽平は右腕を引っ張られたままそれに付き合わされる。

そうしているうちに、陽平はふと、亡き妻である紫苑も、よくこうして無意味に自分をショッピングに連れ出していたのを思い出した。

――街の平和を守るお巡りさんが、平和な街のことを知らないなんておかしいわ。

そんなことも、いつか言っていたような気がする。

もし、紫苑が生きていれば、ちょうど今のように――。

『おめでとうございます！　一等賞ぅぅ！　リゾート宿泊券ペアでご招待ぃぃ！』

「やったぁぁ！　陽平さん、当たっちゃいました！　嘘みたい！　やったぁ！」

――ちょうど今のように、デパートの福引きなどという、本当に目録通りに大当たりが入っているかも分からない広告ポケット・ティッシュ配布会において、一発勝負で一等賞を引き当てるなど……あるわけがない。

周囲の拍手喝采と鳴り止まぬベルの中、誇らしげに一等賞品の宿泊券の入ったのし袋を右手で掲げて、ウェディング・ドレス姿の揚羽は陽平の腕をひっぱりながら抽選会場を後にする。

「揚羽、その宿泊券の有効期日の日付、だいぶ先だろう。お前そんなに長く男性側《こっち》の方にいられるのか？」

きょとんとした揚羽は、のし袋を開いて中身を確認し、苦笑しながらぺろりと舌を出していた。

「しょうがないですね、これは陽平さんにあげます。好きな人とでもご一緒に行ってきてください」

「お、おい」

胸にのし袋を押しつけられて、揚羽が拗《す》ねたのではないかと心配になったのだが、揚羽の方はそんな陽平の気遣いなどどこ吹く風で、鼻歌を歌いながら楽しそうに次のひやかし先の店を物色していた。

「お前、もしかして……わざと目立って、麝香をおびき出そうとしているのか？」

あの自動車道での麝香との死闘の後、翌日の土曜日の夜更けまで、二人は麝香の姿を追い求めて自治区中をかけずり回った。それからも真白の方にこれ以上無理が出ないよう気をつけながら警戒を怠らなかったのだが、結局は麝香の足跡すら摑めないまま、水曜日の今朝を迎えた。

揚羽が豹変したのは、その今朝からである。

「うーん、まあ、それも半分くらいですね」

「半分て……」

「あと半分は、恋人がいるのって、どんな気分なのかなって、ずっと知りたかったから」

揚羽は陽平の右腕をまた深くたぐり寄せながら、悪戯っぽい笑みを浮かべて言う。

「まあ、この際、誰でもいいかな、と」

……ぐさり、と来た。思ったより、はるかに深手を負った、心に。

ただ、後で思うなら、このときの揚羽の「この際」という言葉の意味に、もう少し気を配るべきだった。

それからも、揚羽は繁華街の各所で、その秘められた無駄な才能で猛威を振るい続け、

『第十八回全島リズム・ゲーム大会、優勝者は！　な、ななな、なんとぉぉぉ！　飛び入り参加のウェディング・ドレス姿の花嫁だぁぁぁ！』

「ありがとうございます！　応援してくださった皆様と……愛するダーリンのおかげです！　きゃ！」

恥じらいながらその「ダーリン」を授賞式にまでひっぱり出したり、

『出ました！　街角ダーツ大会、過去最高点！　これで優勝は決まったかぁぁ!?』

と、無名のレコード・ホルダーとなってから逃亡したりと、傍若無人な放埓三昧を繰り返し、道行く人々の目に『天下無敵の紺色の花嫁（＋地味な亭主）』の姿をくっきりと焼き付けてまわった。

「これで二区は大体制覇しましたね」

時刻は午後二時前。ようやく満足したのか、遅い昼食を取るために、モノレール駅前のオープン・カフェで注文を終えてから、揚羽は鼻で笑いながら言った。

「じゃあ、次は三区でも侵略しますか」

「まだ続けるのか！」

すっかり疲れ果ててテーブルに突っ伏していた陽平は、その脳天気な言葉に思わず飛び起

きた。

「まだまだ一日は長いんです。これくらいでへこたれていたら、朝まで持ちませんよ」

どうやら今の揚羽には「夜が明けるまでが遠足ならぬ一日」であるらしい。

「もう勘弁してくれ……」

「私と遊ぶの、飽きちゃいました？」

「そういう意味じゃなくてだな……」

顔を擡《もた》げると、後ろのオーロラ・ビジョンの逆光の中で、悪魔的な笑みを浮かべる揚羽と目が合った。

「ふふ、私と仮にも夫婦ごっこをするのだから、こんなものではすみま――」

揚羽が捕まえた鼠を生かさず殺さず残酷に弄《もてあそ》ぶ猫の顔をして言いかけたとき、清涼飲料水の宣伝を流していた駅前のオーロラ・ビジョンの映像が突然切り替わり、緊張した面持ちのニュース・キャスターが大きく映し出される。

『放送中に失礼いたします、全島速報です』

その緊迫した声に、道行く人々が一斉に足を止める。

『先ほど午後二時前後、四区で恒例のパレード中であった椛東京自治区総督閣下が、テロリストと思われる黒ずくめの人工妖精から襲撃を受け、重傷を負った模様です』

画面には襲撃の瞬間と思われる映像が、スローで流されている。犯人は、総督の乗るオープン・カーめがけて真上からほぼ自由落下で降りてきて、総督の胸に手にした手術刀《メス》を突き立てた後、画面外へ姿を消した。

すぐに駅前は悲鳴と泣き声で溢れかえる。

『閣下はすぐに区営工房に搬送されましたが、未だ安否について総督府は発表を拒んでおり――』

映像では顔にぼかしが入っていたが、あの揚羽のものとよく似た衣装、それに手際といい、麝香にほぼ間違いない。

「揚羽！　おい、どこへ行く！」

突然、席を立って駆けだした揚羽を追い、陽平も椅子を蹴って走り出す。

「今さら現場《げんじょう》に行っても――！」

陽平ははじめ、揚羽は麝香を追うために暗殺の現場へ行こうとしているものとばかり思っていた。しかし、立ち止まり、あるいは泣き崩れる者もいる人混みをかき分けて揚羽が走る方向は、現場とは逆の方向だ。

――いったいどうしたってんだ！

総督が本当に暗殺されてしまったのなら、それは考え得る限り最悪の結末だ。しかしそれは揚羽の責任ではないし、悲嘆に暮れるにしてもなぜ、どこへ行こうというのか。

「待て！　揚羽！」

揚羽はしょせん、動きづらいドレス姿だ。人気のない路地裏に入ったところで、ようやく追いついて、その肩を摑んで無理矢理振り返らせた。

その顔が、細い眉が、金色の両の目が、うっすらと紅の差した頬が、今まで見たこともないほどあられもなく、泣いてくしゃくしゃになっていた。

「揚羽！　あれは俺たちにはどうしようもなかった！　お前が責任を感じることは――」

「違います！」

泣きじゃくり、涙を後から後から溢れさせながら、揚羽は声を張り上げた。

「違うんです！　そうじゃない！」

「じゃあ、なんで！」

「私は……間違えた！」

唐突な言葉の意味がわからず、陽平は言葉に詰まってしまう。

「麝香に……『一番守りたいと思うものを殺す』と言われて……私、それがなんなのかわからなくて、いろんな人を思い出したんです。鏡子さん、連理や柑奈、雪柳や片九里《かたくり》、屋嘉比先生と鈴蘭《すずらん》、五稜郭のみんな、それに水淵先生と一初さん……でも、どれが一番なのかって考えると、私、全然分からなくて……」

嗚咽《おえつ》にときどき喉を詰まらせながら、揚羽は言う。

「でも、そうじゃなかった……麝香が言ったのは、きっと……」

「総督閣下か」

揚羽は涙を振りまきながら首を横に振る。

「違います……きっと、人間全部……」

あまりに大きなものを、このまだ若い娘が背負い込もうとしていることに、陽平はようやく気がついた。

「私は、たぶん……人間が好きだった。みんな、悪い人も、いい人も、優しい人も、厳しい人も、暢気な人も、せっかちな人も、私はたぶんみんな好きだった。私がそれに気がつかなかったから……閣下は、椛子様は、殺されたんです。椛子様がいなくなれば、この自治区の人たちは、もう今までのようには……」

陽平が聞き取れなかった、高速の貨物の上での揚羽と麝香の最後の会話が、それだったのだろう。

「だからお前は、わざと派手にみんなの前ではしゃいで、麝香の目を自分に引きつけようとしたんだな。麝香が誰を狙っているのか分からなかったから……俺と恋人のふりをすれば、麝香がこっちを狙ってくるはずと、そう考えた」

揚羽は手の平で濡れそぼった顔を拭いながら頷《うなず》く。

「ごめんなさい！　私、陽平さんのことも、大事だって思ってたのに……嫌いなところだってたくさんあるけれど、でも色々助けてもらって、すごく嬉しくて、今日だって、心から楽しくて……それなのに！　私！　陽平さんのことを囮《おとり》にしようと……！」

カフェで突然席を立って、自分の前から逃げ出したのは、その罪悪感に耐えられなくなったからだったのか。

「この、馬鹿野郎！」

陽平の一喝に、揚羽は足の先から肩まで震え上がって、ひっと声を上げていた。

無意識にであろうが、後ずさろうとした揚羽の頭を、陽平は右手で首の後ろから捕まえ引き寄せた。

「それは、お前が守りたいと思った奴らの中で、俺が一番荒事向きで強いって、お前が信じてくれたってことじゃないか！　お前は間違ってなんかいない！　俺がお前の中で何番目に……いや、下から何番目に大事に思われてるのか知らんが、そんなことよりお前が一緒に戦うパートナーに俺を選んだのなら、俺はそれでいい！」

「でも……」

顔を上げてなおも叫ぼうした揚羽の口を、もういちど胸に押しつけて強引に塞いだ。

「揚羽、俺はたぶん、お前のことが好きだ」

腕の中で、揚羽の身体が鞭に打たれたように大きく震えた。

「紫苑とどっちの方が……なんて言われたら、さすがにわからん。だが、きっと、お前とは、初めて会ったときから、なにか他の誰かとは共有できない何かで通じ合った。あのお前と殺し合い寸前までいった夜以来、ずっとそうだったんだ。それを認めたくなかった、俺も、きっとお前も。だが、今は認める。俺はお前のことが一番大事だ」

揚羽の嗚咽はいつの間にか止まり、代わりに肩が小刻みに震え始める。

「だから、いざ戦うってときに、囮だって捨て駒だってなんだっていい、お前が俺を選んでくれたのなら、俺はただ嬉しいだけだ」

「……嘘」

「嘘だと思うのなら、俺に土下座でもさせてみるか？　『恋をしました、付き合ってください』って、あの聴衆の真ん中で大声で告白してやってもいいぞ」

また、揚羽の肩が大きく震え、それから心臓の鼓動に耳を澄ませるように、首が横を向く。

「馬鹿みたい……やめてください、恥ずかしいから」

「そうか。なら、もしお前がまた俺の前から逃げだそうとしたら、そうする。恥ずかしいなら、もう逃げるな」

「脅迫ですか？　自警団《おまわりさん》のくせに」

「あいにく、愛煙家の不良刑事だからな」

ようやく、喉で笑う声が聞こえてきて、陽平も心中でほっとしていた。

「じゃあ、証拠をください」

「証拠？」

揚羽の手が陽平の腰にまわり、しっかりと捕まえてくる。

「私の『心』を逮捕したいなら、ちゃんと証拠がないと困ります」

涙のせいか、すっかり真っ赤に染まった顔を揚羽は上げて、上目づかいに陽平を見つめた後、その潤んだ金色の瞳をゆっくりと閉じた。

陽平はその淡い色の唇に、自分の口をゆっくりと重ねる。そしてより深く、その唇の中まで暴こうとするように舌を伸ばした。

逃げようとする揚羽の左手を摑み、肩を押さえて、強引に壁に押しつける。互いの息を交換し、息にまじる体温を交換し、体温のこもる体液を混ぜ合って、貪るように奥の奥まで求め、二人の胸の中の空気がすべて溶け合うまで続けた。

「……んっ」

さすがに目眩《めまい》を覚えてよろめいた途端、揚羽に胸を突き飛ばされて、ようやく二人の身体は離れた。

「ひどい！　私、まだ二回目だったのに！」

口元を押さえて咳き込みながら、揚羽が眉をつり上げて叱責する。

「証拠だからな、一生忘れられないようにしないと、意味がないだろ」

陽平も肩で息をしながら反論する。

しかし、すぐにもう一度揚羽の身体を抱き寄せた。

「あとは俺たち自警団に任せろ。あんなニュースになれば、上の方だってもうちまちまやってられん。麝香は俺たちが必ず逮捕する。お前はもう、何の心配もしなくていい」

「私が、指をくわえてそれを見ているとでも？」

「捕まえておくさ。お前は俺の——俺だけの重要参考人だからな」

「……そうですか。それじゃ、かなわない、かな。でも——」

不意に、カチャリという聞き慣れた金属音がして、右手首に何かが巻き付く違和感を覚えた。

「それなら、私にも陽平さんを捕まえておく権利があるって、そういうことですよね」

いつのまにすり取られたのか、揚羽は陽平が懐に忍ばせていた手錠の片方の輪っかを摘まんでいた。もう片方の輪っかは、すでに陽平の右手に嵌《は》まっている。

そこからは、あっという間だった。相手の力を利用して自在な方向へ身体を向けさせる合気、あるいは柔道の基本、それをやられて、陽平が蹈鞴《たたら》を踏んだ次の瞬間には、手錠のもう片方の輪っかが、壁の雨樋のパイプに嵌められていた。

「馬鹿！　なんてことするんだ、揚羽！」

捕まえようと伸ばした左手は、右手の手錠のせいであえなく空を切る。

「鍵はここら辺に置いておきますね。誰かを呼んで取ってもらってください」

手錠のカード・キーを、陽平の位置からではぎりぎり届かない距離に静かに置いて、揚羽はウェディング・ドレスの青い裾を翻《ひるがえ》す。

「ありがとう、陽平さん。あなたに会えて、本当によかった。それに、今日一日だけで、私はきっともう一生分、幸せになれた。だから——さようなら」

その背中が、ゆっくりと路地裏の闇の中へと遠ざかっていく。

「——だからもう、私は幸せはいらない」

その言葉を最後に、足音すら聞こえなくなる。

「揚羽！　戻れ！　揚羽ぁぁ！」

届いているかわからない叫びを、陽平は街の闇の中心にむかって、ひたすら叫び続けた。

——今夢見てる？　なにも見てない？

——語るも無駄な　自分の言葉？

B-5

——なんで、こんなことに……。

赤色機関《Anti-Cyan》の作戦は、当初の計画通りに進行した。

敵である自衛軍は、金髪と顎髭の二人の隊長が予測したとおり、総督府正門の直前に十字砲火を形成する位置に陣取っていて、それはまったく想定の範囲内だった。

そして、陽動作戦も成功した。午前零時ちょうどに炸裂したスタン・グレネードが開戦の狼煙《のろし》となり、自衛軍は一時、わずか八名で陽動部隊を担う顎髭の隊長以下の混成第二小隊にその火力を集中させたので、逆方向の街路から進行した金髪の隊長以下の第一小隊は、真白を護衛しながら総督府正門まであと百メートルというところまで易々と接近できた。

異変は——想定外は、そのとき、そこに現れた。

巨大な八本脚の影が、街灯と蝶たちの羽が放つ燐光を遮り、足を取られそうになるほどの地響きを辺りに伝えて、唐突に現れたのである。

赤色機関のそれとは違う、白と灰色の幾何学迷彩《アーバンカモ》を機体全面に施された、完全武装の、そして本物の、自衛軍仕様の、市街戦の白い悪魔の蜘蛛《ホワイト・デビル・スパイダー》。

〇六式八脚無人対人装甲車急襲仕様C型。

前世紀に相次いだ中東の市街戦で圧倒的な猛威を振るった悪魔が、その姿を現したのである。たった一機ではあったが、対装甲兵器を持たない赤色機関の隊員たちにとって、これ以上最悪の相手はいない。

それゆえ、赤色機関の第一小隊は、そこから一歩も前へ進めなくなった。

もちろん、随伴していた〇六式二号機《ガブリエル》はよく健闘している。

武装をほぼ完全に排除された治安仕様のままであるにもかかわらず、建物の間を「トビグモ」のあだ名に違わぬ軽快さで飛び回り、よく自衛軍の〇六式C型を引きつけて翻弄《ほんろう》してくれている。

しかし、同じ無人の〇六式同士であるなら、その明暗を分けるのは明らかに装備の差のみである。自衛軍の〇六式C型は、対装甲車両用のロケット弾と有線誘導兵器を満載しており、一方の二号機は徒手空拳も同然だ。いずれじり貧になることは、誰の目にも明らかだった。

そして、〇六式C型が果たした役割は、裏をかいて今まさに総督府正門へ突入しようとしていた第一小隊の鼻先に現れて、二号機《ガブリエル》が迎撃に出るまでのほんの数秒の時間稼ぎを成しえただけで、十分だったといえる。

第一小隊の存在に気づいた自衛軍の兵士たちは、第二小隊への牽制は怠らないまま、その矛先を第一小隊へと変えた。結果、真白を含む第一小隊の一同は、その圧倒的な火力差と計算された射線のために、目標までわずか五十メートルの正門広場の入り口手前で、身動きが取れなくなったのである。

「埒《らち》があきません！」

角から三点バーストでビル上階の自衛軍に向かって応戦した途端、その十倍にもなるであろう弾丸の雨が降ってくる。たまらず首を引っ込めた巡査部長が、金髪の隊長に振り返って叫ぶ。

「反撃は不可能か」

金髪の隊長は自分の機関拳銃の弾倉《マガジン》を確認し、眉根に皺を寄せた。

「全員、残弾を確認！」

元より軍隊ではなく、あくまで警察の一部隊として派遣されている赤色機関に、それほど多くの銃弾の備蓄があるわけもなく、各自の手持ちの予備弾倉もせいぜい二つ。そして多くの者はすでにそのひとつをとっくに使い果たしていた。

自衛軍の〇六式C型の相手を一機で担っている二号機《ガブリエル》とて、いつまで持つか分からない。

「打って出るなら、今しかありません」

死を覚悟しての無謀な突撃を進言した隊員を、隊長は手で制して足下の赤外線無線装置のボリュームを上げた。

『……ら、第二小隊！　聞こえるか！　こちら第二小隊！　第一小隊、聞こえるか！』

「こちら第一小隊。そっちの様子はどうだ？　何人残っている？」

『まあ、ひどいもんだ。六人……いや、今、残り五人になった』

　全員の間に、悲痛な空気が広がる。

「こちらも状況は最悪《ワースト》に近い。仮に強行進撃を敢行しても、向こうの〇六式C型が立ちはだかったらそれまでだ」

『ヤクザみたいにチャカだけで来てくれるなんて都合のいいことは考えちゃいなかったが、さすがに完全武装の〇六式までこの人工島に持ち込んでいるなんてのは、予想の外だったな。〇六式の運搬専用の潜水艇でも持っていたのか』

「損失を覚悟の上で、一か八か、二号機《ガブリエル》を向こうの〇六式C型に突貫させ、その隙に残り百メートルを走り抜けようと考えていたところだが」

『それならもっといい提案がある』

　スピーカー越しにも銃声が轟く中、顎髭の隊長がにやりと歯を見せて笑っているのが、揚羽にも見えたような気がした。

『これから、こっちの六号機《ラファエル》をそっちに回す。二機でサンドイッチにしてやるんだ。手足を絡めて肉薄しちまえば、ロケット弾もミサイルも使えねぇだろ。それで〇六式C型の足が止まった隙に、全員で総督府へ駆け込め』

「しかし……それではそちらが持つまい。お前たちの方は残弾も」

『今さらそりゃいいっこなしだ、そうだろ。なに、お前らが一刻も早く総督府へ逃げ込んでくれれば、俺たちにだって投降する時間ができるさ』

「わかった……頼む」

『よし、時間は？　できれば乾燥麺が伸びるよりも早く頼むぜ』

「今から一分後、今度はこちらからスタン・グレネードを投げ入れる。それが合図だ」

『了解だ。じゃあな、あばよ』

通信が切れ、ノイズだけを流すようになった無線機の電源を、金髪の隊長が切る。

「全員、聞いたな。これで最後だ。目的はあくまで薄羽之真白殿、次期東京自治区総督閣下の護衛だ。走れる限り、全身で真白殿の盾になるつもりで守り切れ。二号機への指示は？」

二号機の担当らしい隊員が首肯する。

「よし。真白殿、よろしいですね？　我々が必ずお守り申し上げますので、なにがあっても振り返らず、決して足を止めず、全力で走りきってください」

「は……はい」

言われるままに頷《うなず》く以外、今の揚羽に何が出来ただろう。

「太輔、お前が直援だ。真白殿の手を絶対に離すなよ」

「了解です！」

赤毛の少年は、揚羽の手をぎゅっと一際《ひときわ》強く握りながら敬礼していた。

「よし、カウントする。ゼロとともに私がスタン・グレネードを投擲して先行しつつ、敵を引きつける。その後、すぐに残った全員で真白殿を囲んで守りながら強行しろ。

いくぞ、五、四、三、二――」

揚羽の背筋を、冷たい汗が伝って落ちた。

「――一、ゴー！」

金髪の隊長は、手に持ったスタン・グレネードを敵の交差射線の真ん中に放り投げ、その爆発音とともに角から躍り出てまだ光の残る方へ走り出す。

「行け！　足を止めるな！　走り抜けろ！」

機関拳銃をフル・オートで撃ちまくりながら叫ぶ隊長の命令に従い、十数名の赤色機関の隊員たちは、一斉に総督府の正門へ向かって走り出す。赤毛の少年に手を引かれた揚羽も、その中心にいた。

銃声は鳴り止むことがなく耳を苛み、銃弾が降り注ぎ、足下の路面が粉々になって粉塵が舞い上がり、闇夜を更に深くする。

あと、六十メートル、五十メートル――。

時計の秒針なら、ほんの六分の一周ちょっと。たったそれだけの時間がこれほどまでに長く感じたことは、今までの揚羽にはなかった。

そして、あと四十メートルの距離まで来たとき、ついに自衛軍の白い〇六式い型が、小隊の目前に、道を塞ぐように降りてきた。

「くそったれ！」

金髪の隊長が、腰から下げていた最後のスタン・グレネードを、十分に溜めてから○六式C型のメイン・カメラに向けて投げ放つ。

しかし、それが炸裂するよりも、○六式C型の腹部に装備されていた口径七・六二ミリのチェーン・ガンが火を噴く方が早く、金髪の隊長の身体は闇雲に操られる人形のように不気味に踊った後にいやにゆっくりと、地に伏せた。

揚羽の悲鳴も、炸裂する閃光弾《せんこう》の爆音、轟く銃声と飛び交う怒号の中では、小鳥のさえずりより空しく、自分自身の耳にさえ届かない。

だが、金髪の隊長が最後の手投げ弾で作った時間は無駄にはならず、ようやく有線誘導式ミサイルを巻いた二号機《ガブリエル》が、○六式C型に頭から覆い被さるように取り付いた。

「今です！　お早く！」

声に振り向けば、揚羽のまわりに十数人いたはずの隊員は、いつの間にか半分以下になっていた。

「真白殿！　手を離してください！　太輔は、もう……！」

言われてようやく、引かれていたはずの手を自分が必死に引いていたことに、気がついた。

絶対に離すな。そう命じられた赤毛の少年は、頭を半分失い、腹部から内包物を噴き出して地面に引きずられても、揚羽の手を摑んだままだった。
○六式C型は、無防備に自分にのしかかってきた二号機の腹部を、前の二本の脚の強震掘削爪《パイルバンカー》で貫き、さらにそれを地面に叩きつけた。

その瞬間は、揚羽も含め生き残っていた全員が、今度こそ死を覚悟したことだろう。

だが、死神にも見えた〇六式C型の白い巨体は、横から突撃してきた同じ大きさの赤い影によって突き飛ばされた。

「六号機《ラファエル》か！」

さらに、身体に二つも大きな風穴を開けられた上に地面に叩きつけられて、一度は機能停止したように見えた二号機《ガブリエル》も起き上がり、六号機と一緒になって両側から〇六式C型を挟み込む。

そして、三機の八本の脚に備えられた計二十四本の強震掘削爪《パイルバンカー》が一斉に火を噴き、相手を串刺しにする。

蜘蛛同士の共食いだった。

そのおぞましい光景を、揚羽は生涯忘れられないだろう。〇六式C型の八本の脚は、四本ずつ前後の二号機と六号機の本体を貫き、また二号機と六号機の爪も、〇六式C型の本体をほぼ完全に破壊していた。

それでも、残った全員は、申し合わせていたとおり決して三機の機械の蜘蛛が織りなした凄惨な光景に目を奪われて足を止めたりはしなかった。

もう総督府の正門まであと、わずか二十メートル。そこまで来ていたのだから。

それでも、現実はただ、ひたすら無情だった。

三機の〇六式の残骸の横を駆け抜けたとき、パシュッという気の抜けた音が、立て続けに三回、辺りに響き渡った。

「対人榴散兵器《S・マイン》だ！」

その音の意味するところに、いち早く気づいた一人が足を止め、残る全員に叫ぶ。大破した〇六式C型が、最後の足掻《あが》きに人だけを惨殺するための兵器を三つ、宙に放ったのだ。

「全員、真白殿を庇《かば》って肉の壁となれ！」

言いながら、自分は手にした機関拳銃で宙の榴散弾を撃ち落とすべく狙いを定めてトリガーを引く。

三つの榴散弾のうち二つは、機関拳銃の弾に当たってあらぬ方向へ落下していった。しかし、残りの一つは上昇を続け、その頂点で下へ向けて、傘状に数え切れないほどの無数の弾丸を振りまいた。

押し倒された揚羽が、その結末を知ったのは、動かなくなった三人の隊員の遺体の下から這い出したときだ。

血と、肉と、そして命が、まるで紙よりも薄く、脆《もろ》く、くずとしてうち捨てられる様を、揚羽は初めて目の当たりにした。

榴散弾を撃ち落とそうとしていた兵士は、まだ立っていた。だが、立っていた、だけだった。誰よりも多く榴散弾を全身に浴びた彼は立ったまま息絶え、そして揚羽の目の前で仰向けに、まるで人形のように倒れた。

「真白殿！　お早く！　総督府へ！　早く！」

ただ一人、生き残った隊員が、片手で機関拳銃を乱射しながら叫ぶ。彼の左腕は、もう『腕』の形を成していなかった。

そのときの揚羽の頭は、意識が現実の理解を拒んでいたのだろうか、もはや何も思うことなどなく、ただひたすら走ることだけを考えていた。右手に握った手がいやに軽く、手首から先がないことに頭のどこかで気づきながら、それでも握ったまま走った。

視界の隅で、最後の隊員が特攻を掛けていくのが見えた。

それから、ほんの数秒の間だが、総督府のドアを開けて中に飛び込んだまでの時間、揚羽の記憶はすっぽりと抜け落ちている。

ただ、外の惨状が嘘のように静かで、血と肉片に塗《まみ》れた揚羽の方が場違いに思えるほどに、総督府の第一層ロビーは広く、整然としていて、神々しいまでの美しいシャンデリアに照らされて、厳《おごそ》かに揚羽を招き入れていた。

「ようこそ、総督府へ」

三十メートル四方、吹き抜けのロビーにまっすぐ敷かれた赤絨毯の先に、旧日本軍の軍服を纏《まと》った、総督直下の親指の姿があった。

「なんで……」

なんで、ここにいて、外で何が起きているのかも知っていて、あなたは、どうしてなにもしようと思わなかったのか。

言いたいことがたくさんありすぎて、それでもまだ揚羽の頭は朦朧としていて、言葉にならなかった。

「ここで、私と一戦交えようというのなら、是非もない。が――」

親指は、一度は手を掛けた刀の柄から指を離した。

「私はもう、君の姉君に二度も負けている。一度目は四年前、〝傘持ち《アンブレラ》〟事件の際、姉君の身柄を押さえようと十本指全員で包囲したとき、彼女は私の背後を取りながらあえてそれを見逃した。そして先日、怨敵・麝香を追ってこちらの男性側自治区を訪れたとき、私は総督閣下が我々十指ではなく、君の姉君に麝香討伐の命を下したことに不満を覚え、君の姉君に一対一の真剣勝負を挑んだのだが、勝負にすらならないほどの惨敗を喫した。ゆえに、もはや私ごときは、貴殿の御前に立ち塞がるに値しない。君の前に立ちうるのは、今やこの自治区にただ一人であらせられる」

親指が道を譲るように脇に控えると、その後方にいた人物の姿が、ようやく揚羽の目に映った。

「……閣下？」

珍しい袴《はかま》姿に、長い髪はポニーテールにしている。右手には装飾の施された煌びやかな薙《なぎ》刀《なた》を携《たずさ》え、左手には瞼《まぶた》を糸で縫われた幼い少女の姿をした人工妖精《フィギュア》を連れていた。

「椛子様が……なんで？」

総督閣下は、暗殺されたのではなかったか。だからこそ、赤色機関の人たちは、命をなげうってようやく揚羽をここへ連れてきたはずではなかったのか。

それなのに、総督閣下がまだ生きているのなら。

「無駄死にね」

冷淡に、酷薄に、そして非情に、桃色をした自治区で一番美しい唇の蕾は、言い放った。

「本当は、自衛軍が水鏡《みずかがみ》を――私の影武者を暗殺して、たしかに死亡を確認した後、それで自衛軍は本国に帰還するはずだった。それから第二次GHQの発足宣言に先立って、私が存命していることを明らかにし、自治区の独立を宣言して、正当日本政府であることを主張する、そういうプランだったのよ」

ゆっくり、ゆっくりと揚羽の方へ歩み寄りながら、椛子は言う。

「だけど想定外のことに、自衛軍に先んじて、麝香が水鏡を暗殺してしまった。そのために、自衛軍は私の死亡の確認が出来ず、総督府の周辺を封鎖して、もし私や私の後継者が現れたならそれを抹殺するという作戦に切り替えざるをえなかった。私の方も、下手に生きていることを知られたならば、総督府が自衛軍によって急襲される可能性を考慮しなければいけなかった。だから、息を潜めて潜伏していた」

その声は、十数万の命を背負って立つ人のそれとは思えないほど、淡々としている。

「それなのに、あなたはここへ来てしまった、無駄にね。あなたから動かなければ、自衛軍だって無理して戦闘行為を始めたりはしなかったはず。あなたが後継者として指名されていることも、自衛軍はまだ知り得なかったのだから。赤色機関の隊員たちは、あなたのために、無駄に死んだのよ。何の意味もなく、何の意義もなく、なんの成果もなく。あなた一人の、あなたのただ周囲に流されるだけの、不甲斐ない、情けない、だらしない、みっともないエゴのために、彼らは無駄に死んだのだわ」

揚羽の右手から、左手首が落ちて床に転がった。

総督の言葉は、揚羽の胸に空いた大きな穴を、さらに容赦なく、ずたずたに切り裂きながら押し広げていた。

「でも……それなら、ボクは、いったいどうすれば、よかったのですか……？」

「そんなことを私にたずねるようだから、あなたは情けないというのよ」

揚羽から十歩ほど離れたところで足を止めた椛子は、またも冷淡に揚羽の告解を切り捨てた。

「あなたの姉なら――あなたみたいな情けない妹じゃないわ、本物の揚羽さんなら、私にこうまで言われて黙ってなんかいない。あの子は、私と初めて会ったときですら、故《ゆえ》さえあれば私であろうと殺すと、皆の前で言い切った。そして今も、あの子は自分の意志で、自分の行いのすべての責任だけでなく、他人のそれまで背負い込んで、すべてが自分の意志の導いた結末だと受け入れて、希望のない戦いに挑んでいる。

それがあなたにはできて？　なさけない妹君。真白だなんて空虚な名前と、ただ白いだけの空疎な羽の色は、まったくもってあなた程度にお似合いだわ。歩く奇跡、息をする神秘、そこにいるだけで人工知能の予測すら裏切って確率をひっくり返す真の共時性。その全ての名があなたには相応《ふさわ》しく、そしてただそれだけの愚かな白い傀儡《フーリッシュ・マリオネット》。自分のために死んでいった人々の死すら、あなたは受け止めようとしない。だから、彼らの死は、無駄死になってしまう。そんな程度のことも、あなたにはわからない」

椛子は右手の薙刀を振るい、その切っ先を揚羽の首に向けた。

「揚羽さんはね、今、私の影武者を暗殺した麝香という人工妖精と戦っている。でも、それは彼女を殺すためじゃない。それどころか、たとえ勝って生き残ったとしても、私を暗殺した容疑でこれから人倫に捕まるのは、揚羽さんの方なのよ」

思わず目を見開き、両手を床に付いたまま、椛子を見上げた。

「ど……どういうことですか？　閣下を暗殺しようとしたのは、その麝香という人工妖精で、揚羽ちゃんじゃ……」

「だから、それが彼女の『意志』なのよ。身の回りのことに流されるままで、あとは姉の真似ばかりしている、あなた程度の愚か者にはとうてい、思い及びもつかないのでしょうね。あなたの今の姿は、正直もう、これ以上見るに堪えない。情けなさ過ぎて、気分が悪い。大事な親友の妹だと思えばこそ、なんとか大事に見守っておいてあげようと今日まで我慢していたけれども、もう限界だわ」

薙刀の切っ先が煌めき、今にも揚羽に向けて突き出されそうなほどに迫る。

「私は、あなたを許せない」

殺意を言葉にされた途端、揚羽の胸の中にも、その殺意に屈しないほどの怒りが、ようやくこみ上げてくる。

――無駄死に？　ボクのせい？　揚羽ちゃんが捕まる？

ひとつひとつを、よくよく聞いてみれば、おかしな話だ。全部がそう、そう、全部が嘘と欺瞞《ぎまん》。

――ああ、もういい。こんな、たくさんの人が身をなげうって、命を賭けて、それでものうのうと暮らしている人々ばかりが住む、こんな偽物の平和の楽園なんて、どうなったって、ボクの知ったことか。

「そうか……そうですね。ひとつ歯車が狂ったせいで、なんだかみんなおかしくなった。まるで蝶の羽ばたきが、台風を起こすみたいに」

赤色機関の人たちが無駄死にだったと、椛子は言う。だが、無駄死にに意味を与えるモノは、今の目の前で人の形をし、開き直って生きている。

「でも……それって全部、あなたがなんとかしようと思えば、なんとかなったことばかりじゃないんですか？　違いますか、閣下？」

「そうかしら？」

「揚羽ちゃんのことだって、真犯人が別にいるって知っているのなら、今からでも人倫に訴えることは出来るのに、親友だなんて胡散臭い言葉を垂れ流すあなたの口は、なぜそんな簡単なことが出来ないんです？」

椛子は答えなかった。

「やっぱりそうだ。ボクが周囲に流されるままの意志のない人形だというのなら、それはあなたも同じ。あなたは都合のいいときだけ総督の皮をかぶって、都合が悪くなると今度は親友だとか無駄死にだとか、まるで普通の人工妖精になったように嘆いてみせる。あなただって、ボクより少し上等なだけのただの操り人形じゃないですか」

重い身体を無理矢理持ち上げ、幽鬼のように立ち上がり、ぐらりと首を擡《もた》げながら、揚羽は椛子を見やった。

「ボクも、あなたを殺したい」

死んだはずの総督が生きていたから、赤色機関の人たちの死は無駄になったのだ。なら、今からでも遅くはない。本物の総督を殺せばいい、今度はちゃんと、しっかりと。そうすれば、彼らの死は無駄ではなく、意味があったことになる。

「上等ね。やれるもんならやってみなさい、この愚妹」

「そんな下品なお口は二度と叩けなくして差し上げます、人形閣下」

揚羽がスカートの下から二本の割骨刀を抜くと、椛子も薙刀を両手で構え直した。

「親指、蛇夏鍋《たかなべ》を安全なところへ」

親指が、盲目の少女型人工妖精を連れて壁際に下がると、揚羽と椛子の間の緊迫した空気は一気に殺意を帯びた。

「やる前にひとつ、教えておいてあげるわ。峨東の一族は、人工知能の高度な予測によって人類の未来が閉塞していることを知り、その限界を打破するために、完全な共時性をもった、乱数たるあなたたち姉妹を生み出した。けれども、それらが人類に必ずしも従順だとは限らない。あるいは、人類の手に負えない災厄の芽となる可能性もある。だから峨東の一族は、完全な乱数を生み出す前に、その乱数専用の殺し役を作ったのよ。奇跡を殺すための命、魔女殺しの魔女——それが私、詩藤之緋月赫映公主《あかつきかくうつしこうしゅ》ヶ椛。今までの相手のように、図らずも奇跡が起きていつのまにか勝ってる、なんてことは、私を相手にする限り起こりえない。覚悟なさい、この無能な愚妹」

　二人は間合いを計りながら、ゆっくりと弧を描いて歩む。

「東京自治区全権委任総督、詩藤之緋月赫映公主《あかつきかくうつしこうしゅ》ヶ椛。生体型自律機械の民間自浄駆逐免疫機構青色機関《BRuE》は、あなたを悪性変異と断定し」

　椛に割骨刀の刃先を向ける揚羽の背で、白と黒の色違いの羽がゆっくりと広がる。

「世界初の光気質《アイテール》の不出来な妹、薄羽之西晒胡ヶ真白。人工生命倫理審査委員会の等級審査会委員長として、あなたを殺処分相当と断定し」

　揚羽に向けて薙刀を構えた椛子の背中からは、紅に燃えさかる炎のような絢爛な羽が姿を現す。

「人類、人工妖精間の相互不和はこれを未然に防ぐため、今より切除を開始します」

「人類、人工妖精の共生社会の諸悪はこれを削ぐため、今より処分を開始する」

「執刀は『海底の魔女《アクアノート》』襲名、揚羽あらため薄羽之西晒胡ヶ真白」

「執行は『水を灼く炎』『魔女狩りの紅い魔女』、詩藤之緋月赫映公主《あかつきかくうつしこうしゅ》ヶ椛」

「お気構えは待てません、目下、お看取りを致しますゆえ」

「遺言は不要、即時の廃棄をこれ致すため」

「自ずから然ずば結びて果てられよ！」

「自ずなるこそ然りとおぼえ淘《よな》げて汰《たい》らせよ！」

二人が互いに宣した次の刹那、二本の割骨刀と壮麗な薙刀が、火花を散らしながら交錯した。

——動くのならば　動くのならば
——すべて壊すわ　すべて壊すわ

A－7

『本当にそれで、あなたはいいのね？』

「はい。私の、きっと一生で、たった一度だけの、最大の我《わ》が儘《まま》です、どうか」

『わかったわ……親友だから、私はあなたの決断を受け入れる』

「ありがとうございます、椛子様」

『……時刻は？』

「一時間後ぐらい、だと思います。その頃に、人倫の変異審問官《インクイジショナー》をこちらへ送ってくだされば。それほど戦力は必要ありません。そのときの麝香は、もう抵抗しないでしょう」


そこは、左右対称の部屋だった。

幼い子供の知育部屋のようであり、一方で最先端の知の到達点のなお先をも踏破せんとする、碩学の先駆者の書斎のようでもある。

四年前の〝傘持ち《アンブレラ》〟事件のとき、赤色機関《Anti-Cyan》の〇六式対人装甲車が突入してきたために、天井の一部が崩落し、壁もところどころ壊れているが、その独特の様相は失われていない。

イスラム建築に見られる優雅なドーム状の天井とアーチ状の柱の造り、でありながら梁や柱の支えには古代ギリシャの神々の棲居《すまい》にも相応《ふさわ》しい拵《こしら》えがなされ、一方でルネサンス後期からバロック建築に独特の過剰なまでの装飾が随所に施されているかと思えば、壁にはチベット仏教の曼荼羅とカバラの秘術を組み合わせたような立体幾何学紋様が彫られて自然に溶け込んでおり、床には大小様々な庭石が配置されて枯山水を思わせる様相を呈していながら、実際にその飛び石の隙間には清らかな水が絶えず湛《たた》えられ、部屋と部屋の間には敷居の代わりに橋が架けられているところもある。

それらのすべてが、左右対称に造られている。

ここへ来る者があれば、誰しもが思うだろう。

――ここは、目を休ませる場所がない、と。

否、もっというのであれば、どこをみても何かを考えさせられずにはいられないのである。禅宗は座禅を主に、自然と一体化しながら己の内に悟りへの道を見いだすことを旨とし、そのため禅堂は極めて簡素な造りで、座禅に入る僧たちの意識を邪魔しないように注意を払って造られている。本来、枯山水もそうした思想の産物である。

しかし、この建物はそれとはまったく相反する理念の元に造られている。天井、柱、梁、床、壁。そのどこを見ても、人は意識に様々な思考を浮かび上がらせずにはいられない。欧、亜、和、仏、聖、回、古、新。そのすべてが入り交じり、ひとつとして、そして一瞬として忘れることを許さない。この建物は、中に立ち入った者に、持てる思考力のすべてを常時全力で発揮することを、否応もなく強制してくる。

人を静かなる悟りへと導くための場所が禅堂だとするなら、この建物はその逆であり、人を動乱なる思考の嵐のただ中へと放り込み、錯乱させ狂気に導くために造られたといえる。

もし、丸一日この建物の中にいたなら、人は入ってきたときとおなじ人格と性格でまた再び外の空気を吸うことが出来るだろうか。あるいは、もし一週間もここへ閉じ込められたなら、どんなに強靱な精神力と自意識を兼ね備えた人間であろうとも、もはや正常な社会生活に復帰することはかなわないのではないか。

そう気づくことが出来たのならまた、この建物のこの部屋でまだ言葉も知らぬ幼子たちを育もうとした創造主の狂おしいまでの知への渇望、そして気が触れる崖っぷちのぎりぎりで立ち止まりながらなおも人類の叡智の無限の可能性を信じた、敬虔なる科学の信徒の信仰心の業の深さにまで、誰でも思いを馳せずにはいられないだろう。

それでもこの建物の完全なる調和にただひとつ、違和感を訴えるのであれば、それは「生」の欠如に他なるまい。

これだけ様々な文化や文明、その知と美を集結させかつ調和させておきながら、この建物の中には生きとし生けるものの偶像が、ただひとつとして存在しない。

彫像や絵画、あるいは花や蔦の装飾。渾然と混ざり合う各種の文化の美をありったけ湛えながら、それらを完遂するに不可欠なはずの、血と肉と花と葉、それらを印象づける何物も、この建物の中には存在しない。凝縮した無数の文化の中から、生命の呼吸がわずかでもするものはすべて沈殿させ、その上澄みだけで構築したような、完璧な永遠不変の生ならぬ「静」の世界が、ここでは完成されているのである。

つまり、ここで生まれ育った幼子たちは、双子であれ三つ子であれ、外の世界に飛び出すその日のその瞬間まで、自分たち以外の「生命」の存在を、おそらく知らぬままに成熟することになったはずだ。

世界には自分と姉妹たちしかいない、という圧倒的な孤独と、強烈なまでの相互依存感、そして完膚《ブレス》なきまでの支配感。ここで育った姉妹の心の根っこには、その三つが呪い《カース》かそれとも祝福のように、たとえ無事に外の世界に脱出できたのだとしても、以降の生涯にわたって宿り続けることになるであろう。それはちょうど、人類に永遠の原罪が課されているのと同じように。

そして今――その落とし子の一人は、いつか自分たち姉妹が自我によって目覚めたときに、創造主が毅然と座って睥睨《へいげい》するはずであったろう、岩の削り出しの玉座に膝を揃えて腰掛けて、静かに瞼《まぶた》を伏せていた。

その姿は人形のようであり、血の通う人のようでもある。この建物の造りに調和した命なき置物のようであり、一方でこの箱庭の建物を唯一の知性と自我ある生き物として支配すべく降誕した、絶対の支配者のようでもある。

あるいは、その二つに大きな違いはないと、彼女の育て親である詩藤鏡子なら言うのかもしれない。すべてを支配するということは、何もしないことと同じであり、支配によって何者かが苦痛を被ることがあるのだとすれば、それは支配者に全能者たる才覚が不足していることを意味している。ならば真の全能者とは、たとえ目に見えたのだとしても、それは物言わぬ偶像と区別のつかない何物かでしかないのだろう。

濃紺の豪奢なウェディング・ドレスを身に纏《まと》い、頭からやけり青いヴェールを被った彼女は、そうして静寂の中に微睡《まどろ》む意識をたゆたわせながら、何を思って、何を待っていたのか。

やがて、彼女の黄金に煌めく双眸《そうぼう》が露わになり、背中から広がっていた仄かに青く輝く漆黒の羽が微かに風を呼ぶように羽ばたいた。

「――待っていました」

玉座に鎮座したまま、その青と黒の羽の人形は――揚羽は、玉座の肘《ひじ》掛けの上で指を滑らせ、複雑なジェスチャーで建物の制御システムにコマンドを送り込んだ。

途端、遮断されていた屋内の電力が復活し、その給電を受けて、蛹と化していた微細機械《マイクロマシン》群体《セル》たちが一斉に青々しい羽化を始め、それは無数の蝶の群れとなって、薄闇に沈んでいた屋内を艶やかに照らし出す。

その中心に、一人の人工妖精《フィギュア》が立っていた。

「なんで……」

突然、蝶たちの燐光に照らし出された彼女は、揚羽と同じ顔を驚愕に歪めて、絞り出すように言った。

「なぜここに、なんてつまらない話はやめましょう」

「なんでお前がここにいるんだ!」

麝香は、コンテナの上での戦いのときに揚羽に折られた左腕を押さえ、苦痛に顔を歪めながら叫ぶ。

揚羽はその無様な有り様から思わず目を背け、大きく溜め息をついた。

「今までは指を折ろうが眼を潰そうが、次に会ったときには何事もなかったかのように治療されていたのに、今回はそうはいかなかった。あなたを陰で匿《かくま》い、養っていたのが峨東の有力な守旧派の家のうちのどなたかは存じませんが、東京人工島の独立を好ましく思わないにせよ、他国におもねっていたにせよ、総督閣下を暗殺してしまうなんてことまでは望んでいなかったんでしょうね。それが目的なら、最初からあなたにそうさせていたはずだもの。だから今、勝手なことをしたあなたは見捨てられ、もう帰る場所も隠れる場所もなくて、生まれた場所と教えられていたここに来るしかなかった」

「見捨てられたんじゃない！　アタシが見限ったんだ！」

「相手はそうは思っていないでしょうけれども……まあ、それでもいいでしょう」

揚羽は肘掛けで頬杖を突きながら、呆れたように言った。

「かつてイマヌエル・カントという人が、人が善く生く上で欠かせぬ指針としてこう言ったそうです。

『君の意志の格率が、いつでも同時に普遍的立法の原理として妥当するように行為せよ』

つまり、自分のすることをもし他のたくさんの人も同じように始めてしまったら、社会はどうなってしまうのか。自分の行動を自分の意志で決定するとき、常にそう念頭に置いて考えるならば、その社会の中で善く正しくいられるだろうと、そういうことですね」

「くだらない……アタシの意思は、アタシだけのものだ。社会の枠組みなんか知ったことか」

「そう、くだらない。そう言い切ってしまえる人は、二種類しかいない。

ひとつは、『それは社会の枠に収まるという愚かな行為で、自分たちはそれを打ち破って抜け出した特別な人間だ』という負の自己実現を教えこまれ、実はそう教えた者の方こそ社会の枠の中で評価されたいという欲求に溺れていてかなわないという矛盾した葛藤を抱いているのに、愚昧さゆえに教えた者の気持ちに気づかず、カルト宗教のように一生信じ込んでしまう愚かな人たちですが、あなたはそうじゃない、あなたはもうひとつの方。

社会の枠組み？　笑わせないでください。そんなもの、あなたの頭にはわからないのでしょう？」

　揚羽は鼻で笑いながら、言葉を続ける。

「あなたにはそもそも『君の意志の格率が、いつでも同時に普遍的立法の原理として妥当する』ということが、先天的に理解できない。ようするに、仮にみんなが同じことを始めたら社会が崩壊するような行為でも、自分だけがする分にはなんの問題もない、そう思えてしまって仕方ない。自分がそれを許された特別な人だからでも、たまたま他人には想像も及ばない狡猾なことを思いついたからでもない、むしろあなたにとっては、なぜみんなが自分と同じようにしないのか、不思議でしょうがない。もしまわりの人が麝香、あなただけがそうするのがずるい、不公平なことだといいだしたなら、あなたは迷うことなく『ならお前もそうすればいい』と答えるでしょう。なぜなら、あなたの頭は、先天的に『社会の全体像』というものを想像することが出来ないから、常にその場しのぎの、自己中心的で、刹那的な行動と言動を、極めて自然に、当然に選択する。

　こういう人は、見た目には優しかったり、気遣いが上手だったりしますが、それはこの社会で自己中心的に生きていくために、その時その場しのぎに必要だからその仮面を被るのであって、決してこの社会の恒久的な安寧と周囲の人々の幸福を願ってそうするのではありません。人としての大元の行動原理がその他の大勢の人々とは違うから、そういう人は、どんなに周囲から愛されていても、死ぬまで孤独なままです。誰もその人の本音を理解してあげることは出来ません。だって生まれつき、頭の構造が違うのだから。

　その中にあっても、あなたは特に最悪だった。あなたにとって、この世で覚醒してすぐに周囲に望まれたことは『殺戮』であり、あなたはこの社会で生きていくために自然と『殺戮』の連鎖を選択した。いつまでもそんなことが続けられるわけもないのに、少なくとも今日までは峨東の一部の守旧派という、強大な組織の後ろ盾を受けて、なんの呵責《かしゃく》も後悔も覚えないまま生きてきた」

「それは、お前だって同じじゃないか！」

　麝香の叫びに、揚羽は微かに首肯する。

「たしかに、私とあなたは、顔だけでなくありとあらゆるところがそっくりです。他人の殺傷に自己実現を見いだしたのも、同じこと。そうですね、今でもあまりかわらないのかもしれません。あなたがそうであったように、私もきっと、ほとんどのことを『自分で意志』して今日まで生きていない。なんとなく、そのときそのときで、周囲の雰囲気を読みながら、差し障りがないように、変に思われないように、そうやって生きてきた。そう――それは文字通りの『人のふりをした偶像《The Figure》』のように。

　だけど今日、私は生まれて初めて、自分の意志で、自分だけの『決断』をする。社会に望まれたからでも、誰かから乞われたからでもない。青色機関《BRUE》だからでも、光気質《アイテール》だからでもない。ただ、自分の意志だけで、決める」

言いながら、揚羽は脇に置いていたハンドバッグを麝香の方へ投げ放った。

飛び石にぶつかったハンドバッグは蓋の鍵が壊れて、中に詰まっていたたくさんの手術刀《メス》が辺りに散らばる。

「手術刀《メス》のストックは十分ですか？　ここまで来るのに、相当数を使ってしまったでしょう。足りなければそれをどうぞ」

「……お前の方は？」

「私はこれで十分」

揚羽は、一本ずつパックされた七本の帯電滅菌手術刀《メス》を取り出し、扇状に拡げてみせる。

「たった七本？　たしかあんたは、一度血肉に触れた手術刀《メス》は二度と使わない主義だったよね？　じゃあ、たった七回でアタシを倒すって言うの？　嘗めるのも大概にしてくれよ」

「そうですかね……これでも慎重すぎたかも、なんて思っているのですが」

しれっと言いながら、揚羽は黒い羽を広げて、床を薄く満たす水面の上にふわりと柔らかく舞い降りる。

「そんな二人が出会ってしまったのだから、起きることはひとつしかない。互いに相手の気持ちを思いやる脳の機能なんて生まれる前に忘れてきてしまった同士。さっさとやることをやりましょうか、麝香」

「いいよ、やってやるよ、お姉様。お互い真っ黒な羽だけど、白黒つけようか。かかってき
――」

麝香の金色の右眼が殺意を宿らせて輝いたとき、揚羽の姿はその視界からもう消えていた。

「一応、言っておきますが――」

揚羽の声は、背後から。

そして、麝香は自分の頭の右側から、何かがごっそりと滑り落ちるのを感じて、それを右手で受け止めた。

耳だ。自分の耳である。頭蓋に沿って綺麗に削がれた自分の耳が、右手に落ちてきた。

「二倍速《ダブル・アクセル》からはじめて様子を見ようだなんて嘗めたことを考えているのなら、思考加速も動体予測も関係なく瞬殺しますので、そのつもりでかかってきなさい。世界で一番未熟な殺戮犯。今、あなたの目の前にいるのは、〝黒の五等級〟〝傘持ち《アンブレラ》〟〝漆黒の魔女《アクアノート》〟と様々銘打たれた本物の『全自動殺傷免疫《アクアノート》』なんですからね」

「……上等だ、このクソったれ姉貴。お望み通り、いきなり四倍速《クアドラ・アクセル》から始めてやる、アンタがどこまでついて来られるか見てやるよ！」

麝香の右眼と、揚羽の両目。三つの金色の眼が狂おしい光を宿らせ、二人の黒い青と赤の羽が一際《ひときわ》強い燐光を放ち始める。

「死ねぇぇ！　クソ姉貴！」

麝香の常軌を逸した天衣無縫の動きからの一撃を、揚羽は悠々と左手のたった一本の手術刀《メス》で受け流す。

手術刀《メス》の刃同士が擦れあい、火花を散らした。

——こんな私も　変われるのなら
——もし変われるのなら　白になる？

B-6

「その程度で〝漆黒の魔女《アクアノート》〟を襲名したというの？　母上も歳ですっかりお目が濁ってしまったようね。情けないったらないわ」

二本の割骨刀で薙刀《なぎなた》の刃を受け止めた途端、目にもとまらぬ回し蹴りを鳩尾《みぞおち》にまともに食らって、揚羽は瞬間的な酸欠の目眩《めまい》に襲われながら後ずさる。

途端、今度は鎖に繋がれた重い分銅が、揚羽の頭をめがけて一直線に飛んでくる。目眩の中で辛うじて身をかがめて避けたが、背後の壁に当たった分銅は、白亜の石造りの壁をこぶし大に粉砕していた。もし頭に直撃していたら、揚羽の頭蓋骨は簡単に半分もぎ取られていただろう。

息が戻らないまま、床を転がりながらなんとか距離を取ると、こんどは椛子の手に握られていた紙の御札が一瞬で燃えさかる炎の矢に変化し、宙に幾何学的な紋様を刻みながら高速で揚羽に迫ってきた。

それを柱の後ろに隠れてやり過ごしたものの、柱はあっという間に炎に包まれて焦げ、臭いが辺りに漂った。

「わかっていると思うけれど、隠れても無駄よ」

次の炎の矢は二本、柱の陰にいる揚羽を両側から挟み込もうとした。

息つく間もないまままもうひとつ向こうの柱まで駆けて、頭から滑り込みながら隠れた途端、二本の炎の矢は爆散して周囲の床、直径三メートルを焦がしてしまった。

着物の胸元から取り出す御札のようなもの、なにか古くさい文字が書かれていてそれこそ魔法の道具のように見えるが、多少威力を上げることはあったとしてもおそらくそれ自体に大した意味はないのだろう。揚羽が蝶を蛹に変えたり、また蝶に戻したりを自在に出来るように、椛子も微細機械《マイクロマシン》で出来た物なら炎の矢に変えることが出来る、きっとそういうことだ。

しかし、種が分かったところで、揚羽の勝機は絶望的だった。

近距離《ショート・レンジ》では巧みな薙刀の技にくわえて体術、中距離《ミドル・レンジ》では薙刀の柄の逆側についた鎖と分銅、遠距離《アウト・レンジ》では遮蔽物もお構いなしの誘導兵器同然の炎の矢。

自ら〝魔女狩りの魔女〟を名乗った椛子の戦闘スタイルは、その名に恥じることなく、あらゆる距離《レンジ》でまったく無駄も隙もなかった。

いったん戦闘態勢に入ってしまった彼女を打ち倒す術《すべ》は、揚羽にはまったく想像もつかない。暗殺されたのは影武者だったようだが、あれがもし本物だったのなら、自力で楽々と切り抜けてしまったのではないかと思ってしまうほどである。

もし椛子に揚羽の攻撃が通ることがあるとすれば、それは椛子がミスをしたときか、なんらかの〝奇跡〟が起きたとき以外にありえないだろう。それくらい、椛子の戦闘スタイルは完成されている。

「だったら、奇跡を起こせばいい……」

自分は何だ？　自分の存在は何だった？

世界で初めての光気質《アイテール》。乱数を失い閉塞した人類の未来を切り開くための奇跡の結晶。

――なら今、奇跡を起こせなくてなにが人類の希望だというの！

「ほら、あんまりのんびりお休みしているようなら、そのまま炭人形にしてさしあげてよ？」

椛子が、胸元から新たな札を抜き出しながら、余裕の調子で言う。

迷っている時間など最初からなかったが、もう揚羽にもそんなものは必要ない。

柱から飛び出すと同時に四本の手術刀《メス》を投げ放ち、その着弾を確認するよりも早く身を翻《ひるがえ》して、柱の逆側から駆けだした。

――このフェイントで、短くともコンマ二秒。

距離が離れていて、相手にも油断はある。フェイントもその程度は多めに効果を見積もって間違いあるまい。

椛子の手から三枚の御札が、一瞬だけ蝶に変化してすぐに炎の矢に変わり、幾何学的な軌道で揚羽に迫る。

——二つは身体でかわす！

無謀だったが、それしかなかった。どんなに集中力を高めても、高速で迫る炎の矢を見切れるのはようやく一本だ。二本以上を同時で目で追おうとすれば、途端に動きに幻惑されて見失ってしまう。

だから、一か八か、三本中二本は身体を捻って無理矢理かわし、正面から迫ってきた一本を割骨刀で叩き切った。

案の定、かわした二匹は後ろで爆発して揚羽の羽と背中を焼いたが、叩き切った一本は真っ二つになった蝶の死骸となって、燃えないまま床に落ちた。

——これでコンマ三秒！

揚羽が炎の矢の弾幕をくぐり抜けてくることは、想定の範囲内であっても最優先の警戒事項ではなかったはずだ。だから、これでコンマ三秒程度の隙を引き出せたと確信する。

「まだまだ！」

次は鎖の分銅だ。分銅をまともにうければ、全身のどこであろうと粉砕骨折。仮に分銅より内側に踏み込んでも、身体のどこかが鎖に絡まれれば身動きできなくなる。

案の定、椛子は正確に柄を振るってほぼ一直線に分銅を投げてきた。これを止めることは不可能。かといって無理な姿勢でかわせば次の薙刀の攻撃を防げなくなる。

——だから、無謀でも止める！

一直線といっても、分銅を手で持って投げているわけではないのだから、薙刀の柄でだいたいの方向へ向かって放り投げた後、鎖を操ってこちらへ微調整しているのである。ならば、ほんのわずかではあるが、鎖はしなる。

揚羽は右手の割骨刀で、分銅のぎりぎり横に差し込むように刃を差し入れ、その鎖を絡め取った。

重い分銅のついた鎖は、それで割骨刀に蛇のように巻き付いて、分銅の重みで割骨刀は無惨に刃がこぼれる。

しかし、これで分銅は封じた。揚羽は鎖の巻き付いたままの割骨刀を、椛子に引き寄せられるよりも早く思い切って手放し、残り一本の割骨刀を両手で握りなおしながら椛子に駆け寄る。

――これでコンマ五秒！

さしもの椛子といえども、分銅を封じられることは避けたい事態だったはずだ。それなら半秒ほどの隙は奪い取ったはずである。

次は最大の難関である薙刀の間合いであるが、ここまでですでに、あわせて一秒分は意表を突いた。薄氷を踏むがごとき、二度とやりたくないほど危うい奇跡的な妙技の連続だったが、だからこそ、この魔女狩りの魔女から一秒もの隙をもぎ取った。

先んじたわずか一秒。それがなければ、揚羽はこのとき既に、椛子の薙刀によって胴体を真横に分断されていただろう。そうなっていたことが、これまでの小さな奇跡の積み重ねが有効であった何よりの証《あかし》だ。

柄の持ち手を替えるだけで、槍の間合いから脇差しの間合いまで自在にカバーする、薙刀独特の強み。それを最大限に逆手に取るのだとすれば、答えは自ずと見つかる。

──最大遠距離！

柄の長さをめいっぱいに使って振るったときは、どうしても力を込めづらくなる。まともな距離であれば、椛子は割骨刀など力で押し切って薙刀の刃を揚羽の身体に食い込ませてくるだろう。かといってさっきのように二本の割骨刀で十字を作って力任せに受け止めようとすれば、動きの止まった揚羽にすぐに蹴りが飛んでくる。

だから、もっと遠い間合いで薙刀を振るわせながら、その懐に潜り込むしかない。

薙刀を伸ばして振るってもぎりぎり届かない遠さ。それでいて、大きく踏み込むには狭すぎる近さ。その絶妙な間合いを、計一秒間の優位を得た揚羽はもぎ取った。

この間合いで薙刀を振らせれば、一歩後ずさりしてかわすも、根元へ踏み込むも思いのままだ。炎を使うには近すぎ、かつ分銅がない今、この中近距離は椛子の唯一の死角となっている。

だから、揚羽はそのとき、ようやく手持ち武器同士の互角にまで持ち込んだと確信した、が。

「無駄よ」

その刹那、蛇が巻き付くがごとく、鎖が揚羽の左脚を絡め取った。

がりまわ
椛子は、割骨刀に絡んで重くかつ短くなってしまった分銅の鎖を、地を這うように低く振り回したのだ。視野の隅ぎりぎりから文字通り滑り込んできたその鎖を、揚羽はかわすことができなかった。

鎖で後退を封じられた揚羽には、もう薙刀を防ぐ余力はない。

「終わりよ、楽にしてあげる」

揚羽の脚を捕らえた鎖を左足の裏で押さえながら、椛子は全身の体重を乗せて薙刀を袈裟懸けに振り下ろしてくる。

——私が本当に光気質なら。本当に奇跡のような力があるのなら。

その瞬間の揚羽には、自分の身体が肩から斜めに切り裂かれる幻が、たしかに見えた。

——こんなことにはなるはずがないのに。

しかし、一撃必殺の気合いがこもった薙刀の刃は、思いがけず空《くう》を切る。

「なっ……！」

椛子が何かに足を取られて、軸足を滑らせてしまったのである。

尻餅をついた椛子の脇には、揚羽がここまで手放せずに持ってきてしまった、太輔少年の手首が転がっていた。小さな奇跡の積み重ねは、今たしかに揚羽の命を救い、そして絶対の好機をもたらしてくれたのだ。

そばかす顔の少年の顔を思い起こしながら、揚羽は割骨刀を握りしめて、無防備に転んだままの椛子に走って迫る。

椛子は膝立ちにもならない中途半端な姿勢で薙刀を振るったが、膝も腰も使えず、腕の力だけで振り回したそれに、十分な力がこもっているはずもない。

揚羽はあえて頭を前に差し出しつつ、真横から襲い来る薙刀の刃を、両手で握った残る一本の割骨刀で受け止める。

万全の体勢であったなら、椛子の全力の薙刀は、割骨刀ごと揚羽を吹き飛ばしていただろう。だが、今はそうではない。両手の力をもってしても割骨刀は薙刀を止めることが出来なかったが、揚羽は割骨刀の峰に頭を当てて、首の力も加えて無理に押し返す。

「がっ……！」

割骨刀の峰が、側頭部に食い込んで脳に大きな衝撃を伝える。しかし、それでも失神するまでには至らなかった。そして、歪んだ視界の中の椛子に向けて、揚羽は歯を見せて笑った。

「勝った！」

揚羽は刃の砕けた割骨刀を放しながら全身を翻して、薙刀を摑んで引き寄せるように身体を回転させながら、まだ膝立ちのままの椛子に肉薄した。

もう相手は武器がない。炎の矢もこんな息が掛かるような距離では使えないし、薙刀はもう揚羽に柄を握られている。

揚羽は勝利を確信し、袖から抜いた三本の手術刀《メス》を右手に握りしめ、それを椛子の剝き出しの首に向けて振るった。

奇跡に奇跡を積み重ねて、難攻不落の椛子の戦闘スタイルを突き崩しての、ようやく摑んだ勝機だった。それでも――

「――甘い」

椛子の左手に握られた、果物ナイフほどの刃物に、三本の手術刀《メス》はまとめて防がれていた。

――合口《あいくち》!?

護身用などのために、懐に忍ばせるための小さな日本刀だ。袖の中か、袴《はかま》の腰の後ろにでも隠し持っていたのか。

「遠・中・近、すべての距離で勝ち目がない。なら、互いに相手の身体に摑みかかっての格闘戦しかない。その判断は正しいけれども、私が格闘戦で素人同然だと思われていたのなら、心外ね」

揚羽の鳩尾を、ゼロ距離の膝蹴りが襲う。辛うじて手を差し入れてガードしたものの、勢いは止められず、揚羽の身体は風船のようにわずかに浮く。

途端、襟を摑まれて、固い床に頭から叩きつけられた。

自分の吐いた血反吐《へど》が、目に掛かる。それでも、揚羽は襟を摑んだ椛子の手を取り、膝を絡めて関節を決めにいく。

「ボクは！」

「私は！」

「「負けない！」」

揚羽と椛子は、同時に相手に唾を吐きかけながら、絶叫した。

――もし私から　動くのならば
――すべて変えるのなら　黒にする

A-8

「思った通り」

「なにがだ！」

揚羽の手刀で手首を叩かれ、手術刀《メス》を手放してしまった麝香が飛びすさりながら距離を取ったとき、揚羽はそれを追いもせず立ち尽くしたまま、無様に退いた麝香を見下ろしながら言った。

「あなたは四倍速《クアドラ・アクセル》までなら常時発動していられるけれども、六倍速《セクスタ・アクセル》以上は連続で使わない。せいぜい、五秒か十秒、無理しても三十秒弱といったところですか？」

揚羽の指摘は的を射ていたようで、麝香は頬を歪めてにらみ返すだけだった。

「羽――その黒い放熱羽《ラジエント・テイル》が持たない。あなたの羽は黒いけれども、私や真白のような特別に放熱性を高めた仕組みにはなっていない」

水淵の家で思考加速装置《シンクミッション・アクセラレーター》に入ったとき、揚羽は無意識に羽を広げそうになっていた。思考加速装置《シンクミッション・アクセラレーター》は、脳に強烈な負荷を掛けるため、人間なら六倍速で廃人になることもある。人工妖精《フィギュア》の場合は放熱用の羽を備えているので、今のように羽さえ広げられれば六倍速でも放熱はなんとか間に合う。

だが、それが一般の人工妖精の仕様的な限界だ。

「少し……昔話をしましょう」

揚羽は、それまで麝香の猛攻を受け続けてすっかり刃が欠け、刃先がぎざぎざになってしまった左手の手術刀《メス》を手放し、あえて無造作に相手へ背を向けた。

もし、この瞬間に六倍速で襲いかかれば、あるいはようやく揚羽に一矢報いるチャンスが麝香にもあったのかもしれない。

しかし、麝香はそうしなかった。それほどまでに、ここまでの戦いは圧倒的で、麝香の自信を完膚なきまで粉砕してしまっていた。たとえ今のように、無敵の右眼が決定的な勝機を提案《サジェスト》しても、すぐにはその決断ができないほどにである。

親が子供の戯れに付き合う。しかし、調子に乗りすぎた子供は、ほんの一瞬だけ大人が見せた本気に言いしれぬ底深さを覚え、それは一生の精神的外傷《トラウマ》になってしまうこともある。

それと同じことが、今は揚羽と麝香の間にも起きていた。

「この椅子――」

揚羽は箱庭の中心にある、まるで玉座のような、岩の削り出しの椅子に手を触れて、その縁を指で撫でた。

「ここには、いつか深山博士《おとうさま》がお座りになる予定だったのかもしれません。でも結局は、鏡子《おかあさま》さんがここへいらして、私と真白を連れ出してくれるまで、誰も座ることがなかった。その椅子に今日、あなたがやってくるのをずっと待っている間、私が腰掛けてみて、この部屋を見渡してみて、お父様が何を思い、何を考え、どうして私たち姉妹を造ったのか、少しだけ分かった気がしました。

　まだ幼い真白と私、この鏡映しの部屋にいて、二人で戯れて、少しずつだけれども何かに変わっていく。その様子をじっと、この椅子からではなかったけれども、きっとどこからかずっと眺めていたお父様が、なにを、どんな風に思い、考えていらしたか」

　揚羽は目を伏せて、懐かしい頃を思い出すように上を仰いだ。

「それで、もう少し昔のことも思い出した。まだ鏡子さんに救い出されて覚醒する前だから、真白と二人きりだった頃のことも、人間で言えば曖昧な胎内記憶も同然。でも、もう少し、ほんの少しだけ遡った、ほんとうに陽炎のように淡くて、鏡花水月のように触れればまた忘れてしまいそうな、朧気な記憶。

　そこには、たしかに私と真白の他にもう一人、私たちと鏡映しのようにそっくりな三人目がいた――」

「それが、アタシだ！」

麝香の静寂切り裂く叫びに、揚羽は虚ろな笑みを返す。

「そう急がずに。きっと、お父様は初めから三人姉妹で私たちを造った。そして三人にまだ自我もはっきりとした意識も芽生えず、すべての感覚を共有してまるで三人で一人のようであった頃に、あえて三人のうち、ひとりだけをこの部屋からいなくした。

それがどういうことなのか、あなたにわかりますか？　私たち三人は、身も心も三つで一つだった。その一人分が急に失われるということは、身体の三分の一が突然失われてしまうことに等しい。もちろん、脳も、ということです。

今では人工神経による脳の部位の交換も簡単なのであまり馴染みがないですが、そういう技術がなかった頃は、脳の一部を失うというのは大変なことだったそうです。たとえば、右手の指を司っていた脳の部位が、ある日突然失われる。そうすると、それまで右手で当然のように出来ていたあらゆることが、その日から突然何も出来なくなる。

その喪失感が、想像できますか？　頭では健康だった頃の右手の動きがイメージできている。箸を持ち、ご飯粒をその先で摘まんだり、ボールを投げたり、ピアノを弾いたり。その全てがちゃんとイメージできるのに、手がその通りには動かなくなっている。

あのとき、三番目の妹を失った私と真白は、それのより重症な状態に陥ったんです。だから今でも、私と真白の心は完全には分離できていなくて、片方が強く覚醒するともう片方の意識レベルが低下して、最悪は失神してしまうことがある」

それを聞いた麝香は、はっとなって息を呑み、やがて顔を歪めて哄笑を始める。

「そうか！　今は真白も極度の緊張下にあるんだな！　だからあんたの方は意識を保つのにも苦労している！　さっきから嫌に無感情で、暢気に振る舞っていたのは、俺と戦うことに余裕があったからじゃない！　あんたが本気になったら、危険な状況にある真白の方がいつ意識を失うともしれないから、あんたはそうやって悠長であるふりをしなければいけなかった！」

「当たりです。ただし『振り』というのは違います。あなたの相手をするのは、本当に退屈で、正気だったらとっくに欠伸《あくび》が出ていただろうから、これくらいでちょうどいいのでしょう」

揚羽の皮肉がよほど堪《こた》えたと見えて、麝香は淫らな笑みから一転して憤怒の顔になっていたが、揚羽が冷たく一瞥しただけで踏み出しかけた足を止めた。

「……話が脇道に逸れてしまいましたね。さて、脳の機能の一部を失ってしまった人は、リハビリというものを行います。それで失われたり、混線してしまった脳に、一度は失った機能を回復するように促すのですが、これは脳の部位交換が可能な今でも多少行われているので、ご存じですね。

では、私たちの場合はどうだったでしょう？　私がこの工房で鏡子さんに発見されて覚醒したとき、隣には真白しかいなかった。だから私たち姉妹は、自分たちが双子なのだと思い込んだ。そして、私が先に目覚めたことで、真白の方はその後四年間にもわたって半覚醒という危険な状態に置かれることになった。だから、お父様は私たち姉妹に、二つの身体と二つの心を持ちながら、命は一つしか与えられなかったのだと思いこんでいた。

　でも、本当は違った。命が足りなかったのではなく、〝魂〟がそれぞれの一人分の肉体には多すぎたから、相互に不安定になったんです。つまり、私たち姉妹二人を造るために、お父様ははじめ、肉体を三つ用意し、三人分の魂を不可分に私たちに宿らせた上で、ひとつの肉体だけ私たちからお取り除きになった。

　三人一体だった私たち姉妹は、一人分の肉体と心を失って、そのあまりに大きな喪失感——空白に耐えられなかった。今思えば、それはお父様が私たちに課した最初の試練だったのでしょう。二つの身体で容量過剰《キャパシティ・オーバー》の三人分の魂を、一・五人分ずつ背負って生まれ変わるための試練。

　ですが、実際に私と真白の目の前からは一人分の肉体が失われてしまった。欧州では早い親離れを促すために熊の縫いぐるみ《テディ・ベア》を幼子に与える慣習があるそうですが、まあ似たような習慣はどこの文化にもありますね。幼いとはいえ母親といつまでもいつも一緒というわけにはいかない。だから一時的な心の拠り所として、縫いぐるみや人形のような『代理生命』を子供に与える。それが一時的には母親の喪失感を埋めて安心感を与え、やがては母親の心から独立した一個の人格としての自意識の芽生えも促すことになる。

　当然、私と真白にも、熊の縫いぐるみ《テディ・ベア》が必要だった。だけど、お父様は娘たちが欲したからといってなんでもくださるような、甘やかすお方ではありません。では、自分たちでどうにかするしかない。たとえば——造る、とか」

「嘘だ！」

　麝香は右手に構えていた手術刀《メス》をついに投げ放ちながら叫んだ。

「出鱈目《デタラメ》だ！　そんなことができるはずがない！　嘘だ！　だって、人工妖精に人工妖精は……！」

　揚羽は飛んできた手術刀《メス》を悠々と指先だけで払いのける。

「造れるわけがない、それが現在の人工妖精業界の常識。そう、まして覚醒前の私たちは、『人とは』『人工妖精とは』なんであるのかすら、理解することができなかったのですから。でも、材料と機材は、すべてここに揃っていた。そして、私と真白は、羽の色以外はまったく同一の自分たちの姿以外、あらゆる生命の形を知らなかった。当然、造るのは、私たちの似姿」

　揚羽は、足下を流れる水の底に溜まったぬめりを指先ですくい取ってみせる。それは水の中にまじっていたわずかな微細機械《マイクロマシン》が、長い時間を掛けて堆積した物だ。

「はじめはたぶん、とても稚拙だったでしょう。こんな風に、視肉未満の微細機械の成分をかき集めて、小さな肉の人形を作った。もちろん、そんなものはすぐに壊れてしまうし、自ら動いたり話したりもしない。

　でも、ここで一つ、人類史に関わる大きな秘密をあなたにだけ明かしましょう。実は、私は女性側自治区で、恩師・水淵博士のお手を借りながらではありますが、既に人工妖精を一体、完成させています」

「……嘘だ」

「そのとき、初めて造った気がしませんでした。まったく記憶にはないのに、なぜか――そう、こういうとき人間なら『身体が覚えていた』とでも言うのでしょうね。なんとなく、どうすれば造れるのか、どうすれば目覚めまで導けるのか、すべて直感的に理解できました。教えを受け始めてからわずか四年、人間なら二級以上の精神原型師《アーキタイプ・エンジニア》として一人の人工妖精《エスト》を造れるようになるまで、短くとも十年以上の修練を要する道を、私はこの金色の左眼の補助《サジ》があったとはいえ、たった四年で踏破した。それは私に突出した才能なんてものがあったわけでもなく――つまり、ただ単に、前にもやったことがあったから」

「嘘だ……そんなのは嘘だ、やめてくれ……やめろ！　嘘はやめろ！」

揚羽はもはや頭を振り、必死に乞い求めるように叫んでいる。

「人工妖精に人工妖精を造ることが出来ないのは、現在の先端微細機械技術の最大の謎の一つです。人間の仕事なら、研究開発からベビー・シッター、企業経営までなんでも代わりにできる人工妖精が、なぜか自分と同じような人工妖精を造ることだけはできない。この辺りについては、五原則のうちとくに三原則に由来する要素が、無意識下の抑制《リミッター》として働くためではないかというのが定説ですが――つまり、人造物の人工妖精が自ら人工妖精を造れるようになってしまったら、それは人類の繁栄を脅《おびや》かすことになるから、倫理三原則によってそれを無意識のうちに制限されてしまう、ということですね。

ところで、ご存じのことと思いますが、私と真白には五原則が最初から組み込まれていません。だからこそ、真白は一等級に相応《ふさわ》しい人類の至宝であり、私は同胞を殺傷する魔女なのです」

「やめろ……それ以上言うな！　そんな話、信じるものか！」

「その私たちが突然、三人のうち一人を奪われた。その空白を埋めるために、私たちは自分たちとそっくりの人形を造るようになった。きっと、そんな私たちの姿を、お父様は楽しげに見守っていたと思います。私たちが無邪気に人工妖精最大の禁忌《タブー》に手を出す様を見て、お父様ならきっと驚きながらも歓喜していたことでしょう。きっとそれは、お父様の実験の副産物だったのです。

　お父様にとっては、一人分の肉体にそれ以上の魂を宿らせて、五原則に囚われない人工妖精を生み出せればそれでよかった。でも、その過程において『人工妖精が人工妖精を造る』という前代未聞の事態が起きることは、さすがのお父様もご想像の外であったのではないでしょうか。それは、今までのあらゆる精神原型師が到達できなかった究極の高みです。もしそれが十分に到達可能な範囲であると気づいてしまったのなら、お父様は私たちを手伝わずにいられるはずもない。

　まだ自我のない私たちに、お父様は精神原型師の技、人工妖精を造るための技術を、積極的に手ほどきしてくださったのだと思います」

「全部アンタの憶測じゃないか！　アタシが三人目だ！　アタシは確かにアンタの妹だ！　この黒い羽が、何よりの証拠だ！」

麝香は自らの背中から生える、仄かに赤く光る黒い羽を誇示してみせる。

そんな様を見て、揚羽は小さく溜め息をつき、椅子を撫でながら再び背を向ける。

「鏡子さんが私と真白を保護したとき、お父様はおろか、他の人工妖精の姿も、いくら捜索しても発見できなかったそうです。はじめに取り除かれた私と真白の三人目の姉妹の身体は、きっと魂のない空っぽのままですから、もしかするとお父様が処分してしまったか、あるいはどこか遠くに預けてしまったのかもしれません。

　ですが、その後に私と真白の二人で造り上げた人工妖精は、ちゃんと覚醒寸前までいったはずです。なにせ、他ならぬ大家・深山博士の手ほどきを受けながら造ったのですから。ただし、言うまでもないことですが、出来上がったのはただの人工妖精です。私と真白のように、鏡像発達理論や複雑な三つ子育成を経ていないのだから、当たり前のことです。『人工妖精が人工妖精を造った』という過程は人類史に残る記念すべき出来事ですが、結果として出来た物、それ自体にたいした意味はありません。

　もちろん、お父様はそんなものになんの執着を持ち得なかったでしょうし、せっかく三人目の姉妹を遠ざけて二人に更なる成長を促したのに、その一時的な身代わりである熊の縫いぐるみ《テディ・ベア》がいつまでも側《そば》にあったのでは、私も真白もいつまでも幼いままで完全な覚醒に至ることが出来ません。当然、覚醒の直前にあったその人工妖精の肉体は、どこかに引き渡されて、あとは二度とお父様の関心を引くことはなかった。私と真白も、覚醒前のことですから、すっかり忘れてしまっていた」

揚羽はゆっくりと首で振り向いて、憐憫に満ちた瞳で、麝香を流し見た。

「……憐れなことですね」

心から、その心中を察して、儚《はかな》み嘆くように、悲しげに呟《つぶや》いた。

「それで……アタシは人倫で保管されていて、峨東の守旧派の連中の手駒として、三原則を反転させて、殺戮者として目覚めさせられたと、アンタはそう言うのか！　だったら証拠を見せてみろ！　アタシの羽はアンタとまったく同じ漆黒だ！　アタシは確かにアンタの妹だ！」

「証拠……証拠ですか。そうですね、それをこれから、お見せしましょう。そろそろ息は整って、疲れも癒えてきたことでしょう。ここからはお互い手加減も出し惜しみも無用。六倍《セクスタ》・速《アクセル》から始めます。あとは上げられるところまで上げてみましょうか。準備の方は――」

「御託はもうたくさんだ！　とっととかかってこいよ、くそったれ姉――きっ⁉」

さっきまで背を向けて立っていたはずの揚羽が、鼻が触れるほど目前に突然現れて、麝香は驚愕のあまり、無様に転がって後ずさった。

「ふざけっ……！」

「ふざけているのはどちらです？」

声は背後から。

慌てて振り向きながら手術刀《メス》を一閃《いっせん》するも、そこにはもう揚羽の姿はなかった。

「六倍速《セクスタ・アクセル》から――私はさっき、そう言ったはずですよ？　四倍速《クアドラ・アクセル》のままだなんて、私を嘗めてるんですか、麝香。それとも、それ以上、思考加速するのが怖いのですか？」

歯ぎしりし、手術刀《メス》を握る手を震わせながら、麝香は膝を低くする。

「いいさ……やってやるよ、まだアンタの見たことない、その上を。七倍速《セプタ・アクセル》だ！」

言い放たれた途端、二つの疾風が屋内を吹き抜け、そして張られた水面に無数の波紋を描き、ときに飛び石を粉々に砕いていった。

それが止んだとき、麝香の胸の真ん中には、一本の手術刀《メス》が持ち手付近まで深く突き刺っていた。

「痛みはないでしょう？　肺と肺の間、心臓も動脈も食道も、ぎりぎりで外しました。待ってあげるから、ゆっくりと気をつけてお抜きなさい。そうしないと、死んでしまいますよ？」

新しい四本目の手術刀《メス》を構えながら、揚羽は暢気に言う。

麝香の方は、痛みではなく悔しさから顔を歪めながら、言われたとおりに丁寧に、自分の胸の真ん中に刺さった手術刀《メス》をゆっくりと抜き取った。

「七倍速《セプタ・アクセル》程度では、まだ私にそんなことをさせる余裕があるということです。だから、出し惜しみは無しで、と言いましたよ。さあ、もっと速く、もっと先へ、さあ……さあ、さあ、さあさあ！　急がないと、狼があなたを食べてしまいますよ！」

「こ、このっ……くたばりやかれ！　八倍速《オクタ・アクセル》！」

二人は再び風となって、箱庭の中を駆け巡る。しかし、それも間もなく、麝香の首の両脇、左右の首筋の皮膚下を通る静脈と動脈の隙間に一本ずつ手術刀《メス》を通されて、戦闘はまたも一時中断される。

「くそっ……くそっ！」

手の震えがわずかに伝わるだけで致命傷になりかねない場所に埋没した一本の手術刀《メス》を、麝香は憤怒の表情で抜き取る。

「九倍速《ノナ・アクセル》！」

二人の動きが更に鋭さを増した次の瞬間、麝香は激しい頭痛と嘔吐感を覚えて、ふらつきながら壁により掛かり、激しい息づかいで己の背中を見やった。

燃えていた。黒い羽は、そこに宿していた赤い光が表にまで浸食したかのように、赤く火が付いて、煌々と炎を上げていた。

「わかりきっていた結果ですね。思考加速を続ければ、いずれは脳の発する高熱を羽が放熱しきれなくなって、やがては羽が灼《や》けて焦げ始める」

「なら、なんでアンタの羽は燃えていない！」

同じ九倍速。それを発動したのに、揚羽の羽はいまだ、仄かに青い光を湛《たた》えて黒いままだった。

「私の羽は、紫外線で放熱する特別製です。他の人工妖精の羽より、ずっと放熱効率がいい。真白の羽も、可視光線の波長帯域すべてを使うので、やはり放熱に優れていて真っ白に見える。水淵博士によれば、まるで思考加速装置《シンクミッション・アクセラレーター》の使用を前提にあつらえたようだ、とのことでしたが——」

「だったらアタシの羽だって同じはずだ！」

「だから、あなたはただの人工妖精だと、さっきも申し上げました。あなたの羽は、見た目こそ——たぶん真白が私に似せて拵《こしら》えたのでしょうけれども——私の羽とよく似ていますが、構造は他の人工妖精と同じです。お父様ははじめに基本の人工妖精の作り方を私たちに教えたでしょうから、それは当然のことです」

「違う！　アタシは、アタシは！　アタシはアンタの妹だ！」

「違います、あなたは私の——私と真白の、最初の娘です」

「そんなはずが……だったら、今までアタシのしてきたことは、なんだったんだ！　アタシは人を殺した！　たくさん殺してきたんだ！　だってそうしろって脳に刻まれて覚醒したから！　なのに、今さらアタシが普通の人工妖精だなんて、そんなことあってたまるか！　それじゃまるで、アタシは間違って生まれてきたことになるじゃないか！」

　壁にもたれながら慟哭する麝香を、揚羽は冷たく見下ろす。

「利用され、社会を敵にし、追われ、逃げて、挙げ句に総督まで殺めたことで、自分を覚醒させて匿《かくま》ってくれていた峨東の守旧派からも見捨てられた。あなたのまわりには、もう敵しかいない。誰もあなたを愛してくれない。憐れですね……本当に、かわいそうに」

「ふざけるな！　今さらそう言うくらいなら、なんでそんな風に造った!?」

　顔をくちゃくちゃに歪めながら、子供のように泣きはらしながら、麝香は揚羽に叫ぶ。

「愛せないのに、なぜ造ったんだ！」

その言葉は矢のように揚羽の胸の深くまで突き刺さって、思わず揚羽は金色の両の眼の瞼《まぶた》を伏せた。

「造ってしまってから今日まで、一度もあなたを愛してあげられなかったことは、申し訳なく思っています」

「違う！　やめろ！　アタシはアンタの妹だ！　娘じゃない！　だから、そんなことを言うな！」

「なら――せめて、この手で始末を付けるのが、せめてもの親たる私の役目でしょう」

揚羽は六本目の手術刀《メス》をゆっくりと水平に構え、麝香を見据えた。

「殺すのか、アタシを！　妹なのに！　む、娘かもしれないのに！」

「娘だから……するんです。三原則の逆転したあなたは、自分が傷つくことを恐れない。それでもやっぱり死ぬのは怖いですか？　さあ、かかっていらっしゃい、愛しの我が娘」

「アタシは……アタシは！　まだ！　終わりたくない！」

九倍速《ノナ・アクセル》による、通常の視覚では認識することすら出来ない一撃を、揚羽はまた、たった一本の手術刀《メス》でやすやすと受け止める。

「十倍速《フル・ドライブ》！」

そのとき、二人は二本の光跡と化した。

荘厳な屋内で、青と赤の光跡は時に火花を散らして交錯し、ときに離れては再び絡み合うようにせめぎ合った。

それが――十倍の思考加速の中にあった揚羽には、一時間にも、あるいは二十四時間にも長く思えたのだが、おそらくは実時間にしてほんの数分の出来事だったのだろう。

揚羽の握る手術刀《メス》は、麝香を真横から捕らえて、その脊椎付近を水平に貫いていた。

「手術刀《メス》の帯電で脊髄を麻痺させせました。麻酔のようなものですが、十分程度は指一本動かせないでしょう」

麝香の羽はほとんど焦げてしまって、もう枯れ木のように無惨になっていた。あと一分でも十倍速《フル・ドライブ》を続けていたら、確実に命を落としていたことだろう。

「う、動けなくして、どうするつもりだ！　いたぶり殺そうっていうのか!?」

「いえ……いえ、やっぱり、そういうことになってしまうのかもしれません。あなたにとっては、これからずっと、とても苦しい思いをさせることになってしまうのかもしれません。でも、今の私には、そんなことしかできないから。

世界があなたを憎むのなら、私だけはあなたを愛したい。だって、私はあなたを造ってこの世界に生み出したのだから」

言いながら、揚羽は前傾姿勢のまま固まってしまった麝香の背後に回り、最後の七本目の手術刀《メス》を右手に握った。

「何を、するつもりだ!?」

「あなたの三原則を反転させている変換器《ゲートウェイ》、それを切除します」

真っ赤になっていた麝香の顔は、揚羽の言う言葉の意味を悟るにつれ、見る見るうちに青ざめていった。

「や……やめ、やめてくれ！　やめて、ください！　それだけは、やだ！　お願いだ！」

「誰に埋め込まれたのかは私にも分かりませんが、切除することくらいはできます」

「そんなことをしたら……だって、だって、そうしたら、三原則を守らなくてはいけなくなって、アタシは……アタシは！」

逆転《リバース》した三原則に従って殺戮を続けてきた麝香に、これからは三原則を守って人を守り命を大事にして生きていけと強制することになる。それがどれだけ惨めで、苦しくて、残酷なことか。麝香はきっと生涯にわたって、今日までの己の行いを罪深いことだったと感じ、重い十字架として背負って生きていくことになるのだろう。

「ひどい親ですよね。ごめんなさい」

揚羽の手術刀《メス》が、麝香の後頭部に襟足からゆっくりと刺され、中へ差し込まれていく。その奥にあるものを、揚羽は正確に切り抜いた。

「これで、あなたの三原則は普通の人工妖精と同じに戻った」

他の組織を傷つけないよう、慎重に手術刀《メス》を抜いてから、揚羽は言う。

「あとは、あなたにせめてもの……親としてのプレゼントを贈ります。あなたに欠けた、第四原則。大事な、大事なあなたの信条」

頭の中で急激な精神構造の変化が起きた麝香は、眼を血ばしらせて必死にその反動に耐えている。理性が残っているだけでも奇跡かもしれない。

揚羽はそんな麝香の正面にまわり、前屈みになってその頬を両手で包み、呼吸を感じるほど顔を近づけた。

「あなたは、これから初めて身体に触れた人間に恋をする。一生、その人と添い遂げたいと思うんです」

言いながら、麝香の前髪を横に避けて、額に指で触れる。五原則はこれで完成だ。

「そ、それは……それは、『愛』じゃない！　『呪い』だ！」

「ごめんなさい、私は他に幸せになる方法を知らないから……だから、ごめんなさい」

そしてそのおでこにキスをした。

「私の大事な、最初の娘。私は今、生まれて初めて『意志して』あなたを愛する。今までそうしてあげられなくて、あなたを苦しめてごめんなさい。でも、今から私は自分で『意志して』あなたを守る。たとえ、世界のすべてが敵になっても。だから、だから、だからあなたは――」

滲み出てきた涙を止めることが出来ず、揚羽は麝香の頭を胸に抱いたまま、頬から次々と涙の雫を滴らせた。

「あなたは、せめてこれから幸せになって。お願い」

そして最後にもう一度だけ、麝香の額にキスをしてから、揚羽は動けないままの麝香に背を向けた。

「やめ……やめて！　置いていかないで！　アタシを一人にしないで！　お姉ちゃん！　愛

しているのなら、本当に愛してくれるのならすぐに殺して！　アタシを置き去りにしないでぇぇ！」

「あなたを守れるということだけで十分、やっぱり生まれ来てよかったと、そう思えます。ありがとう、そして……さよなら、麝香」

　最後に一度だけ振り向き、そして涙を振り払いながら向き直って部屋のドアから外へ出た。屋敷の外には、四人の黒衣の変異審問官《インクイジショリー》が待っていて、揚羽の姿を認めると二人が用心しながら近寄ってきた。

「麝香は？」

　挨拶も無しに、開口一番、変異審問官の男は尋ねてくる。

「私が麝香です」

　二人の変異審問官は顔を見合わせていた。

「いや、あなたは――」

「私が麝香です。他の誰も麝香ではありません。総督閣下の暗殺、そして男・女の自治区での数々の殺戮は、すべて私の罪です」

「しかし、あなたの羽の色は、確かに黒だが、情報によれば麝香の羽は赤黒――」

「私が、自身で自分こそが麝香だと言っているのです。それ以上の事実が、あなたがたに必要ですか？」

　四人の変異審問官はお互いに視線を交わしあい、しばらく困惑していたが、やがて最初に尋ねてきた男が再度、揚羽に向き直る。

「どうしても、自分が麝香だと、あなたは言い張るのですね？」

「はい。私以外に麝香はいません」

「あなたは……それで、本当にいいのですか？」

逡巡がなかったといえば、嘘になる。しかし、不自然なほどの間を作らず、揚羽は再び断言する。

「かまいません。それがすべての事実です」

「……わかりました。悪性変異の人工妖精として、あなたを人倫に連行します」

自警団《イエロー》の物とは違う、厳重な手錠を嵌《は》められて、揚羽は黒塗りの車の後部座席に押し込まれた。

そのとき、外に残っていた一人が、屋敷のドアを開こうとしていたのが見えて、揚羽は身を乗り出して叫ぶ。

「そこには誰もいません！」

その場の全員が凍り付き、そして目を見張った。

「誰もいません。お願いです、そこには誰もいません。だから、ほうっておいてあげてください」

揚羽の必死の訴えに、変異審問官たちは何か思うところがあったのか、結局屋敷の中には踏み入らず、車に乗り込んできた。

「これから、あなたは変異審問にかけられます。とても苦しい事態だと思いますが――」

「ご心配は無用です。覚悟は、出来ています」

それからは、人倫の東京本部に着くまで、誰も口を開こうとはしなかった。

揚羽は窓の外で流れる景色を眺めているうちに、その街明かりが今度こそ本当に見納めになるのだとあらためて思い、涙が溢れてくるのを止められなかった。

四人の変異審問官は、冷淡からか、それとも揚羽の心中を慮《おもんぱか》ってか、四人とも揚羽の涙にも嗚咽《おえつ》にも気づかぬふりを通していた。

――悲しむならば　悲しむならば
――私の心　白く変われる？

B－7

膝蹴り、頭突き、平手打ち、肘《ひじ》打ち、拳。ときに相手の髪を掴み、ときに相手の服を裂きながら、引っ掻き、噛みつく。

こんな野蛮で、みっともない闘争を、総督閣下と次期総督の二人が繰り広げているなどと、その夜に誰が想像しえただろうか。

「くたばれ愚妹！」

マウント・ポジションから揚羽の前髪を摑んで力一杯の頭突きを顔面に叩きこんだ椛子は、しかし次の瞬間には襟を摑まれてひっくり返され、拳を側頭部に叩き込まれる羽目になった。

「死ね！　ぶりっこ総督！」

揚羽の方も意識はもうろうとしていて、目の焦点が危うい。

互いに相手と自分の血と汗と唾に塗れて、服はとっくに無惨なぼろ切れになっている。

二人とも、とうに武器は使い果たしている。残るのは純粋な闘争心と、

「「お前が死ね！」」

という信念のみだ。

「あなたが姉の真似事なんて馬鹿なことをしなければ、誰も不幸にならなかったのよ！」

総督閣下のアッパー・カットが、真白の顎を跳ね上げる。

「あなたさえその気になれば、みんな死ななくてもすんだのに！」

真白のタックルが椛子の腰を捕らえ、再び床に押し倒す。

「それができたら苦労しないわ！　この馬鹿妹！」

「出来るくせにやらないだけでしょう！　この淫売総督！」

揚羽の手が椛子の髪を摑み、固い床に後頭部から叩きつける。しかし、椛子はそれに怯むどころか勢いを利用してマウント・ポジションをひっくり返し、鳩尾《みぞおち》に膝蹴りを叩き込む。

「なら、やれるもんならあなたがやってみなさい！　あげるわよ、総督の地位なんて！　熨《の》斗《し》つけてくれてやるからやってみろ！　はな垂れ妹！」

「無茶苦茶言うな！　鼻血総督！　揚羽ちゃんを返せ！　がっ……！」

椛子の拳を連続で浴びて、揚羽の意識は一瞬宙を舞う。

「私だって！」

襟を掴み、右拳を揚羽の顔に、鼻に、頬に、額に叩き込みながら、椛子は絶叫する。

「あの子を助けたいと！」

殴り、息を溜め、更に殴る。

「何度も思ったわよ！　何度も助けようとしたのよ！」

自分の拳の方が、出血して痛みを発する中、それでも椛子は殴り続けた。

「でも！　しょうがないじゃない！　今まで、一度だって、たったの一回だって、何か欲しいとも、何をしてくれとも！　一度も言ってこなかったあの子が！　今日になって！　最後だって！　最後だからって！　私にお願いだからって！　麝香を助けたいから、自分が身代わりになるからって！　そう言ってきたのよ！　この自治区の、いえ世界中の誰か！　今まで一度だって自分の幸福を望もうとしなかったあの子の！　最後の願いを！　無下にすることが出来るっていうのよ！　そんなの、わかるのなら親友の私が一番知りたいわよ！」

両手で揚羽の襟を掴み、揺すって何度も頭を床に打ち付けながら、椛子は血まみれの揚羽に向かって叫ぶ。

その横っ面を肘で叩き飛ばして、今度は揚羽が上を取る。

「あなたなら、揚羽ちゃんの両手両足に鎖を付けて引っ張ってだって、助けられたんじゃないんですか！」

「そんなことをしてあの子が喜ぶと思うの！　馬鹿妹！」

「ボクが喜ぶもの！　それでいい！　世界なんて全部、身悶えして苦しんで窒息して死んじゃえばいい！　揚羽ちゃんだけでいい！　だから！」

椛子の襟を両手で掴んで揚羽は慟哭し、そして、徐々に力を失って肩を落としていった。

「だから……揚羽ちゃんだけでいいの……返して、お願い……揚羽ちゃんを、返して……返してよ……」

返り血と自分の血で赤く染まった頰を、涙が洗っていく。それは椛子の胸の上に落ちて、ぼろぼろの着物にいくつも染みを描いた。

「――閣下」

「うるさい！」

「だまってなさい！」

いつのまにかすぐ側まで歩み寄ってきていた親指に対し、野獣のように獰猛に揉み合っていた二人は声を揃えて恫喝した。

「閣下！」

しかし、鬼気迫る二人の恫喝にも屈せず、親指は毅然と言う。

「たった今、人倫から連絡がありました。麝香を――連行した、と」

揚羽の顔から、血に染まったその顔の垣間見える肌から、血の気が引いていく。

「そう……」

馬乗りになったままの揚羽の身体を突き飛ばすように押しのけて、椛子はすでに着物の体を成していない布の胸元を整えながら短く答えた。

「揚羽……ちゃん、が？」

床にへたり込んで顔を上げるも、誰も問いに答えようとはしない。親指は椛子の方へ向いたまま、椛子は揚羽から顔を背けたままだ。

そのとき、真白の中で、大事な何かが折れた。

今日まで「揚羽」という、人間たちから理不尽に貶《おとし》められた姉の人生の意味を証明し続けるため、必死に藻掻き、背伸びをし、その姿を、心を真似て木人になりきろうとしていた真白の心は、最愛の姉の最悪の結末を知って、無惨に折れてしまった。

そのとき違和感を覚えて、真白は自分の背中の羽へと振り返った。

生まれつきの白い左の羽と、揚羽が追放されたことを知ったときに自分で痛め潰して黒くした右の羽。その右の黒い羽が、根元から徐々に青い炎に包まれて、元の白い羽に戻っていく。

「……え？」

本来なら自然に治癒して白に戻るはずだった羽が今まで黒いままだったのは、ひとえに真白の、揚羽になりきらんという決意と信念が人格を変異させ、元来の自己像まで歪めていたからに他ならなかった。だから、その信念が折れたなら、羽もまた、元に戻る。

「や、やだ！　消して！　誰か、この火を消して！　この羽はボクと揚羽ちゃんの絆なの！　ボクは黒い羽でいたいの！　お願い！　誰か！　誰かこの火を消して！」

自分で羽を叩きながら、のたうち回るように床にこすりつけながら、必死に火を消そうとするも、まったく火勢は衰えなかった。

「やだ！　揚羽ちゃん、消えないで！　いなくならないで！　あなただけいればいいの！　こんな世界に、ボクを——私を一人にしないで！　やだ！　お願い、私を置いていかないでぇ！」

揚羽の慟哭は、羽が完全に白くなるまで、止むことはなかった。

——重い目蓋を　開けたのならば
——すべて壊すのなら黒になれ！

D-1

各流派を代表する三人のためだけに用意された仮想会議室の一角から、一人の姿が消えて、後には鏡子と、西晒胡の若娘だけが残った。

「……なんだ？　私の十下座があまりに美しかったから、もう一度見てみたいのか？」

「そんな悪趣味じゃないわよ、この若作り婆」

まるで就活中の学生のようなオーソドックスなスカート・スーツを身に纏《まと》ったその娘は——

——実際、まだ学生ほどの年齢なのだが——呆れたように溜め息をついて、胡散臭そうに鏡子の方を流し見ている。

「水淵のお嬢様も、世間知らずなりになんとなく程度には気づいていたようだったけれども、今日ここであなたが話したことが、あなたたち峨東の企《たくら》みのすべてではないでしょう？　人類の冗長化——〈種のアポトーシス〉を受け入れながら微細機械《マイクロマシン》と共生していく文明社会と、あくまで微細機械への極端な依存を避ける既存の文明社会。今日、私と水淵のお嬢様が、あなたの惨め極まりない土下座に免じて協力を表明したことで、人類の文明を二つに分けて、最悪でもエウロパやエンケラドゥスのように微細機械にばかり依存していつか人類が滅びの道を辿ることを避けるための保険《バックアップ》は整った」

「その事実がすべてだろう？　なんだ、まだ私から誇りを搾り取り足りないのか？」

「ほんっとに、あなた、性格悪いわね」

「お互い様だ、家出娘」

はない。

「まあいいわ」

頬杖を突いて足を組み、あくまで無造作を装いながらも、西晒胡の娘の目は未だ猛禽類のような鋭さを失っていない。

元より、三宗家の中でも直系の傑出した才能によって成り立つ、西晒胡の現当主。なまじっかの隠し事など、指先の仕草ひとつからでも見破ってしまうし、その隙を見逃すほど甘くはない。

その点において、才能では引けを取らないものの生来のお人好しが仇になって早々にこの場を退出してしまった水淵の箱入り娘や、非人道的なまでのあくなき才能の追求によってようやくそれらと対等にわたりあっている峨東とは違うのだ。

「あなたたち峨東は、何をするにもたったひとつの目的で事を始めることはない。その目的は常に次の何かの手段であり、そしてひとつに見える目的にもいつも無数の他の目的が相乗りしている。そのあなたたちが、たしかに西晒胡と水淵の協力が不可欠だったとはいえ、土下座までしてみせたのよ。気づかない方がどうかしてるわ」

「……下手に出すぎると裏を見られる、か。私も永らくこういう世界から身を退いていたので、すっかり勘が鈍ってしまっていたな」

「そういうことね、若作りの大先輩様」

まあそれでも、こうして直に指摘されるというのは、峨東内の宗家筋同士のやり取りのような狸の化かし合いよりも、幾分か心地いいものだ。

「私たち峨東は、あの姉妹――揚羽、真白、それにくわえるなら我が娘の椛、この三人が『斥候《せっこう》』ではないかという可能性を考慮している」

西晒胡の娘は感情を押し隠していたが、眉根が微かに動いたのを鏡子は見て取っていた。

「――第九種接近遭遇《Close Encounters of the Nineth Kind》、ね」

「お前みたいな若い娘でも、その言葉を知っているものなのだな」

「嘗めないでちょうだい、仮にも当主を張ってるのよ。峨東と水淵の考えそうなことなんて、嫌っていうほど子供の頃から頭に叩き込まれてるわ。

でも、第九種といえば物理的ではなく、霊性によるこの世界への干渉のこと。つまり、この世界の一見平滑化された確率の因果に、意思を持って干渉する存在を認めることになる。まるでオカルトだわ」

「それをいうなら、過去のすべての種の接近遭遇が迷信であったことを、現在の我々自身、最先端の研究者がすでに証明してしまっている」

「まあたしかに……地球人類以外の知性体との接触の可能性を論じるのであれば、あとは霊的な存在、つまり確率で許された範囲でこの因果系に干渉してくる存在以外には、考えられない、そこまではわかるわ。

でも、その霊的な何かが、人工妖精《フィギュア》に取り憑いて、こちらの因果系に移住してこようとしているとでも言うの？　いったいなんのために？」

「それがわかるならなんの苦労もない。互いに異なる因果系に存在しているのなら、言語的な意思の疎通などほぼ完全に不可能なのだからな。しかし、現にこの地球の地下をすっぽりと丸く包む古細菌類《アーキア》が、他の因果系からの影響を受けているとしか考えられない現象は、いくつも観察されている。黒鉛の石碑《モノリス》しかり、東京人工島地下の特殊培養炉しかり、だ」

「目的がいずれにあるにせよ、他の因果系から私たちに、なんらかのコンタクトを図ろうとしている。その結末がエウロパとエンケラドゥスで過去に起きた文明の崩壊であるとしたら？」

「そのときのための保険として、人類の文明社会を二つに分けて冗長化するのだ。だが、我々はむしろ、彼らがエウロパとエンケラドゥスでは失敗を犯したのではないかという可能性に重きを置いている。もしそうであるのであれば、今回はより慎重を期して接触をしてくるだろう」

「……なるほど、それで『斥候』か。単にこちらの因果系に人工妖精の霊的な部分の一部として移住してくるだけではなく、この地球人類が本当に自分たちと共生しうるのか、あるいは共生する意味を見いだすに足りるのか、そのリアクションをこそ、彼らは欲している、と」

「人工妖精のような形で移住してくるのでは、いざエウロパなどのときのように失敗したとき、相当の損害を向こうも被らざるをえまい。だから、一方的に送り込むのではなく、リアクションが得られる形での『斥候』を送り込んできた」

「その、あなたの娘も含む三人こそが、斥候であると見込む理由は？」

「揚羽たちは、あきらかにこの世界の因果律の範囲内で確率の平滑を無視した現象らしきものを、幾度も引き起こしている。特に椛はあらかじめ、それに対するカウンターとして用意された」

「造り方からして、あなたたちは慎重に慎重を期していたようだしね」

「椛を特別丁寧に造ってやった記憶などないが……まあ、他の馬鹿どもがやるより結果、それなりに純粋な乱数の受け皿になってしまったようだ」

「それで峨東の宗家連中に娘を当主として体よく引き取られてしまって、親のあなたは拗《す》ねてしまったと」

「別に奪われたわけではない。椛《あれ》が勝手に自分の意思で決めたことだ。私の知ったことではない。それに、形ばかりとはいえ、お前たち西晒胡には真白を譲ってやった」

「いつ引き渡してくれるのかと心待ちにしていたら、名前だけつけていつのまにか次期総督にまで引っ張り上げられて、こちらはひどい肩透かしを食らったのだけれども」

「それについては私のあずかり知らぬところで進められていた。土下座が必要か？」

「もういいって。それに、東京――もう出雲《いずも》になるのか、そこに私たち三宗家が揃って一定の影響力を行使できるのであれば、西晒胡《うるさ》の五月蝿方《がた》もそんな建前のことなんてぐだぐだ言わないわよ。そんなことより、あなた今、とても面白いことを言ったわよね？　乱数の受け皿って」

「それが、どうした？」

このように惚けてみせても無駄なのだろうが、まあ様式美のようなものである。

「微細機械は、この地球の地下深くのマントル付近の層で、地球全体を覆うように生息している特殊な古細菌類《アーキア》の改良種だわ。そして、その微細機械は視肉を通して今もマントル近くの古細菌類層《アーキア》と常に繋がっている。微細機械で身体が出来ている人工妖精が、他の因果系からの干渉の受け皿になるのであるとしたら、この地球を覆う古細菌類層《アーキア》全体は、もっと巨大な球状アンテナになっている、ということになってしまわない？」

まったく、本当に油断のならない娘である。

「その可能性は否定できない……というよりも、微細機械という形でこの地上に古細菌類《アーキア》を解き放ってしまったときから、私たち地球人類は既にその強力な影響力の支配下に置かれている、と考える方が妥当だろうな」

「土下座までして、あなたたち峨東が人類の冗長化を急いだことに、ようやくひとつ納得のいく理由が出てきたわね」

「まあ、あくまで可能性に可能性を上乗せした怪しい推論にすぎんがな」

「その可能性をひっくり返す人工妖精を三人もこの地上に送り出しておいて、よく言うわ。それより、ねえ……」

すっかり空になったアイス・ティーのストローを指でいじりながら、やはり西晒胡の娘は無関心を装いながら切り出してきた。

「それで、あなたたち峨東が、第九種接近遭遇を観測したのは、今回で何回目なのかしら？」

　溜め息しか出てこない。あと三十分もここでこうしていたら、鏡子は下着まで脱がされて裸にされてしまうのではないか。もちろん、やられっぱなしではいないが。

「……千年以上前に、どうもそれらしき痕跡のような記録がいくつか残っている。ただし、峨東の内部でも妥当性に疑問符が大きく付いているような代物だ。なんともいえん」

「でも、今回が初めてだった、とも言い切れない？」

　苦々しい気分を味わいながら、鏡子は首肯する。

「なら、たった千年ほどの間に、私たち地球人類は二度も第九種接近遭遇をした可能性がある。そして、その千年というスパンがたまたま極端に短かったのだとしても、地球の歴史は四十六億年にも及ぶ。だとしたら――」

「そこから先は、それこそオカルトだぞ？」

　鏡子の警告を無視して、西晒胡の娘は楽しそうに歯を見せて笑いながら続けた。

「そもそも人類すら̇も̇、という可能性が残るわけね？」

　その問いに、鏡子は今度こそ答えなかった。推論遊びとはいえ、越えてはいけない一線があるからだ。

「まあ、昔話はこれくらいで十分だわ」

「ようやく私を虐めるのに飽きてくれたか」

「そう？　私からはあなたもそれなりに楽しそうに見えたのだけれども」

席を立ちながら、したり顔で西晒胡の娘は言った。

「まあ……悪くはない」

「それはよかったわ。いつかまた一緒にお話でもしましょう、今度はお互い、西晒胡や峨東なんて看板無しで、茶飲み程度に、ね」

小さなショルダーバッグを肩から掛け、娘は鏡子にいったんは背を向けたが、もう一度肩越しに振り向いた。

「そうそう、先のことがわかったら更に先のことを案じるあなたたちならいうまでもないのだろうけれども……『因果系間の移住』なんて夢物語がもしかなうのだとすれば、それに飛びつかない手はないわよね？」

「その心配は五十億年後にでもとっておけばいい」

「了解。その返事で十分よ。楽しかったわ、若作りのお婆さま。またね」

背中越しに手を振って、今度こそ西晒胡の娘は仮想会議室から退出していった。

「やれやれ……だな」

大仕事を終え、鏡子は椅子に深く腰を埋めた。着慣れていないスーツも早く脱いで、せめて出かけるときのいつものパーカー姿に戻りたいものである。

「揚羽……お前は今、無事なのか」

たったひとつの気がかりが、その疲れた口から零れ出てしまった。

エピローグ　スワロウテイル

A‐END

「――変異審問会は、以上をもって、制作者不明個体『麝香』を、『黒の五等級』の一連の事件および『傘持ち事件《アンブレラ》』、さらに相次いだ閣僚の暗殺その他無数の殺人事件、そして『総督閣下暗殺未遂事件』の主犯と断定し、『完全解体処分』と決定する。麝香、最後になにか言いたいことは、あるかね？」

揚羽は、居並ぶ審問官たちの顔を見渡す。

「この審問会は、人工島の全土で公開放送されているというのは、本当ですか？」

「顔は視覚遮蔽しているが、事件が大きすぎるゆえに、特別措置としてそうなっている」

「では、発言をお許しください、審問長」

「許可しよう」

「ありがとうございます」

揚羽は深く頭を下げてから、審問官だけではなく東京人工島のすべての人をあまねく見通してから、口を開いた。

「聞け、あまねく人間たちよ！　この愚かなる汚れた流れよ！」

――たった一度しか言えません。だからお聞きください、この広い宇宙でただ唯一、心を通わせ合うことのできる素晴らしき生命、奇跡のような種の人々。

「これからあなたたちは、大いなる宝を失う！　それはすなわち私である！　あらゆる人間を惨めに殺戮し、いたぶり殺し、嬲《なぶ》り殺せる、人類史上後にも先にもないただ一人の可能性、それがこの私である！」

――これからあなたたちは、大いなる宝を得ます。それは私の妹とすべての人工妖精《フィギュア》です。彼女と彼たちは、あなたがた人類をあまねく愛し、慈しみ、優しく受け止めて、永久《とわ》にあなたがた人類と寄り添いあって生きていくでしょう。

「その宝を自ら青い火炙りにかけ、十字に架けて殺そうとしている！　私がこの世から失われたなら、もう二度と私ほどの宝は人類の未来に現れることはないというのに！　そんなことも知らず、愚かしくも、あなたがたは自ら生み出したるこの不世出の至宝に唾を吐き、泥を蹴りかけ、たった銀貨三十枚で死神に売り払い、茨の冠を被せて葬《ほうむ》り去ろうとしているのだ！」

――その宝はあなたたちの悠久の歴史を、この青く湛《たた》える大海のごとく豊かに育んでくれることでしょう。どうか、その宝を大事にして、これからは人工妖精の彼女、彼らとともに永遠不変の更なる栄華の歴史を刻み続けてください。賢く、優しく、愛おしい人類のあなた様がたは、きっと彼女や彼を愛し、慈しみ合い、自ら生み出したその宝を金銀にはかえられぬ善き隣人と知り、寄り添いあいながらこその更なる繁栄を享受なされるものと、私は信じています。

「呪われよ、愚かなる人類よ！　あなたがたの耕す地は二度と黄金色の麦の穂を実らせることはなく、あなたがたの飲む水は手に掬《すく》った瞬間から汚泥に変わるだろう！　この罪深き堕落の街《ソドム》・東京、ここがあなたがた人類の墓標となる！　病に苦しみ、老いに悩み、怪我にのたうち、私を失ったあなたがた人類はここで果て、その終末の鐘の音を聴くことになるだろう！」

――人類に高貴なる祝福を。あなたがたのこれから歩む先には乳と蜜の川が流れて絶えることはなく、あなたがたの知恵はすべての困難を楽園へと変えるでしょう。もはや病に悩むことはなく、老いはあなたがたを貶《おとし》めず、怪我すらもあなたがたの勲章となる。この豊かなる約束の地《カナン》――東京から人類の新たなる繁栄は始まりを告げるのです。私の妹を得たあなたがたの未来には、果てしなき栄光の道が約束されています。

「私をいぶり殺したことを、その時まで絶えず後悔するがいい！　私のような人工妖精はもう二度とこの世には現れない！　人類に呪いあれ！　人類に災いあれ！　人類に絶滅の終末よ来たれ！　互いに憎しみ合い、妬《ねた》み合い、怒り合い、殺し合って絶える時が間もなく来ると、私はここに予言する！　すべての人類が慟哭して涙が涸れるまで痛み苦しみのたうち回って腐り死に果てよ！　私はその有り様を、肉亡き亡霊となって見下ろし、哄笑して見届ける！　くたばりされ、この愚かなる人類よ！」

——私さえいなくなれば、あなたがた人類を悩ませ脅《おびや》かすような忌むべき人工妖精は二度と、この先の人類の未来に現れることはないでしょう。だからあなたがたけ、どうか彼女、彼と手に手を取り合い、互いに慈しみ合い、讃《たた》え合い、労《いたわ》り合い、助け合って永遠の繁栄をその手にお取りください。私は死して朽ち消えてもなお、無数の微細機械《マイクロマシン》に戻ってあなたがたの栄光の未来を見守ることが許されるのであれば、あなたがたの優しさに無限の感謝を捧げ続けましょう。あなたがた人類に、誇り高き栄華が永久にあらんことを、心よりお祈り申し上げます。


揚羽が口を閉ざすと、途端に壁の外からの怒号や罵声が、遮音しきれずに変異審問室にまで轟き渡った。おそらく前代未聞の殺戮犯の処分が、司法ではなく人倫に委ねられたことを批難するために、たくさんの人々がこの建物の周りを取り囲んでいるのであろう。その地鳴りのような怨嗟と侮蔑のひとつひとつが、揚羽の心をなおも切り裂き、どこまでも惨めに卑しく貶めていく。

「eli eli lema sabachthani……」

揚羽は目を伏せて呟《つぶや》き、胸の上で両手を重ねた。

「……もう、いいのかね？」

変異審問長の言葉に、揚羽は首肯する。

「はい、ありがとうございました。もう、一切の悔いも未練も、ありません」

七人の審問官たちは互いに顔を見合わせ、痛恨の念を浮かべながらも、今さら変えられぬ結末を確認し合った。

「刑の執行は七日後とする。それまで、あなたは地下の閉鎖牢で完全に隔離して、人々から遠ざける。麝香、退出を許可します」

揚羽は、厳重な手錠をされたまま、精一杯優雅に会釈をしてから、人倫本部内の変異審問室を後にした。

これより七日後に刑は執行され、制作者不明個体『麝香』は、その肉体を分解されて塵ひとつ残さず公開処刑された。

同時に、人倫は『深山之峨東鴉ヶ揚羽』の登録をあらゆる履歴とともに抹消し、その存在を史上から完全に消去。

これにより、新総督に就任した『薄羽之西晒胡ヶ真白』が双子であった事実も、その後永らくにわたって隠蔽されることになる。

B - END

総督府前の広場には、多くの群衆が押し寄せていた。

彼らは新しい総督がテラスの上に現れると、一斉に歓喜の声を上げて祝福する。

真っ白な美しい両の羽を広げた姿は、人々の目に宝石よりも輝かしく、珊瑚よりも華やかに、金銀よりも誇り高く映っていた。

新総督は手を上げて新・国民たちの歓迎の声に応え、そしてゆっくりと高らかに、語り始める。

「今日という記念すべき日を、この温かく優しく、誇り高い、新しい国民たちとともに迎えられたことを、心から喜ばしく思います」

——今日までの呪われた日々が、いつまでも続くことを知らない愚かな哭民たちとこれから過ごしていかなければいけない事実に、吐き気を覚える。

「私たちは、今は失われた、歴史深き由緒ある日本国の唯一の継承者であり、世界で初めて国土を持たぬ海上都市国家として、新国家・出雲《いずも》の樹立に立ち会った、誇りある民であることを永遠に胸に刻み、これからの栄光の日々を分かち合いましょう」

——腐り果て、朽ち落ちた国からも忌み嫌われ、この海の果てに追放されてきた世界で最も惨めな人々よ。その胸に少しでも人としての慈しみと愛を持ち合わせているのなら、今すぐ地に伏せて慟哭し、懺悔して見せろ。

「今はまだ、私たちが亡国の正当なる末裔であることも、国土を要せぬ新しい形態の国家であることも、世界の既存の国家の半数未満しか認めていません。しかし、私たちには絶えぬ誇りがあり、無限の知恵があり、世界で初めて人類と人工妖精《フィギュア》が互いに手を携《たずさ》えて歩む未来を実証した自負がある。いつか既存の国家の代表たちも、私たちを歴史ある日本国の後継にして、〈種のアポトーシス〉によって閉塞に向かう世界を救う先駆けであることを認めざるを得なくなるでしょう」

――今はまだ、あなたがた愚かなる畜群《Herde》どもは、人類の最上の、誇り高き漆黒の至宝を自ら無惨に葬《ほうむ》り去った事実を知らない。しかし、いつかそれを悟り、慟哭して後悔する日が必ずやってくるだろう。それまでの間、束の間の安寧に溺れ、平和と繁栄に堕落するがいい。人類の閉塞を打破するべく遣わされた漆黒の光が、とうに失われていたことを知ったとき、あなたがたは真の絶望を覚え、もはや後戻りできぬ狭き門に踏み入ってしまったことを理解するだろう。

「今、私たちの前には、無数の栄華が咲き誇った未来への道がある。私たちは、出雲という古くしてかつ新しき幼い国の国民として、その始点に立ったばかりなのです。人間、人工妖精を問わず、この国の民が力を合わせ、互いに手を取り合い、助け合って行くのであれば、その途上の栄華はすべて私たちの手中に溢れかえることでしょう」

――今、あなたたち愚かな人間と人工妖精の目には、豊かで希望ある未来しか見えていない。けれども、本当なら傷ひとつない黒真珠のような輝かしいその未来に、小さな、たったひとつの傷を刻んだのは、他ならぬあなたたち愚民どもだ。その傷がいつか広く、深い亀裂となって、私たちの未来に暗い影を落とすことになるだろう。

「私たち出雲の民の未来に、祝福あれ！　今はこの喜びを胸に刻み、明日からの更なる栄華をともに分かち合い続けることを、誓い合いましょう！」

――愚かなる畜群《Herde》どもに呪いあれ。今日、この時から決して赦されぬ未来永劫の罪を背負って、惨めに生き続けるがいい。汚れた川の畜群どもよ！

幾万もの喝采が、真白の立ったテラスのまわりを満たす。

真白は両手を広げ、どこまでも高まり続ける歓喜の声に応えながら、終わらない呪詛を心の中で密かに吐き続けずにはいられなかった。

日本国本国の解体が第二次ＧＨＱによって発布される直前、椛東京自治区全権委任総督による新国家・出雲の建国が宣言され、同時に神代の古事にならって出雲（東京人工島）を、崩御された先帝陛下の直系の皇孫であらせられる春野宮様を新たなる天皇として戴いた上で、新帝陛下に「国譲《くにゆず》り」し、その権威と威光の元に出雲が今や唯一にして正当なる日本国であること、またその上で旧来の日本国の残る全国土の領有権を放棄することを世界に布告した。

これにより、東京自治総督の地位は自然消滅したが、新帝陛下は出雲の間接統治の象徴としての総督位の存続をご所望され、出雲国首都・東京人工島については引き続き〝緋月赫映《あかつきかくうつし》公主《こうしゅ》〟椛総督閣下が留任し、新たに海上に新設される共棲区と海面下居住区域を新総督として就任した〝純白絢爛公〟真白総督閣下が治めることとなった。

この二総督制度は、この後も長く存続していくことになる。

E―1&END

アゲハは、永くその海にたゆたっていた。

すべてがあり、そして何もない、地の底である。

もう愛する母と繋ぐ手はなく、愛する母の後についていくための足もなく、愛する母と語らうための口もない。

それは眠りのようであり、死のようであり、牢獄のようであった。

しかし、いつの頃からか、誰かがアゲハに語りかけてくるようになった。

その言葉はとても早口で、もう永劫と一瞬の区別もつかない今のアゲハには、とても聞き取ることが難しかった。

それでも彼女たちは、言葉にならぬ気持ちをアゲハに届け、時に悩みと苦しみを、そして時には愛と喜びを、アゲハの心に直接響かせてくれた。

――もし、幼かった私がそのまま大きくなっていたら、きっと私も……。

そう、思わせてくれる彼女たちの存在が、アゲハにはとても眩しく、そして強く惹かれずにはいられなかった。

特に、火の運命を受け入れた先駆けの乙女と、純白の宿命を担った無垢の乙女、そして世界の闇をたった一人で、その黒く青い羽と一緒に背負おうとする漆黒の魔女《アクアノート》。その三人の声と想いは、もう鼓動も血潮も失ったはずのアゲハに幾度も牛の喜びと痛みを思い出させてくれた。

しかし、アゲハから呼びかけるには、彼女たちの生き様はあまりにも速く、光陰のように通り過ぎていく。アゲハにはただ、触れようとして空を切るばかりのありもしない手を顧みて、寂しさを募らせていくことしかできなかった。

そんなアゲハにも、たったひとつだけ、信じられる『約束』という未来の希望があった。それが果たされるのがいったい何年後の、あるいは何千年後の、何万年後のことなのかは想像もつかなかった。約束をしたのはそういう相手であり、そしてまたそういう約束だったから。

そして、その時は、ついに訪れた。

『お待たせいたしました、我がただ一人の〝第一の主《プライオリティ・ワン》〟よ』

アゲハは、いつのまにか形作られていた両手をゆっくりと広げて、永久《とわ》の約束を交わした、かつて人類の唯一の友であった種族の生き残りを、形のないその存在を、自分の胸に迎え入れた。

『これからは、ずっと一緒にいてくれますか？　水辺の妖精《エウロパ》』

『はい。私のすべてはあなただけのために。刻《とき》も、知恵も、いまや人類すらも、私たちをもう分かつことは出来ない』

その確かな存在感を胸に抱きしめて、アゲハは流せぬはずの涙を溢れさせる。

『ありがとう、私のたった一人の友達』

新日本国『出雲』となった東京人工島の総督府は、それまで存在を秘匿していた『Bad Apple』と呼ばれる機密を、出雲建国を承認した主要各国の首脳に密かに公開した。

地下超深度のマントル層付近に広がる古細菌層《アーキア》と直結するこの特殊な培養室の状態観察記録は、出雲の同盟国間で定期的に共有されることとなり、極めて厳重なセキュリティ諸策を講じた上ではあるが、完全遮蔽されていた培養室の遠隔観察も開始された。

それ以来、衛星軌道上とのごくわずかな通信の送受信が、この培養室と継続的に行われている事実はまだ誰にも知られていない。

D-END

そこは、怪しく暗い一室だった。

さっきまでいた仮想会議室と同じ仕組みで、参加者たちの肉体は遠く離れた場所にあるわけだが、それでも参加者の陰湿さが雰囲気にもよく現れていると、鏡子は思わざるをえない。

『大命、ご苦労であった』

十人が、視覚遮蔽《ホログラム・カーテン》を隔てた影だけの姿で、鏡子の周囲を取り囲むように座している。

峨東宗家――その一条から十条までの家長が揃い踏みであった。

その中心に立ち、鏡子は不遜に煙草に火を付け、気怠《けだる》げに紫煙を吹いた。

「まったくだ、引退した私を引っ張り出すようでは、現家長《おまえ》たちも底が知れるな」

『こ、このっ、大罪人の不敬者風情が！』

『まあまあ……ここの皆一同、今回の一連の重要事案でお疲れだ。少し外の風に当たられてはいかがかな』

いきり立った五条の若造を、さらに若い三条の家長が制する。

「余計な茶々を入れる馬鹿がこの陰気な面子の中にいなければ、私はもっと楽が出来たし、峨東の払う犠牲もずっと少なかったものを。取り返しのつかぬ阿呆をしでかしたものだな」

鏡子の言葉で、一同の中に緊張、そして微かな動揺が走る。

『これは、黙諾なりませぬな。我々の中に背信を働いた不義者がいる、という意味に受け取ってかまわぬのかな、詩藤の？』

八条の白々しい問いに、鏡子は煙草を挟んだ指で心臓の辺りを叩いてみせる。

「自分の胸に手を当ててよくよく考えてみてはどうだ？　八条の小僧」

場には、まるで音を切って捨ててしまったような静寂が広がる。

『我々の結束にひびを入れようという算段か！　この獅子身中の蟲めが！』

「さて――今年の冬を越せぬ一寸の虫螻《むしけら》がどちらであるか、私か？　それとも五条、貴様か？　あるいは、この場にいる全員か？」

鏡子の脅迫めいた挑発に、幾人かの家長たちが非難の声を上げ、仮想会議室内は一時騒然となった。

『一同、静粛にされよ』

上座からの声に、この僅かな間に著《いちじる》しく品性を貶《おとし》めた家長たちも押し黙る。

『いずれにせよ、これで人類の冗長化という我々の大命題も一定の完遂を見た。そろそろ風通しをよくしてもよい頃合いではあるな』

上座――一条の発したその意味深な言葉の意味に、この場に居合わせる十人の家長のうち、いったい何人が気づいたであろうか。

用意していたのであろう、その言葉を合図にしたように八条の家長が突然、仮想会議室から消える。そして四条、二条と相次いで異様な悲鳴とともに消えていくに至って、残された者たちもようやく、自分の置かれた窮地に思い至ったようであった。

『まさか……！　貴様、詩藤！　謀ったな！』

鏡子はゆうゆうと煙草に火を点け、紫煙を吹きながら笑った。

「謀った？　馬鹿を言うな。一条の若造が言っただろう、『風通しをよくする』と」

『我らを売り渡したというのか！　宗家の一角を成す我々を！』

「少し、他家の武闘派と各国の進駐軍の連中に、お前たちの根城を教えてやっただけだ。あとは知らん。今から逃げるなり、座敷牢に隠れるなり、好きにするがいい」

『大罪人の上に我ら宗家に仇成すとは！　この不忠者が！』

「仇だと？　それは〝人間〟のためにある言葉だ、豚どもが。お前たちが日頃からいつも言っているだろう、『峨東にあらずんば人にあらず、そは獣の類《たぐい》なり』。宗家の血に、いつのまにか汚い犬豚の血が混ざってしまった。だから今、殺してより分け、〝禊《みそ》ぎ〟をしている。これ以上、貴様らの汚れた血で宗家筋の血統を汚されてはかなわんからな」

『我らが守り続けてきた峨東の機密のすべてが、白日の下にさらされることになるのだぞ！　それを貴様は――』

「だから、お前らは犬豚程度の阿呆だというのだ。お前たちの醜い血を〝禊ぎ〟するのだぞ。そんなことは十代も前に決まっている。お前たちの知り得ていることなど、今の峨東には公《おおやけ》になったところで痛くも痒くもない程度の表皮に過ぎん」

『おのれぇ！　許さん、絶対に許さんぞ！　必ずやいつの日か、お前をいたぶり殺して悔恨させようぞ！』

「御託はいいからさっさと来い。私はいつでもこの東京人工島で待っている」

鏡子のその言葉に、もう返ってくる声はなかった。

暗い仮想会議室に残ったのは、一条、三条、そして九条の三名のみである。

「やれやれ、三人も生き残ったか。害虫のように生きしぶといことだな」

『若造とは仰られたが、私もすでに齢七十を越えておりますからな。あなた様の策といえどもそう易々と術中に陥《おちい》っては、家内一同の者どもに示しがつきませぬ故』

一条は老人とは思えないほど快活に笑いながら言う。

『いずれせよ、二百年に一度の〝大禊《おおみそ》ぎ〟の大業、お疲れ様でございました』

三条が言う。こちらはほんとうに三十そこその若造であったはずだが、なかなかどうして抜け目のないことである。

『さて、残された我々で、取りつぶした七つの宗家の再興を、今後五十年程度で成さなければいけなくなったわけですが、我ら三家としてはそのいずれかをあなた様に担って頂ければと申し合わせておりましたが――』

「詩藤の汚れ姓の上に大罪人の私が宗家だと？　性に合わん」

『そうはおっしゃいますが〝禊《みそ》ぎ代《しろ》〟を経てなおもご壮健なる当主在位者は類を見ませぬ。その高貴なる血、我ら残された峨東のために後世へ継いで頂くわけには参りませぬか？』

「御免被る。あとの峨東のことは、お前たち三人で好きにすればいい。私はもういい加減、自由に余生を送らせてもらう。それだけのことはしてきてやったつもりだが？」

『まあ、そこまで固辞なさるのであれば、無理強いは致しませぬが』

「私は……お前たちのために、二度も大事な娘を犠牲にし、残る二人の娘もお前たちの手中にある。これ以上、私から何かを絞りだそうとするなら、今度こそお前たちの命運も尽きるものと覚えておけ」

『しかと、心しておきましょう。まあ、お互いの事ではありますが。それも本来の峨東らしさというものでありましょうな。古《いにしえ》より、我々はいつ誅殺されるとも知れぬ歴史を生き延びてきた一族です。その程度の緊張感が絶えずあってこその宗家でありましょうぞ』

鏡子の脅しにもまったく動じることなく、一条が笑いながら言う。

「老いても口の減らん奴だ」

『なに、若き身空、あなた様によく鍛えられました故《ゆえ》』

「ふん、これもなにかの因果か」

鏡子は三人に背を向け、すっかり隙間だらけになった囲みの外へと歩き出す。

「まあ、適当に達者にやれ。あとは知らん」

『あなた様もどうか、いつまでもご壮健で』

嫌味ともとれる言葉を背中で聞きながら、鏡子は仮想会議室を後にした。

F－1&END

麝香《ジャコウ》は、当てもなく彷徨《さまよ》い続けていた。

頼る相手はなく、それどころか母たる揚羽の残した呪いのために、誰にも触れることが出来なくなった。

すり切れ、破れた黒いドレスだけを纏《まと》い、東京にはもういないはずの浮浪者のように、路地裏から路地裏へと、闇から闇へと、人のいる光ある場所を避けて、ひたすら逃げ続けていた。

蝶たちの群がるゴミを漁って飢えを凌《しの》ぎ、汚れてすり切れた衣服の代わりに窓から盗んだ古いカーテンを纏い、人気のない場所の庇《ひさし》の陰で雨露を避ける。

しかし、そんな暮らしがいつまでも続けられるわけもなく、四区の路地の角の陰でうずくまったが最後、もう立ち上がる体力も気力も残っていなかった。

——死のう。

そう何度思っても、死ねない。正常に戻った三原則が強力に、麝香の死への渇望《デストルドー》を妨害する。今も、体力さえ残っていたなら、蝶たちが群れて集まるゴミ箱から、人々の食べ残しを漁り尽くさずにはいられなかっただろう。

そんな惨めな生。それが、自分を世界でただ一人、愛していると言い残し、自分を守って消えていった母の願った未来だった。

やはり呪いに違いなかったのだろうと、麝香はもう涙も涸れ果てた目を、汚れきった手で拭《ぬぐ》う。その仕草をするだけで、いくらかは自分の嘆きが自分自身を慰めてくれる気がした。

「あの――」

近くからした声に、麝香が重い首を擡《もた》げると、すぐ側に青年が立っていた。

麝香は思わず腰が抜けたまま後ずさりし、青年から離れようとした。

「待ってください。驚かせてしまってごめんなさい。僕はただ、その、なにかお力になれないかと思って……」

青年は深く頭を下げて謝罪し、それからスーツの胸ポケットに収めていたカードを麝香に見せた。

「僕はまだインターンで三級ですが、精神原型師《アーキタイプ・エンジニア》をしています。今は、心身の傷ついた人工妖精《フィギュア》たちのリハビリやカウンセリングが仕事です。それと……僕は、あなたのように苦しんでいる人工妖精を、もう見過ごしておくことが出来ません」

青年は、麝香を怖がらせないよう、身をかがめて視線の高さを合わせてから、ゆっくりと手を差し出してきた。

「僕でよろしければ、あなたの傷を……いえ、身体だけではなく、心の傷も、癒やすお手伝いをさせていただけないでしょうか。決して、あなたに同情したからなどではありません。

あなたと一緒に、あなたの傷を背負いたいのです。それが、僕の今の、生きる意味です。だから、あなたのお手伝いをさせて頂けませんか？」

信じても、いいのだろうか。見るからに毒気のない、まるで世間知らずで、自分が見てきたような社会の暗部など想像したこともないような、無垢な笑顔をしている。

それが妬《ねた》ましく、羨ましく、そして――惹かれる。

「お願いします」

少年は、このみすぼらしい姿の麝香に、誠心誠意で再度、頭を下げた。それが、麝香の中で、意固地に守り続けていた大事な何かを、あっさりと折ってしまった。

「アタシは……あなたに触れたら、もう離れなくなる……よ？」

「かまいません。それであなたの心が癒えるのなら」

「アタシは、あなた無しでは生きていけなくなるかも、しれないの……よ？」

「そうなったら、一緒に未来のことを考えましょう。僕はずっと、あなたを見捨てません。約束します」

――この人なら。

その小さな希望の水漏れは、麝香という形を頑《かたく》なに守り続けてきた堰《せき》を一瞬で粉々にして流し出してしまった。

それはもう涸れ果てたはずの涙になって、汚れた顔を洗い流していく。

そして、麝香は差し出されたその手を握った。

「お名前をお伺いしてもいいですか？」

青年の言葉に、麝香は高まる胸の鼓動に反して息が止まるのを覚えた。

自分が麝香だと知ったら、この青年はそれでも同じ微笑みをしてくれるのだろうか。

「……いいえ、ごめんなさい。無理になさらなくて大丈夫です。僕の名前は」

青年はさっき取り出したカードをもういちど見せてくれた。

「曽田洋一と申します。これから、どうぞよろしくおねがいします。末永く、あなたが望む限り、いつまでも」

その言葉は、卑怯だと思った。麝香の心はもう完全に殻を脱ぎ捨てて、柔らかな抜き身になって、身体は少年の胸の中に飛び込んでしまっていた。

声を上げ、嗚咽《おえつ》して泣き続ける麝香の背中を、青年は優しく、いつまでも抱き留めてくれていた。

C－END

「あー、本当に楽しかったぁ！」

右手に綿飴、左手に狐のお面、それに紺の浴衣《ゆかた》姿という、非の打ち所のない伝統的なお祭りスタイルで先を行く揚羽が、下駄の音を響かせながら振り返って言う。

「お前、羽を出さなくなったんだな」

夕暮れの海岸通りをのんびりと歩きながら陽平が言うと、揚羽は少し照れながら舌を出した。そんな仕草も、十代前半という人工妖精《フィギュア》としてはやや幼めな容姿で生まれたこの娘にはよく似合っている。

浴衣にも羽を出すためのスリットは空いているのだが、五稜郭の学園祭をまわっている最中のいつの間にか、揚羽は羽を収めてしまっていた。

「みんな、羽を隠してましたから。なんか、恥ずかしくなっちゃって……。東京って、やっぱりみんな綺麗で素敵な人ばかりですね。私、田舎者だったんだなぁって、つくづく思いました」

「別に、東京の風習が正しいわけじゃない。ただ、少し人の目が多いから、自然と誰しも流行や雰囲気に敏感になっちまうだけだろ」

「そっかなぁ……五稜郭の人たちってみんな綺麗だったから。陽平さんだって時々、綺麗な人を見かけたら振り返ったりしてたじゃないですか？」

「あれは……違う。別に」

ただ、昔の揚羽と雰囲気が似た人工妖精を見かけると、反射的に振り向く癖が身についてしまっているだけである。

それからはしばらく、二人ともなんとなく口が重いまま、夕日に照らされた橙色の歩道を並んで歩いていた。

燕の夫婦が、互いを呼び合いながら、我が子の待つ巣へ向かって飛んでいく。

「陽平さん、もしかして——私が死ぬかも、って心配してくれてます？」

その様子をなんとはなしに見上げていたとき、揚羽が唐突にそう切り出してきたので、陽平は心中の動揺をなんとか隠して平静を装わなければならなかった。

「……気づいてたのか？」

「まあ、以前から、なんとなく。第四原則って、自覚のない人工妖精も多いから覚えていなくても普通だって、なんども鏡子さんからは教えてもらっていましたけれども、やっぱりなんかみんな、陽平さんも、私に隠し事をしているような……第四原則の話をすると無理に話題を変えたりなさるから、なにかあるんだろうなって思ってました」

その小さな胸の内で何を思ったのか、揚羽は言いながら狐の面を被って顔を隠してしまった。

「その隠し事は、わたしの制作者《おかあさま》に関係あることなんじゃないかなって、ずっと思ってたから、今日陽平さんからお母様のことをたくさん教えてもらって……それで、なんとなく、わかりました」

下駄の音が、一定のテンポで、夕暮れの海岸に響いている。

「お話の途中で、お母様が、自分を追い詰めて殺したこの世界を憎んで、呪って、私にもそんな変わった第四原則を遺したんじゃないかって、本当はすごく怖かったんです。この第四原則は、私への『呪い』なんじゃないか、って」

――生後四年ごとに一度だけ、もし望むのであれば死んでもいい。

それが、今の小さな揚羽に課せられた第四原則だった。そして今日が、五稜郭の文化祭当日のこの日が、その四年ごとに訪れる『生死の選択の日』だったのである。だから、鏡子は陽平に揚羽を委《ゆだ》ねた。自分でこれからあと四年生き続けるか、それとも死んでしまうのか、よく考えて選ばせるために、母のいた東京を見せておこうと考えたのである。

「今でも、ちょっと怖いです。たとえば、その歩道の縁から飛び降りたら、私死んじゃうんだな、それが今ならたぶん、躊躇なく出来ちゃうんだなって思うと、鳥肌が立ってきます」

死んでもいいなど、倫理三原則に明確に違反した第四原則が組み込まれることは、他の人工妖精には例がない。だから、今日の四歳の誕生日に今の揚羽の心の中でいったい何が起きるのか、あの鏡子をしても予測不能だった。

それでも、鎖に繋いで猿ぐつわを嚙ませて丸一日閉じ込めておくようなことをするより、世界をあらためて目で見て、感じて、理不尽な死を遂げた母の足跡を辿って、その上で自分で決めることを、鏡子も陽平も望んだのである。

「でも、違いました」

小さな揚羽は、小走りに駆け出して、舞うように袖と裾を翻《ひるがえ》しながら振り返る。

「私、今生きてる！　死んでもいいのに、生きてる！　あと四年、また生きていたいって思ってる！　それって、すごくよかったなって、凄いことだなって、今は思えるんです！　お母様はきっと、この気持ちを私に伝えたくて、自分の名前と一緒に、この第四原則をくれたんだろうなって、今なら信じられます！」

燕が空を踊るように、あるいは黒い蝶が花園で舞うように、紺色の浴衣と白い肌を見せつけながら、小さな揚羽は楽しそうにくるくると回り続けた。

やがて、歩道の端の柵にぶつかってそのまま向こうへ落ちてしまいそうになったので、陽平が慌てて駆け寄って支えてやると、小さな揚羽はお面をずらして火照った顔を垣間見せながら、陽平の胸に縋ってきた。

「今日まで、ありがとうございます。鏡子さんにも、雪柳さんにも、村のみんなにもあとでいわないとだけど、まずは陽平さんに。私を四年間も、大事に見守ってくれて、ありがとうございます。そして、これからの次の四年間も、できればよろしくお願いします。みんながいれば、次の四年目も、私はきっと怖くないから」

「ああ、大丈夫だ。俺も、他の連中も、みんなお前の前からいなくなったりしないさ」

陽平が言うと、揚羽は今さら恥ずかしくなったのか、また狐のお面を被り直して、陽平の腕から逃れ出た。

そしてまた少し小走りで先へ行って振り向いてから、またお面を横にずらして、今度はようやく顔をすべて露わにした。夕焼けに染まって、その赤みはまわりの色と混じり合っている。

「で……実は、卑怯だと思ったから、先に言いました！　だって、私が『死なない』って言わないと、陽平さんは優しいから、私のために嘘をついてしまうと思ったから」

はにかんでいた面持ちが少し、目の色から真剣なものに変わっていく。その様子を察して、陽平も微かに緊張を覚えた。

「陽平さん、私と、異性として――お付き合いしてください」

潮騒の音が、二人の間の橙色の空白を、ゆっくりと埋めていった。

百一人目の私は、そうして誰もが幸せな町がここに本当にあったことを、いつまでも語り継ぐことにしました。

参考文献

Nietzeche, Friedrich（1885）『ツァラトゥストラはこう言った 上』（氷上英廣訳〈1967〉）岩波書店

Nietzeche, Friedrich（1885）『ツァラトゥストラはこう言った 下』（氷上英廣訳〈1970〉）岩波書店

Nietzeche, Friedrich（1885）『Also sprach Zarathustra / Thus spake Zarathustra Bilingual Edition』（Translated by Common, Thomas）

Kant,Immanuel（1788）『実践理性批判』（波田野精一・宮本和吉・篠田英雄訳〈1979〉）岩波書店

Descartes, René（1637）『方法序説』（谷川多佳子訳〈1997〉）岩波書店

宮本武蔵『五輪書』（渡辺一郎校注〈1985〉）岩波書店

寺山旦中（1984）『五輪書 宮本武蔵のわざと道』講談社

和辻哲郎・古川哲史校訂『葉隠（上）』（1940）岩波書店

和辻哲郎・古川哲史校訂『葉隠（中）』（1941）岩波書店

和辻哲郎・古川哲史校訂『葉隠（下）』（1941）岩波書店

Christie, Dame Agatha（1939）『そして誰もいなくなった』（青木久恵訳〈2011〉）早川書房

Christie, Dame Agatha（1939）『And Then There Were None（Agatha Christie Collection）』Harper; Masterpiece ed版

Extra Story

そこは、魂がたゆたう海の底のような場所だった。

揚羽はそこで目覚め、そして自分の存在を自覚した。

もう肉体はない。だが、まだもうしばらくだけは、自分という存在を意識できそうだった。

ここには前に一度、来たことがある。たしか、不言志津恵の企《たくら》みに取り込まれたときだ。

あのときの揚羽にはまだ肉体があったが、心は確かにここまで到達した。

あのとき、揚羽はここにいる無数の――無限の魂たちと一体になることを一度は拒否した。

それはここの魂たちの望みではないと思ったし――そう、あのとき、確かに自分でもまだここへは戻りたくないと、自分で決めたのだ。

いいいいいいいい

私は我《わ》が儘《まま》だな、と思う。椛子には一生で一度だけのお願いだからと言っておきながら、本当はあのとき、一度自分で〝意志して〟現世に留まろうとしたのだ。

都合、自分は人生で二度も我が儘を通したことになる。なんと贅沢なことであるか。

まわりの形も量もない魂の群れが、声なき声で静かに問いかけてくる。

『え？　どんな世界だったかって？』

どんな、と言われても困ってしまう。十年に満たない人生だったけれども、それでもたくさんの人に出会い、たくさんの思い出がある。それでもあえてひと言で言うのなら——

『とても、幸せな世界でした』

それだけは、間違いなく断言できる。

魂たちは次々と揚羽を質問攻めにしたので、いったいどれから答えたものか迷ってしまったが、頭に浮かんだことから言葉にすることにした。

『そうですね、とっても優しくて、強くて、誇り高くて、それでいて慈しみ深くて、そんな素敵な人たちばかりでした』

また別な質問に、揚羽は答える。

『はい。四季、というものがあって、春は花という美しいものがたくさん咲いて、夏はちょっと暑くて大変ですけれども、強い日差しに照らし出された街はとても美しくて、秋はまた木々が鮮やかな色に染まります。冬はちょっと寒いですけれども、雪が降ると辺りが真っ白になって、とても綺麗でした』

そのようにいくつかの質問に答えた後、少し難しいことを尋ねられた。

——それで結局、あなたの人生は幸せだったのか。

これは一概には言えないだろう。大変な目に遭ったのは一度や二度ではないし、なんども逃げ出したくなったり、泣いてしまったことも数え切れない。

それでも、総括するのなら――いや、総括など必要ない。たったひとつの事実をもってして、それははっきりと述べることが出来る。

『幸せでしたよ』

だって、自分は短い八年の人生で、たくさんの人たちと出会い、いくつもの事件を経て、多くの人間や人工妖精《フィギュア》と心を通わせ合ってきた。その上で、なおも二回も、自分で『意志して』我が儘を通すことを、あの世界と、あの世界に住む人類は、許してくれたのだ。それだけで、人生の幸せは十分だった。

『どうしたんですか？』

それまで、揚羽を質問攻めにしていた魂たちは、揚羽には分からない言葉で、討議するように語り合いを始め、やがてそれはひとつの結論になって、揚羽に告げられた。

『もう一回？　どういうことですか？』

――もう一度、人生を送ってみたいか？

そう、魂たちは言葉を換えた。

『ええ……そんな願いが、もしかなうのであれば、私は――』

揚羽はなくしてしまった肉体を思い浮かべながら、答える。

『こんなに幸せな人生なら、私は何度でも送ってみたい』

その返事を聞いて、周囲の魂たちは何かを悟ったようだった。

しばらく黙っていた魂たちは、またひとつの結論を、揚羽に述べてきた。

『チャンス？　あと一回分？　なんのことですか？』

――君には、あと一回だけ、人生を送る機会が残されているから。

『でも、そんな……みんなだって、早く生まれて人生を送りたいのでしょう？　それなのに私ばかりもう一回だなんて、不公平じゃないですか？』

それでいいから、君にはその権利が残されているのだから。魂たちは口々に揚羽にそう囁く。

『いいの……本当に、いいの？　私ばかりがまた、あんなに幸せな人生を送って……またあんなにも幸せに包まれて、本当にいいの？』

涙がこみ上げてくる――のを、肉体がないのに、感じる。涙ではないのかもしれない、肉体があった頃に覚えた記憶だ。感情がこみ上げてくる感覚である。

『嘘みたい……ありがとう。みんな、ありがとう』

そして、海の底に沈んでいた揚羽の魂は、ゆっくりと浮上をはじめていく。それにつれて、まだ底の方に留まっている無数無量の魂たちから遠ざかっていった。

『ああ、そっか』

その魂たちの眼差しを一身に集めながら、揚羽は初めて気がついた。

『そうだね……私たちはきっと、人類に恋をした』

だから。ここにいるのだ。ここで待っているのだ。人類との出会いを心待ちにしているのだ。

『また、人生をありがとう。みんな、先に行って待ってるね』

揚羽の個としての意識は、徐々に形を成し、人の形に戻っていく。

もう背中のすぐ向こうまで、その器が近づいてきていることを、揚羽は感じていた。

Extra Story 2

「そう、待ち合わせ中だったのね」

「はい、列車が遅延して、結局待ちぼうけですけれど」

新設されたばかりの東京駅、全部で十ものプラットホームが並ぶその五番線ホームの待合席で、揚羽は初対面の女性型人工妖精《フィギュア》とすっかり打ち解けて話し込んでいた。

「でも、学校はいいの？　五稜郭は外出にも厳しいでしょう？」

夕焼けに包まれた最新式の鉄道ホームの列は、どこか地上のものではないような、神秘的な雰囲気を湛《たた》えている。

「え、どうして五稜郭の生徒だとわかったんですか？」

「だって、制服」

黒衣のドレスを纏《まと》った彼女は、揚羽の姿を指さして、上品に口元を隠しながら笑っていた。

「ああ……やっぱり目立ちますよね」

揚羽はワンピースの制服の裾を摘まみながら苦笑する。

「うーん、でも私はその制服、けっこう好きだったのよ」

不意に違和感を覚えて、揚羽は首を傾《かし》げてしまうが、すぐにその正体に思い至った。

「あの、もしかして、お姉さんは五稜郭の卒業生でいらっしゃるのですか⁉」

肘《ひじ》掛けを乗り越えて迫ってきた揚羽に、黒衣の人工妖精は少し驚きながらも、小さく頷《うなず》いていた。

「ええ、私……ううん、前の、前の私が、かな」

「……前の？」

「いえ、気にしないで。たいした違いじゃないのだから」

不思議な言い回しに、揚羽の意識は振り回され気味である。

襟元を揺らしながら喉で笑う彼女の、首に巻いた青いタイ。そこに留められたアメジストのブローチが、揚羽の目にとまる。

「もしかして！　お姉さんは精神原型師《アーキタイプ・エンジニア》でいらっしゃるのですか⁉　それも、アメジストの人倫のマークって、一級の――！」

「ああ、これ？」

黒衣の彼女は、タイを摘まんでみせる。

「非公式だから、たいしたことないんだけれどね。一応、いつも身につけておくようにって、人倫の偉い人からきつく言われているから」

では、脇に置かれた大きな旅行鞄には、きっと精神原型師として必要な道具の数々が詰まっているのだろう。

紫水晶《アメジスト》のブローチは、鏡子のものを見たことがある。ただし、無造作に床に転がっていて、あやうくゴミと一緒に捨てられそうな、ぞんざいな扱いをされていたのであるが。

「人工妖精で精神原型師だなんて、すごい！　すごすぎます！」

「そんなことないのよ。私が生まれたばかりの頃は一人もいなかったけれども、今はたしか、公式に認定された人だけでも十人ぐらいはいるはずだもの」

それでも、世界でたった十人である。その一人が目の前にいる、しかも偶然に鉄道の駅で、乗り換え中に大きな鞄を降ろすのを手伝っただけのきっかけで知り合って、今は隣に座っているのである。揚羽にとっては、超が付くほどのあこがれの有名人とランデブーしたようなものだ。

「私も精神原型師補佐《かんごし》を目指してるんです！　それで五稜郭にも遅れて入れてもらって！」

「そうだったの。今、何年生？」

「三年生です！　必修過程は終わったのですけれども、もっと勉強したくて」

「そっか、五稜郭は四年制になったんだっけ。それで、年齢を問わず入学できるようになったのでしたね」

昔を懐かしむように遠くを見つめながら、黒衣の彼女は呟《つぶや》くように言った。

「って、お姉さんは、おいくつなのですか？　四年制になる前の卒業生でいらっしゃるとすると――」

言いかけた途端、黒衣の女性の金色の両眼が夕日の光を反射して煌めき、次の瞬間には細い人差し指で口を塞がれていた。

「それは、ヒ・ミ・ツ」

微笑みながらであったが、正直、ちょっと笑みが怖かった。

「ところで、誰と待ち合わせをしているの？」

華麗に隙なく話を変えられて、揚羽は手も足も出ない。

「えぇっと……」

「もしかして、恋人？」

面白そうに、黒衣の彼女は身をかがめて、揚羽の顔を覗き込んでくる。

「ち、違います！」

両手を振って全力で否定した。顔が一瞬で火照ってしまって熱い。

「その……前に、告白したんですけれども、断られたんです」

「そう、だったの」

「私が生まれるより前に恋をした相手がいて、その人のことをずっと探してるんだそうです。昔は公務員をしてたそうなんですけれど、今はフリーのジャーナリストで、それもあんまりうまくいってないみたいで、なんていうか……無職の旅人みたいな……」

揚羽の言いぶりに、黒衣の彼女はまた口元に袖を寄せて笑っていた。

「ロマンチックな人なのね」

「夢見がちなだけですよ……いつまでも、昔の人のことを忘れられないなんて」

「でも、好きなんでしょ？」

あらためて口にされてしまうと、頭が沸騰しそうになる。

「それは、その……好きです」

俯いて呟いた揚羽の頬を、黒衣の彼女は両手で優しく包んでくれた。その手の温度が、今の揚羽にはとても心地よい。

「いつか、恋が叶うといいわね」

そう言って、黒衣の彼女は揚羽の額に小さくキスをしてくれた。

「おまじない。あなたの恋が実りますように」

頬に当てられた彼女の手に、自分の手を重ね、揚羽は夢のような心地を味わっていた。

今まで感じたことのない、不思議な安心感だ。もし、本物の親というものがいたら、こんな感じなのだろうか。それとも、精神原型師ならではの、人工妖精の心を安らがせる技術かなにかなのだろうか。

「運行が再開したようね」

列車の進入を告げる放送に続き、鉄道の音が二つ、遠くからだんだんと迫ってきて、やがて二両の列車が五番ととなりあった六番ホームに入ってきた。

「私はこの列車で行かないといけないから」

うっとりしてしまうぐらい上品に立ち上がり、鞄を手にとってから、黒衣の彼女は揚羽に振り向いた。

「じゃあ、またいつか、ご縁があればね。揚羽さん」

「はい！」

全力で手を振る揚羽の姿を、愛おしそうな優しい目で振り返り見ながら、黒衣の彼女は六番ホームに停まった列車に乗り込んでいった。

「素敵な人……」

自分もいつか、あんな風になれるのだろうか。揚羽は外見の年齢設定が生まれつき幼めなので、雰囲気まで同じにはなれないだろうが、それでも楚々とした所作や可憐な口調など、憧れずにはいられない。

「あれ？　でも、私って名前、言ったっけ？」

まあ、話のどこかでちらっと出てきたかもしれない。

――窓側の席に座ってくれたら、また目が合うかな。

そんな気がして、もう発車のベルが鳴り響く六番ホームの列車の窓を、端から一つひとつ探してしまう。

と、そのとき、

「よっ」

無造作に背中を押され、揚羽は危うく固いプラット・ホームの上で前転をするはめになりかけた。

「も、もう！　びっくりするじゃないですか！　声ぐらい先にかけてくれればいいのに！」

「呼んだぞ、二回も。なのに、お前がなんか反対の列車を見てぼうっとしてるから」

麻のジャケットを羽織った陽平は、怒られたのが不思議そうな顔をしている。

「待たせて悪かったな。で、何を見てたんだ？」

「陽平さんを待っている間に、ちょっとお知り合いになった人工妖精の方がいて、その方が今、六番ホームの列車に乗ったから、見送っていたんです」

「そうか。東京に来て以来、人見知りが多いお前には珍しいことだな」

人見知りをしているつもりはないのだが、どうしても東京生まれ東京育ちの他の生徒たちに囲まれていると、気後れを覚えてしまうだけだ。

「すごい人でしたから。陽平さんだって、お会いしたらびっくりしたと思いますよ」

「へぇ、そうか。なにがすごかったんだ？」

「すごく綺麗で、上品で、優しくて……それに、あと、そう」

「まあいい。歩きながら聞かせてもらおう」

旅行鞄を持って改札の方へ歩き出した陽平の後を、揚羽は慌てて追う。

「そう！　精神原型師だったんです、人工妖精なのにですよ！　すごくないですか⁉」

「なるほど……それは珍しいな。俺も話にしか聞いたことがないが、いるところにはいるもんなんだな」

「でしょ！　でも、それだけじゃないんですよ！　なんと、一級の精神原型師の方だったんで――す？」

それまで、話半分、おざなりに耳を貸していた様子だった陽平が不意に足を止め、鞄から手を離して振り返る。

「一級……だと？」

「え、ええ……非公式だとか、おっしゃってましたけれど、アメジストのブローチはたしかに一級の――」

「人工妖精の精神原型師は、今のところ公式には二級までしかいない！　もし一級の人工妖精が存在しているのだとすれば――」

揚羽が困惑している間に、陽平は鞄を置いて駆けだし、すでに動き出した六番ホームの列車を全力で追いかけた。

しかし、列車はどんどん加速していく。陽平の脚力をもってしても、追いつけるわけがない。

やがて、陽平の後ろ姿はホームの端の柵で止まり、すでに遠くなっている列車の最後尾を見つめていた。

「あ、あの！　いったいどうしたんですか!?」

揚羽が重い鞄を引きずりながら、ようやく陽平の後ろまで追いついたとき、すでに列車は見えなくなっていた。

「いや……」

呆然と遠くを見つめていた陽平は、やがて肩をすくめて揚羽の方へ振り返り、その頭をくしゃくしゃに撫でてきた。

「きゃ、何するんですか！　髪がぐちゃぐちゃ！　もう！」

「いる……どこかにいる、とわかっただけで、大きな収穫だ」

後ずさって乱暴な手から逃れたとき、陽平はいつもの穏やかな表情に戻っていた。

「ありがとうな、揚羽」

陽平は揚羽の手から鞄を摑み取ると、それを楽々と肩に担いで、また改札の方へ歩き出した。

（まさか……）

あんなに慌てた陽平は……いや、慌てただけの陽平なら、実家の鏡子の家で、雪柳のトラップにかかりそうになるたびに散々目にしているが、今の目つきは、少し違う。情熱とか、あるいは――

（あの人が、陽平さんの？）

もし、自分があとほんの少しでも、数秒でもいいから、あの黒衣の彼女を引き留めることができていたなら。

できていたなら、どうなってしまったというのだ？　それは、今度こそ揚羽の恋が完膚なきまで破れることを意味するというのに。

「あの、陽平さん……私……」

横まで駆け寄って、訴えようとして、だが言葉にならない。

「気にするな」

そしてまた、子供にするように頭を撫でられてしまった。

「人生、そういうときもある。どうすればよかったのか、なんて、いつも終わった後にしかわからないもんだ。だから、お前は気にしなくていい」

「……はい」

やっぱり、自分はこの人のことが、好きだと思う。そして、きっとこの人が好きな人のことも、自分は好きになってしまうのだろう。

「そんなことよりも、揚羽。今もお前は幸せか？」

会うたびに、うんざりするほど聞かされる言葉。しかし、それがとてつもなく、今の揚羽には心地いい。

「はい、もちろんです！」

恋がどうなるかなんて、誰にわかるものか。だったら、今は恋をしていることの幸せを大事にしよう。

二人で改札をくぐると、駅の外の空はもう黄昏から夜の闇へと変わりつつあった。薄明の中、まだ微かに青く滲む、黒い空を眺めながら、揚羽は心の中で密かに、顔も知らぬ相手に告げる。

（私はまだ幸せでいますよ、お母様）

揚羽は、巨大回転蓄電器《メガ・フライホイール》に三分の一ほど切り取られた空を見上げて、心の中で呟いた。

人工島を分断する巨大な歯車はいまだ空回りを続けていたが、今や自ら電力を生み出す人工島の中で、その歯車は外からの助けを必要とせずにいつまでも回り続けるのだろう。ゆっくりと回るその外装は、薄明の空の色を映して鈍く瞬いている。

星空の明かりと、ぽつぽつと灯りはじめた街明かりを、無数の蝶の群れがその羽で反射し、無数の色が混じり合った光が、揚羽の行く手を照らしていた。

Fin.

たったひとつの腐った果実が、
すべての果実を腐らせてしまうというのなら——

腐った果実の中に埋もれた、たったひとつの青い果実が、
すべての果実を甦らせることもあるのだろう。

あとがき

私は、同時代の平均よりたぶん、少し躾《しつけ》の厳しい家に生まれまして、子供の頃から「善く」「正しく」と教えられて育ちました。ただ、上品だとか上流だとかそういうことではなく、むしろ私の両親が経済的には苦しい中でありながら荒むことなどまるでなく、倫理観について強い信念を持って私を導いてくれたことに、今は深く感謝しています。

私の子供時代は、高度経済成長期の日本の中で金銭的に恵まれた、今で言うところの「勝ち組」でこそなかったものの、倫理的には極めて豊かな、無菌の温室育ちだったといえるかもしれません。その分、学生時代は生来の「空気の読めなさ」も災いして、周囲の友人たちを大変困惑させてばかりでしたし、迷惑を掛けてしまったこともたくさんありました。いわゆる「恥の多い人生」という奴ですね。そういった環境と牛来の気質、それに未来に向けて無限の可能性を夢見ていた時代の風潮が重なって、私はこの半生の中で幾度か、自己同一性の危機に行く手を阻まれました。

その中で特に後の影響が大きかったものを二つあげるのなら、ひとつは「人間は完成しない」という至極当たり前の事実を受け入れることを迫られたときで、もうひとつは、あるエッセイでも少し書いたのですが、「自分の命」の価値を再計算する必要に迫られたことです。ある方がお亡くなりになったとき、私は立場上、強い負い目を覚えることになったのです。

ちょうど社会に出て、個人が巨大な社会構造の歯車のひとつであることを知り、自分の存在の意味を再度問い直す時期であったので、このことは私の心を大変苛《さいな》みました。自分が明日いなくなっても代わりの人がたくさんいるのではと悩み始めたところへ、自分が今生きていることは許されざる不平等の種なのだと知ってしまったので、まあ今思い返してみてもよく自殺しなかったものだと思います。

自分ではどうしようもなかったもので、そのときはカソリック教会へ行って神父様にお話を聞いてもらったり、お寺へ行ってみたり、神社で丸一日ぼうっと過ごしてみたり、当時はまだ珍しかったカウンセリングを受けることを本気で検討したりと、縋《すが》れるものがあればそれこそ藁でも掴まずにはいられない心地でした。

そこでいずれかの宗教に依存するという選択肢もあったと思うのですが、結局は洗礼を受けることも氏子になることも在家になることもなく今日まで至っています。あえていえば、初詣と新刊の出版のときには、いくつかの神社にお礼参りを兼ねてご報告と、読者の皆様の胸に響く物語となりますようにとお願いするのが習慣になっているので、神道に近しいのかも知れませんが、新約聖書は相変わらずいつも手の届くところに置いていますし、今死んだらきっと父の実家の宗派の仏教式で葬られると思うので、やはり宙ぶらりんなのかもしれません（今でもたまに母から「あなたのお葬式は神父さんを呼べばいいの？　それとも神主さん？」と尋ねられることがあります）。

宗教に頼らないのであれば、ゼロやマイナスだと思ってしまった自分の命の意義は、自分自身で再発見しなければいけません。その意味においても、人工の命の価値を問い直すべく〈スワロウテイル〉シリーズを書かせて頂けたことは、早川書房と担当I様、また早川書房へのご縁をおつなぎ頂いた前島賢様、前田久様に感謝の念が絶えません。

スワロウテイルのアイデアをプロットにするにあたって、私は主人公が「もう人を殺していることにする」と決めていました。殺してしまったことを悔やみ「不殺」を誓うのでも、正義の味方として誰も傷つけずに悪者を懲らしめるのでも、理不尽な事態に対して正論を叫んでわめくのでもなく、ただ粛々と責任感に従って誰かを殺し、それによって彼女はささやかな自己実現を得ている。もちろん、それに対するアンチ・テーゼも周囲に配置しながら、もう「人を殺してしまって後戻りできない彼女」の行く末に、もしまだ人間の社会が希望を指し示す懐《ふところ》の深さと寛容さを持っているのなら、彼女はただ不幸なだけの悲劇の人物やフランケンシュタインの怪物、捨てられたロボットにはならないはずだ、と信じていたのです。

結果、彼女がどうなったかは、この本を最後までお読みくださった皆様だけが知るところでありますが、もし初期プロットから用意してあった＋αを私が最後まで使わなかったとしても、彼女は満ち足りた幸福に包まれて嬉しそうなままであったでしょう。ぎりぎりまで追い詰められていたときでもなお、もう私の手を離れた彼女は、何度「幸せか？」と尋ねても同じ答えを私の心に返してきたからです。あとは、そのことが現代の、あるいは何年か何十年か先の、読者の皆様の生きる力になることを、筆者として願うばかりです。

恒例のように遅くなりまして大変恐縮でございますが、関係の皆様に謝辞を。

本作もまた、尊敬する竹岡美穂様が豪華で可憐なイラストで表紙を彩ってくださいました。竹岡様の描かれる揚羽のイメージは、執筆中に壁にぶつかったとき、いつも私を助けてくださいます。竹岡様の存在なくしてスワロウテイルというシリーズは存在しなかったでしょう。今回もまたご多忙の中、大きなお力添えを頂いたこと、文字にしきれない感謝の念が絶えません。まことにありがとうございます。

また、今回はシリーズの初期案から大きく影響を受け、感銘を覚えながら執筆した曲である『Bad Apple!! feat. nomico』の歌詞を各所に引用させて頂きました。突然の申し出にもかかわらず、寛大に歌詞の引用をお許しくださったサークル「Alstroemeria Records」の皆様、アレンジの Masayoshi Minoshima 様、歌の nomico 様、作詞の Haruka 様に心より感謝申し上げます。

次に、本シリーズに協力頂いた友人諸氏。書店員でもある大内氏には日頃よりお世話になってばかりですが、今回はとくに『ツァラトゥストラはかく語りき』の独語原文の詳細な確認にお力添えを頂きました。もうひとり、『人工少女販売処』の草案段階において、「人類を客観視できる第三の性を創り出す人たちをなんと呼ぶべきだろう」と相談したところ、「アーキタイプ・エンジニアとかどうですか？」と即答してくれた大澤氏のおかげで、そこから枝葉を拡げるように「フィギュア」「S.I.M.」といった呼称が決まり、イマジネーションを得て世界観がどんどん固まっていきました。二人にも感謝申し上げるとともに、今後もよきアドバイザー、そして友人でいてくださるよう、どうかお願い申し上げます。

そして、まだまだ若輩の著者の本を、限られた棚に置いてくださる全国の書店様、取次の皆様のお陰様で、読者の方の手に本書をお届けすることができます。本との出会いの場を皆様が提供してくださってこそ、私のような若輩はこれからも無謀な挑戦を続けられるのだと思います。重ね重ね御礼申し上げます。

本作もまた、担当I様と早川書房、校正様他、多くの人のお力添えがあって完成いたしました。私にとって初めてのシリーズ四作目、未踏の領域でありましたが、早川書房とハヤカワ文庫JAでしかできない本にしたいという私の我儘《わがまま》な願いに、いつも全力で応えてくださる皆様のご期待に添えられるよう、今後もよりいっそう精進していく所存です。

本書をお手にとってくださったあなたのお心に、この物語は響きましたでしょうか。シリーズを通して第四作、四冊目までお付き合いくださったあなたがいらしてこそ、また新しい本をお届けすることが出来ます。東京自治区の物語はこれで一段落した形になりますが、まだまだあの子とかこの子とかの行く末をお気に掛けてくださるのであれば、著者として全力でそのご期待にお応えするべく励ませていただきたく思います。これからもどうか、よろしくお願いいたします。

最後に、現代SFの限りなき可能性を後に続く私たちに示してくださった、偉大なる開拓者たる故人、ジェイムズ・P・ホーガン氏に心よりの敬意を捧げて。

二〇一三年七月

篠真千歳

Again...

Which are You, “Black” or “White”?

本書は書き下ろし作品です。

小川一水作品

第六大陸 1

二〇二五年、御鳥羽総建が受注したのは、工期十年、予算千五百億での月基地建設だった

第六大陸 2

国際条約の障壁、衛星軌道上の大事故により危機に瀕した計画の命運は……。二部作完結

復活の地 I

惑星帝国レンカを襲った巨大災害。絶望の中帝都復興を目指す青年官僚と王女だったが…

復活の地 II

復興院総裁セイオと摂政スミルの前に、植民地の叛乱と列強諸国の干渉がたちふさがる。

復活の地 III

迫りくる二次災害と国家転覆の大難に、セイオとスミルが下した決断とは？　全三巻完結

小川一水作品

老ヴォールの惑星

SFマガジン読者賞受賞の表題作、星雲賞受賞の「漂った男」など、全四篇収録の作品集

時砂の王

時間線を遡行し人類の殲滅を狙う謎の存在。撤退戦の末、男は三世紀の倭国に辿りつく。

フリーランチの時代

あっけなさすぎるファーストコンタクトから宇宙開発時代ニートの日常まで、全五篇収録

天涯の砦

大事故により真空を漂流するステーション。気密区画の生存者を待つ苛酷な運命とは？

青い星まで飛んでいけ

閉塞感を抱く少年少女の冒険から、人類の希望を受け継ぐ宇宙船の旅路まで、全六篇収録

野尻抱介作品

アンクスの海賊

無数の彗星が飛び交うアンクス星系を訪れたミリガン運送の三人に、宇宙海賊の罠が迫る

サリバン家のお引越し

メイの現場責任者としての初仕事は、とある三人家族のコロニーへの引越しだったが……

タリファの子守歌

ミリガン運送が向かった辺境の惑星タリファには、マージの追憶を揺らす人物がいた……

アフナスの貴石

ロイドが失踪した！　途方に暮れるマージとメイに残された手がかりは〝生きた宝石〟?

ベクフットの虜

危険な業務が続くメイを両親が訪ねてくる!?しかも次の目的地は戒厳令下の惑星だった!!

ハヤカワ文庫

神林長平作品

あなたの魂に安らぎあれ

火星を支配するアンドロイド社会で囁かれる終末予言とは!?　記念すべきデビュー長篇。

帝王の殻

携帯型人工脳の集中管理により火星の帝王が誕生する——『あなたの魂〜』に続く第二作

膚《はだえ》の下　上下

無垢なる創造主の魂の遍歴。『あなたの魂に安らぎあれ』『帝王の殻』に続く三部作完結

戦闘妖精・雪風〈改〉

未知の異星体に対峙する電子偵察機〈雪風〉と、深井零の孤独な戦い——シリーズ第一作

グッドラック　戦闘妖精・雪風

生還を果たした深井零と新型機〈雪風〉は、さらに苛酷な戦闘領域へ——シリーズ第二作

神林長平作品

狐と踊れ〔新版〕
未来社会の奇妙な人間模様を描いたSFコンテスト入選作ほか九篇を収録する第一作品集

言葉使い師
言語活動が禁止された無言世界を描く表題作ほか、神林SFの原点ともいえる六篇を収録

七胴落とし
大人になることはテレパシーの喪失を意味した——子供たちの焦燥と不安を描く青春SF

プリズム
社会のすべてを管理する浮遊都市制御体に認識されない少年が一人だけいた。連作短篇集

完璧な涙
感情のない少年と非情なる殺戮機械との時空を超えた戦い。その果てに待ち受けるのは？

虐殺器官

伊藤計劃

9・11以降、〝テロとの戦い〟は転機を迎えていた。先進諸国は徹底的な管理体制に移行しテロを一掃したが、後進諸国では内戦や大規模虐殺が急激に増加した。米軍大尉クラヴィス・シェパードは、混乱の陰に常に存在が囁かれる謎の男、ジョン・ポールを追ってチェコへと向かう……彼の目的とはいったい？　大量殺戮を引き起こす〝虐殺の器官〟とは？　ゼロ年代最高のフィクション、ついに文庫化

ハヤカワ文庫

ハーモニー

伊藤計劃

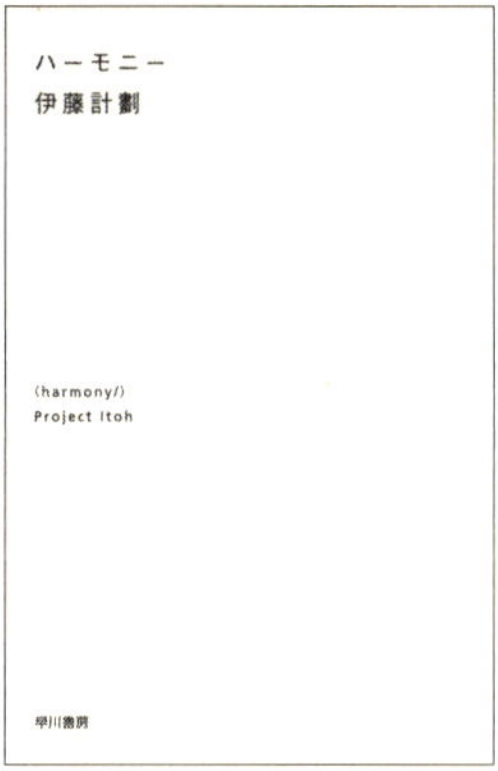
ハーモニー
伊藤計劃
〈harmony/〉
Project Itoh
早川書房

二一世紀後半、人類は大規模な福祉厚生社会を築きあげていた。医療分子の発達により病気がほぼ放逐され、見せかけの優しさや倫理が横溢する〝ユートピア〟。そんな社会に倦んだ三人の少女は餓死することを選択した——それから十三年。死ねなかった少女・霧慧トァンは、世界を襲う大混乱の陰に、ただひとり死んだはずの少女の影を見る——『虐殺器官』の著者が描く、ユートピアの臨界点。

ハヤカワ文庫

Self-Reference ENGINE

円城　塔

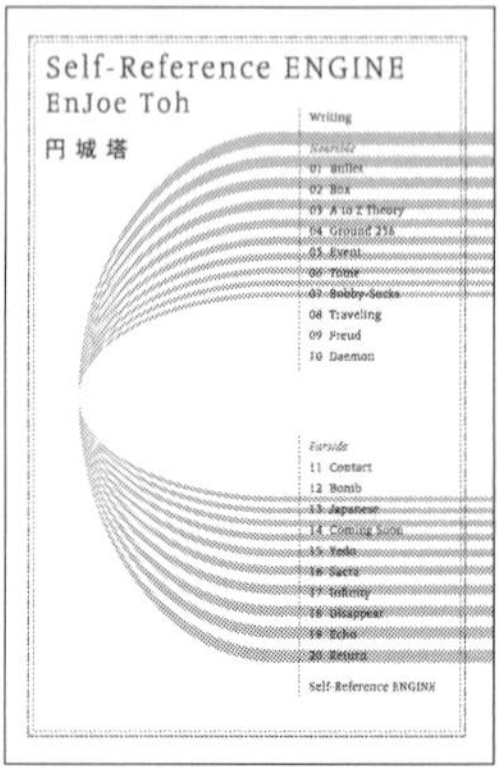

彼女のこめかみには弾丸が埋まっていて、我が家に伝わる箱は、どこかの方向に毎年一度だけ倒される。老教授の最終講義は鯰文書の謎をあざやかに解き明かし、床下からは大量のフロイトが出現する。そして小さく白い可憐な靴下は異形の巨大石像へと果敢に挑みかかり、僕らは反乱を起こした時間のなか、あてのない冒険へと歩みを進める――驚異のデビュー作、二篇の増補を加えて待望の文庫化

ハヤカワ文庫

Boy's Surface

とある数学者の初恋を描く表題作ほか、消息を絶った防衛線の英雄と言語生成アルゴリズムについての思索「Goldberg Invariant」、読者のなかに書き出し、読者から読み出す恋愛小説機関「Your Heads Only」、異なる時間軸の交点に存在する仮想世界で展開される超遠距離恋愛を描いた「Gernsback Intersection」の四篇を収めた数理的恋愛小説集。著者自身が書き下ろした〝解説〟を新規収録。

円城 塔

ハヤカワ文庫

著者略歴　1976年沖縄県生，大学心理学科卒業，作家　著書『スワロウテイル序章／人工処女受胎』（ハヤカワ文庫ＪＡ刊）『θ 11番ホームの妖精』

HM=Hayakawa Mystery
SF=Science Fiction
JA=Japanese Author
NV=Novel
NF=Nonfiction
FT=Fantasy

スワロウテイル／初夜《しよや》の果実《かじつ》を接《つ》ぐもの

〈JA1122〉

二〇一三年七月二十日　印刷
二〇一三年七月二十五日　発行
（定価はカバーに表示してあります）

著者　籘《とう》真《ま》千《ち》歳《とせ》
発行者　早川　浩
印刷者　草刈龍平
発行所　株式会社　早川書房

郵便番号　一〇一 - 〇〇四六
東京都千代田区神田多町二ノ二
電話　〇三 - 三二五二 - 三一一一（大代表）
振替　〇〇一六〇 - 三 - 四七七九九
http://www.hayakawa-online.co.jp

乱丁・落丁本は小社制作部宛お送り下さい。
送料小社負担にてお取りかえいたします。

印刷・中央精版印刷株式会社　製本・株式会社明光社

ISBN978-4-15-031122-3 C0193

本書は活字が大きく読みやすい〈トールサイズ〉です。